As palavras e o tempo

As citações incluídas neste As palavras e o tempo
foram extraídas das seguintes obras:

Perto do coração selvagem
O lustre
A cidade sitiada
A maçã no escuro
A paixão segundo G.H.
Uma aprendizagem ou o livro dos prazeres
Água viva
A hora da estrela
Um sopro de vida
Laços de família
A legião estrangeira
Felicidade clandestina
Onde estivestes de noite
A bela e a fera
A via crucis do corpo
Para não esquecer
Outros escritos
Todas as crônicas
Todas as cartas

Clarice Lispector

As palavras e o tempo

Rocco

Copyright © 2019 *by* Paulo Gurgel Valente

Curadoria
Roberto Corrêa dos Santos

Design de capa
Bruno Moura

Imagem de quarta capa
Acervo da Fundação Casa de Rui Barbosa

Ilustrações de miolo
Mariana Valente

Direitos desta edição reservados à
EDITORA ROCCO LTDA.
Rua Evaristo da Veiga, 65 – 11º andar
Passeio Corporate – Torre 1
20031-040 – Rio de Janeiro – RJ
Tel.: (21) 3525-2000 – Fax: (21) 3525-2001
rocco@rocco.com.br
www.rocco.com.br

Printed in Brazil/Impresso no Brasil

Preparação de originais
Pedro Karp Vasquez

CIP-Brasil. Catalogação na Publicação.
Sindicato Nacional dos Editores de Livros, RJ.

L753p

Lispector, Clarice, 1920-1977
  As palavras e o tempo / Clarice Lispector ; curadoria Roberto Corrêa dos Santos. – 1ª ed. – Rio de Janeiro : Rocco, 2021.

  ISBN 978-65-5532-126-5
  ISBN 978-65-5595-075-5 (e-book)

  1. Lispector, Clarice, 1920-1977 – Citações. 2. Literatura brasileira – Miscelânea. I. Santos, Roberto Corrêa dos. II. Título.

21-71466

CDD: 869.8
CDU: 821.134.3(81)(089.3)

Leandra Felix da Cruz Candido – Bibliotecária – CRB-7/6135

O texto deste livro obedece às normas do
Acordo Ortográfico da Língua Portuguesa.

AS PALAVRAS nada têm a ver com as sensações, palavras são pedras duras e as sensações delicadíssimas, fugazes, extremas.

(*Para não esquecer*)

O modo como, tranquilo, O TEMPO decorria era a lua altíssima passando pelo céu.

(*A maçã no escuro*)

PREFÁCIO

As palavras e o tempo é muito mais do que a soma de *As palavras* e *O tempo*, compilações editadas pelo renomado especialista na obra clariceana Roberto Corrêa dos Santos, com preparação de originais realizada por Julia Wähmann. Isso porque a sequência dos capítulos foi alterada para incluir 180 novas frases, pesquisadas pela atual equipe editorial, das coletâneas *Todas as crônicas* e *Todas as cartas*, inexistentes na época da primeira concepção. Ou seja: o presente volume, ao mesmo tempo que se mantém estritamente fiel ao conceito das obras nas quais se baseou, expande e atualiza forma e conteúdo.

O sequenciamento dos capítulos também foi alterado, em benefício de maior coerência lógica, com o livro sendo dividido em três partes não nomeadas e não separadas em prol de mais fluidez, mas que são as seguintes: em primeiro lugar, os romances; em seguida, as coletâneas de contos; e finalmente as obras de outras categorias, como as compilações de inéditos e dispersos de crônicas e da correspondência pessoal de Clarice Lispector. Apesar desta ordenação cartesiana, a ordem poderia ter sido outra – como o foi nas precedentes edições – e isso em nada alteraria a coerência do todo, pois é preciso lembrar que a lógica interior da escrita de Clarice é muito particular e se aproxima daquela do símbolo esotérico do Oroboro, a serpente que morde a própria cauda para representar a circularidade do eterno. Com efeito, ao examinarmos o presente repertório de frases de Clarice Lispector, a primeira coisa que salta aos olhos é sua consistência, de tal forma que se pudéssemos embaralhá-las todas, misturando as frases do primeiro livro, publicado em 1943, os últimos, inclusive póstumos, e as dos outros publicados entre essas duas datas, pouca diferença faria, assim como nenhuma sentença perderia seu poder de fascinação pelo fato de ser apresentada fora do seu contexto original e em desobediência à sucessão cronológica. São frases que têm vida própria e ressoam até hoje nos corações e mentes dos leitores contemporâneos com a mesma força e o mesmo encantamento infundidos por Clarice quando as escreveu.

Assim como os mais instigantes filósofos, Clarice Lispector nos oferece poucas respostas e nos confronta com muitas indagações. Não por simples gosto do desafio e sim porque ela mesma não sabia as respostas e, portanto, continuou a buscá-las até o final. A leitura de *As palavras e o tempo* – que pode ser consultado ao acaso, como quem abre um livro sagrado em busca de orientação para um problema específico – tem tudo para se tornar o livro de cabeceira dos admiradores de Clarice, propiciando-lhes o contato estreito com as dúvidas e descobertas refletidas no espelho fiel de sua alma e do seu eu profundo: a escrita.

I

PERTO DO CORAÇÃO SELVAGEM

- De longe mesmo possuía as coisas.
- É preciso não ter medo de criar.
- Nunca roubar antes de saber se o que você quer roubar existe em alguma parte honestamente reservado para você.
- Há impossibilidade de ser além do que se é – no entanto eu me ultrapasso mesmo sem o delírio, sou mais do que eu quase normalmente.
- Tenho um corpo e tudo o que eu fizer é continuação de meu começo.
- Aceito tudo o que vem de mim porque não tenho conhecimento das causas.
- É possível que esteja pisando no vital sem saber.
- Poderia riscar tudo o que pensara.

- Estou muito nova ainda e sempre que me tocam ou não me tocam, sinto.
- Mente-se e cai-se na verdade.
- A única verdade é que vivo.
- Quem sou? Bem, isso já é demais.
- Perco a consciência, mas não importa, encontro a maior serenidade na alucinação.

Sinto quem sou e a impressão está alojada na parte alta do cérebro, nos lábios – na língua principalmente –, na superfície dos braços e também correndo dentro, bem dentro do meu corpo, mas onde, onde mesmo, eu não sei dizer.

- Donde vem essa certeza de estar vivendo?
- Basta silenciar para só enxergar, abaixo de todas as realidades, a única irredutível, a da existência.
- Tudo é perfeito, porque seguiu de escala a escala o caminho fatal em relação a si mesmo.
- Nada escapa à perfeição das coisas, é essa a história de tudo.
- Piedade é a minha forma de amor. De ódio e de comunicação. É o que me sustenta contra o mundo, assim como alguém vive pelo desejo, outro pelo medo.
- Durmamos de mãos dadas. O mundo rola e em alguma parte há coisas que não conheço.
- Durmamos sobre Deus e o mistério, nave quieta e frágil flutuando sobre o mar, eis o sono.
- A fórmula se realizava tantas vezes: sentir a coisa sem possuí-la. Apenas era preciso que tudo a ajudasse, a deixasse leve e pura, em jejum para receber a imaginação.

— O que é que se consegue quando se fica feliz?

— Depois que se é feliz o que acontece? O que vem depois?

— Como ligar-se a um homem senão permitindo que ele a aprisione? como impedir que ele desenvolva sobre seu corpo e sua alma suas quatro paredes? E havia um meio de ter as coisas sem que as coisas a possuíssem?

— Dentro de si era como se não houvesse a morte, como se o amor pudesse fundi-la, como se a eternidade fosse a renovação.

— Os seios da tia eram profundos, podia-se meter a mão como dentro de um saco e de lá retirar uma surpresa, um bicho, uma caixa, quem sabe o quê.

— Eternidade não era a quantidade infinitamente grande que se desgastava, mas eternidade era a sucessão.

— Compreendia subitamente que na sucessão encontrava-se o máximo de beleza, que o movimento explicava a forma – era tão alto e puro gritar: o movimento explica a forma! – e na sucessão também se encontrava a dor porque o corpo era mais lento que o movimento de continuidade ininterrupta.

— Ter tido uma infância não é o máximo?

— A vida humana é mais complexa: resume-se na busca do prazer, no seu temor, e sobretudo na insatisfação dos intervalos.

— Toda ânsia é busca de prazer. Todo remorso, piedade, bondade, é o seu temor. Todo o desespero e as buscas de outros caminhos são a insatisfação.

- Quem se recusa o prazer, quem se faz de monge, em qualquer sentido, é porque tem uma capacidade enorme para o prazer, uma capacidade perigosa – daí um temor maior ainda.

- Mau é não viver, só isso. Morrer já é outra coisa. Morrer é diferente do bom e do mau.

- Nunca sofra por não ser uma coisa ou por sê-la.

- Estava compreendendo as palavras, tudo o que elas continham. Mas apesar de tudo a sensação de que elas possuíam uma porta falsa, disfarçada, por onde se ia encontrar seu verdadeiro sentido.

- Na verdade estou ajoelhada, nua como um animal, junto à cama, minha alma se desesperando como só o corpo de uma virgem pode se desesperar.

- Estou no mundo, solta e fina como uma corça na planície.

- Levanto-me suave como um sopro, ergo minha cabeça de flor e sonolenta, os pés leves, atravesso campos além da terra, do mundo, do tempo, de Deus.

- A primeira verdade está na terra e no corpo.

- Eis-me de volta ao corpo.

- Depois de não me ver há muito quase esqueço que sou humana, esqueço meu passado e sou com a mesma libertação de fim e de consciência quanto uma coisa apenas viva.

- O que importa afinal: viver ou saber que se está vivendo?

- O que deve fazer alguém que não sabe o que fazer de si? Utilizar-se como corpo e alma em proveito do corpo e da alma? Ou transformar sua força em força alheia? Ou esperar que de si mesma nasça, como uma consequência, a solução?

- Liberdade é pouco. O que desejo ainda não tem nome.

- O principal – incluindo o passado, o presente e o futuro – é que estava viva.

- Por que contar fatos e detalhes se nenhum a dominava afinal? E se ela era apenas a vida que corria em seu corpo sem cessar?

- Ninguém sabia que ela estava sendo infeliz a ponto de precisar buscar a vida.

- Nascera para o essencial, para viver ou morrer. E o intermediário era-lhe o sofrimento.

- Compreende a vida porque não é suficientemente inteligente para não compreendê-la.

- Desejava ainda mais: renascer sempre, cortar tudo o que aprendera, o que vira, e inaugurar-se num terreno novo onde todo pequeno ato tivesse um significado, onde o ar fosse respirado como da primeira vez.

- Havia o perigo de se estabelecer no sofrimento e organizar-se dentro dele, o que seria um vício também e um calmante.

- Não se entende a matéria e não se a percebe até que os sentidos com ela se choquem.

- Por que me chamar de folha morta quando sou apenas um homem de braços cruzados?

- Medo de não amar, pior do que o medo de não ser amado.

— Gostava de pensar alto, de desenvolver um raciocínio sem plano, seguindo-se apenas.

— Se uma pedra cai, essa pedra existe, houve uma força que fez com que ela caísse, um lugar de onde ela caiu, um lugar onde ela caiu, um lugar por onde ela caiu – acho que nada escapou à natureza do fato, a não ser o próprio mistério do fato.

— No momento em que tento falar não só não exprimo o que sinto como o que sinto se transforma lentamente no que eu digo.

— O que me faz agir não é, seguramente, o que eu sinto mas o que eu digo.

— Quando a abraçara, sentira-a viver subitamente em seus braços como água correndo. E vendo-a tão viva, entendera esmagado e secretamente contente que se ela o quisesse ele nada poderia fazer.

— Se rezasse, se pensasse, seria para agradecer ter um corpo feito para o amor.

— Por Deus, quem sabe se não estou fazendo disto mais do que amor?

— Continuo sempre me inaugurando, abrindo e fechando círculos de vida, jogando-os de lado, murchos, cheios de passado.

— Quantas vezes não dera uma gorjeta exagerada ao garçom só porque se lembrara de que ele ia morrer e não o sabia.

— Amo mais o que quero do que a mim mesma.

— Você sabe, um pouco de escuridão e depois bastante ar; todo o organismo se beneficia, recebe vida.

~ Uma criança malcuidada. Quando recebe tudo, de repente reage, refloresce, mais do que as outras, às vezes.

~ É exatamente de minha natureza nunca me sentir ridícula, eu me aventuro sempre, entro em todos os palcos.

~ O doente imagina o mundo e o são o possui.

~ A poesia dos poetas que sofreram é doce, terna. E a dos outros, dos que de nada foram privados, é ardente, sofredora e rebelde.

~ Mas o que fazer com o dinheiro senão guardá-lo para gastá-lo?

~ É necessário certo grau de cegueira para poder enxergar determinadas coisas. É essa talvez a marca do artista. Qualquer homem pode saber mais do que ele e raciocinar com segurança, segundo a verdade. Mas exatamente aquelas coisas escapam à luz acesa. Na escuridão tornam-se fosforescentes.

~ Não é o grau que separa a inteligência do gênio, mas a qualidade.

~ Minhas qualidades são tão pequenas, iguais às dos outros homens, meus defeitos, meu lado negativo é belo e côncavo como um abismo.

~ O que não sou deixaria um buraco enorme na terra.

~ Eu não agasalho meus erros.

~ Quem escreve esta página nasceu um dia. Agora são exatamente sete e pouco da manhã. Há névoas lá fora, além da janela, da Janela Aberta, o grande símbolo.

~ Eu me sinto tão dentro do mundo que me parece não estar pensando, mas usando de uma nova modalidade de respirar.

— Outro morrendo, outro ouvindo música, alguém entrou num banheiro, isto é o mundo.

— Um homem só não encontra o pensamento tonto de um lado e a paz da vida verdadeira noutro.

— Não se pode pensar impunemente.

— A necessidade de gostar: marca do homem.

— Muitas respostas encontram-se em afirmações de Spinoza. Na ideia por exemplo de que não pode haver pensamento sem extensão (modalidade de Deus) e vice-versa, não está afirmada a mortalidade da alma?

— Tudo o que poderia existir, já existe. Nada mais pode ser criado senão revelado.

— Um Deus dotado de livre-arbítrio é menor que um Deus de uma só lei.

— Nem o entendimento nem a vontade pertencem à natureza de Deus, diz Spinoza.

— A ideia da existência de um Deus consciente nos torna horrivelmente insatisfeitos.

— "A beleza das palavras: natureza abstrata de Deus. É como ouvir Bach."

— Não, não escrever hoje. E como essa era uma concessão, uma ordem indiscutível – perscrutou-se: se quisesse sinceramente poderia trabalhar? e a resposta foi resoluta: não – e uma vez que a decisão era mais poderosa que ele, sentiu-se quase alegre.

— Hoje alguém lhe dava o descanso. Não Deus. Não Deus, mas alguém. Muito forte.

~ Mas afinal de nada tenho culpa, disse. Nem de ter nascido.

~ Quem disse que os grandes homens não comem bombons?

~ Homenageados depois de mortos. Por quê? Porque os que elogiam precisam se sentir de algum modo superiores ao elogiado, precisam conceder.

~ Olhava-o sem prestar atenção às suas palavras. Era doce e bom saber que entre ambos havia segredos tecendo uma vida fina e leve sobre a outra vida, a real.

~ Que se fuja – e nunca se estará livre.

~ Desejava falar-lhe de sua alegria. Mas vagamente temia feri-lo, como se lhe contasse uma traição com outro homem.

~ Há coisas indestrutíveis que acompanham o corpo até a morte como se tivessem nascido com ele. E uma delas é o que se criou entre um homem e uma mulher que viveram juntos certos momentos.

~ Nele descobrira o homem, antes de saber sobre homens e mulheres.

~ Desde que o feto começara a se formar dentro de si, perdera certos trejeitos, ganhara outros, ousava avançar em certos pensamentos. Parecia-lhe que até então vivera mentindo. Seus movimentos eram mais libertos do corpo, como se agora houvesse mais espaço no mundo.

~ Faço mais do que te compreender, disse ela apressada, eu te amo.

~ Voltou lentamente a cabeça sobre o travesseiro e espiou. Lá estava um homem. Compreendeu que esperara exatamente isto.

— Por que recusar acontecimentos? Ter muito ao mesmo tempo, sentir de várias maneiras, reconhecer a vida em diversas fontes.

— Quem poderia impedir a alguém de viver largamente?

— Havia a sombra daquele conhecimento que não se adquire com a inteligência. Inteligência das coisas cegas. Poder da pedra que tombando empurra outra que vai cair no mar e matar um peixe.

— Talvez a divindade das mulheres não fosse específica, estivesse apenas no fato de existirem... Sim, sim, aí estava a verdade: elas existiam mais do que os outros, eram o símbolo da coisa na própria coisa.

— E a mulher era o mistério em si mesmo, descobriu. Havia em todas elas uma qualidade de matéria-prima, alguma coisa que podia vir a definir-se mas que jamais se realizava, porque sua essência mesma era a de "tornar-se".

— Ah, o ciúme, era isso o ciúme, a mão fria amassando-a lentamente, apertando-a, diminuindo sua alma.

— De um momento para outro, a certo movimento, posso me transformar numa linha. Isso! numa linha de luz, de modo que a pessoa fica só ao meu lado, sem poder me pegar e à minha deficiência.

— Nós duas formaríamos uma união e forneceríamos à humanidade, sairíamos de manhã cedo de porta em porta, tocaríamos a campainha: qual é que a senhora prefere: meu ou dela? e entregaríamos um filhinho.

— Eu toda nado, flutuo, atravesso o que existe com os nervos, nada sou senão um desejo, a raiva, a vaguidão, impalpável como a energia.

~ Energia? mas onde está minha força? na imprecisão, na imprecisão, na imprecisão.

~ Há qualquer coisa que roda comigo, roda, roda, me atordoa, me atordoa, e me deposita tranquilamente no mesmo lugar.

~ Eu sei o que quero: uma mulher feia e limpa com seios grandes, que me diga: que história é essa de inventar coisas? nada de dramas, venha cá imediatamente! – E me dê um banho morno, me vista uma camisola branca de linho, trance meus cabelos e me meta na cama, bem zangada, dizendo: o que então? fica aí solta, comendo fora de hora, capaz de pegar uma doença, deixe de inventar tragédias, pensa que é grande coisa na vida, tome essa xícara de caldo quente. Me levanta a cabeça com a mão, me cobre com um lençol grande, afasta alguns fios de cabelos de minha testa, já branca e fresca, e me diz antes de eu adormecer mornamente: vai ver como em pouco tempo engorda esse rosto, esquece as maluquices e fica uma boa menina. Alguém que me recolha como a um cão humilde, que me abra a porta, me escove, me alimente, me queira severamente como a um cão, só isso eu quero, como a um cão, a um filho.

~ Oh, porque você fala em coisas difíceis, porque empurra coisas enormes num momento simples, me poupe, me poupe.

~ Nunca sei o que fazer das pessoas ou das coisas de que eu gosto, elas chegam a me pesar, desde pequena. Talvez se eu gostasse realmente com o corpo... Talvez me ligasse mais... – São confidências. Deus meu.

~ Nunca penetrei no meu coração.

～   A base de sua vida era mansa como um regato correndo no campo. E nesse campo ela própria se movia segura e serena como um animal a pastar.

～   A gente não sabe se é de poder ou de absoluta impotência, assim como querer com o corpo e o cérebro movimentar um dedo e simplesmente não consegui-lo.

～   Dorme, meu filho, dorme, eu lhe digo. O filho é morno e eu estou triste. Mas é a tristeza da felicidade, esse apaziguamento e suficiência que deixam o rosto plácido, longínquo.

～   Nada sei, posso parir um filho e nada sei.

～   Entre um instante e outro, entre o passado e as névoas do futuro, a vaguidão branca do intervalo.

～   Estou apenas contando o que vi e não o que vejo. Não sei repetir, só sei uma vez as coisas.

～   Onde se guarda a música enquanto não soa?

～   Talvez a crença na sobrevivência futura venha de se notar que a vida sempre nos deixa intocados.

～   Nada existe que escape à transfiguração.

～   Quero te conhecer por outras fontes, seguir para tua alma por outros caminhos; nada desejo de tua vida que passou, nem teu nome, nem teus sonhos, nem a história do teu sofrimento; o mistério explica mais que a claridade.

～   Tu és um corpo vivendo, eu sou um corpo vivendo, nada mais.

～   A visão é muito mais rápida que a palavra.

～   O que me resta para viver é pouco e o que me resta para viver no entanto continuará intocado e inútil, por que não te apiedas de mim?

~ Deus, dai-me o que preciso e não sei o que seja.

~ Serei brutal e malfeita como uma pedra, serei leve e vaga como o que se sente e não se entende.

~ E que tudo venha e caia sobre mim, até a incompreensão de mim mesma em certos momentos brancos porque basta me cumprir e então nada impedirá meu caminho até a morte-sem-medo, de qualquer luta ou descanso me levantarei forte e bela como um cavalo novo.

II

O LUSTRE

~ Poderia viver com um segredo irrevelado nas mãos sem ansiedade como se esta fosse a verdadeira vida das coisas.

~ O que havia dentro do corpo era bastante vivo e estranho a ponto de ser também o seu contrário.

~ Embora sem um pensamento, um desejo ou uma lembrança, ela era imponderavelmente aquilo que ela era e que consistia Deus sabe em quê.

~ O milagre era o movimento revelado das coisas.

~ De sua ignorância ia nascendo a ideia de que possuía uma vida. Era uma sensação sem pensamentos anteriores nem posteriores, súbita, completa e una, que não poderia se acrescentar nem alterar com a idade ou com a sabedoria. Não era como viver, viver e então saber que possuía uma vida, mas era como olhar e ver de uma só vez. A sensação não vinha dos fatos presentes nem passados mas dela mesmo como um movimento. E se morresse cedo ou se enclausurasse, o aviso de ter uma vida valia como ter vivido.

— Será que todos sabem o que eu sei?

— Acabara de pensar quase com certeza, sem sobressalto, no morrer.

— Não compreendia donde vinha a doçura: o chão era negro e coberto de folhas secas, donde então vinha a doçura?

— Quando a gente vê um vaga-lume a gente não pensa que ele apareceu, mas que desapareceu. Como se uma pessoa morresse e isso fosse a primeira coisa dessa pessoa porque ela nem tivesse nascido nem vivido, sabe como? Pergunta-se assim: como é o vaga-lume? Responde-se: ele desaparece.

— Sabia às vezes amarrar uma coisa pela mão distante da outra e fazê-las perplexas dançar, malucas, doces, arrastadas.

— Sem ninguém saber como se é, se está aparecendo ou desaparecendo, sem ninguém adivinhar, mas pensa que a gente não vive enquanto isso? vive, tendo história e tudo como o vaga-lume.

— De que é que você gosta mais: de comer ou de dormir?

— Sentia-se estranha e preciosa, tão voluptuosamente hesitante e estranha como se hoje fosse o dia de amanhã. E não sabia corrigir-se, deixava que a cada manhã seu erro renascesse por um impulso que se equilibrava numa fatalidade imponderável.

— Bom-dia, humano.

— Bom-dia, fulano.

— Ela pensava pensamentos tão adelgaçados que eles subitamente se quebravam no meio antes de chegar ao fim. E porque eram tão finos, mesmo sem completá-los ela os conhecia de uma só vez. Embora jamais pudesse pensá-los de novo, indicá-los com uma palavra sequer.

~ Sentia um pensamento fino tão intenso que ela própria era o pensamento.

~ Do silêncio, seu ser começava a viver mais, um instrumento abandonado que de si mesmo começasse a fazer som, os olhos enxergando porque a primeira matéria dos olhos era olhar.

~ Pensava simples e claro. Pensava música pequena e límpida que se alongava num só fio e enrolava-se clara, fluorescente e úmida, água em água, meditando um arpejo tolo. Pensava sensações intraduzíveis distraindo-se secretamente como se cantarolasse, profundamente inconsciente e obstinada, ela pensava um só traço fugaz: para nascer as coisas precisam ter vida, pois nascer é um movimento – se disseram que o movimento é necessário apenas à coisa que faz nascer e não à nascida não é certo porque a coisa que faz nascer não pode fazer nascer algo fora de sua natureza e assim sempre dá nascimento a uma coisa de sua própria espécie e assim com movimentos também – desse modo nasceram as pedras que não têm força própria mas já foram vivas senão não teriam nascido e agora elas estão mortas porque não têm movimento para fazer nascer uma outra pedra.

~ Nenhum pensamento era extraordinário, as palavras é que o seriam.

~ Sua meditação era um modo de viver.

~ De partícula a partícula, porém, o pensamento indistinto veio descendo violentamente mudo até abrir-se no centro do corpo, nos lábios, completo, perfeito, incompreensível de tão livre de sua própria formação.

⁓ Poderia caminhar para diante sem ser empurrada, sem ser chamada, andando simplesmente porque mover-se era a qualidade de seu corpo.

⁓ No mais fino e doído de seu sentimento ela pensava: vou ser feliz. Na verdade o era nesse instante e se em vez de pensar "sou feliz" procurava o futuro era porque obscuramente escolhia um movimento para a frente que servisse de forma à sua sensação.

⁓ Vivera um dia de inspiração excessiva, impossível de ser guiada para um pensamento sequer.

⁓ Ela podia pensar em todos os sentidos; fechando os olhos, dirigia dentro do corpo um pensamento da qualidade do que nasce de baixo para cima ou senão do que percorre correndo o espaço aberto – isso não era palavra ou conteúdo mas o próprio modo de pensar orientando-se. Seria isto pensar profundamente – não ter sequer um pensamento a trazer à superfície.

⁓ Teria pensado mais do que profundamente e já estaria vendo nada?

⁓ O que a tornava contente era não ter êxito a experiência.

⁓ Ver a verdade seria diferente de inventar a verdade?

⁓ Se pudesse atingir o além do céu então haveria um momento em que se tornaria claro que tudo era livre e que não se estava ligada fatalmente ao que existia.

⁓ Tudo existia tão livre que ela poderia mesmo inverter a ordem de seus sentimentos, não ter medo da morte, temer a vida, desejar a fome, odiar as coisas felizes, rir-se da tranquilidade... Sim, bastaria um pequeno toque e numa coragem leve e fácil galgaria a inércia e reinventaria a vida instante por instante.

~ Olhava-se ao espelho, o rosto branco e delicado perdido em penumbra, os olhos abertos, os lábios sem expressão. Ela se agradava, gostava daquele seu jeito, fino, tão sinuoso, dos cabelos sombreados, de seus ombros pequenos e magrinhos. Como sou linda, disse. Quem me compra? quem me compra? – fazia um ligeiro muxoxo ao espelho – quem me compra: ágil, engraçada, tão engraçada como se fosse loura mas não sou loura: tenho lindos, frios, extraordinários cabelos castanhos. Mas eu quero que me comprem.

~ Sair dos limites de sua vida – era uma frase sem palavras que rodava em seu corpo como uma força apenas.

~ Donde nascera a ideia?

~ Aspirava os pensamentos do ar e devolvia-os como próprios.

~ Caminhou para fora de casa e andou buscando, buscando com tudo de mais feroz que possuía; procurava uma inspiração, as narinas sensíveis como as de um animal fino e assustado, mas tudo ao seu redor era doçura e a doçura ela já conhecia.

~ Se mais tarde ressuscitasse para a alegria e abrisse o coração para respirar de novo rindo, ela sabia: decair e reerguer-se era irreprimível.

~ Era fatal ter vivido.

~ Quantas possibilidades uma pessoa tinha se vivia no mundo aberto.

~ Estava separada de si mesma por dois delicados cálices de bebida.

~ Dizendo: "fui eu quem fez" em lugar de "fui eu que fiz" impedia-se a intimidade, ganhava-se um certo modo calmo de ser olhada.

- Inútil fingir que ela não era bonita, ela penetrava no coração como uma faca doce.

- A vida presente era maior do que a morte.

- Que tenho eu com ele afinal? não possuo meu próprio quarto? não durmo minhas próprias noites?

- O ridículo é tão bom, não é?

- Ela sabia andar entre os belos móveis escuros com seu vestido branco, ela os compreendia a um olhar, via de olhos fechados a sua própria harmonia com as coisas numa percepção que vinha de fora para dentro através de uma graça concedida por estranhas vibrações.

- Junto dele ela se acentuava bruta e irônica procurando com certa perplexidade e prazer mostrar-se pior do que era, mastigando com a boca aberta no jantar, mesmo coçando como agora a cabeça, numa obscura alegria.

- O que não havia nele era sono.

- Ela não sabia falar ou explicar porém movia-se como se o soubesse; tão tola ao mesmo tempo, tão de certo modo baixa; o que se chamaria logo de início uma pessoa normal, afetada como uma pessoa tola e normal; às vezes porém uma atitude tão profundamente desconhecida que mal se percebia, um gesto diluído, um movimento no fundo do mar adivinhado na superfície.

- Deus, dai gênio aos que necessitam de gênio – são tão poucos os que precisam.

- Os olhares de ambos eram de fêmea e de macho de duas espécies diversas.

- O que excitava nela era a vulgaridade como numa prostituta o vício excita, de algum modo ela parecia feita de sua semelhança com os outros.

~ Ela não parecia mulher mas imitar as mulheres com cuidado e inquietação.

~ A realidade ria de todos eles.

~ A poltrona era comprida, estreita e verde mas não de um verde-folha nem mesmo de folha velha; era um verde cheio de ressentimento e quietude, acumulado em si mesmo pelos anos; no local dos braços a cor se retirara com reserva e um fundo quase castanho destacava-se doce e martirizado pelos constantes atritos; na verdade era uma ótima poltrona onde se poderia dormir um sono obscuro, opalescente – sentiu cansaço e tristeza.

~ Ele tem qualquer coisa de feminino ou pelo menos de muito comum entre as mulheres. Ele pensa com movimentos, seus pensamentos são tão primários que ele os age.

~ Detesto as pessoas de quem assisto às convulsões da inteligência.

~ Ela bebia. Era licor de anis. O líquido grosso como algo morno, anis era o que ela ganhara em confeitos na infância. Ainda o mesmo gosto prendendo-se à língua, à garganta como uma mancha, aquele gosto triste de incenso, alguém engolindo um pouco de enterro e de oração. Oh a calma tristeza da memória. A um tempo selvagem e domesticado, sabor roxo, solitário, vulgar e solene.

~ E há um sentimento para a frente e outro que decai, o triunfo tênue e a derrota, talvez apenas a respiração. A vida se fazendo, a evolução do ser sem o destino – a progressão da manhã não se dirigindo à noite mas atingindo-a.

~ Na rua ela poderia ser descoberta pelo olhar de alguém – a secreta união que sentia com as pessoas até conhecê-las intimamente. Esses encontros podiam suceder a uma mulher na cidade. Alguém inesperadamente entendia sua substância mais silenciosa.

~ Mesmo que ninguém a olhasse nas ruas e ela as percorresse indissolúvel com a bolsa vermelha sacolejando, mesmo que seus gestos ao tomar o ônibus se dividissem em várias etapas esforçadas e atentas, mesmo que seu corpo subitamente se pressentisse abandonado, perplexo, tudo isso seria um prelúdio suportável porque... por quê? no fundo não era porque ia vê-lo porém muito mais leve, mais curto, mais tolo: porque ia.

~ Eu não ouvi as palavras, não sei mesmo o que elas poderiam ser mas eu lhe respondi, não foi? senti sua disposição quando você falou, senti como eram as palavras... Eu sei o que você quis dizer... não importa o que você tenha dito, juro.

~ Ela sempre se julgara serenamente uma grande amante até que ele viera, provara-lhe o contrário – e assim passavam-se os meses.

~ Nunca tinha bastante tempo para acostumar-se com suas frases porque ele dizia outra mal acabava a primeira, nunca tinha bastante tempo para habituar-se com suas carícias porque ele passava imediatamente a nova deixando-a ainda voltada para a anterior – esses eram pois os segredos da vida.

~ O centro do desejo era rutilante e sombrio, elétrico e tão terrivelmente novo e frágil na sua contextura que poderia se destruir a si mesmo apenas aprofundando-se mais um pouco, apenas fulgurando um instante mais.

~ Se um dia ele se lembrasse de acompanhá-la até em casa ela seria capaz de experimentar uma funda e amortecida saciedade como a que deveria conhecer uma mulher casada todos os instantes.

⌒ Deitava e puxava os lençóis brancos na escuridão – vinha o momento quieto antes do sono como se ela caísse então no seu verdadeiro estado. E esse momento era tão profundamente quieto que dissolvia o dia inteiro, projetava-a para dentro da noite sem medo, sem alegria, olhando, olhando.

⌒ Com ele o amor era como o interior dos olhos cerrados, arrastado rapidamente em incompreensão, em satisfação obscura cheia de mal-estar, ela agora o sabia. E ele era belo, além disso. Ele usava óculos. Havia momentos em que suas linhas se tornavam tão cheias como prestes a dizerem alguma coisa – seu corpo era grande e forte mas como feito de um só músculo recém-nascido e flexível de frescura, ele poderia envolvê-la como um polvo e no entanto sua carne era firme.

⌒ Se pegava num livro nele encontrava o mesmo movimento viscoso, almas insinuando-se em perdão, amor buscando amor, os sacrifícios rindo, covardia e extremo prazer morno. Por Deus, aquilo era o homem.

⌒ Mesmo se folheava numa livraria um ensaio sobre máquinas de tração, na qualidade do raciocínio encontrava perfume feminino e masculino, palavras se alinhando coradas e animadas, o caminho em busca de uma ideia curvando-se, elevando-se, vivendo... o amor, o amor, a piedade, o remorso, a simpatia impregnando mesmo a frescura, grudando-a no mesmo calor.

⌒ Ele fora lançado no centro da mulher, lá onde latejava o sangue do mundo.

⌒ As palavras encorajadoras, a honestidade, a necessidade de se aproximar das pessoas inteligentes e nobres, a necessidade de ser feliz, quase a necessidade de falar antes de morrer, tudo isso parecia erguê-la pelo espaço como se suportasse um jato de ar macio por baixo do corpo e fosse ela própria uma bolha assustada, agradecida, cansada, "arranjando sua vida da melhor maneira possível".

⌒ Só da primeira vez gostara realmente do mar; depois era inquieta que se encostava à murada para espiá-lo, obrigando-se a emocionar-se. Sentia-se mentirosa, sem pensamentos mas como se tocasse algo sujo, a alma franzida evitava, evitava. Rara vez, rompendo seu temor, ela gostava de novo tão forte que isso a tornava como para sempre compreensível a si mesma.

⌒ Havia nas salas sombrias e nada extraordinárias algo que sobressaltava e que alertava porque continha uma intimidade envolvente e infamiliar – como uma banheira suja de estranhos onde fosse preciso despir-se e pôr-se em contato brusco.

⌒ Numa tarde, como o dinheiro começasse a faltar, tirou um pedaço de queijo de um armazém sem pagar, sem roubar – o caixeiro nada notou, ela colocou a presa como descuidadamente dentro da bolsa vermelha, saiu devagar, sozinha no mundo, o coração batendo oco e limpo dentro do peito, uma contração dolorosa na cabeça, quase um pensamento. Chegou em casa, sentou-se e permaneceu imóvel durante algum tempo. Não tinha fome.

⌒ As pessoas se preparavam, se enfeitavam, tomavam a atitude da roupa, saíam para a rua, entrecruzavam-se luminosas e se apagavam de novo em casa – ela compreendia com segurança e ardor a cidade.

~ Este homem sabe alguma coisa sobre mim! mas que lhe importava afinal? para algo existir não precisava ser sabido.

~ A superstição era o que de mais delicado ela conhecera; pelo deslizar de um segundo podia ultrapassar aquela afirmação cálida e misteriosamente veemente de que a coisa, compreende? está ali, ali mesmo e portanto é assim, os objetos, aquele jarro pequeno por exemplo, sabe-se profundamente; e mesmo aquela janela entreaberta, a mesinha pousada sobre as pontas de três pernas sob o teto, compreende? sabe-se profundamente; e depois há também o que não está presente (e que auxilia, que auxilia, e tudo avança) (mesmo aquela força) (um instante que se segue e dele nascem o sim e o não) (mas se se demora um pouco fica-se "sabendo" que o instante é um instante e então está mudamente roto) (é preciso recomeçar) (enovelando, renovelando, enovelando forças) (sem permitir que certas coisas do mundo se aproximem demais) (sobretudo o que é passado é passado e é exatamente apenas desse pequeno instante que se trata e de mais esse, e de mais esse, e de mais esse) (mas cada um por si).

~ Antes de adormecer, concentrada e mágica, dizia adeus às coisas num último instante de consciência ligeiramente iluminada. Sabia que na penumbra "suas coisas" viviam melhor sua própria essência. "Suas coisas" – pensava sem palavras, sabida na própria escuridão – "suas coisas" como "seus animais".

~ Sentia profundamente que estava rodeada de coisas vivas e mortas e que as mortas haviam sido vivas – apalpava-as com olhos cuidadosos. Lentamente ia subcompreendendo, vivendo com cautela e consideração; sem saber admitia seu desejo de ver na lâmpada apagada e empoeirada mais do que uma lâmpada. Não sabia que pensava que se visse apenas a lâmpada estaria aquém dela e não possuiria sua realidade – misteriosamente se ela ultrapassava as coisas possuía o seu centro.

~ Grande parte de seu existir não era coisa? era essa a sensação: grande parte de seu conjunto vivia com a própria força desconhecida, seguindo um rumo imponderável. E na verdade se houvesse alguma possibilidade de não ser ela intimamente quieta, por causa dessa impressão inexprimível ela o seria.

~ Os pensamentos sobre as coisas existem nas próprias coisas sem se prenderem a quem as observa; os pensamentos sobre as coisas saem delas como o perfume se desprende da flor, mesmo que ninguém a cheire, mesmo que ninguém saiba sequer que essa flor existe...; o pensamento da coisa existe assim tanto como a própria coisa, não em palavras de explicação mas como outra ordem de fatos; fatos rápidos, sutis, visíveis exatamente por algum sentido.

~ Sua comunicação com o mundo, aquela secreta atmosfera que ela cultivava ao redor de si como um escuro, era o seu último existir – depois dessa fronteira ela própria era silenciosa como uma coisa.

~ Não sabia o que lhe sucedia e seu único modo de sabê-lo era vivendo-o.

~ Em raro momento parecia-lhe ter vivido o mesmo instante em outra época, noutra cor e noutro som.

~ Buscava sentir seu passado como um paralítico que inutilmente apalpa a carne insensível de um membro.

⌒ Separada do próprio nascimento e no entanto sentia difusamente que devia estar de algum modo a prolongar a infância numa só linha ininterrupta e que sem se conhecer desenvolvia algo iniciado no esquecimento.

⌒ Vivera alguma vez ultrapassando os momentos numa cegueira feliz que lhe dava o poder de seguir a sombra de um pensamento através de um dia, de uma semana, de um ano. E isso misteriosamente era viver se aperfeiçoando na obscuridade sem obter um fruto sequer dessa imponderável perfeição.

⌒ Uma pessoa podia gastar-se sendo apenas.

⌒ Tinha a impressão de que já vivera tudo apesar de não poder dizer em que momentos. E ao mesmo tempo sua vida inteira parecia poder resumir-se num pequeno gesto para a frente, uma ligeira audácia e depois num recuo suave sem dor, e nenhum caminho então para onde se dirigir – sem pousar direito no solo, suspensa na atmosfera quase sem conforto, quase confortável, com a languidez cansada que precede o sono.

⌒ Conversavam, ele perdia a frieza, brincava tão íntimo, tão distante... no consultório branco, limpo, vendo-a como uma qualquer, desejando-a sem tristeza, não esperando sequer que ela lhe permitisse alguma coisa, querendo apenas fazer-se desejado, alegre, malicioso e distraído, divertindo-se com a própria virilidade.

⌒ Um peso apertava-lhe de leve o pescoço, os braços, ela sentia um informe gosto de sangue na garganta e na boca como sempre que tinha medo e esperança – poderia derrubar alguma ideia e aceitar a aventura, sim, a aventura que ele não lhe oferecia. De um centro novo no seu corpo, do ventre, dos seios renascidos propagou-se um pensamento agudo, desesperado e profundamente feliz, sem palavras ela o queria.

~ E como ele se aproximasse um pouco mais ainda, ela desajeitadamente, rápida, encostou sua boca naquela face áspera como um homem, perto da orelha... Ele olhou-a depressa espantado e curioso! Ela hesitava de olhos abertos, o consultório girava vermelho, um rubor pesado e grave subiu-lhe ao pescoço e ao rosto enquanto ela tentava justificar-se com um sorriso difícil e tolo. Ele olhou-a atentamente um instante, com sabedoria tocou em certas palavras comuns e de súbito tudo se dissolvia numa simples brincadeira. Fitou-o seca e ardente, estendeu-lhe a mão, ele disse conduzindo-a: não vá se zangar.

~ Ela mesma pensava que jamais teria filhos. Nunca os temera sequer como se por um conhecimento quieto de sua natureza mais secreta soubesse que seu corpo era o fim de seu corpo, que sua vida era a sua última vida.

~ Não era das que têm filhos. E se os fizesse nascer algum dia, ainda seria daquelas que não têm filhos.

~ E se toda a vida que vivesse divergisse da que deveria ter vivido, ela seria como deveria ter sido – o que poderia ter sido era ela profundamente, inefavelmente, não por coragem, não por alegria e não por consciência mas pela fatalidade da força do existir.

~ Não se dissolver, não se dar, negar os próprios erros e mesmo jamais errar, conservar-se intimamente gloriosa – tudo isso era frágil inspiração inicial e imortal de sua vida.

~ Pegara um dia na criança dum vizinho; a criança encostava a mãozinha na sua, espiando, pela janela. Aos poucos, com o olhar duro e divertido, com leve emoção no corpo, segurou a carne pequena cheia de dedos ceguinhos e macios, apertou-a entre suas mãos, a criança não notou, olhava pela janela.

~ Uma mulher fértil era tão vulnerável, sua fragilidade vinha de que ela era fecunda.

~ Sentia às vezes um êxtase feito de fraqueza, cansaço, de um fundo sorriso e duma respiração difícil e superficial; era uma possibilidade profunda e cega que se resolvia afinal num suspiro e num rápido bem-estar, num sono pálido cheio de exaustão e de sonhos revolvidos em que ela parecia querer gritar libertando-se dos lençóis: minha fecundidade me sufoca.

~ Se tivesse um filho estaria sempre em sobressalto. A cada segundo esperaria vê-lo pôr feijão nos ouvidos com malícia e sabedoria, pôr o dedinho na tomada elétrica. E a cada segundo agradeceria magra e nervosa o milagre de nada suceder – porque ela seria magra e nervosa. Até que habituada com a gentileza dos acontecimentos ficaria em paz, tomando chá com bolos e bordando. E então a criança iria diretamente para a tomada elétrica. Só o seu medo evitava as desgraças, só o seu medo.

~ Pôs sua capa cinzenta, de lã, foi ao jardim zoológico. Os macacos nada faziam, catavam-se, olhavam, prendiam-se às grades piscando, faziam sinais, olhavam como doces prostitutas.

~ Vencendo o próprio destino forçava-se a olhar sozinha no mundo para os olhos do tigre, para seu caminhar ondulante, elevando-se acima do terror, até que dele saía uma espécie de verdade, algo que a apaziguava como uma coisa, ela suspirava franzindo os olhos. Aquele cheiro repugnante de cansaço fazia-lhe bem, ela cerrava os dentes de mulher.

As emas riam silenciosas, plenas de alegria e tolice mas havia uma placa avisando que eram perigosas. Não pareciam, o pescoço fino e sinuoso diretamente preso aos quadris volumosos, cheios de movimentos calmos.

Era inverno, o silêncio do jardim vazio, só um ou outro murmúrio dos animais, o grito fino de uma ave. Seus passos, nos largos vazios rodeados de jaulas, eram cautelosos. Passava pela cobra imóvel e fria com o coração seco de coragem.

A onça negra de veludo movia as pernas, as patas tocavam e largavam o chão num passo mole, rápido e silencioso. A fêmea, com a cara erguida sobre o corpo deitado, arfava absorta com saciedade, os olhos verdes esgazeados.

Ele estendeu a faca por algum motivo que ela não compreendeu: toque! Mas por quê? perguntou-se assustada, tocou na lâmina fria e brilhante que as gotas de chuva pareciam evitar e que lhe deixava um gosto de sangue na boca, enquanto com os olhos abertos, o rosto quase em careta de nojo e horror, ela sorria.

Sentia que alguma coisa se aproximava dentro de si e queria então atingi-la, ter um momento de tristeza absorta. Sabia porém que o homem a impediria de sofrer, arrastando-a para a meia sensação flutuante e equilibrada de seus corpos. Ele a forçava a não se desesperar, chamava-a insistente e inacessível para um rebaixamento, não se sabe por quê. Havia uma luta entre os dois que não se resolvia nem por palavras nem por olhares – e também ela sentia, surpreendida e obstinada, que procurava destruí-lo, que temia os momentos de pureza do homem, não suportava seus instantes de solidão como se lhe fosse desagradável e perigoso o que neles havia. Era uma luta despercebida que no entanto os ligava num mesmo meio de atração, desentendimento, repulsa e cumplicidade.

~ No quarto iluminado tirava as galochas, examinava os dedos dos pés comprimidos como pequenos pássaros esmagados. Afastava-os com mãos lentas, alisava-os. Como gostava de seu quarto; sentia seu cheiro de túnel quando se aproximava e estava bem, bem dentro dele quando entrava. Notava que antes de sair esquecera de abrir as janelas e um cheiro dela própria exalava-se de cada canto – como se voltando da rua se encontrasse em casa esperando.

~ O mundo noturno, frio, perfumado e tranquilo era feito de suas sensações fracas e desorganizadas. Oh como era estranho, estranho. Sentia-se bem e sabia que antes sufocava, parecia-lhe que de noite a água do mundo começava a viver.

~ Agora imóvel sem se decidir, de súbito lembrou-se de que poderia fazer café para animar-se e então tomar. E então tomar, e então tomar! pensou repentinamente viva. Mas não se erguia sequer. Quebrou-se cansada de si mesma, distraidamente enjoada de sua vida quente, de tantos gestos úmidos e lentos, de sua benevolência, do prazer e do aconchego no sofrimento – severidade e secura era o que agora desejaria vagamente, horrorizada com tantos sentimentos, mas nada conseguia, mole e atenta. O pensamento de fazer café sacudiu-a de novo com mais vigor, Deus meu, isso seria renascer, tomar café límpido, negro, quente, perfumado café – mundo, mundo, dizia seu corpo, sorrindo mudamente de dor.

~ Com certa timidez observava como estava sozinha. Poderia chorar de alegria, sim, porque tomando café teria forças para tudo. Encostou o rosto à cama fria e lágrimas mornas, redondas e felizes correram, aos poucos iam crescendo em soluços, agora em pequenos soluços tristes ela chorava sentindo a cama fria esquentar sob a face. Num movimento de abandono não queria mais café como se o café ainda não feito tivesse esfriado enquanto ela chorava.

— Algo curioso e franzido ocorria-lhe e desaparecia, um sentimento de leveza irritada. E como de súbito reagisse num impulso, decidiu com um estremecimento de energia e confusa esperança não beber café.

— Ele a sentia às vezes vagamente procurar transformar seu próprio ritmo de olhar e de viver para agradá-lo mas que isso para ela seria tão difícil como abrir os olhos no meio de um pesadelo e insinuar-se num sonho mais brando.

— Oh, por favor liberte-se mais de mim, que me pesa uma vida tão ligada à minha – dissera-lhe ele um dia.

— Por que é que a pessoa com quem se vive é a pessoa de quem se deve fugir?

— O ódio duro de estar preso a uma mulher que tudo faria para os dois serem felizes.

— Mas ser livre era amar de novo. Por que exigia ela menos do que ele podia dar?

— Tem-se a impressão de que se conhece há muito uma pessoa ao vê-la pela primeira vez, quando se consegue a um olhar apreender a harmonia dos traços com a alma.

— Ele ergueu os olhos querendo com um silêncio dar a ambos a certeza de que ele era um homem e ela uma mulher.

∽ A morte na velhice era um fresco fruto extemporâneo e um súbito revivescimento.

∽ A avó não existia com a diferença de que seu não existir era incompleto; só um rosto que se beijava como se beija um embrulho de papel; e de repente esta mulher morria como quem diz: vivi.

∽ Como culpar ambos? tudo era tão difícil, havia tantas formas de ofensas entre os que se amavam e tantas formas de não se compreender.

∽ A felicidade era tão violenta, abalava-a tudo.

∽ Podia-se pois sucumbir de felicidade, ela se sentira tão abandonada; mais um minuto de alegria e teria sido lançada para fora de seu mundo por desejos audaciosos, cheia de uma esperança insuportável. Não, ela não desejava a felicidade, ela era fraca diante de si mesma, fraca, embriagada, cansada; descobriu rapidamente que a exaltação a fatigava.

∽ Não havia desgraça grande demais para seu corpo... sim, que tudo ela suportaria, não, não por coragem mas porque vagamente, vagamente, porque o impulso inicial já fora dado e ela nascera.

∽ A própria sensação de fatalidade que era afinal a sua última certeza de estar vivendo, a impossibilidade de no mais fundo da carne admitir que nesse mesmo instante poderia estar morta. Sim, e depois parecia ter chegado ao limite de si própria, lá onde se confundiam a alegria, a inocência e a morte, lá onde numa cega transubstanciação as sensações tombavam no mesmo diapasão... e como ela chegara ao limite de si mesma, sentou-se de novo, quieta e branca e espiou levemente as coisas sem espera, sem lembrança; alisou a alça da combinação, um dos grandes seios pálidos, reduzida subitamente ao começo.

— Chegara a um instante raro de solidão onde mesmo o mais verdadeiro existir do corpo parecia hesitar.

— Ela não sabia qual seria o próximo instante – como pela primeira vez a vida vacilava pensando sobre si mesma, chegando a certo ponto e aguardando a própria ordem; o destino se esgotara e o que ainda prosseguia era a sensação primária de viver – o tema interrompido e o ritmo latejando seco. Os momentos soavam livres de sua existência e seu ser destacou-se do tempo sobre o qual decorria. Apertou a mão no peito – na verdade o que sentia era apenas um gosto difícil, uma sensação dura e persistente como de lágrimas insolúveis engolidas depressa demais.

— E como estava muito afastada de si mesma e de sua própria força, procurou, sem mesmo conhecer a natureza de seu impulso, ligar-se a uma dor mais sensível e mais possível, daquelas que provocavam uma solução.

— Atingia o que pretendera e no entanto não podia suportar o que ela própria criara. Seria tão mais fácil ser melhor para si mesma.

— Amanhã! amanhã ir embora e procurar alguém definitivamente! prometia-se. E isso – como ela era poderosa às vezes – e isso que ela sabia ser uma mentira apaziguava-a, fazia-a poder esperar com o coração mais uniforme, consolada como uma criança, palpitando com cuidado para não se magoar. Como era preciso ser delicada consigo – isto ela aprenderia sempre mais, a cada momento que fosse cumprindo; viver como se sofresse do coração – tateando, dando-se boas notícias suaves, dizendo sim, sim, você tem razão. Porque havia um instante na permissão que alguém se dava que poderia chegar a um estarrecimento seco e tenso, a alguma coisa da qual simplesmente não se conseguiria dizer o fim. Um estado em que ter força seria a própria morte talvez, e a única solução estaria na entrega rápida do ser, rápida, de olhos fechados, sem resistência.

～ Lembrou-se enfim de como numa tarde, riscando a toalha com a unha, pareceu-lhe ter ouvido baterem à porta. Levantou-se e abriu-a sobre o corredor vazio. Não encontrar ninguém assustara-a tanto que ela recuara, fechara a porta rapidamente sem ruído e encostara-se à parede sentindo o coração bater tonto e brusco, aquela sensação de erro que jamais se elucidara, uma fatalidade soando no relógio com fineza e precisão.

～ Como buscar no centro das coisas a alegria? por mais que nalguma vez remota e quase inventada a tivesse encontrado e vivido nesse próprio centro. Agora possuía a responsabilidade de um corpo adulto e desconhecido. Mas o futuro viria, viria, viria.

～ Pressentia com um prazer sereno e absorto como era novo, inexperiente e indecifrável o existir, como ela própria poderia algum dia ser adivinhada por um desconhecido numa estrada de ferro sem dizer uma palavra.

～ Levemente acordada pairava longe do mundo, oscilando sobre a própria dormência, rodeada pelo escuro momento passado e pelo que já se esboçava; estar acordada era então da mesma matéria do dormir.

～ Pensava como uma linha parte de um ponto prolongando-o, pensava como um pássaro que apenas voa, simples direção pura.

— Se olhasse o vazio sem cor ela nada enxergaria porque não existia o que enxergar, mas teria olhado e visto.

— Muito do seu passado não se realizara à flor do dia mas nos lentos movimentos do sonho, embora ela raramente pudesse relembrá-los.

— Talvez estivesse triste mas tinha nesse instante a firme sensação de que não podia viver de sua própria tristeza, de sua alegria ou mesmo do que sucedia; de que então? revolvia-se inquieta e atenta como se procurasse uma posição para viver.

— A pele secara, adquirira um tom arisco; conservava-se ainda jovem da testa até o início da boca, mas depois desta a velhice se precipitava como se tivesse custado a conter-se.

— Os traços de seu rosto e de seu corpo haviam-se tornado graúdos e domésticos; uma gordura pálida torneava-lhe a figura que já agora, tão envelhecida e rígida, adquiria pela primeira vez uma espécie de beleza, uma familiaridade e uma simpatia, certo ar de fidelidade e força como o de um canzarrão criado dentro do lar.

— Todas as mulheres sabem que um homem incomoda muito.

— Estivera pensando, pensando e repensando com obstinação, de leve e sem ruído, nesta cena estranha: um homem caminhando e encontrando outro homem, ambos parando na escuridão, olhando-se tranquilos e despedindo-se junto do muro branco e alto; os homens encontrando-se, trocando um olhar, despedindo-se junto do muro branco; os homens encontrando-se.

— As mulheres quando não são rivais se compreendem.

○ O amor não é tudo o que resulta em filhos.

○ Ela era lisa e fresca e pareceria muito com uma imagem santa se não fosse a inteligência de seus olhos imperceptivelmente atentos, guardando para si mesma as impressões. Dava bom-dia como um cartão-postal.

○ Ela era calma e boa – sim, essa fora a sensação no Grande Hotel, na cidade, lá onde a noiva de Daniel, seus pais e suas duas irmãs passavam uma temporada e onde Daniel a conhecera. Mas escondera a sensação de si própria e então pensava mentindo-se: ela fará da vida de Daniel algo com hora de almoço, de jantar, de sono, de regularização sexual, sadia, limpa e quase nobre, como num sanatório.

○ Você erra com uma força que não se pode deter... Acho mesmo que errar com essa violência é mais bonito do que acertar.

○ Os meninos e as meninas deveriam tanto mudar de nome quando cresciam. Se alguém se chamava Daniel, agora, deveria ter sido Círil um dia.

○ Virgínia era um apelido cheio de paz atenta como de um recanto atrás do muro, lá onde cresciam finas ervas como cabelos e onde ninguém existia para ouvir o vento. Mas depois de perder aquela figura perfeita, magra, tão pequena e delicada como o maquinismo de um relógio, depois de perder a transparência e ganhar uma cor, ela poderia se chamar Maria Madalena ou Hermínia ou mesmo qualquer outro nome menos Virgínia, de tão fresca e sombria antiguidade. Sim, e também poderia ter sido em pequena tranquilidade Sibila, Sibila, Sibila.

○ Urgia dizer alguma coisa com cólera, com alegria, que a violência rebentasse o ar em fulgor, revoltar-se, compreender-se!, que surgisse um cavalo correndo pela campina, que um pássaro gritasse.

~ Que demônio faz com que eu queira me parecer comigo mesmo.

~ As mulheres se cansavam mais facilmente que os homens, cansada como se de uma ferida invisível corresse sangue ininterruptamente como o ar, como o pensamento, como as coisas existentes sem trégua, a lebre correndo.

~ Era isso o destino – parecia notar – porque sem isso estaria liberta para se deixar penetrar por tantas possibilidades... ela, que se conservava no bom senso com uma obstinação que estranhamente não parecia nascer de um desejo profundo mas de como um capricho nervoso, de um pressentimento.

~ Olhos abertos vigiando e uma leve tensão impedindo... o quê? atrás desses olhos talvez nada houvesse de caro e vivo a resguardar tão dedicadamente, talvez apenas o vazio ligando-se ao infinito, sentia ela confusa quase num cochilo – ligando a própria profundeza ao infinito sem consciência sequer, sem êxtase, apenas uma coisa vivendo sem ser vista nem sentida, seca como uma verdade ignorada. Como era horrível, puro e inapelável viver.

~ Essa a realidade de sua vida: diariamente escapar. E exausta de viver, rejubilar-se na escuridão.

~ Em alguma parte uma corça abria e fechava suavemente as pálpebras lambendo um recém-nascido sorridente e ainda cansado.

~ Viu que estava sozinha. Mas um homem, um homem implorou espantada... que a compreendesse naquele instante no prado, que a surpreendesse quase com dor. Mas ninguém a via e o vento soprava quase frio.

~ Olhar o prado com solenidade e tristeza para impedir o excesso de plenitude tão difícil de suportar.

~ Era sua casa, sua casa – ela possuía um lugar que não era a mata nem a estrada escura, nem cansaço e lágrimas, que não era sequer a alegria, que não era o medo alucinado e sem rumo, um lugar que lhe pertencia sem que ninguém o tivesse dito jamais, um lugar onde as pessoas admitiam sem surpresa que ela entrasse, dormisse e comesse, um lugar onde ninguém lhe perguntava se ela tivera medo mas onde a recebiam continuando a comer sob a lâmpada, um lugar onde nos instantes mais graves as pessoas poderiam acordar e talvez sofrer também, um lugar para onde se corria assustada depois do arrebatamento, para onde se voltava após a experiência do riso, depois de ter tentado ultrapassar o limite do mundo possível – era sua, sua casa.

~ O lugar onde se foi feliz não é o lugar onde se pode viver.

~ Escondida e discreta ela se balançava – e aquele era o sentido de se viver aos segundos inspirando e expirando; não se respirava logo tudo o que se tinha a respirar, não se vivia de uma só vez, o tempo era lento, estranho ao corpo, vivia-se do tempo.

~ Por um misterioso assentimento à própria mentira, que tendo vivido tão continuamente, com paciência e perseverança como num trabalho diário, adivinhava que devia ter se escapado afinal no meio dos gestos perdidos o verdadeiro – embora jamais pudesse conhecê-lo.

~ Em pequena brincava de tentar não se mover, como todas as crianças que já o esqueceram; ficava quieta, suportando; os instantes latejavam no corpo tenso, mais um, mais um, mais um. E de súbito o movimento era irresistível, alguma coisa impossível de se conter como um nascimento.

Sempre observara nos velhos algo que não se podia resumir, que não era exatamente ausência de desejo, ou satisfação, nem experiência, ah, nunca experiência – algo que só o viver imponderável de todos os instantes incompreensíveis do sono e da vigília parecia conceder.

Estranhas e imperceptíveis eram a força e a fecundidade do ritmo. Nada parecia escapar à sucessão contínua, a um íntimo movimento esférico, inspirando, expirando, inspirando, expirando, morte e ressurreição, morte e ressurreição.

Afinal tudo era como era, pensou quase claramente, quase alegre – e isso significava a sua mais profunda sensação de existência como se as coisas fossem feitas da impossibilidade de não o serem.

Nos últimos tempos sua inquietação crescera como um corpo de menina que pressente sufocada a puberdade.

Ela não estava à altura de compreender seus pensamentos – na verdade o que havia de intocado, desperto e confuso nela mesma ainda tinha forças para fazer nascer um tempo de espera mais longo que o da infância até os seus dias, de tal modo ela não chegara a nenhum ponto, dissolvida vivendo – isso assustava-a cansada e desesperada do próprio fluir instável e isso era algo horrivelmente inegável, e isso no entanto a aliviava de um modo estranho, como a sensação a cada manhã de não ter morrido à noite.

~ Num esforço em que o peito parecia suportar um viscoso peso, com um mal-estar inexcedível, atravessou pálida a rua e o carro dobrou a esquina, ela recuou um passo, o carro hesitou, ela avançou e o carro veio em luz, ela o percebeu com um choque de calor sobre o corpo e uma queda sem dor enquanto o coração olhava surpreso para nenhum lugar e um grito de homem vinha de alguma direção.

~ Estacara para a frente impedindo-se por um triz de pisar num gatinho rígido e morto e o coração retrocedera enquanto, com os olhos, por um instante profundamente cerrados de asco, todo o seu corpo dizia para dentro de si mesmo num escuro e cavo momento, bem no oco sonoro de uma igreja silenciosa: arrh! em funda náusea vivificadora o coração retrocedendo branco e sólido numa queda seca, arrh!

~ A morte inacabara para sempre o que se podia saber a seu respeito. A impossibilidade e o mistério cansaram com força seu coração.

III

A CIDADE SITIADA

~ Achou-se tão perto de uma face que esta lhe riu. Era difícil perceber que ria para alguém perdido na sombra.

~ Olhando porém um desconhecido nos olhos que a claridade de um poste enchia: que noite! disse ela para o estranho, e as duas caras hesitaram.

~ Onde estaria o centro de um subúrbio?

~ O sacrifício da carne é realizar-se como carne.

~ Estava no seu pequeno destino insubstituível passar pela grandeza de espírito como por um perigo, e depois decair na riqueza de uma idade de ouro e de escuridão, e depois perder-se de vista.

~ Ser-lhe-ia mais fácil ver o sobrenatural: tocar na realidade é que estremeceria nos dedos.

~ Debruçava-se sem nenhuma individualidade, procurando apenas olhar diretamente as coisas.

— Quanto mais uma pessoa penetrasse no centro menos saberia como é uma cidade.

— E ela no fundo possuindo aquele mal-estar feliz que era desconfiança sobre o que podia vir de um homem.

— Da calçada deserta ela olharia: um canto e outro. E veria as coisas como um cavalo. Porque não havia tempo a perder.

— Sinto na minha carne uma lei que contradiz a lei de meu espírito.

— As coisas se mantinham à própria superfície na veemência de um ovo. Imunizadas.

— Quando uma coisa não pensava, a forma que possuía era o seu pensamento. O peixe era o único pensamento do peixe.

— Eis a flor – mostrava o grosso caule, a corola redonda; a flor se demonstrava. Mas sobre o caule também ela era intocável, o mundo indireto. Inútil ser imóvel: a flor era intocável. Quando começasse a murchar, já se poderia olhá-la diretamente mas então seria tarde; e depois que morresse, se tornaria fácil: podia-se jogá-la fora tocando-a inteiramente – e a sala decresceria, andar-se-ia entre as coisas apequenadas com firmeza e desilusão, como se o que fora mortal tivesse morrido e o resto fosse eterno, sem perigo.

— O difícil é que a aparência era a realidade.

— Gastar a vida tentando geometricamente assediá-la com cálculos e engenho para um dia, mesmo decrépita, encontrar a brecha.

- Ah, eu bem queria ter a força de uma janela.
- Pareceu encontrar a simples sutileza do corpo, transformado afinal na coisa que age.
- Pousada sem culpa como na sala de espera de um dentista.
- Sabia tão pouco de si como o homem, que passando, a olhara e a vira alongada.
- Que sujo caminho era percorrido na escuridão até os pensamentos rebentarem em gestos!
- Nunca precisara da inteligência, nunca precisara da verdade; e qualquer retrato seu era mais claro do que ela.
- "Não se conhecer" era insubstituível por "conhecer-se".
- A perfeição não se apressa.
- O tempo de uma vida seria justo o tempo de sua morte.
- Já possuía a própria forma como instrumento de olhar: o gesto.
- De súbito deu-lhe um instinto.
- O que existia explicava-se ao máximo, e o máximo era o estremecimento de uma flor no jarro.
- O máximo era a serenidade de um objeto parado.
- Sonhar ser grega era a única maneira de não se escandalizar, e de explicar seu segredo em forma de segredo.
- O que restara da Grécia? a insistência.

- Nem escuridão nem claridade – frescura.
- Nem escuridão nem claridade – aurora.
- Nem escuridão nem claridade – visibilidade.
- Nunca fora hoje até então.
- Uma estrangeira apenas protegida por uma raça das pessoas iguais, espalhadas nos seus postos.
- Foi assim que ela escapou de saber. A moça tinha sorte: por um segundo sempre escapava. Verdade era que, pela diferença deste segundo, outra pessoa de súbito compreenderia. Mas era verdade também que pelo mesmo segundo outra pessoa seria fulminada.
- O principal era mesmo não compreender. Nem sequer a própria alegria.
- Era uma roda pequena girando rápida enquanto a maior girava lenta – a roda lenta da claridade, e dentro desta uma moça trabalhando como formiga. Ser formiga na luz, absorvia-a inteiramente e em pouco, como um verdadeiro trabalhador, ela não sabia mais quem lavava e o que era lavado – tão grande era a sua eficiência. Parecia enfim ter ultrapassado as mil possibilidades que uma pessoa tem, e estar apenas neste próprio dia, com tal simplicidade que as coisas eram vistas imediatamente. A pia. As panelas. A janela aberta. A ordem, e a tranquila, isolada posição de cada coisa sob o seu olhar: nada se esquivava.
- Quando procurava outro pedaço de sabão, não lhe ocorreria não achá-lo: lá estava ele, à mão. Tudo estava à mão.
- Não possuía as futilidades da imaginação mas apenas a estreita existência do que via.

⁓ Lá estavam as coisas recortadas, e sem sombras, feitas para uma pessoa se aprumar ao olhá-las.

⁓ Uma criatura estava diante do que via, tomada pela qualidade do que via, com os olhos ofuscados pelo próprio modo calmo de olhar; a luz da cozinha era o seu modo de ver – as coisas às duas horas parecem feitas, mesmo na profundeza, do modo como se lhes vê a superfície.

⁓ Seu pensamento mais apurado era ver, passear, ouvir. Mas seu tosco espírito, como uma grande ave, se acompanhava sem se pedir explicações.

⁓ A glória de uma pessoa era ter uma cidade.

⁓ O extraordinário nunca a tentaria, nem as imaginações: na verdade gostava do que está ali.

⁓ "A coisa que está ali." Não se poderia senão: ultrapassá-la. E para ultrapassá-la, ter que considerá-la uma suposição.

⁓ Mas volta e meia, não era mais hipótese: era a coisa que está ali.

⁓ Em certos fatos ela acreditava, em outros não – não acreditava que nuvens fossem água evaporada: para quê? pois se lá estavam as nuvens. Nem chegava a gostar de assuntos de poesia. Gostava mesmo de quem contava como as coisas eram, enumerando-as de algum modo: era isso o que sempre admirava, ela que para tentar saber de uma praça fazia esforço para não sobrevoá-la, o que seria tão mais fácil. Gostava de ficar na própria coisa: é alegre o sorriso alegre, é grande a cidade grande, é bonita a cara bonita.

~ Uma vez ou outra, via ainda mais perfeito: a cidade é a cidade. Faltava-lhe ainda, ao espírito grosseiro, a apuração final para poder ver apenas como se dissesse: cidade.

~ O olhar não era descritivo, eram descritivas as posições das coisas.

~ O que estava no quintal não era ornamento. Alguma coisa desconhecida tomara por um instante a forma desta posição.

~ As coisas pareciam só desejar: *aparecer* – e nada mais. "Eu vejo" – era apenas o que se podia dizer.

~ Como as coisas pareciam grandes vistas pelo orifício. Adquiriam volume, sombra e claridade: elas *apareciam*.

~ Pelo buraco da fechadura a alcova tinha uma riqueza imóvel, pasmada – que desapareceria se se abrisse a porta.

~ Ver as coisas é que eram as coisas.

~ Ser de certa maneira estúpida e sólida e cheia de espanto – como o sol.

~ Estava bruta, de pé, uma besta de carga ao sol. Essa era a espécie mais profunda de meditação de que era capaz.

~ Sei o que você está tentando: você está tentando ver a superfície mas tem voz rouca, pensou ela tão profundo e desconhecido que parecia ter ido a um descampado para pensar, de lá voltando rapidamente a fim de prosseguir.

~ A cautela consistia em não ter ideia do que fazia.

~ O erro era uma descoberta. Errar fazia-a encontrar a outra face dos objetos e tocar-lhes o lado empoeirado.

~ Olhando com uma severidade e uma dureza que faziam com que ela não buscasse a causa das coisas, mas a coisa apenas. Severa, curta, rouca, real, mergulhada em sonho.

~ "A coisa que está ali" era a derradeira impossibilidade.

~ Que cidade. A cidade invencível era a realidade última. Depois dela haveria apenas morrer, como conquista.

~ Mas em nome de que rei ela era uma espiã?

~ Mal tomava conhecimento, às vezes se coçando quase irônica – não tinha o que fazer até arranjar casamento. Apoiada sobre uma anca. Oh, tinha apenas pousado por ali um instante. Nada disso lhe concernia.

~ E, se alguém pensasse que chegara o momento de dar um grito para assustá-la – espantar-se-ia ao vê-la voltar a cabeça e espiar calma, ligeiramente sarcástica, bem nos olhos de quem desejara assustá-la.

~ Oh, as infinitas posições da sala, como se alguém se deitasse no chão e olhasse no teto a lâmpada oscilar... podia-se ter uma vertigem à orla de um bibelô. E eram sempre as mesmas coisas: torres, calendários, ruas, cadeiras – porém camufladas, irreconhecíveis. Feitas para inimigos.

~ O que não se sabe pensar, se vê! a justeza máxima de imaginação neste mundo era pelo menos ver: quem pensara jamais a claridade?

~ Uma dessas piruetas de moça casadoura. São tão alegres. Às vezes fazem as cambalhotas mesmo na frente dos outros, e riem muito depois.

- Mas de manhã, ao café, tudo era amarelo e quando uma filha tomava café e a fumaça saía da xícara, flores amarelas tinham-se espalhado sobre a mesa, e uma mãe sentada à cabeceira era a dona desta casa.

- Elas eram a mãe e a filha, dando-se como mãos se dão; e, embora se julgassem excepcionalmente argutas, nunca tentavam prová-lo.

- Como não viver a própria vida inteira mesmo que se morresse a qualquer instante?

- Todo homem parecia prometer uma cidade maior a uma mulher.

- Enigmático e satisfeito: comia pouco de manhã, beijava-a, a boca através do café cheirando a pasta de dentes e a enjoo matinal. Usava anéis nos dedos como um escravo.

- Esperou ir mais duas ou três vezes ao teatro, aguardando o momento em que atingiria um número difícil de contar, como sete ou nove, e poderia acrescentar esta frase: "eu ia ao teatro quase sempre".

- Ninguém a tiraria dali, tinha direito de estar num camarote: esta era a sua época.

- Nesse tempo de felicidade vivia cheia de pequenas rugas se formando, acompanhando modas em figurinos franceses, misturada a essa poeirenta época que aspirava com sufocação à posteridade – enquanto se usavam formas úteis de pensamentos: "na teoria é ótimo mas na prática falha", dizia-se muito, e à luz de um poste passava o carro em disparada.

- Também se empregava muito a palavra "sociedade", naqueles tempos. "A sociedade exige tudo e não dá nada, o senhor não acha?", dizia-se muito.

◦ Nada havia de mais perigoso do que uma mulher fria.

◦ No meio da confusão da cidade é que se reconheceria um forasteiro: este não tinha onde se agarrar.

◦ Cada vez mais a fotografia ia se destacando do modelo, e a mulher a procurava como a um ideal. O rosto na parede, tão inchado e digno, tinha no sonho sufocante um destino, enquanto ela mesma... Talvez tivesse caído no maquinismo das coisas, e o retrato fosse a superfície inatingível, já a ordem superior da solidão.

◦ Mosquitos leves de pernas altas. Haviam crescido além do tamanho e, enfraquecidos por esse excesso, era fácil tocá-los: quando se deixava um copo d'água afogavam-se sem ao menos deteriorarem-se. Era uma vida breve, sem relutância. Pareciam viver de uma história muito maior do que as suas. E, tão inúteis e resplandecentes, faziam do mundo a orbe.

◦ E, não se tocarem, desequilibrava o passo de ambos, não se tocarem quase os levava a certo ponto extremo. Tudo se tornara precioso.

◦ Estendeu a mão pensando encontrar a dela e sem querer tocou-lhe o braço – ela empalideceu: boa-noite, respondeu, e o homem se afastou pisando folhas.

◦ Não queria entrar em caminho de amor, seria uma realidade sangrenta demais.

◦ Quero menos que tua vida, quero você! Ela respondendo com dor, com pudor: no amor é indigno pedir tão pouco, rapaz.

◦ Agora, em último esforço, tentava a solidão. A solidão com um homem: em último esforço, ela o amava.

Os dias aliás estavam maravilhosos nessa época. Iniciava-se o outono e nas janelas brilhavam teias de aranha. As distâncias haviam-se tornado muito maiores embora fáceis de percorrer. À mulher parecia mesmo viver na linha do horizonte. Era de lá que via cada pequena coisa com suas luzes, esse estranho mundo onde em tudo se poderia inutilmente tocar. Os galos cocoricavam nos fundos das casas. Quanto às manhãs, eram de se jogar longe um sapato – e o cachorro correr latindo atrás. O tempo era para caçada.

E a vaca... A vaca olhando uma extensão com um olho, a extensão oposta com outro olho; de frente seria tão fácil, mas a vaca nunca viu.

No escuro ela o via como a um animal – era uma cabeça de touro ou de cão – a cabeça de um homem. De um homem que pastasse no campo e que ruminasse ervas, e que mordesse folhas altas à passagem – e que de noite parasse ao vento – vazio, potente, rei dos animais – a cabeça no escuro.

Preferia ainda a confusão promissora das palavras a essa nudez sem beleza, a esta verdade de hospital e de guerra.

Uma mulher para aquele homem. Forte, bruta, paciente – sem esperar recompensa ela era daquela cabeça resignada de bicho, e desse outro animal esperaria sem curiosidade a ordem de seguir ou parar, arrastando-se suada, resistindo como podia. Para de noite erguer a cabeça ao lado da cabeça do animal, ambos mastigando em silêncio no escuro, ambos sobrevivendo como obscura vitória.

⁓   Não havia como acusá-la por não se agarrar à oportunidade de ser de um homem, e não das coisas. Na verdade ele nada oferecera, fora apenas uma cabeça a exprimir-se no escuro. Eles tornariam concretos cada pensamento sobre ponte, cada ideia sobre uma linha férrea. Um esperava porém que o outro o adivinhasse, máximo de dar e aceitar, nunca houvera tanta necessidade de ser compreendido. Não se exigia senão este instante de sobrevivência, assim era, assim seria.

⁓   Peço perdão por não ser uma "estrela" ou "o mar" – disse irônico – ou por não ser alguma coisa que se dá, disse corando. Peço perdão por não saber me dar nem a mim mesmo – até agora só me pediram bondade – mas nunca que eu... – para me dar desse modo eu perderia minha vida se fosse preciso – mas peço de novo perdão.

⁓   Não se tratava mais de proteger-se. Tratava-se de perder-se até chegar ao mínimo de si mesmo.

⁓   Perguntava-se como era possível que ele a amasse sem conhecê-la, esquecendo que ela própria só conhecia do homem o amor que ela lhe dava.

⁓   Desde que o amava encontrara simplesmente o sinal de fatalidade que tanto procurara, esse insubstituível que mal se adivinhava nas coisas, o insubstituível da morte: como o gesto, o amor reduzia até encontrar o irremediável, com o amor se apontava o mundo.

⁓   Sim, sim, ela estava bastante perdida. Bem lhe parecera sempre que antes de mais nada era preciso se perder. Bem sabia que, tentando através da sala de visitas olhar as coisas que existem, não tivera coragem de ser guiada pelos objetos: caíra, sim, porém tivera medo e agarrara-se onde pudera. Se tivesse caído até o fim, saberia que fim de queda era estar sob o céu estrelado? e era ver que o mundo é redondo, e que o vazio é o pleno, e que milho crescendo é espírito.

— Quando encontrava um homem fraco e inteligente, sobretudo fraco porque inteligente — devorava-o duramente, não o deixava equilibrar-se, fazia-o precisar dela para sempre — era o que fazia, absorvendo-os, detestando-os, apoiando-os, a irônica mãe.

— Sabia como ninguém transformar um cão solitário num cão feliz que se deitava ao seu lado piscando os olhos. E então, tendo-o aos pés — jamais, jamais compreensível — o aposento ficava grande, silencioso; e não era o cão, era ela quem vigiava a casa. Tal a sua grandeza, tal a sua miséria.

— Não tinha vergonha de não desejar vida nova — era muito perigoso uma vida nova, quem de vós suportaria.

— Examinou ainda o rapaz que ela, com tanto esforço, conservara inteiro — olhou-o e balançou a cabeça como uma velha. Gostaria de juntar duas cadeiras, enrolar-se e dormir. Sentia-se ainda grata a alguma coisa, e a voz, quando tossiu, saiu grossa. Tão reconhecida ao moço que lhe permitira, talvez um pouco tarde demais — entre um trem e um hotel, sem mesmo abandonar a mala — que lhe permitira admirá-lo apenas; ela que sempre exigia que as pessoas tivessem sofrido, senão por onde começar a roê-las? e sobretudo por onde perdoá-las.

— Em certas coisas, mesmo boas, não se devia tocar jamais, nem com o pensamento.

— Sou de opinião de que se fala demais.

— Era livre: não pedia provas.

～ Um bicho conhece a sua floresta; e mesmo que se perca – perder-se também é caminho.

～ Oh, ela não compreendera que cada pessoa era o máximo e que não seria necessário procurar outra.

～ Foi ao dentista e pôs dois dentes de ouro – teve afinal o primeiro ar de estrangeira.

IV

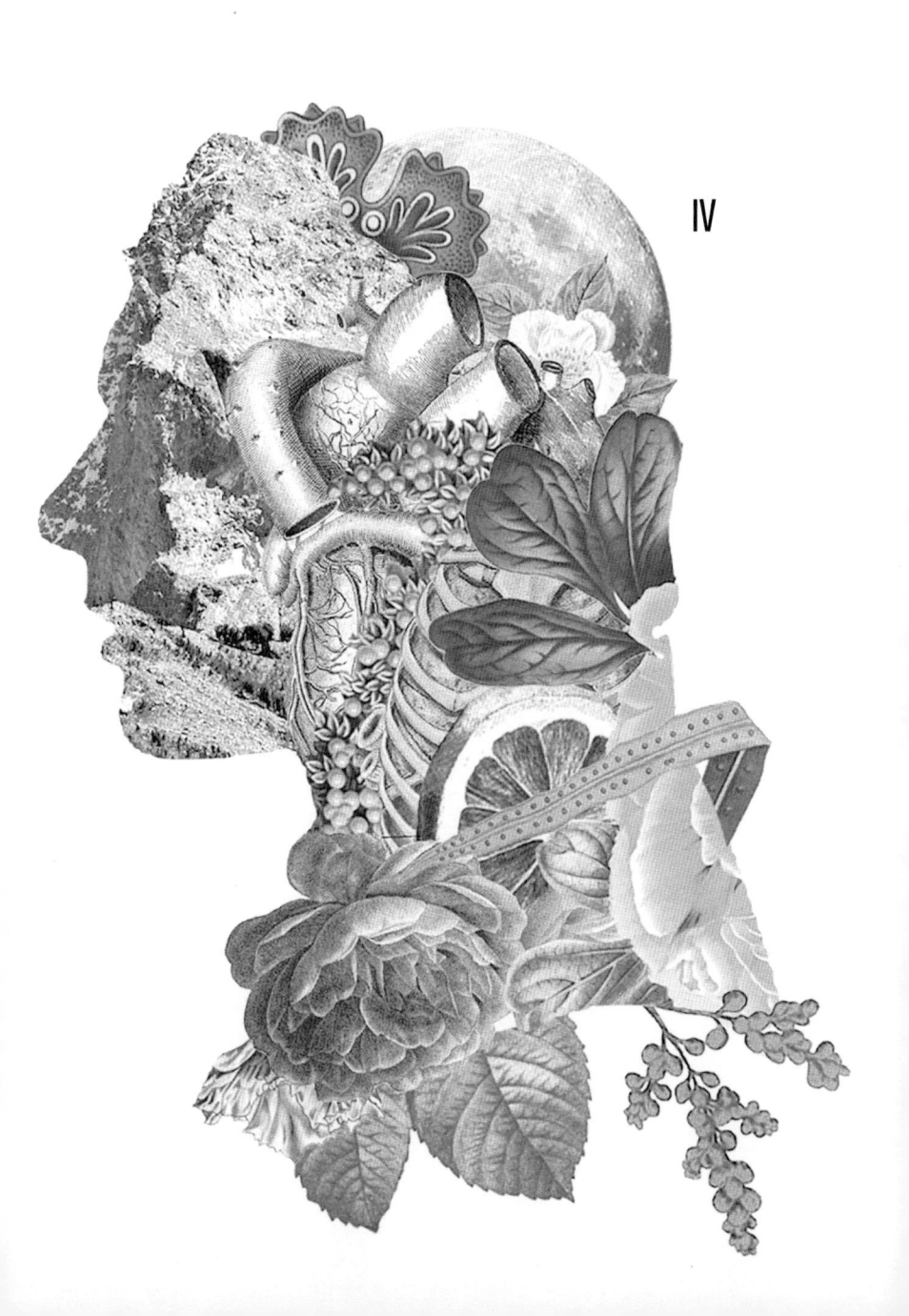

A MAÇÃ NO ESCURO

∽ Esta história começa numa noite de março tão escura quanto é a noite enquanto se dorme. O modo como, tranquilo, o tempo decorria era a lua altíssima passando pelo céu.

∽ O espanto parece com a grande alegria.

∽ Em duas semanas aprendera como é que um ser não pensa e não se mexe e no entanto está todo ali.

∽ Em qualquer lugar onde o homem experimentou se pôr de pé, ele próprio se tornou o centro do grande círculo, e o começo apenas arbitrário de um caminho.

∽ Com a continuação de noites e dias o homem terminara por esquecer o motivo pelo qual quisera encontrar o mar. Quem sabe, talvez não fosse por nenhum motivo de ordem prática. Talvez fosse apenas para que, chegando finalmente ao mar, num instante de obscura beleza, ali ele tivesse chegado.

~ Perdendo a garantia com que um homem fica sobre dois pés, ele se arriscou à penosa acrobacia de voar desajeitado.

~ Pois futuro é faca de dois gumes, e futuro molda o presente.

~ Cada coisa estava no seu lugar. Como um homem que fecha a porta e sai, e é domingo.

~ Nem a mulher fora criada.

~ Há alguma coisa numa extensão de campo que faz com que um homem sozinho se sinta sozinho.

~ O homem não pareceu ter a menor intenção de fazer alguma coisa com o fato de existir. Estava era sentado na pedra. Também não pretendia ter o menor pensamento sobre o sol.

~ Cada gesto seu repercutia como palmas na distância: quando ele se coçou, esse gesto rolou diretamente para Deus.

~ A coisa mais desapaixonadamente individual acontecia quando uma pessoa tinha a liberdade. No começo você é um homem estúpido tendo a mais a grande solidão. Depois, um homem que levou uma bofetada na cara e no entanto sorri beato porque ao mesmo tempo a bofetada lhe deu de presente uma cara que ele não suspeitava. Depois, aos poucos, você começa, sonso, a fazer casa e a tomar as primeiras intimidades impudicas com a liberdade: você só não voa porque não quer, e quando se senta numa pedra é porque em vez de voar sentou-se. E depois?

~ Era uma orgia muda na qual havia o virginal desejo de aviltar tudo o que é aviltável; e tudo era aviltável, e esse aviltamento seria um modo de amar.

~ E depois? Bem, só mesmo o que aconteceria depois é que iria dizer o que aconteceria depois.

~ Se quisesse poderia não se sentar na pedra. O que lhe dava a eternidade de um pássaro pousado.

~ A quietude que se seguiu foi tão oca que o homem procurou ouvir ainda um último baque da pedra para calcular a profundidade do silêncio onde ele a lançara.

~ Um homem estava sentado. E não havia sinônimo para nenhuma coisa, e então o homem estava sentado. Assim era. O bom é que era indiscutível. E irreversível.

~ Aquela coisa que ele estava sentindo devia ser, em última análise, apenas ele mesmo. O que teve o gosto que a língua tem na própria boca. E tal falta de nome como falta nome ao gosto que a língua tem na boca. Não era, pois, nada mais que isso.

~ Aquele homem sempre tivera uma tendência a cair na profundidade, o que um dia ainda poderia levá-lo a um abismo: por isso sabiamente tomou a precaução de abster-se.

~ Animal brilha apenas nos olhos, mantendo atrás de si a vasta alma intocada de um animal.

~ Se ele conseguisse se provar que nunca tinha sido inteligente, então se revelaria também que seu próprio passado fora outro, e se revelaria que alguma coisa no fundo dele próprio sempre fora inteiro e sólido.

~ Imitara a inteligência, com aquela falta essencial de respeito que faz com que uma pessoa imite. E com ele, milhões de homens que copiavam com enorme esforço a ideia que se fazia de um homem, ao lado de milhares de mulheres que copiavam atentas a ideia que se fazia de mulher e milhares de pessoas de boa vontade copiavam com esforço sobre-humano a própria cara e a ideia de existir.

~ O desconforto é a única advertência de que se está copiando.

~ Mesmo a compreensão, a pessoa imitava. A compreensão que nunca fora feita senão da linguagem alheia e de palavras.

~ Então – através do grande pulo de um crime – há duas semanas ele se arriscara a não ter nenhuma garantia, e passara a não compreender.

~ O homem agora se rejubilava como se não compreender fosse uma criação.

~ Não compreender estava de súbito lhe dando o mundo inteiro.

~ Aquele homem rejeitara a linguagem dos outros e não tinha sequer começo de linguagem própria. E no entanto, oco, mudo, rejubilava-se. A coisa estava ótima.

~ Acontece que, por circunstâncias especiais, em duas semanas aquele homem se tornara um duro herói: ele representava a si mesmo. A culpa não o atingia mais.

~ Ele não sentira horror depois do crime. O que sentira então? A espantada vitória.

~ Com deslumbramento, vira que a coisa inesperadamente funcionava: que um ato ainda tinha o valor de um ato. E também mais: com um único ato ele fizera os inimigos que sempre quisera ter – os outros. E mais ainda: que ele próprio se tornara enfim incapacitado de ser o homem antigo pois, se voltasse a sê-lo, seria obrigado a se tornar o seu próprio inimigo – uma vez que na linguagem de que até então vivera ele simplesmente não poderia ser amigo de um criminoso. Assim, com um único gesto, ele não era mais um colaborador dos outros, e com um único gesto cessara de colaborar consigo mesmo. Pela primeira vez Martim se achava incapacitado de imitar.

⌒ O bom de um ato é que ele nos ultrapassa.

⌒ Não tivera mais tempo: num ritmo extraordinariamente perfeito e lubrificado, seguira-se o profundo entorpecimento de que ele tinha precisado para que nascesse esta sua inteligência atual. Que era grosseira e esperta como a de um rato. Nada além disso. Mas pela primeira vez utensílio. Pela primeira vez sua inteligência tinha consequências imediatas. E de tal modo se tornara posse total sua que ele pudera habilidosamente especializá-la em garanti-lo, e em garantir sua vida.

⌒ Passara a saber como fugir como se tudo o que tivesse feito até agora na vida diária não tivesse sido senão ensaio indistinto para a ação. E então aquele homem se tornara finalmente real, um rato verdadeiro, e qualquer pensamento dentro dessa inteligência nova era um ato, embora rouco como de voz ainda nunca usada. Era pouco o que ele era agora: um rato. Mas enquanto rato, nada nele era inútil. A coisa era ótima e profunda. Dentro da dimensão de um rato, aquele homem cabia inteiro.

⌒ Mas antes – durante uma fração de segundo – antes a vitória. Porque um homem um dia tinha que ter a grande cólera.

⌒ E pela primeira vez, com candura, admirara-se a si mesmo como um menino que se descobre nu ao espelho.

Aparentemente, com o acúmulo de pensamentos de bondade sem a ação da bondade, com o pensamento de amor sem o ato de amor, com o heroísmo sem o heroísmo, sem falar de certa crescente imprecisão de existir que terminara se tornando o impossível sonho de existir – aparentemente aquele homem terminara por esquecer que uma pessoa pode agir. E ter descoberto que na verdade já tinha involuntariamente agido, dera-lhe de repente um mundo tão livre que ele se estonteara na vitória.

— Aquele homem não se questionara sequer se havia quem pudesse agir sem ser por intermédio de um crime. O que teimosamente sabia, apenas, é que um homem tinha que ter um dia a grande cólera.

— Eu era como qualquer um de vocês, disse então muito subitamente para as pedras pois estas pareciam homens sentados.

— Imaginem – recomeçou então inesperadamente quando estava certo de que nada mais tinha a lhes dizer – imaginem uma pessoa que tenha precisado de um ato de cólera, disse para uma pedra pequena que o olhava com um rosto calmo de criança. Essa pessoa foi vivendo, vivendo; e os outros também imitavam com aplicação. Até que a coisa foi ficando muito confusa, sem a independência com que cada pedra está no seu lugar. E não havia sequer como fugir de si porque os outros concretizavam, com impassível insistência, a própria imagem dessa pessoa: cada cara que essa pessoa olhava repetia em pesadelo tranquilo o mesmo desvio. Como explicar a vocês – que têm a calma de não ter futuro – que cada cara tinha falhado, e que esse fracasso tinha em si uma perversão como se um homem dormisse com outro homem e assim os filhos não nascem.

— Talvez tivesse vaga consciência de que estava representando e se vangloriando, mas fingir era uma nova porta que, no primeiro esbanjamento de si mesmo, ele podia se dar ao luxo de abrir ou fechar.

— Imaginem uma pessoa que era pequena e não tinha força. Ela na certa sabia muito bem que toda a sua força reunida, tostão por tostão, só seria suficiente para comprar um único ato de cólera. E na certa também sabia que esse ato teria que ser bem rápido, antes que a coragem acabasse, e teria mesmo que ser histérico. Essa pessoa, então, quando menos esperava, executou esse ato; e nele investiu toda a sua pequena fortuna.

— Estaria ele descrevendo seu crime como um homem que pintasse num quadro uma mesa – e ninguém a reconhecesse porque o pintor a pintara do ponto de vista de quem está embaixo da mesa?

— E por enquanto ele era alguém ainda muito recente, de modo que tudo o que disse não somente lhe pareceu ótimo, como ele caía, deslumbrado apenas pelo fato de ter conseguido caminhar sozinho.

— Estava sinceramente espantado pelo fato da desgraça também o ter atingido e – mais que isto – que ele estivesse por assim dizer à altura dela.

— A verdade seria diferente se você a dissesse com palavras erradas.

— Eu sei por que é que Deus fez o rinoceronte, é porque Ele não via o rinoceronte, então fez o rinoceronte para poder vê-lo.

— Essa pessoa de quem estou falando matou um mundo abstrato e lhe deu sangue.

- Ele se livrara da grande culpa materializando-a.

- E agora, que enfim fora banido, estava livre. Ele era enfim um perseguido.

- Ele queria falar porque não há uma lei que impeça um homem de falar.

- Para quem nunca viu uma cabeleira, um fio de cabelo não era nada, e tirado de sua água, o peixe era apenas uma forma.

- Dissera a um amigo que o negócio era mau, fizera ele próprio o negócio e ganhara uns bons cobres e sentira aquele bom triunfo no peito, insubstituível por qualquer outro prazer, e que faz com que um homem ame os seus semelhantes através do fato de tê-los vencido.

- Ele fora se tornando um homem abstrato. Como a unha que realmente nunca consegue se sujar: é apenas ao redor da unha que está o sujo; e corta-se a unha e não dói sequer, ela cresce de novo como um cacto.

- Um dia enfim um homem tem que sair em busca do lugar-comum de um homem. Então um dia o homem freta o seu navio. E, de madrugada, parte.

- Ilógico, lutava primitivamente com o corpo, torcendo-se numa careta de dor e de fome, e com voracidade ele todo tentou se tornar apenas orgânico.

- De acordo com as leis de caça, um animal ferido se torna um animal perigoso.

- Continuando a andar, por vezes o vento lhe trazia um clamor vago, uma reivindicação mais intensa. Era um alarme de vida que delicadamente alertou o homem. Mas com o qual ele nada soube fazer como se visse uma flor se entreabrir e apenas olhasse.

⁓　Às vezes a pessoa estava tão ávida por uma coisa, que esta acontecia, e assim se formava o destino dos instantes.

⁓　E à beira de sua mudez, estava o mundo. Essa coisa iminente e inalcançável. Seu coração faminto dominou desajeitado o vazio.

⁓　E como se agora sua energia estivesse a seu próprio alcance e medida, ele se ergueu sem nenhum esforço. Uma alerteza impessoal o tomara como a de um tigre de patas macias. Agora ele era real e silencioso.

⁓　O que o sustentava era a impessoalidade extraordinária que ele alcançara, como um rato cuja única individualidade é aquilo que ele herdou de outros ratos. Essa impessoalidade, o homem a manteve em leve repressão de si próprio como se soubesse que, do momento em que se tornasse ele mesmo, cairia emborcado no chão.

⁓　O homem olhou-o com fixidez. Em trégua de luta, mediu a sede do outro. No seu olhar não havia misericórdia mas humano reconhecimento – e, como se as duas lealdades se encontrassem, olharam-se limpos nos olhos. Que aos poucos foram se enchendo de alguma coisa mais pessoal. Não era ódio – era um amor ao contrário, e ironia, como se ambos desprezassem a mesma coisa.

⁓　Para a sua própria desvantagem, o lugar era bonito demais, e para a sua própria desvantagem ele estava se sentindo bem – o que lhe tirava da percepção a sua principal utilidade de luta.

⁓　Não havia como não aceitar o que acontecia pois para tudo o que pode acontecer um homem nascera.

— Como um homem que alcança, ali estava ele exausto, sem interesse nem alegria. Estava envelhecido como se tudo o que lhe pudesse ser dado já viesse tarde demais.

— Tinha uma qualidade de cujo gozo não usufruía porque essa qualidade era ele próprio – uma qualidade a que, em determinadas circunstâncias favoráveis, poucas mulheres resistiriam: a da inocência.

— Parecera-lhe, com muita inteligência, que o único modo de não cair no chão seria ficar parado, e que seria estratégico deixar os acontecimentos lhe sucederem.

— Ele respeitava na mulher a força com que esta não o deixava ser nada mais nem nada menos do que ele era.

— Então, sem se dar conta de que o espiava cruamente, a mulher descobriu fascinada que ele não ria. Era o rosto que tinha uma expressão apenas física de malícia, independente de qualquer que fosse seu pensamento – assim como um gato às vezes parece rir.

— E estava ali em pé numa exposição completa de si mesmo, num silêncio de cavalo em pé.

— Numa perversão de alguma lei sagradamente admitida, aquele homem não se dava por óbvio. E sua cara tinha uma sabedoria física horrivelmente secreta como a de um puma quieto. Como um homem que só não violentou em si o seu último segredo: o corpo. Ali estava ele, totalmente à tona e totalmente exposto. O que havia de unicamente inteiro nele, remotamente reconhecível pela mulher naquele instante de estranheza, era a barreira final que o corpo tem.

— Mas a verdade mesmo é que aquele homem não parecia pensar em nada – constatou então com mais calma.

Na cara dele havia permanecido a estremecível sensibilidade que o pensamento dá a um rosto: mas ele não pensava em nada. Talvez tivesse sido isto o que a horrorizava.

~ Não ter carinho por si mesmo era o começo de uma crueldade para com tudo.

~ Com uma desagradável clareza que não pôde ocultar de si por mais tempo, a mulher percebeu que o homem não procurara lhe dar a menor garantia nem lhe prometera nada.

~ Um dia, cuidando com mãos hábeis de um cachorro ferido – este perdera os sentidos. E ela, sentindo no regaço o inesperado peso total do cão, erguera os olhos solitária e responsável junto daquele corpo sem alma que era agora inteiramente dela, como um filho.

~ Era um rosto de quem fez da própria desistência uma arma e um insulto para os outros.

~ Fora uma infância de doença o que fizera aquela moça se desenvolver na sombra?

~ Só aos viciados não escapavam as secretas delícias do vício.

~ Estivera tão sozinha com ele, tão desamparada com um homem a correr atrás dela, que então se jogara nos braços dele.

~ Seu carrasco teria que ser o seu apoio.

~ Se uma pessoa se aproximasse de mim com uma foice, eu aproximaria o pescoço para que quem me matasse pelo menos não fosse meu inimigo.

~ Se não desse magnificência ao mundo estaria perdida.

— O que sabia já se tornara tão vasto que mais parecia uma ignorância.

— De qualquer modo no corpo que se passam as coisas!

— Sei de tudo, e tudo o que sei envelheceu na minha mão e se tornou um objeto.

— Por um instante o perfume das rosas deu doçura e meditação às duas mulheres.

— As flores assombram o jardim?

— A mulher ruim olhou a doçura com que a noite vinha, úmida e cheia, esse modo como em certa hora o mundo nos ama.

— O que tem que ser, tem muita força.

— Do longe veio-lhe o cheiro das vacas, o que sempre nutre de enlevo uma pessoa.

— O homem não antecipou nada: viu o que viu. Como se olhos não fossem feitos para concluir mas apenas para olhar.

— Pareceu-lhe que no grande silêncio ele estava sendo saudado por um terreno da era terciária, quando o mundo com suas madrugadas nada tinha a ver com uma pessoa; e quando, o que uma pessoa poderia fazer, era olhar. O que ele fez.

— O terreno fora provavelmente uma tentativa, por fim abandonada, de jardim ou horta. Percebiam-se restos de um trabalho e de uma vontade. Certamente haviam alguma vez tentado estabelecer ali ordem inteligível. Até que a natureza, antes expulsa pelo plano de ordem, voltara sorrateiramente e lá se instalara. Mas em seus próprios termos.

⁓   Seu grande silêncio não era apatia. Era uma profunda sonolência em guarda, e uma meditação quase metafísica sobre o próprio corpo, no que ele parecia estar atentamente imitando as plantas de seu terreno.

⁓   Se sua compacta ausência de pensamento era um embotamento – era o embotamento de uma planta. Pois como uma planta, ele estava alerta a si mesmo e ao mundo, com aquela mesma tensão delicada com que a grossa planta é planta até as suas últimas extremidades, com aquela delicada tensão com que a planta cega sente o ar onde suas duras folhas se engastam.

⁓   Não há um fato que não se ligue a outro, e sempre há uma grande coincidência nas coisas.

⁓   Essa suavidade que sem um homem era tão gratuita como uma flor e, como uma flor, parecia se dar ao nada, e o nada era a morte espalhada com tal sutileza que até parecia vida.

⁓   Meditar era olhar o vazio.

⁓   Era alguma coisa que seria amor ou não seria. Caberia a ela, entre milhares de segundos, dar a leve ênfase de que o amor apenas carecia para ser.

⁓   E somente então percebeu que agora era tarde demais, que só poderia amá-lo. Dolorosamente, altivamente, perdera para sempre a possibilidade de resolver. Com alívio, como quando é tarde demais. Um segundo antes ainda poderia não amá-lo. Mas agora, suavemente, vaidosamente: nunca mais. No mesmo instante teve uma sensação de tragédia.

⁓   A dor ficara na carne como quando a abelha já está longe. A dor, tão reconhecível, ficara. Mas para suportá-la fomos feitos.

— A necessidade de destruir amor era o próprio amor porque amor é também luta contra amor.

— Escolhera ir de encontro ao fatal. Era a gravidade pela qual esperara a vida toda.

— Lá nenhuma planta sabia quem ele era; e ele não sabia quem ele era; e ele não sabia o que as plantas eram; e as plantas não sabiam o que elas eram. E todos no entanto estavam tão vivos quanto se pode estar vivo: esta provavelmente era a grande meditação daquele homem. Assim como o sol brilha e assim como o rato é apenas um passo além da grossa folha espalmada daquela planta – esta era a sua meditação.

— Foi, pois, com o prazer mais legítimo da meditação que ele numa tarde se lembrou, sem mais nem menos, de que "existem búfalos". O que deu grande espaço ao terreno, pois búfalos se movem devagar e longe.

— Não estava triste. O que era estar enfim livre de todo um dever moral de ternura.

— Só Deus não tem nojo.

— Não escaparia de sentir, com horror e alegria impessoal, que as coisas se cumprem.

— Em júbilo trêmulo, o homem sentiu que alguma coisa enfim acontecera. Deu-lhe então uma aflição intensa como quando se é feliz e não se tem em que aplicar a felicidade, e se olha ao redor e não há como dar esse instante de felicidade.

— Ela temia que quanto mais poderosa fosse, tanto mais teria que se ver livre da própria força.

— Algo lhe dizia que ninguém podia morrer sem antes resolver a própria morte.

⁓ Ela era mesquinha: não perdoava a morte.

⁓ Era amor, sim. Tanto que se o homem aparecia ao longe com a enxada – então – então acontecia isso: lá estava ele!

⁓ Era pungente sentir a força do homem nas palavras, uma força imóvel e contida – e no entanto toda ali diante dela como uma fruta que daquele ponto em diante só poderia murchar.

⁓ A menina se esquivava aos tapas, aprendendo sem ressentimento que assim era, e que mãe era aquela força que ria alto e que sem vingança batia, e ser filha era pertencer àquela mãe onde o vigor ria.

⁓ Mas agora, tirada das coisas a camada de palavras, agora que perdera a linguagem, estava enfim em pé na calma profundidade do mistério.

⁓ Acabara de aprender isso com aquela mulher: a ficar de pé tendo um corpo.

⁓ Se um homem tocasse uma vez a escuridão, oferecendo-lhe em troca a própria escuridão – e ele a tocara – então os atos perderiam o erro, e ele poderia talvez um dia voltar para a cidade e se sentar num restaurante com grande harmonia. Ou escovar os dentes sem se comprometer. Um homem tinha uma vez que desistir. E só então poderia viver, como ele agora vivia, na latência das coisas.

⁓ Era como se aquele homem já não contasse mais a vida em dias nem em anos. Mas em espirais tão largas que ele já não poderia vê-las assim como não via a larga linha de curvatura da terra. Havia algo que era essência gradual e não para se comer de uma vez.

~ "Afinal seu crime tinha apenas o tamanho de um fato" – e o que ele queria dizer com isso, não sabia.

~ O desejo de ter mulheres renasceu com calma. Ele o reconheceu logo: era uma espécie de solidão. Como se seu corpo por si mesmo não bastasse.

~ Mulher é mais que o amigo de um homem, mulher era o próprio corpo do homem.

~ O homem sentiu seu trabalho tornar-se suave como se as suas marteladas tivessem agora um contraponto, e a moça fosse a repercussão de um homem enchendo a distância.

~ Os corpos solitários de ambos estavam tendo um tácito mútuo entendimento assim como concordam corpos com o mesmo último destino.

~ Pela primeira vez estava presente no momento em que acontece o que acontece.

~ Lembrou-se de que este é o lugar-comum onde um homem pode enfim pisar: querer dar um destino ao enorme vazio que aparentemente só um destino enche.

~ Por um instante somos a quarta dimensão do que existe.

~ Se em um instante se nasce, e se morre em um instante, um instante é bastante para a vida inteira.

~ Este seria um ato gratuito sem o peso perfeito de fatalidade que o desejo de corpo dá.

~ Nele, ela viu ele.

~ O homem escolheu concluir que é este o gesto humano com que se alude: apontar.

~ Uma sensação inquietante de beleza: quando alguma coisa parece dizer alguma coisa e há aquele encontro obscuro com um sentido.

~ Afinal uma pessoa se mede pela sua fome – não existe outro modo de se calcular.

~ Sabia que ainda era cedo para deixar de mentir e deixar de encantá-lo. Sabia que era cedo para se mostrar a ele, e que poderia afugentá-lo se fosse verdadeira, as pessoas tinham tanto medo da verdade dos outros.

~ O senhor por acaso consegue não pensar no que pensa?

~ O homem então perceberia quanto ela precisava dele, e por isso não a quereria mais, como acontece com as pessoas.

~ Seu trabalho junto ao homem foi sempre tão delicado, e exigiu tanta precisão, que ela não o saberia fazer se apenas o decidisse ou se lhe mandassem fazê-lo. Era um labor de infinita cautela, onde um passo mais e o homem jamais a amaria, onde um passo a mais e ela mesma talvez deixasse de amá-lo: ela protegia ambos contra o erro. E às vezes mais parecia proteger ambos contra a verdade.

~ Sou tão bobinha que o senhor nem pode imaginar! Disse-lhe como se lhe prometesse todo um futuro de atraente bobagem que ele perdia apenas porque queria.

~ Não se dá um grito de alegria quando uma criança começa a andar para que esta não pare assustada por meses.

~ Bastava ele se lembrar de como um boi fica de pé no morro. Olhando. Essa coisa objetiva como um ato: olhar.

~ Às vezes também um cachorro olha, embora rápido e logo em seguida inquieto, pois um cachorro não tem tempo, ele precisa muito de carinho e é nervoso, e tem um sentimento aflito do tempo que passa, e tem nos olhos o peso de uma alma intransmissível, só o amor cura um cachorro.

～ Acontece que aquele homem, por circunstâncias casuais, estava mais perto da natureza do boi, e olhava. Se é verdade que se lhe perguntassem para que, não saberia responder, é também verdade que se uma pessoa fizesse apenas o que entende, jamais avançaria um passo.

～ Pode-se dizer que nada acontecia enquanto ele estava na encosta. E nem ele exigia ainda que algo acontecesse. Parecia bastar-lhe a tarde de luz rasgada, o ar nu e o espaço vazio. Até mesmo uma palavra pensada afundaria o ar. Ele se abstinha. Ali, existir já era uma ênfase.

～ Aos poucos o ar se adensou, os sentimentos começaram enfim a mostrar sua natureza pouco divina, um desejo profundamente confuso de ser amado misturou-se ao cheiro humano da noite, e um vago suor começou a porejar, espalhando seu cheiro bom e ruim de terra e de vacas e de rato e de axilas e de escuridão – esse furtivo modo como aos poucos tomamos conta da terra: tínhamos enfim criado um mundo e tínhamos lhe dado a nossa vontade.

～ E um passo era dado para a frente, às cegas, finalmente às cegas como é o avanço de uma pessoa no querer.

～ Um homem que andou muito tem o direito de ter um prazer inexplicável.

～ Aprendera a contar com o amadurecimento do tempo, assim como as vacas disso vivem taticamente.

~ Agora parecia entender que não se podia brutalizar o tempo, e que o largo movimento deste era insubstituível por um movimento voluntário.

~ Repetir lhe parecia essencial. Cada vez que se repetia, algo se acrescentava.

~ Executara o seu primeiro ato de homem. Sim. Corajosamente fizera o que todo homem tinha que fazer uma vez na sua vida: destruí-la.

~ Tivera a coragem de jogar profundamente. Um homem um dia tinha que arriscar tudo.

~ Ele queria isto: reconstruir. Mas era como uma ordem que se recebe e que não se sabe cumprir. Por mais livre, uma pessoa estava habituada a ser mandada, mesmo que fosse apenas pelo modo de ser dos outros.

~ Sua obscura tarefa seria facilitada se ele se concedesse o uso das palavras já criadas. Mas sua reconstrução tinha de começar pelas próprias palavras, pois palavras eram a voz de um homem.

~ Pensou, de repente recuperando a antiga inteligência voraz da fuga, e de um instante para outro dominado por uma esperteza de raciocínio que ultrapassou o seu poder normal, como se agora ele fosse capaz de perder o peso do corpo, rastejar baixo e se confundir com as sombras da parede.

~ Ela adivinhara. Adivinhara tão longe quanto se podia adivinhar sem saber.

~ Tinha que possuir tudo antes do fim e tinha que viver uma vida inteira antes do fim.

   Ficou calmo. Não porque estivesse calmo: na verdade seu corpo tremia. Mas porque, de agora em diante, e a começar deste próprio instante, ele teria que ser calmo e incrivelmente astuto para conseguir se acompanhar e acompanhar a rapidez com que teria que agir. Tinha que ser calmo. Agora que alcançara na montanha a própria grandeza – a grandeza com que se nascia.

   De que modo ser objetivo? Porque se uma pessoa não quisesse errar – e ele não queria errar nunca mais – terminaria prudentemente se mantendo na seguinte atitude: "não há nada tão branco como o branco", "não há nada tão cheio de água como uma coisa cheia de água", "a coisa amarela é amarela". O que não seria mera prudência, seria exatidão de cálculo e sóbrio rigor. Mas aonde o levaria? porque afinal não somos cientistas.

   O trabalho era este: ser objetivo. O que seria a experiência mais estranha para um homem.

   Seu plano era tão facilmente escapável à sua própria percepção, tão fino no meio de sua força apenas grosseira, que ele teve medo de que o instinto não o socorresse e que, como recurso desesperado, ele se tornasse inteligente.

   Por enquanto não passava ainda de uma coisa vaga que queria perguntar, perguntar e perguntar – até que pouco a pouco o mundo fosse se formando em resposta.

   Que uma criança começasse a chorar para ele poder ser bom para ela. É que estava desamparado e sentia necessidade de dar, que era a forma como uma pessoa desajeitada sabia pedir.

   Aquele que perde a sua vida, ganha a sua vida.

~ De agora em diante já não lhe era mais permitido sequer interromper-se com uma pergunta – "para que quero tanto" – qualquer interrupção poderia ser fatal, e ele não só correria o risco de perder a velocidade como o equilíbrio.

~ O crescimento é cheio de truques e de autoludíbrio e de fraude; poucos são os que têm a desonestidade necessária para não se enjoar.

~ Oh, bem foi avisado que se se explicasse ninguém entenderia, pois explicando como é que um pé segue o outro ninguém reconhece o andar.

~ Aquele homem já aceitara a grande contingência.

~ Os galos corriam, às vezes abriam as asas, as galinhas sem ocupação dos ovos eram livres, tudo isso era a própria manhã e quem não fosse rápido a perderia – a objetividade era um vertiginoso relance.

~ Havia um gosto e uma beleza em uma pessoa se perder.

~ A seu favor tinha o fato de que não entender era o seu limpo ponto de partida.

~ Pois olhou para o campo vazio e pareceu-lhe que remontara à criação do mundo. No seu pulo para trás, por um erro de cálculo tinha recuado demais – e por um erro de cálculo pareceu-lhe que se colocara inconfortavelmente em face da primeira perplexidade de um macaco. Como macaco, pelo menos seria suprido pela sabedoria que faria com que ele se coçasse e com que o campo fosse gradualmente alcançável aos saltos. Mas ele não tinha os recursos de um macaco.

~ Teria começado excessivamente pelo começo? E depois acontece que, apesar de seu heroísmo, havia uma questão prática: ele não tinha tempo material de começar de tão longe. Já era pouco o tempo que lhe restava para percorrer o que lhe levara quase quarenta anos para andar; e não só para percorrer de um modo novo o caminho já andado, mas para fazer o que não pudera fazer até então: atingindo a compreensão, ultrapassá-la aplicando-a. Já para isso era pouco o tempo. Quanto mais para começar, por assim dizer, do nada! No entanto, se quisesse ser leal para com a própria necessidade, não poderia enganá-la: tinha que começar pelo começo primeiro.

~ Em um minuto, ele não tivera medo de ser grande; e sem pudor, em um minuto, aceitara, como sendo seu, o papel de homem.

~ Até hoje tudo o que vira fora para não ver, tudo o que fizera fora para não fazer, tudo o que sentira fora para não sentir. Hoje, que se rebentassem seus olhos, mas eles veriam.

~ Ele que nunca tinha encarado nada de frente. Poucas pessoas teriam tido a oportunidade de reconstruir em seus próprios termos a existência. *À nous deux*, disse de repente interrompendo o trabalho e olhando. Porque era só começar.

~ Já na sua primeira visão um passarinho não cabia. Tudo lhe fora dado, sim. Mas desmontado e aos pedaços. E ele, com peças sobrando na mão, não pareceu saber como montar a coisa de novo. Tudo era dele para o que quisesse fazer. No entanto a própria liberdade o desamparava. Como se Deus tivesse atendido demais o seu pedido e lhe entregasse tudo. Mas tivesse ao mesmo tempo se retirado.

~ Perguntou-se embaraçado: que faço de um passarinho cantando?

~ Dois-e-dois-são-quatro é o grande pulo que um homem pode dar?

~ O que lhe valeu é que ele tinha a teimosia dos que, não sendo bastante previdentes para enxergar a dificuldade, não veem obstáculos.

~ Teve um pensamento mais ou menos assim: se a história de uma pessoa não seria sempre a história de seu fracasso. Através do qual... o quê? Através do qual, ponto.

~ Gradualmente passaria a compreender tudo, desde uma mulher que lhe perguntara durante anos "que horas são" até o sol que se erguia todos os dias e as pessoas então se levantavam da cama, compreender a paciência dos outros, compreender por que uma criança era o nosso investimento e a seta que disparamos.

~ Por enquanto estava se moldando, e isso é sempre lento.

~ Estava dando forma ao que ele era, a vida se fazendo era difícil como arte se fazendo.

~ Só a ambição persistente fazia com que ele não visse obstáculo num caminho que, pela graça da estupidez, lhe era fácil.

~ Já chegara a aceitar que cada momento não tivesse força em si mesmo, começara a contar com a força acumulativa do tempo – "o decorrer de muitos momentos levá-lo-ia aonde ele queria chegar".

~ E não havia uma brecha por onde entrar no que lhe pertencia.

~ Tudo era um prolongamento suave de tudo, o que existia unia-se ao que existia.

- Quando não se entendia, tudo se tornava evidente e harmonioso, a coisa era bastante explícita.

- Tinha dificuldade de compreender aquela evidência de sentido, como se tivesse que divisar uma luz dentro de uma luz.

- Se você se purificou, o caminho se torna longo. E se o caminho é longo, a pessoa pode esquecer para onde ia e ficar no meio do caminho olhando deslumbrado uma pedrinha ou lambendo com piedade os pés feridos pela dor de andar ou sentando-se um instante só para esperar um pouquinho. O caminho era duro e bonito; a tentação era a beleza.

- Uma coisa insidiosa começara a roer a viga mestra. E era algo com o qual Martim não contara. É que ele começava a amar o que via.

- Amava o vento áspero, amava o seu trabalho nas valas. Como um homem que tivesse marcado o grande encontro de sua vida e jamais chegasse porque se distraísse leso examinando folhinhas verdes. Era assim que ele amava e se perdia.

- Agora que criara com suas próprias mãos a oportunidade de não ser mais vítima nem algoz, de estar fora do mundo e não precisar mais perturbar-se com a piedade nem com o amor, de não precisar mais castigar nem castigar-se – inesperadamente nascia o amor pelo mundo. E o perigo disso é que, se não tomasse cuidado, ele teria desistido de ir adiante.

- Uma outra coisa acontecera, tão importante e grave e real como a tristeza ou a dor ou a cólera: ele estava contente.

⁓ Martim estava contente. Não previra esse obstáculo a mais: a luta contra o prazer.

⁓ Sou um homem que tira leite das vacas.

⁓ Se ele não tomasse cuidado, se sentiria dono. Se não tomasse cuidado, uma árvore mais alta o faria se sentir completo, e um prato de comida o compraria no momento de sua fome, e ele se agregaria a seus inimigos que eram comprados pela comida e pela beleza.

⁓ Inquieto, ele se sentia culpado se não transformasse, pelo menos com o pensamento, o mundo em que vivia. Martim estava se perdendo. "Houvera mesmo uma finalidade?" Agora já lhe acontecia ter uma vaidade admirativa e benevolente em relação a suas "escapadas", e visualizar-se como um grande cavalo que temos em casa e que de vez em quando dá suas voltas fantásticas por aí, impunemente livre, guiado pela beleza da contenção de espírito que equivale ao modo como o nosso corpo não se desagrega. Exercícios de viver.

⁓ Foi com austeridade que ele venceu o gosto que tinha pela harmonia oca.

⁓ Seu estado de trabalho consistia em tomar uma atitude besta de pureza e vulnerabilidade. Aprendera a técnica de ficar vulnerável e alerta, com cara de idiota. Não era nada fácil, até muito difícil. Até que – até que atingia certa imbecilidade de que precisava. Como ponto de partida, criava para si uma atitude de pasmo, tornava-se indefeso, sem nenhuma arma na mão; ele que não queria sequer usar instrumentos; queria ser o seu próprio instrumento, e de mãos nuas.

⁓ Essa tentativa de inocência o levava a uma objetividade, era à objetividade de uma vaca: sem palavras.

"É preciso também não me forçar a ser mais burro do que sou", pois também não havia lá tantas vantagens em ser imbecil, era preciso não esquecer que o mundo também não era só dos imbecis. Tomou, pois, como novo método de trabalho, o caminho oposto e assumiu uma atitude resoluta que lembrava um desafio. Essa atitude não foi difícil ter. Porém mais que ela, não conseguiu – e todo disposto como um homem que se embala para uma corrida de um quilômetro e esbarra com o fato de ter apenas dois metros para correr – ele desinchou desapontado. Revelou-se que a atitude de deixar de ser imbecil fora tarefa acima de sua capacidade real de deixar de sê-lo.

Perdera o estágio em que tivera a dimensão de um bicho, e no qual a compreensão era silenciosa assim como uma mão pega uma coisa.

Perdera aquele momento quando, no alto da encosta, só lhe faltara mesmo a palavra – tudo estivera tão perfeito e tão quase humano que ele dissera a si mesmo: fala! e só faltara a palavra.

Mesmo aos recuos, ele sentia que avançava.

Havia uma resistência tranquila em tudo. Uma resistência imaterial como tentar lembrar-se e não conseguir. Mas assim como a lembrança estava na ponta da língua, assim a resistência parecia prestes a ceder. Foi assim que, na manhã seguinte, ao abrir a porta do depósito à frescura da manhã, ele sentiu a resistência cedendo. O ar da manhã limpa estremecia nos arbustos, a xícara rachada de café ligou-se à manhã sem névoa, as folhas das palmeiras luziam escuras; a cara das pessoas estava avermelhada pelo vento como a de uma nova raça andando pelo campo; todo o mundo trabalhando sem pressa e sem parar; a fumaça amarela saía do fundo da cerca. E, por Deus, isso tem que ser mais que a grande beleza, tinha que ser. Então, com escrúpulos, a resistência cedendo, ele quase compreendeu. Com escrúpulos como se não tivesse direito de usar certos processos. Como se estivesse compreendendo alguma coisa inteiramente incompreensível assim como a Santa Trindade, e hesitasse. Hesitasse porque soubesse que depois de compreender, seria de algum modo irremediável. Compreender podia se tornar um pacto com a solidão.

"Como se impedir de compreender, se uma pessoa sabe tão bem quando uma coisa está ali!", e a coisa estava ali, ele sabia, a coisa estava ali. "Sim, assim era, e havia o futuro." O largo futuro que tinha começado desde o começo dos séculos e do qual é inútil fugir, pois somos parte dele, e "é inútil fugir porque alguma coisa será", pensou o homem bastante confuso. E quando for – oh como poderia ele se explicar diante de uma manhã tão inocente? – "e quando for, então será".

Então, de algum modo satisfeito, tomou uma atitude oficial de meditação. Ele meditou, enquanto olhava a manhã no campo. E quem há de jamais responder por que borboletas num campo alargam em compreensão obscura a vista de um homem?

Alcançou enfim um estado, pulando como um herói por cima de si mesmo. E foi assim que, por meios impossíveis de se recapitular, ele terminou finalmente por se livrar do começo dos começos – onde por inépcia se enganchara tanto tempo. Uma fase se encerrara, a mais difícil.

Seus olhos tinham a expressão que os olhos têm quando a boca está amordaçada.

Quando ela era menina, por pura tendência à sutileza e à fraqueza, dissera a um menino de quem gostara: "vou lhe dar uma pedra que encontrei no jardim" – e ele entendera que ela gostava dele, tanto que lhe dera em troca uma caixa de fósforos com um biscoito dentro.

Era sem nenhuma exclamação de horror que, consigo mesma, ela encarava a crueza simples com que desejava ter para si aquele homem. Talvez sua delicadeza, incompreensível para outras pessoas, viesse da própria delicadeza de seus motivos de desejá-lo. Seus motivos de desejá-lo eram os de uma mulher que deseja amor – o que lhe parecia terrivelmente sutil. E como se não bastasse esse motivo estranho, ela o entrelaçara com um motivo mais sutil ainda: o de se salvar – que é certo ponto que o amor às vezes atinge.

Como não compreendia os outros, também não lhe ocorria ser compreendida.

Seu processo de viver simplesmente não lhe dava o que ela queria. E o resultado é que ela involuntariamente parecia pura sem, no entanto, sequer desejar sê-lo. Somente para evitar a grosseria de se tornar clara. Ela, por exemplo, jamais confessara a um padre que tinha medo de morrer; em vez disso dissera-lhe cheia de intenções e com grande refinamento de alusão: "acho tão mais bonito uma pedra que um passarinho" – com isso talvez quisesse dizer, quem sabe, que uma pedra lhe parecia mais próxima da vida que o passarinho que no seu voo lhe lembrava a morte, o que, naturalmente, significaria que ela tinha medo de morrer. O padre não entendera, e ela saíra inconfessada, espantada por não ter tido uma resposta. Havia anos aquela moça não tinha a satisfação de um sucesso.

— Olhe esta samambaia! disse ela para o homem porque uma pessoa não pode dizer "eu te amo".

— Olhou a quente cara de um homem, e a força naquela moça era tão pouco frágil como a força de uma mulher, mas ela falara em samambaias e o homem não entendera, e a cara deste continuara simples e inalcançável. E a moça começou a se desesperar porque agora já começara a se convencer de que não era falando sobre samambaias que se chamava um homem. Ela não sabia como chamá-lo e se debatia na urgência vazia que o homem, a martelar, lhe comunicava.

— Habituara-se a considerar como imateriais "as coisas de espírito" e não tinha uma ideia muito clara de espírito, e parecia-lhe que agora lhe estava acontecendo alguma coisa mais ou menos de espírito – e nessas coisas a pessoa nunca sabia ao certo se falhara ou não, era uma questão de pensar de um modo ou de outro.

— Tinha aquele aviso íntimo de que não falharia: de que ia tocar num dos pontos vulneráveis da vida com mão certa, apesar do tremor. Esse tremor que vinha da importância daquele momento que era enfim – enfim – insubstituível por outro qualquer. Poucas vezes na vida ela tivera a oportunidade de se defrontar com o que não é substituível. "Enfim vou viver", se disse ela. Mas a verdade é que isso mais parecia uma ameaça.

— Ajeitava os cabelos, como se um penteado determinado fosse indispensável, fazia uma boca pequena e uns olhos grandes como num desenho de mulher inocente e amada, recriando com muita emoção os amores célebres. Enquanto por dentro desfalecia perplexa. É que sabia que estava arriscando muito mais do que superficialmente parecia: estava jogando com o que seria mais tarde um passado para sempre indevassável.

Que ia lhe dizer? Assim: "o destino é uma coisa muito curiosa". Ela lhe diria isso. Não porque fosse uma criatura artificial mas porque, por uma experiência já não mais diferenciada em fatos, terminara por saber que "pelo menos com ela" a naturalidade não dava certo. Quando contava com a naturalidade, não era a verdade que saía. Naturalidade era para quem tivesse um tempo ilimitado que desse oportunidade a que eventualmente certas palavras terminassem por ser ditas. Mas quem tinha o tempo de uma vida apenas, teria que condensar-se com arte e truques.

Morria de medo de passar sua vida inteira sem ter oportunidade de dizer certas coisas que já não lhe pareciam importantes, mas delas lhe ficara a obstinação de um dia dizê-las.

Sabia que na hora as coisas pareciam certas e depois não pareciam mais.

Não existia essa coisa de não ter nada a perder. O que existia era alguém que arrisca tudo; pois embaixo do nada e do nada e do nada, estamos nós que, por algum motivo, não podemos perder.

Olhos veem muito mais que nós.

Foi então que lhe pareceu, numa sensação súbita de grande mal-estar, que o mundo é maligno. Que dava, sim, mas que dizia ao mesmo tempo: "depois não venha me dizer que não lhe dei". A coisa não era dada na base da amizade mas da hostilidade.

A esse instante raro – em que "ainda não aconteceu", "ainda vai acontecer", "quase já aconteceu" – ela chamou, num esforço de compreensão, de "o instante antes do homem aparecer". Dando um título, estava tentando aplacar o mundo.

∽ Pelo que estava sentindo, calculou que devia estar com o rosto feio e avermelhado, lamentou profundamente não ter uma beleza que correspondesse ao instante em que ia ser de um homem. Essa cara não é minha! revoltou-se ela, essa cara não sou eu. No desespero de talvez não ser aceita por um homem tão mais elegante que ela e tão mais homem que ela, de novo tentou fazer os olhos maiores e a boca em coração. Na sua opinião eles não faziam "belo par", e essa ideia não só não lhe saía da cabeça como a incomodava a um ponto de ter de conter as lágrimas: parecia-lhe que a natureza não os sancionava. O dia estava tão bonito que aumentou a sua desgraça.

∽ Como imaginar um ser que não precisasse de nada? era monstruoso.

∽ "Não quero progredir", disse teimosa, lembrando-se da frase de um espírita que queria muito o progresso. Mas que sobraria dela, com o despojamento do progresso? sobraria todo um corpo, sobrariam os desejos, e tanta poeira. Que faria sua alma liberta, sem um corpo onde existir? Doeria nas janelas até que as pessoas vivas dissessem: que dia de vento. E no verão ela seria o mal-estar das noites presas dentro dos jardins.

∽ Oh, e se fosse para ser mal-assombrada – se é que esperavam que o fosse, e ela não sabia ao certo o que esperavam dela – então precisaria pelo menos de uma casa inteira, e de mais de um andar, calculou com minúcia. E que as portas se abrissem pela sua ausência de mão, que os passos soassem pela sua falta de pés – mas... mas tudo isso apenas acionado pela memória?

∽ Uma vaga de poder e de calma e de escuta passou pelos músculos do homem, e um homem andando ao sol é um homem com um poder que só o que vive conhece.

— No desejo de não mentir ela lhe diria: eu não te amo. Mas parecia saber algo mais: que o amava, que o amava. Só que era como se as coisas do mundo não fossem feitas para nós, só que era como se tivéssemos que transigir com aquilo para o qual no entanto nascemos, só que de súbito era como se o amor fosse a desesperada forma canhestra que o viver e o morrer tomam, só que era como se até mesmo nesse momento o absoluto nos desamparasse; e a verdade para sempre intransmissível que havia no seu coração era o peso com que amamos e não amamos. E no entanto, para isto tudo, a solução era exatamente o amor. "Não me ofenda", pensou ela olhando-o, menos para se proteger do que para salvar o que ambos criariam quase fora deles mesmos e que se ofereceriam então a ambos.

— Só soube que o amava quando o homem deu um passo e ela pensou que ele estava indo embora. Num susto, estendeu uma mão para retê-lo. E compreendeu que se ele fosse embora, ela não suportaria. Viu então que a verdade é que ela o queria. Quanto ao resto – quanto a tão claramente não querê-lo – ela se resignou a não entender. Então sorriu para ele, bajuladora, sem esperança.

— Oh Deus! disse ela chorando, quero dizer que você é um homem e eu não sou um homem, mas é assim mesmo!

— Quando um homem e uma mulher estão perto e a mulher sente que ela é uma mulher e o homem sente que ele é um homem – isso é amor?

— Às vezes as pessoas se sentem assim sozinhas e com a pergunta, mas não dói.

— Na desordem de um primeiro encontro houve um momento em que os dois, enfim esquecidos do que penosamente queriam copiar para a realidade, houve um momento não preparado por ambos, dom da natureza, em que ambos precisaram saber por que o outro era o outro, e se esqueceram de dizer "por favor"; um momento em que, sem um injuriar o outro, cada um tomou para si o que lhe era devido sem que um roubasse nada do outro, e isso era mais do que eles teriam ousado imaginar: isso era amor, com o seu egoísmo e sem este também não haveria dádiva.

~ Ela não sabia o que lhe dar, ela se lembrou de mães que dão aos filhos, e ela não se sentia maternal com aquele homem, mas com a grande força do irrazoável também queria lhe dar, somente para enfim ultrapassar o que se pode e enfim quebrar o grande mistério de se ser apenas um. Ela lhe deu seu pensamento inteiramente vazio dentro do qual estava ela toda.

~ No querer dar, mais do que no se dar, algo se fizera: ela ganhara o mínimo destino de que também o breve inseto precisa.

~ Obrigada por você ser real.

~ Obrigada por eu gostar de você.

~ O homem não captou, e só piscou os olhos. Depois, como se tivesse tido tempo de sentir melhor, balançou a cabeça assentindo, já que ela se encarregara por um instante do destino de ambos.

~ Respirou profundamente como se até agora tivesse sido amordaçado. É que era doce e poderoso um homem sair e uma mulher ficar.

~ Iniciado como um homem que vive. Mesmo que não tivesse tempo de ser mais do que um homem que vive.

Se ele ficasse preso numa cela com apenas um fio de capim na mão, nesse fio de capim estava tudo o que um campo inteiro lhe poderia dizer.

E com o filho, o amor pelo mundo o assaltara. Ele agora se comovia muito com a riqueza do que existe, se comovia com ternura para consigo mesmo, tão vivo e potente que ele era! tão bondoso que ele era! forte e musculoso! "sou uma dessas pessoas que compreendem e perdoam!", era isso mesmo o que ele era, sim, emocionado, com saudade do filho. O sol parado ia se aprofundando cada vez mais dentro dele, o amor por si mesmo deu-lhe uma grandeza que ele não pôde mais conter e que lhe tirou o resto do pudor.

É que tudo estava tão perfeito que ele sobrava.

A profunda misericórdia transformada em ação. Porque, assim como Deus escrevia direito por linhas tortas, mesmo através dos erros da ação correria a grande piedade e o amor.

Uma pessoa tinha essa capacidade estranha: a de ter piedade de outro homem, como se ele próprio fosse de uma espécie à parte.

De pensamento monstruoso a pensamento monstruoso, ele calculou com lucidez que se obtivesse um novo modo de amar o mundo, o transformaria de algum modo. A coisa mais importante que podia acontecer em terra de homens – não era o nascimento de um novo modo de amar? o nascimento de uma compreensão?

Embebedado de si mesmo, arrastado pela insensatez a que podia levar o pensamento lógico, ele pensou com tranquilidade o seguinte: se conseguisse esse modo de compreender, ele mudaria os homens. Sim, não teve vergonha desse pensamento porque já arriscara tudo. "Mudaria os homens, mesmo que demorasse alguns séculos", pensou sem se entender. "Será que sou um pregador?", pensou meio encantado. Acontecia porém que pelo menos por enquanto ele não tinha propriamente o que pregar – o que o embaraçou um instante. Mas só por um instante: porque daí a um momento ele estava de novo tão cheio de si que dava gosto.

~ O resto de prudência então caiu, e sem nenhuma vergonha ele pensou mais ou menos o seguinte: mesmo que ele falasse de seu "descortinar" a uma pessoa apenas, esta pessoa contaria a outra, como numa "cadeia de boa vontade". Ou então – pensou ele desenvolto – essa pessoa transformada pelo conhecimento seria percebida por outra, e esta outra por outra, e assim por diante. E no ar haveria aos poucos a sub-reptícia notícia assim como a moda se espalha sem que ninguém tenha sido obrigado a segui-la.

~ "Ele viveu assim", diria uma pessoa a outra como a senha esperada. "Ele viveu assim", correria o boato.

~ Sua urgência era tranquila. Não uma urgência que o fizesse querer pular etapas, mas urgência igual à da natureza: sem um instante perdido, quando a própria pausa era um avanço.

~ Estremecimentos formam a vastidão do silêncio e o silêncio caminha.

~ Ofereço isto que senti em homenagem à minha mãe.

~ Tomar cuidado para não ficar vago, o que era tentação legítima – mas se uma pessoa não se especializava, se perdia facilmente, como se diz de médicos.

Muito difícil ser global e no entanto manter uma forma.

O campo nada mais era que um depósito maior onde mil árvores tinham espaço para se perderem na distância, o mundo era um lugar. Só isso. E o campo perdera o ilimitado.

Teve uma ideia excelente que se provaria o contrário de excelente. Na verdade mais tarde o homem comparou a excelência da ideia e a subsequente desilusão com uma fruta redonda que alguma vez comera – uma romã – e que aos dentes se provara oca. O que lhe dera, como único prêmio, um instante de absorta meditação e um contato com a experiência.

Assim como aprendera a calcular com números, dispôs-se a calcular com palavras.

Era agora um homem lento e aplicado, com o rosto que uma mulher tem ao enfiar a linha na agulha.

Para escrever era preciso começar por se abster da força e apresentar-se à tarefa como quem nada quer.

O homem parecia ter desapontadamente perdido o sentido do que queria anotar. E hesitava, mordia a ponta do lápis como um lavrador embaraçado por ter que transformar o crescimento do trigo em algarismos. De novo revirou o lápis, duvidava e de novo duvidava, com um respeito inesperado pela palavra escrita. Parecia-lhe que aquilo que lançasse no papel ficaria definitivo, ele não teve o desplante de rabiscar a primeira palavra. Tinha a impressão defensiva de que, mal escrevesse a primeira, seria tarde demais. Tão desleal era a potência da mais simples palavra sobre o mais vasto dos pensamentos.

∽ Para escrever estava nu como se não lhe tivesse sido permitido levar nada consigo. Nem mesmo a própria experiência.

∽ E aquele homem de óculos de repente se sentiu singelamente acanhado diante do papel branco como se sua tarefa não fosse apenas a de anotar o que já existia mas a de criar algo a existir.

∽ E reduziu-se austeramente a ser apenas um homem sentado que ia anotar o que já tinha sido pensado. E de novo se surpreendeu: era incontestável que não sabia escrever. Sorriu constrangido. Como um dócil analfabeto estava em situação de pedir a alguém: escreva uma carta para minha mãe dizendo o que penso. "Afinal que é que está me acontecendo?", inquietou-se de repente. Pegara no lápis com a modesta intenção de anotar seus pensamentos para que se tornassem mais claros, fora apenas isso o que pretendera! reivindicou irritado, e não merecia tanta dificuldade.

∽ E como um velho que não aprendeu a ler ele mediu a distância que o separava da palavra. E a distância que de repente o separou de si mesmo. Entre o homem e a sua própria nudez haveria algum passo possível de ser dado? Mas se fosse possível – havia ainda a estranha resistência que ele opunha. Pois nele acabara de se acordar esse susto interior de que uma pessoa é feita.

∽ Que esperava com a mão pronta? pois tinha uma experiência, tinha um lápis e um papel, tinha a intenção e o desejo – ninguém nunca teve mais que isto.

∽ Ele não podia, que o não poder tomara a grandeza de uma Proibição.

⁓   De repente suscetível, caíra em zona sagrada que homem não deixa mulher tocar mas dois homens às vezes se sentam em silêncio à porta de casa ao anoitecer.

⁓   A escolha tornou-se ainda mais funda: ou ficar com a zona sagrada intata e viver dela – ou traí-la pelo que ele certamente terminaria conseguindo e que seria apenas isto: o alcançável.

⁓   Preferia então o silêncio intato. Pois o que se bebe é pouco; e do que se desiste, se vive.

⁓   Seria essa a nossa máxima concretização: tentar aludir ao que em silêncio sabemos?

⁓   Pretendera apenas anotar, nada mais que isto. E cuja inesperada dificuldade era como se ele tivesse tido a presunção de querer transpor em palavras o relance com que dois insetos se fecundam no ar. Mas quem sabe – perguntou-se então na perfeita escuridão do absurdo – quem sabe se não é na expressão final que está o nosso modo de transpor os insetos se glorificando no ar.

⁓   Quem sabe se o nosso objetivo estava em sermos o processo. O absurdo dessa verdade então o envolveu. E se assim for, oh Deus – a grande resignação que se precisa ter em aceitar que nossa beleza maior nos escape, se nós formos apenas o processo.

⁓   Que se sabe do que se passa numa pessoa?

⁓   Ele era a sua própria impossibilidade. Ele era ele. A esse ponto de grande angústia tranquila ele chegou: aquele homem era a sua própria Proibição.

⁓   Quando um homem é acuado só o grande amor lhe ocorre.

— Só não podendo é que um homem sabia. Um homem afinal se media pela sua carência. E tocar na grande falta era talvez a aspiração de uma pessoa.

— Tocar na falta seria a arte?

— Pela primeira vez na vida sabia quanto era. O que doía como a raiz de um dente.

— Num equilíbrio perfeito, acontecia que se ele não tinha as palavras, tinha o silêncio. E se não tinha a ação, tinha o grande amor. Um homem podia não saber nada; mas sabia como se virar, por exemplo, para o lado do poente: um homem tinha o grande recurso da atitude. Se não tivesse medo de ser mudo.

— A coisa era limpa: como se tratava de uma pessoa, então o limpo resultado fora cumprir a experiência de não poder. Pareceu-lhe mesmo que poucas pessoas haviam tido a honra de não poder.

— O resultado mais acertado era falhar.

— Como não amar a Proibição, se cumpri-la é a nossa tarefa?

— Tinha passado pelo mistério de querer. Como se tivesse tocado no pulso da vida. Ele que sempre se deslumbrara com o milagre espontâneo de seu corpo ser bastante corpo para querer uma mulher, e seu corpo ser bastante corpo para querer comida – ele agora tocara na fonte de tudo isso, e do viver: ele quisera... De um modo geral e profundo, ele quisera.

— Desistira. Sua impressão era a de se ter salvo por um triz. Grande era o seu alívio por ter escapado incólume da oca escuridão. Se bem que também sentisse que nenhum de seus pensamentos futuros viriam isentos de sua verdadeira covardia só agora revelada. Nenhum ato heroico seu seria totalmente livre dessa experiência.

⁓ Até mesmo uma frase tão modesta como "coisas que preciso fazer" pareceu-lhe ambiciosa demais. E num ato de contrição riscou-a. Escreveu menos ainda: "Coisas que tentarei saber: número 1."

⁓ Só saberia o nome no instante em que a obtivesse, como se uma pessoa só soubesse o que procurava quando achasse.

⁓ A frase ainda úmida tinha a graça de uma verdade. E ele gostou dela com um alvoroço de criação. É que reconhecia nela tudo o que quisera dizer! Além do mais achava a frase perfeita pela resistência que esta lhe oferecia: "além daí, eu não poderia mais ir!", de modo que lhe pareceu que a frase tocara no próprio fundo.

⁓ Não tem importância porque, se com essa frase eu pelo menos cheguei a sugerir que a coisa é muito mais do que consegui dizer, então na verdade eu fiz muito: eu aludi!

⁓ A erudição, sendo externa, se confundia com a ideia primária que ele fazia de objetividade, e sempre lhe dava a satisfatória sensação de ter acertado.

⁓ É que nas trevas os pássaros haviam percebido a acidez da aurora e, muito antes que esta raiasse para uma pessoa, eles a respiravam e começaram a despertar.

⁓ Parece que muitas vezes se amava tanto uma coisa que por assim dizer se tentava negá-la, e tantas vezes é o rosto amado o que mais nos constrange.

⁓ Se ele a chamasse, aquela mulher era bem capaz de vir. E ele não a queria tanto a ponto de desejar que ela viesse.

⁓ Teve alívio de não ser tarefa sua a criação do mundo: pois na sua construção ele se via de repente como um homem que tivesse construído um quarto sem porta e ficasse preso dentro.

⁓ Era um repouso ter aquela mulher que se dava fácil, como se tê-la à sua disposição já fosse um marco alcançado.

⁓ A moça era uma dessas que permitiam, sem se ofenderem, que um homem ficasse ausente, o que ele fez com naturalidade como se fossem casados. E em breve, ausente, já sorrindo, ele estava lisonjeado pela tolice que fluía dela com doçura e que o adormentava em paz. A moça tinha um cheiro de caixa de pó de arroz que o nauseava um pouco.

⁓ Você acredita na outra vida? perguntou-lhe então, alisando-lhe imediatamente os cabelos com mais intensidade como se soprasse em cima da picada para que esta doesse menos. Por um instante ele se surpreendeu como se, com a aparência de um passarinho que belisca leve com o bico, ela fosse capaz de dar um bote.

⁓ Burro! disse ela rindo. Como na intimidade as pessoas costumavam se ofenderem, ofenderem-se seria uma intimidade, e assim eles se sentiam muito bem juntos. Por covardia de suportarem apenas amor, eles já o haviam com certa pressa ultrapassado, entrando na familiaridade e perdendo com alívio o tamanho maior das coisas.

⁓ O homem a examinou. Ela não seria bonita, se uma pessoa não a amasse. Mas tinha a beleza que se vê quando se ama o que se vê.

⁓ Toda mãe de filha feia deveria prometer-lhe que ela seria bonita quando a sabedoria do amor esclarecesse um homem, pensou ele.

— Uma vez amada, ela era de rara delicadeza e beleza.

— Ela era capaz de fazer a felicidade de um homem; mas estranhamente tivera que enganá-lo com truques até fazê-lo feliz, e só então é que lhe mostrara que não o enganara e que a felicidade que lhe dava era real.

— Usara meios dúbios, mentirosos, desagradáveis; assim como por intermédio de uma suja arte se revelasse a vida.

— Quero ser feliz mas não ter todo esse trabalho horrível de me fazer feliz.

— Imagine uma pessoa que tenha precisado de um ato de violência, um ato que fizesse com que o rejeitassem porque ele não tinha simplesmente coragem de se rejeitar a si mesmo.

— Estou contando o que sou, e ninguém pode denunciar o que os outros são, ninguém pode fazer sequer uso mental do que os outros são.

— Depois que eu acabar de falar, você me desconhecerá ainda mais: é sempre assim que acontece – quando a gente se revela, os outros começam a nos desconhecer.

— É assim: vamos dizer que uma pessoa estivesse gritando e então a outra pessoa punha um travesseiro na boca da outra para não se ouvir o grito. Pois quando tomo calmante, eu não ouço meu grito, sei que estou gritando mas não ouço, é assim, disse ela ajeitando a saia.

— Ele pela primeira vez acariciou seu rosto, afastou com muita delicadeza a espécie de bandós entrançados que lhe emolduravam a cara fina. E a cara que apareceu, despida e forte, fê-lo de súbito retirar as mãos como se ele tivesse pisado sem querer no rabo de um bicho.

∽ As mandíbulas daquela moça eram mais largas do que ele supusera, e lhe davam um duro ar de beleza que ele não queria nela. Fingira-se ela de fraca? pois com as mandíbulas à mostra, como as de um bicho de presa, ela se revelou encarniçada e suprema. Ele se assustou primariamente como uma criança se assusta quando toca numa coisa que se mexe.

∽ Ele criara a liberdade de ser só e de fugir dos emaranhamentos, mas cada vez mais o círculo invisível se apertava em torno dele: como nós nos comemos!

∽ Se eu me apaixonar de novo, anotarei todos os dias o que senti para poder depois fazer relatório! Mas tenho certeza, disse ela com desprezo generalizado por pessoas, que olhando minhas anotações eu terei uma mão cheia de poeira.

∽ E a moça estava como queria: esquecida de seu medo, numa felicidade crepitante, falando sem parar. Tudo nessa tarde lhe pareceu estar tão seguro que ela até podia se gostar em devaneios: enfim presa e concreta, já não temia ir longe demais e não ter para onde voltar. Estava ancorada, e arriscava-se enfim na liberdade, sem temor da possibilidade de ultrapassar a linha divisória quase inexistente entre ela e o campo. Enfim tão segura que podia até mentir.

∽ Como é que o mundo, por exemplo, nunca acaba? e nem nunca começa, por exemplo... Isso é horrível! não é?

∽ Então imagine o contrário: um mundo que um dia começasse e que um dia acabasse. Pois a ideia é igualmente monstruosa.

∽ Morre-se exatamente no instante da própria morte, nem um minuto antes, a coisa é perfeita.

— "Nós já começamos a nos dizer coisas que ficam nadando no ar", pensou ele como se este fosse o sinal de uma transição inescapável e o delicado modo como as coisas se corrompem, sem que nada se possa fazer.

— O destino? como é o destino?!

— Qualquer que fosse a palavra seguinte, esta viria como um murro.

— E como quando alguém vai morrer ou partir, e então o sol brilha e então as plantas ondulam suas palmas – assim os passarinhos voavam atentos.

— Estava muito ferida porque não o amava mais. Pois não o amava mais. Passara a grande atração que justificava toda uma vida.

— Eis a água – e eu não preciso mais bebê-la. Eis o sol – e eu não preciso mais dele. Eis o homem – e eu não o quero.

— Um dia amei um homem. Depois deixei de amá-lo. Não sei por que o amei, não sei por que deixei de amá-lo.

— Era como se os anos tivessem passado e eu visse num rosto que antes tinha sido tudo para mim, eu visse nesse rosto aquilo de que é feito o amor: de nós mesmos. E era como se até o amor mais real fosse feito de um sonho.

— A falta de desejo dava silêncio ao coração do homem. Procurou a sua própria fome: mas era o silêncio quem lhe respondia. Ele estava experimentando o que era pior que tudo: não querer mais.

— Seria preciso um deus para entender o que se disseram. Eles se disseram talvez: estamos no nada e tocamos no nosso silêncio. Pois por uma fração de segundo eles se haviam olhado no branco das pupilas.

⁓ A menina empilhava os tijolos, tranquila. E ele, em pé, aos poucos começava a se emocionar com a indiferença gentil com que ela o admitira, grato por ela tratá-lo como a um igual, esse mesmo modo óbvio que as crianças tinham de brincar uma com a outra.

⁓ Uma criança era a seta que disparamos, uma criança era o nosso investimento.

⁓ Ficou quieto, o coração batendo ao receber a bondade humana. Estava grande e desajeitado, e sentir-se abandonado não melhorou sua situação canhestra. Ficou quieto, com medo de errar. Ele queria tanto acertar, e não queria poluir a primeira coisa que lhe estava sendo dada. Oh Deus, já estraguei tanto, já entendi tão pouco, já recusei tanto, falei quando não deveria ter falado, já estraguei tanto. Ele que pela primeira vez estava experimentando a solidão pior, a que não tem nenhuma vaidade.

⁓ Que coisa escura é essa de que precisamos, que coisa ávida é esse existir que faz com que a mão arranhe como garra? e no entanto esse ávido querer é a nossa força, e nossas crianças astutas e desamparadas nascem de nossa escuridão e herdam-na, e a beleza está nesse sujo querer, querer, querer – oh corpo e alma, como julgar-vos se nós vos amamos?

⁓ "Nós somos ruins?" – nunca isso lhe ocorrera senão como uma abstração. Nós somos ruins? perguntou-se.

⁓ Havia mexido em coisas em que não se mexe: ele tocara de perto demais a ilusão.

～ Tinha medo assim como se ama uma mulher e não todas as mulheres, tinha medo assim como se tem a fome própria e não a dos outros; ele era apenas ele, e seu medo tinha o seu particular tamanho.

～ Então no escuro, não sabendo ao certo do que tinha medo, o homem teve medo do grande crime que cometera.

～ Salvação – que palavra estranha e inventada, e o escuro o rodeava.

～ Salvação? Ele se espantou. E se fosse esta a palavra – seria então assim que ela acontecia? Então tivera ele que viver tudo o que vivera para experimentar o que poderia ter sido dito numa só palavra? se essa palavra pudesse ser dita, e ele ainda não a dissera. Andara ele o mundo inteiro, somente porque era mais difícil dar um só e único passo? se esse passo pudesse jamais ser dado!

～ E era como se o tempo de uma vida tivesse sido o tempo rigorosamente calculado para a maturação de um fruto.

～ De novo acabara de cair na armadilha da harmonia como se às cegas e por caminhos tortos tivesse executado em pura obediência um círculo fatal perfeito – até encontrar-se de novo, como agora se encontrava, no mesmo ponto de partida que era o próprio ponto final.

～ De que lhe valera a liberdade profunda mas sem poder. Ele tinha tentado inventar um novo modo de ver ou de entender ou de organizar, e tinha querido que esse modo fosse tão perfeito quanto o da realidade. Mas o que experimentara fora apenas a liberdade de um cão sem dentes. A liberdade de ir em busca da promessa que o rodeava – pensou o homem tremendo. E tão vasta era a promessa que, se a pessoa a perdia de vista por um segundo, então se perdia de si própria num mundo vazio e completo que não parece precisar de um homem a mais. Perdia-se até que exaustivamente, e nascida do nada, se erguesse a esperança – e então de novo, como para um cão sem dentes, o mundo se tornasse passeável, tocável. Mas apenas tocável. Então quem gritasse mais alto ou ganisse mais melodioso seria o rei dos cães. Ou quem se ajoelhasse mais profundamente – pois ajoelhar-se ainda era um modo de instante por instante não perder de vista a promessa. Ou então quem se revoltasse.

⁓ E tudo isso até um dia morrer? Pois se morria.

⁓ Pareceu ter a grande intuição de que se morre com a mesma intensa e impalpável energia com que se vive, com a mesma espécie de oferenda que se faz de si, e com aquele mesmo mudo ardor, e que se morria estranhamente feliz apesar de tudo: submisso à perfeição que nos usa. A essa perfeição que fazia com que, até o último instante de vida, se farejasse com intensidade o mundo seco, se farejasse com alegria e aceitando... Sim, por fatalidade de amor, aceitando; por estranha adequação, aceitando.

⁓ Mas meu Deus isso é quase nada.

⁓ Não, isso é muito. Porque, por Deus, havia muito mais que isto. Para cada homem provavelmente havia um certo momento não identificável em que teria havido mais do que farejar: em que a ilusão fora tão maior que se teria atingido a íntima veracidade do sonho. Em que as pedras teriam aberto seu coração de pedra e os bichos teriam aberto seu segredo de carne e os homens não teriam sido "os outros", teriam sido "nós", e o mundo teria sido um vislumbre que se reconhece como se se tivesse sonhado com ele; para cada homem teria havido aquele momento não identificável em que se teria aceito mesmo a monstruosa paciência de Deus? Essa paciência que permitia que homens durante séculos aniquilassem com o mesmo obstinado erro os outros homens.

⁓ A monstruosa bondade de Deus que não tem pressa. Aquela Sua certeza que fazia com que Ele permitisse que um homem assassinasse – porque sabia que um dia esse homem teria medo e nesse instante de medo, enfim capturado, enfim impossibilitado de não encarar o próprio rosto, esse homem diria "sim" àquela harmonia feita de beleza e horror e perfeição e beleza e perfeição e horror; a perfeição que nos usa.

⁓ E esse homem, com o grande respeito do medo, diria "sim", mesmo sabendo com vergonha que este seria o seu maior crime talvez: porque havia uma falta essencial de direito de achar tudo isso belo e fatal, havia uma falta essencial de direito de um homem se agregar à divindade – até que ponto um homem tinha o direito de ser divino e dizer sim? Pelo menos não antes de arrumar os seus negócios!

⁓ Nossos pais estão mortos – quando enfim encararemos isto?

⁓ Definitivamente na sua própria casa e ninguém no mundo o guiaria.

⁓ Um homem no escuro era um criador. Na escuridão as grandes barganhas se fazem.

⁓ Crescer dói. Respirou muito devagar e com cuidado. Tornar-se dói.

⁓ Sentiu aquela solidão inesperada. A solidão de uma pessoa que em vez de ser criada cria.

~ A solidão da grande possibilidade de escolha. A solidão de ter que fabricar os seus próprios instrumentos. A solidão de já ter escolhido. E ter escolhido logo o irreparável.

~ "Não sou nada", e então cabe-se dentro do mistério.

~ Só queria agora uma coisa deste mundo: caber nele. Mas como?

~ Agora entendo a imitação: é um sacrifício! eu me sacrifiquei! disse ele para Deus, lembrando-Lhe que Ele mesmo sacrificara um filho e que também nós tínhamos direito de imitá-Lo, nós tínhamos que renovar o mistério porque a realidade se perde! Oh Deus, disse ele em reivindicação, não respeitais sequer a nossa indignação? meu ódio sempre salvou minha vida, eu não quis ser triste, se não fosse a minha cólera eu seria doçura e tristeza, mas a raiva é filha de minha mais pura alegria, e de minha esperança. E quereis que eu ceda o melhor de minha cólera, vós que tivestes a Vossa, acusou ele, porque assim me disseram, e se disseram não mentiram porque eles devem ter sentido na carne a vossa cólera, acusou ele.

~ Se os bichos eram a própria natureza, nós éramos os seres a quem as coisas se davam: seria tão simples apenas recebê-las. Bastava receber, só isso! Tão simples.

~ Aceitar estava tomando um grande e obscuro sentido que vinha de encontro à criatura desconhecida que ele era. Já não lhe importava sequer que, no ato de aceitar, ele tivesse consciência de trair o mais valioso de si mesmo: a sua revolta. Nem mesmo apenas a própria revolta. Mas também a revolta dos outros.

~ Já não poderia mais ser entendido por um adolescente. Nunca mais, nunca mais seria compreendido.

— Antes de ser admitido na primeira lei, um homem teria que perder humildemente o próprio nome.

— Um náufrago tinha que escolher entre perder a pesada riqueza ou afundar com ela no mar.

— Transfigurado pela própria natureza, agora nada dizia e no escuro nada via. Mas ser cego é ter visão contínua. Seria esta talvez a mensagem?

— "Diga sim! uma vez! agora! já! diga sim uma vez antes de morrer! não morra danado, não morra em cólera! O milagre da cegueira é apenas este: dizer sim!"

— Era isso pois o que queriam dele? Que dissesse sim. Em troca de tudo o que ele sabia, que exigiam de um homem? Em troca pediam de um homem – que ele acreditasse. Comesse barro até estourar mas pede-se que ele creia. Que ele próprio tenha roubado o pão dos outros – mas pede-se que horrorizado consigo mesmo ele creia. Que nunca tenha feito um ato de bondade – mas pede-se que ele creia. Que tenha esquecido de responder à carta de uma mulher que pedia dinheiro para a doença do filho – mas pede-se que ele creia.

— Eu creio na verdade, creio assim como vejo esta escuridão, creio assim como não entendo, creio assim como assassinamos, creio assim como nunca dei para quem tem fome, creio que somos o que somos, creio no espírito, creio na vida, creio na fome, creio na morte!

— Mesmo que Deus pudesse falar, nada lhe teria dito porque se dissesse não seria compreendido.

— Era como um tigre que parece rir e depois se vê com alívio que é apenas o corte da boca.

— As coisas físicas também têm a sua intenção.

— Quieta na escuridão. A escuridão compacta permitia tudo porque seu rosto não seria visto sequer pelas paredes. E como acontece, a noite parecia sussurrar-lhe que ela poderia ter qualquer pensamento. Como se os bichos se tivessem soltado no campo negro antes que a tempestade caísse e a senhora pudesse aproveitar o vento para misturar-se furtiva entre eles.

— Não conseguira enfim se livrar daquela ameaça que era a ânsia de viver?

— Como para uma curada de vício que não pudesse mais lutar contra a tentação – aparecera um homem que pela transitoriedade de sua passagem parecia exigir em ultimato que ela de novo conseguisse.

— Por que teria uma pessoa que decidir cada dia e cada noite? que liberdade era essa que aquela mulher não pedira sequer? E como se já não tivesse com tanto esforço escolhido, de novo e de novo tinha que escolher; como se já não tivesse escolhido.

— A rapidez da passagem do homem pelo sítio lembrava em eco obscuro outra transitoriedade e outra urgência – quais? – e dava-lhe a última oportunidade. Oportunidade de quê? E a alma pesada, que com tanto orgulho havia desistido, sentia-se obrigada a escolher entre continuar a lutar ou ceder. Ceder a quê? Mal olhara o homem pela primeira vez diante do alpendre, e em cólera adivinhara que de novo teria que decidir.

— Eu te amo, experimentou com cuidado. Como se amar fosse obscuramente o modo de chegar ao seu próprio limite, e o modo de entregar-se ao mundo escuro que a chamava.

- Afinal tenho meus direitos e deveres, e não há motivo para estar acordada no escuro, afinal não estou perdida na África!

- Só sentiria ela do amor a sua crueldade? No amor o que havia de diluído sentimento pela vida se reunia num só instante de pavor, e a raiva que ela vivia se transformara diante do homem concreto em ódio mortal de amor, como se o verde espalhado de todas as árvores se reunisse numa só cor negra. No amor o que havia de vago pressentimento de vida se reunia num só instante de pavor.

- Tocada por aquilo a que não se sabe que outro nome dar, senão o de amor – tão diverso do que se esperou que amor e suavidade e bondade significassem – sua ambição voltara, anulando os claros e ocupados dias da fazenda.

- A noite foi feita para se dormir. Para que uma pessoa nunca assista ao que acontece na escuridão. Pois com os olhos cegos pelas trevas, sentada e quieta, aquela senhora mais parecia estar espiando como o corpo funciona por dentro: ela própria era o estômago escuro com seus enjoos, os pulmões em tranquilo fole, o calor da língua, o coração que em crueldade jamais teve forma de coração, os intestinos em labirinto delicadíssimo – essas coisas que enquanto se dorme não param, e de noite avultam, e agora eram ela.

- À meia-noite Cinderela seria os trapos que na verdade era, a carruagem se transformaria na grande abóbora e os cavalos eram ratos – assim foi inventado e não mentiram.

- À meia-noite entrava-se no domínio de Deus. Que era um domínio tão espesso que uma pessoa, não conseguindo atravessá-lo, ficava perdida nos meios de Deus, sem entender seus claros fins.

~ Os meios de Deus eram uma tão pesada força de escuridão envolvente – que os bichos saíam um por um da toca, protegidos pela suave possibilidade animal da noite.

~ Ser sapo era a humilde e grosseira forma de ser um bicho de Deus.

~ A noite foi feita para se dormir porque senão no escuro se compreende o que se quis dizer quando falaram em inferno, e tudo aquilo no que uma mulher não acredita de dia, de noite ela entenderá.

~ Parecia compreender o que significa a figura de um monge negro nas histórias da infância. E o que há de tenebroso no voo de uma grande borboleta.

~ Dissera ter existido uma época em que era considerado heresia haver na música litúrgica mais do que um fio melódico.

~ Lembrou de histórias que lhe tinham contado sobre homens tranquilos que se haviam desnorteado por terem uma vez experimentado viver de noite, e então haviam abandonado esposa e filhos, e então começavam a beber para esquecer o que tinham sentido ou para se manterem à altura da noite.

~ Fora erro involuntário o seu o de acordar durante a noite que é feita para se dormir, como se tivesse aberto sem querer a porta proibida do segredo e visse as lívidas esposas do Barba Azul. Fora erro involuntário e perdoável. Mas já era mais que simples erro não ter fechado a porta, e ter cedido à tentação de ganhar poder naquele silêncio onde, porque ela não quisera se limitar a usar apenas as Suas palavras compreensíveis, Deus a deixara só.

— Meu Deus, eu Vos perdoo, disse fechando os olhos antes de continuar irreprimível na sua alegria.

— A miséria de sua luxúria. Que não era sequer luxúria de amor. Era mais grave. Era a luxúria de estar viva.

— Matara mais do que poderia comer. Eis toda a sua grande culpa.

— Não tinha a força da maldade, a carne é fraca: ela era boa. E o demônio era tão difícil como a santidade.

— E não queria sequer consolo. O consolo lhe pareceu mesquinho diante da profundeza da escura luz que era o sofrimento, e onde ela de novo parecia feliz e assustada.

— Um pesadelo estar sozinha com aquele sentimento quente de viver que ninguém pode utilizar.

— Chovia, chovia, chovia. Que chova, disse ela. Pois também desse modo eu te amo, pensou antes de adormecer, a escuridão também era bondade, nós também éramos bondade.

— "Eu" – disse a mulher velha – "eu sou a Rainha da Natureza."

— De súbito não sabia qual seria o próximo passo a dar. Estava reduzida a ser uma mulher junto de uma porta numa noite de chuva. Será que se alguém a visse diria "olhe uma velha na chuva?", perguntou-se meditando. "Eu sou a rainha dos animais", disse a senhora.

— Talvez já tivesse acontecido aquela coisa impossível de se conhecer senão quando acontece: entre a vida e a morte já não havia barreira, as portas estavam todas abertas.

～ Fora capturada sem aviso. Capturada pela sua religião e pelo abismo de sua fé e pela consciência de uma alma e por um respeito pelo que não se entende e que se termina adorando, capturada pelo que na África faz soarem os tambores, pelo que faz da dança um perigo e pelo que faz com que a floresta seja o medo de uma pessoa.

～ Voltar seria encontrar, como num pesadelo de perseguição, os grandes campos desta terra, as nuvens infladas e vazias no céu, as flores – tudo o que na terra já é tão suave como a outra vida.

～ Aquela moça delicada preferia o rato, o corpo de um boi, a dor e aquele contínuo trabalho de viver, ela que tinha tão pouco jeito para viver – mas preferia tudo isso à horrível e tranquila alegriazinha fria das flores, e aos passarinhos. Porque também estes eram na terra a marca nauseante da vida posterior. A presença deles, inocente lembrete, tirava a segurança da própria vida terrena.

～ Mesmo as casas com suas vidas por dentro lhe pareciam construídas fragilmente demais, sem consciência do perigo que havia em não serem mais profundamente enraizadas no chão.

～ A moça parecia ver o que os outros não viam e o que as casas sólidas não suspeitavam sequer: que estas tinham sido erguidas sem cautela como quem na escuridão adormecesse num cemitério sem saber. As casas e as pessoas estavam apenas pousadas sobre a terra, e tão pouco definitivas como a tenda de um circo. Aquela sucessão de provisórios sobre uma terra que não tinha sequer fronteiras que delimitassem onde uma pessoa vive em vida e onde vive em morte – aquela terra que talvez fosse o próprio lugar onde a alma um dia passearia perdida, doce e livre.

  Todo o trabalho daquela moça, que tinha uma vez caído no mistério de pensar, era procurar inutilmente provas de que a morte seria o sereno fim total. E isto seria a salvação, e ela ganharia a sua vida. Mas, com sua tendência para a minúcia, o que conseguia eram os indícios contrários. Uma galinha que voava mais alto que o comum – tinha aquela naturalidade do sobrenatural. Cabelos que cresciam sempre tão depressa tornavam-na tão pensativa. E uma cobra "mas que estava ali há um minuto, juro! e não está mais!" – a rapidez com que as coisas sumiam, a rapidez com que ela perdia lenços e não sabia onde deixara a tesoura, a rapidez com que as coisas se transformavam em outras, a evolução automática de um botão mecanicamente se abrindo em flor aberta – ou a cabeça de um cavalo que de repente ela descobria no cavalo, a cabeça adicionada como uma máscara de espanto naquele corpo sólido – tudo isso obscuramente era um indício de que depois da morte começava a vida incomensurável.

  E o homem estupidificado, vendo-a com a cabeleira desfeita, selvagem como um crisântemo, só se deu conta do que acontecia quando enfim reconheceu o vulto da moça. E ele não saberia se ela correra para ele ou se ele próprio se lançara para ela – tanto um assustara o outro, e tanto um era a própria solução para que o outro não se aterrorizasse com o fato de tão inesperadamente estarem unidos. Ela se grudou a ele no escuro, aquele homem grande e molhado com cheiro de azinhavre, e era estranho e voraz estar abraçada sem vê-lo, apenas confiando no ávido sentido de um tato desesperado, as ásperas roupas concretas, ele parecia um leão de pelos molhados – seria ele o algoz ou o companheiro? mas no escuro ela teria que confiar, e fechou intensamente os olhos, entregando-se toda ao que havia de inteiramente desconhecido naquele estranho, ao lado do mínimo conhecível que era o seu corpo vivo – ela se colou àquele homem sujo com terror dele, eles se agarraram como se o amor fosse impossível.

∽ Há pelo menos um instante em que dois estranhos se devoram, e como não gostar dele se ela de novo o amava? – e quando a voz dele soou em grunhido no escuro, a moça se sentiu salva, e eles se amaram como casados se amam quando perderam um filho. Os dois estavam abraçados na cama como dois macacos no Jardim Zoológico e nem a morte separa dois macacos que se amam.

∽ Ele era um estranho, sim. Não mais porque ela o desconhecia – mas como modo dela reconhecer a existência particular e intransponível de uma outra pessoa, ela admitia nele o estranho como reverência de amor.

∽ Ela poderia dizer: reconheço você em você.

∽ E ele lhe diria: e eu reconheço em você, você.

∽ Soubera correr para perto de um homem, pois um homem não tinha a suavidade das mulheres, um homem desmentia por um instante a outra vida.

∽ Pensou se na verdade não teria morrido sem saber nos braços do homem pois a este ela dera o corpo, e sua alma estava ali branca e vacilante, com aquela doce alegria que a moça ignorava também poder vir do corpo.

∽ E então ajoelhou-se junto do tronco que a ferira e sem nenhuma vergonha pediu a Deus para ser eterna. "Só eu!", implorou ela, não como privilégio mas para facilitar-Lhe a tremenda exceção. Ah Deus, deixe eu sempre ter um corpo!

～ Tinha horror de Deus e de Sua doçura e de Sua solidão e de Seu perfume, tinha horror dos pássaros que Ele enviava como mensageiros de paz. Eu não quero morrer porque não entendo a morte! disse a moça para Deus, não me julgue tão superior a ponto de me dar a morte! eu não a mereço! me despreze porque sou inferior, qualquer vida me basta! nem inteligente eu sou, sempre fui atrasada nos estudos, para que então me dar tanta importância? basta me deixar de lado e me esquecer, quem sou eu para morrer! só os privilegiados devem morrer!

～ Quem aceitasse o mistério do amor, aceitava o da morte; quem aceitasse que um corpo que se ignora cumpre no entanto o seu destino, então aceitava que o nosso destino nos ultrapassa, isto é, morremos.

～ Morremos impessoalmente – e com isso ultrapassamos o que sabemos de nós.

～ Abraçada ao bom tronco de árvore para o amor do qual fomos tão bem-feitos, colada à árvore, gostando tanto de sentir suas boas e duras nodosidades, esperando que muitos e muitos e muitos anos ela tivesse para sentir o cheiro das coisas, feliz aniversário.

～ Já muito cansada, teve vontade de enfim ceder e de enfim seguir a sua vocação que era a de um dia morrer.

～ Mesmo que nada mais acontecesse, jamais poderia negar o que já acontecera.

～ A árvore quase intata no entanto pronta a se quebrar, o sol de hoje que não era senão a chuva de ontem, tudo o que era sólido no entanto sempre pronto a se quebrar.

"E se eu realmente falasse?", ocorreu-lhe. O homem a entenderia? Ou não? E por um instante – diante das variadas coisas desiguais que no entanto recebiam no campo o mesmo sol – por um instante não houve sequer contradição em que simultaneamente ele a entendesse e não a entendesse como se assim apenas pudesse ser.

～ Até que ponto suas próprias palavras seriam as que falam ou as que silenciam.

～ Certas coisas se faziam sozinhas ou então nunca se fariam.

～ Olhou o campo e as ervas e as moscas: e tudo se fazia sozinho, tudo tinha a sabedoria do viver.

～ Seria infelicidade aquela iminência para a qual tudo de repente lhe pareceu debruçado, e aquele grande risco que uma pessoa corre?

～ "Acho que isso é ser feliz", pensou com curiosidade. Pois se ambos estavam ali conversando... pois se o rio corria gordo e lento... pois se levantando seus olhos a grossa copa da árvore se iluminou... pois se os besouros estalavam no ar... pois se os instantes jamais se repetem e de se saber disso é que temos esta delicada sede... que felicidade poderia desejar além desta?

～ Acabara de dizer ao homem que ela era forte a ponto de suportar o amor. Teria ela simplesmente se oferecido a ele?

～ Não era amor que ela queria!

～ Não tolerava a ideia de que ele achasse óbvio que ela o amasse, sobretudo porque não era verdade.

～ Não ser compreendida pelo homem a desorientava.

- Coleciono pensamentos, disse muito inquieta. Tenho muita vida interior.
- Sou uma curiosa da vida.
- Jamais provaria aos outros a graça infinita que pode se levantar em voo de uma frase simples.
- A mulher arfava. Mas o que não pôde dizer a ele, o que não pôde dizer é que ela era uma santa. Isso, abrindo a boca várias vezes em agonia, ela tentou e não pôde. Isso, isso não se dizia a ninguém.
- É como se eu – como se eu lhe perguntasse assim, como se eu lhe perguntasse: por que é que o senhor vive!
- Ela se espantara com o automatismo inesperado do próprio braço.
- Apenas superficialmente é que o desconhecia. Mas na sua própria pele ela o conhecia, e desde o instante em que o vira pela primeira vez: o modo como o conhecera fora o modo como ela própria se aprumara ao vê-lo; um dos meios mais fundos de se conhecer estava na maneira como se respondia ao que se via.
- Os fatos tantas vezes disfarçavam uma pessoa; se ela soubesse fatos talvez perdesse o homem inteiro.
- Eu te conheço na minha pele.
- Sabia que uma pessoa morre sem saber, e que havia infernos a que ela não tinha descido, e modos de pegar que a mão ainda não adivinhara, e modos de ser que por grande coragem ignoramos.
- Em mais de cinquenta anos de vida nada aprendera de essencial que viesse se acrescentar ao que já sabia – e

o que nesses anos se mantivera intato fora exatamente o que ela não aprendera.

— Só a santidade salva! que é preciso ser o santo de uma paixão ou ser o santo de uma ação!

— Ela não sabia exatamente ao que estava se referindo, e ele entendeu sem saber exatamente ao que ela se referia. Mas se assim não fosse, pobre seria o mútuo entendimento, nossa compreensão que é feita através das palavras perdidas e das palavras sem sentido.

— Não levamos em conta o milagre das palavras perdidas.

— Temos uma finura de compreensão que nos escapa.

— Pareceu-lhe que não captava o principal dela ou de outros – embora fosse com esse principal que às cegas ele lidava.

— E como dizer de outro modo a verdade, senão negando-a delicadamente? como dizer de outro modo a verdade, sem o perigo de lhe dar a ênfase que a destrói? e como dizer a verdade, se temos pena dela? mais que medo, pena.

— Precisava falar, sim; mas evitava com tato ser compreendida. Do momento em que fosse compreendida, ela não seria mais aquela coisa profundamente intransmissível que ela era e que fazia com que cada pessoa fosse a própria pessoa.

— Faltando-lhe o aprendizado da comunicação, tinha a delicadeza instintiva de se abster.

— A santidade era uma violência a que ela não teria coragem.

— No ponto em que estou, mudo e cansado, tenho nojo de contorções de alma e nojo de palavras.

— O sol era grande e a terra extensa. Só faltava mesmo uma outra raça de homens e mulheres.

— Viver era o único pensamento que se pode ter.

— Viver era a conquista máxima e era o único modo de responder com dignidade a uma árvore alta.

— Você me chateia, você é um erro, você é o erro de uma planta.

— De agora em diante quero o que é igual um ao outro, e não o diferente um do outro.

— Você fala demais em coisas que brilham; há no entanto um cerne que não brilha. E é este que eu quero. Quero a extrema beleza da monotonia. Há alguma coisa que é escura e sem fulgor – e é isso o que importa.

— Medo? ela? Seu impulso foi o de rir, como se o riso pudesse retrucar ao absurdo. Medo! Abanou a cabeça, incrédula. Ela que dirigia a fazenda com pulso de homem? Ela que mandava naquele homem ali em pé, sem medo de si nem dele? Ela que surdamente lutara contra a seca e a vencera! ela que soubera esperar que chovesse. Medo! Ela que andava com suas botas sujas e com o rosto exposto sem ter medo de jamais ser amada. Ela que dilapidava corajosamente a herança do pai para manter aquela fazenda funcionando, sem sequer saber para quê, corajosamente à espera do dia incerto em que aquele sítio seria o maior da zona, e então ela pudesse enfim abrir as cercas. Medo?

— Que sabia dela, aquele homem. Como poderia ele jamais entender a sua grande coragem, aquele homem que ela agora olhava de face sem nenhum medo – pela primeira vez percebendo naquele rosto quanto ele era estúpido: na testa fechada se adivinhava a dificuldade de pensar, havia um esforço penoso na cara daquele homem. E ela balançou a cabeça, amarga, irônica.

⌒ A cara do homem tinha a perseverança sonâmbula dos estúpidos.

⌒ Medo, sim. Medo, sim. Lembrou-se de como ter medo fora a solução. Lembrou-se de como uma vez aceitara humilde o medo como quem se ajoelha e de cabeça baixa recebe o batismo. E de como sua coragem, daí em diante, fora a de viver com o medo.

⌒ E a beleza era uma tal dor, e eu estava tão viva, e o único modo como eu tinha aprendido a estar viva era me sentir sem amparo, eu estava viva, mas era como se não houvesse resposta para se estar viva.

⌒ A praia brilhando toda no escuro. Linda, toda branca de muita areia, com o mar escuro, mas a espuma, eu me lembro que a espuma era branca no escuro e eu pensei que a espuma parecia uma renda, não tinha lua mas a espuma era branca como uma renda no escuro. Então voltei depressa para o quarto e me transformei depressa na filha de um pai velho porque só como filha é que eu tinha conhecido calma e compostura, e só agora eu me dava conta da segurança que eu perdera com a morte de meu pai, e resolvi que daí em diante eu queria ser somente aquilo que eu antes sempre tinha sido, só isso.

⌒ Eu sabia que meus olhos não estavam lendo, mas nunca me deixaria convencer de que estava fingindo, e de que não fora ler numa ilha o que eu viera buscar, eu procurava ignorar que Deus estava me dando exatamente o que eu pedira e que eu – eu estava dizendo "não". Estava fingindo que não percebia ter construído uma esperança inteira no que finalmente estava me acontecendo, mas que ali estava eu de óculos com o livro aberto, como se eu amasse tanto que só pudesse gritar "não". Mas eu também sabia que se naquele momento exato eu não pegasse o fio calmo de minha vida anterior, então jamais meu equilíbrio voltaria, e jamais minhas coisas seriam reconhecidas por mim. E por isso eu fingia que lia.

A beleza da praia rebentou, a linha fina do horizonte rebentou, a solidão a que eu tinha voluntariamente chegado rebentou, o balanço da barca que eu tinha achado bonito rebentou, e rebentou o medo da intensidade de alegria que sou capaz de atingir.

Oh Deus nunca mais me deixe ser tão audaciosa, nunca mais me deixe ser tão feliz, tire para sempre a minha coragem de viver; que eu nunca vá tão adiante em mim mesma, que eu nunca me permita, tão sem piedade, a graça, porque eu não quero a graça, pois antes morrer sem ter jamais visto que ter visto uma só vez! porque Deus com sua bondade permite, ouviu, permite e aconselha que as pessoas sejam covardes e se protejam, seus filhos prediletos são os que ousam mas Ele é severo com quem ousa, e é benevolente com quem não tem coragem de olhar de frente e Ele abençoa os que abjetamente tomam cuidado de não ir longe demais no arrebatamento e na procura da alegria, desiludido Ele abençoa os que não têm coragem. Ele sabe que há pessoas que não podem viver com a felicidade que há dentro delas, e então Ele lhes dá uma superfície de que viver, e lhes dá uma tristeza.

⁓ Por que é tão árida a beleza?

⁓ As coisas não devem ser vistas de frente, ninguém é tão forte assim, só os que se danam é que têm força. Mas para nós a alegria tem que ser como uma estrela abafada no coração, a alegria tem que ser apenas um segredo, a natureza da gente é o nosso grande segredo, a alegria deve ser como uma irradiação que a pessoa jamais, jamais deve deixar escapar. Sente-se um estilhaço e não se sabe onde: é assim que tem que ser a alegria: não se deve saber por quê, deve-se sentir assim: "mas que é que eu tenho?" – e não saber. Embora quando se toque em alguma coisa, essa coisa brilhe por causa do grande segredo que se abafou.

⁓ Nada há de tão destruidor de palavras ditas quanto o sol que continua a queimar.

⁓ Certas coisas a pessoa tinha que ter a hombridade de não notar, e ter a piedade de nós mesmos e esquecer, e ter o tato de não perceber.

⁓ Depois da explosão, mantiveram-se calados como se nada tivesse acontecido porque ninguém pode viver do espanto, e ninguém podia viver à base de ter vomitado ou ter visto alguém vomitar, eram coisas a não se pensar muito a respeito: eram fatos de uma vida.

⁓ De novo na cara dele estava restaurada a calma estupidez humana, aquela opaca solidez obtusa que é a nossa grande força.

⁓ Os dois se olharam no vazio dos olhos. Sem dor, um pareceu perguntar ao outro: quem é você? O principal um do outro, ao se olharem, eles não captavam, e no entanto era de novo com esse principal que eles lidavam. Até que, de vazios, os olhos começaram a se tornar cheios e ficaram individuais, e um já não estava mais aprisionado pela absorção no outro. Então eles se olharam francos, como tocados pelo mesmo sentimento: "vamos ser francos pois a vida é curta". Mas se olharam apenas francos, sem nada ter a dizer, senão isso: a extrema franqueza. Depois desviaram os olhos sem mágoa, em comum acordo, experientes; e de novo esperaram um instante para que a franqueza, que nunca tem palavras, tivesse tempo de passar, e eles pudessem continuar a viver.

— Eu não tenho pena de mim.

— Ninguém pode pedir mais do que o outro pode dar, porque pedir e dar é um ato só, e um não existiria sem o outro – e além do mais, ninguém inventa o que não existe, minha senhora: se se inventou pedir, é porque existe a resposta do dar!

— É preciso ter técnica para pedir! porque, minha senhora, as coisas também não são assim não, minha senhora! não é só dizer "me dá!", e acabou-se! É preciso muitas vezes enganar a quem se pede.

— Vamos, por exemplo, imaginar que a senhora fosse casada e precisasse de um par de sapatos, disse ele de repente interessadíssimo no problema, enquanto a mulher o fitava com olhos atoleimados de surpresa. Se a senhora precisava de um par de sapatos, o mais aconselhável seria jamais dizer ao marido: me dá sapatos! O aconselhável seria dizer aos pouquinhos todos os dias: meus sapatos estão velhos, meus sapatos estão velhos.

— Para pedir ajuda também é preciso técnica! Receber pedido assusta muito as pessoas que, no entanto, minha senhora, às vezes estão doidas para dar, entendeu bem? é preciso técnica! Para tudo, aliás, é preciso técnica!

⁌ Só se pode chegar a exprimir o que se quer dizer, por exemplo, quando se exprime bem! É preciso técnica.

⁌ É preciso saber viver para viver, porque o outro lado, minha senhora, nos espreita a cada passo: um movimento desastrado e de repente um homem que está andando parece um macaco! um só descuido, e em vez de ficar perplexa a gente ri! Um desfalecimento, minha senhora, e amor é perdição. Requer-se arte, minha senhora, muita arte, pois sem ela a vida erra. E muita sagacidade: pois o tempo é curto, há de se escolher numa fração de segundo entre uma palavra e outra, entre lembrar e esquecer, é preciso técnica!

⁌ Sentia-se usado por aquela mulher como se ela o estivesse pouco a pouco efeminando: havia mulheres assim, que iam tocar e quebravam. Como um sugadouro de ventosa, ela extorquia algo dele; algo que não era precioso, mas afinal de contas era ele. O que ela fazia do que extorquia, ele não sabia. Olhou-a sem prazer, sem curiosidade. Já não parecia ter força contra a palavra "ouça" que afinal o vergou, resignado. Com lentidão, sem defesa nenhuma, ele se dispôs a ouvi-la.

⁌ Que viera ela, na verdade, procurar? A paixão de viver? Sim, viera procurar a paixão de viver.

⁌ Sempre tive certo nojo de comidas gordas, sempre preferia o que era seco.

⁌ Era como se eu visse que as coisas são muito mais que a casca seca, o senhor por acaso me entende? era como se eu visse que, se antes sentira nojo, era porque já então eu sabia que o perigo estava sob a secura.

⁌ Naqueles dias lhe parecera que era forçoso emocionar-se com o que é feio; e então, com um nojo que subitamente não pudera se separar de amor, ela admitira que as coisas são feias. O cheiro da quitanda parecia um quente cheiro de pessoas sujas, e era forçoso emocionar-se com aquelas coisas que eram tão imperfeitas que pareciam pedir-lhe sua compreensão, seu apoio, seu perdão e seu amor; a felicidade lhe pesava no estômago.

Uma mulher uma vez tem que falar.

Um homem sem vocação deveria ao menos ter a vantagem de ser livre.

O único meio de ser livre, como um homem sem vocação tinha direito, fora cometer um crime, e fazer com que os outros não o reconhecessem mais como semelhante e nada exigissem dele; mas se essa explicação era a certa, então seu crime fora inútil: enquanto ele próprio sobrevivesse, os outros o chamariam.

Estava mesmo na hora de ser preso. Para que lhe dissessem, afinal, qual fora o seu crime.

Nos primeiros meses ela fora tocada pela plenitude da preguiça com que as plantas cresciam eretas, e que nos primeiros meses a natureza viera dar um ardor à sua confusão. Sim, isso era verdade... Mas era também verdade que, por caminhos já impossíveis de serem retraçados, ela terminara caindo na brutalidade truculenta de uma pureza moral; e suas artérias se haviam enrijecido como as de um juiz.

Pois ali estava ela, dura mulher, desabrochando tão simples diante de um homem que nem ao menos a ouvia, como uma gota d'água que já não suporta o próprio peso e tomba onde tombar.

~ Ao mesmo tempo que endurecera numa moral que ela própria não entendia, aproximara-se por dentro, sem ao menos saber, de despojamento em despojamento, de alguma coisa viva.

~ Conseguiu reproduzir nos ouvidos o final da frase da mulher: "me confundi um pouco". Foi, no entanto, essa frase que, menos elucidativa que outra qualquer, pareceu transmitir ao homem uma espécie de compreensão total, como se, por ternura, ele nada mais ignorasse daquela mulher. No esforço de olhá-la e de entendê-la, a matéria do rosto do homem enfim se esgarçara, e à tona subiu uma expressão bondosa, sombra talvez de um pensamento.

~ Como se houvesse um acontecimento que me espera, e então eu tento ir para ele, e fico tentando, tentando. É um acontecimento que me cerca – ele me é devido, ele se parece comigo, é quase eu.

~ Meu destino é apenas ter um pensamento que ainda não tive.

~ Se eu deixasse, mas realmente deixasse, o acontecimento se aproximaria. Mas como tenho medo, evito.

~ Uma vez, enquanto eu estava esperando um bonde, distraí-me tanto que quando dei fé, quando dei fé tinha vento na rua e nas árvores, e as pessoas estavam passando, e eu vi que os anos estavam passando, e um guarda fez sinal para uma mulher atravessar a rua. Então, o senhor entende? então senti que eu, eu estava ali – e foi por assim dizer a mesma coisa como se o acontecimento estivesse ali... Eu não sei sequer que acontecimento era, porque quase antes de senti-lo, eu já o reconhecia – e sem mesmo me dar o tempo de saber-lhe o nome, eu por assim dizer já tinha caído de joelhos diante dele, como uma escrava. Juro que não sei o que me deu, mas meu coração batia, eu era eu, e aquilo que tem que acontecer estava acontecendo.

⎯ O que a gente não entende, se resolve com amor.

⎯ Seu passado revelava-se tão cheio de possibilidades quanto o futuro. Oh mais que o futuro. Porque o passado tem a riqueza do que já aconteceu.

⎯ Havia pessoas assim: a vida era grande nelas mas isso não as deixava nervosas.

⎯ Não parecia precisar mais dele – como se tivesse escolhido viver da grande liberdade que se pode ter quanto ao que já aconteceu.

⎯ Olhando agora absorta ao redor de si, nem ela própria saberia de que modo tornar lógico e racional o fato de seu profundo amor estar espalhado, o fato do mistério estar guardado, o fato de uma vez ou outra o sinal da riqueza apontar num aviso, o fato dela ter sempre procurado, na sua vocação humilde, certa glória íntima. E de que modo tornar racional o fato de que tudo isso misturado era a fonte da beleza e da bondade austera de um santo, e no entanto era também a fonte de sofrimento de uma mulher, e como tornar racional o fato de que um rapaz diante da fogueira estava lhe esquentando hoje o rosto, e como explicar que ela esperava que algo um dia vencesse nela assim como um dia S. Jorge pisou o dragão, e como explicar que sozinha na fazenda ela era a rainha de um mundo onde de noite se podia olhar para as entranhas e não mais se surpreender – oh não mais se surpreender, porque uma pessoa não é ela mesma, uma pessoa é outra; e como tornar racional o fato de que sozinha ela estava caminhando para aquele pensamento que uma pessoa deve ter pelo menos uma vez na vida, e como explicar que amor não é só amor, amor era tudo isso, e quanto pesava, ah quanto pesava.

∽ Sempre precisei de uma forma de viver.

∽ Sou uma pessoa tão livre que procuro uma ordem onde aplicar minha liberdade.

∽ As pessoas ruins são de uma tal ingenuidade!

∽ O perigo está apenas nos atos das pessoas ruins pois estes têm consequência, mas elas próprias não são perigosas, são infantis, são cansadas, precisam dormir um pouco.

∽ Foi quando o olhar de ambos se encontrou – e não há como fugir: nós todos sabemos as mesmas coisas.

∽ "Não me compreenda porque senão... porque senão eu ficarei de novo livre." E, oh Deus, ela não queria ter de novo a experiência da liberdade que a levaria a procurar de novo e de novo, e a gritar que não queria apenas um passado.

∽ Sabia que, esquecendo o medo, iria de novo diretamente buscar o que pertence a uma pessoa.

∽ E como tocar diretamente no dia de hoje, nós que somos hoje?

∽ Só tinha coragem de olhar de frente quando já era impossível olhar de frente.

∽ O tempo viera de tão longe para se esborrachar em: hoje! o urgente instante de agora.

∽ Ser amada era tão mais grave que amar.

⌒ Por erro de vida – e bastava um erro, nessa coisa frágil que é a direção, para que a pessoa não chegue – por um erro de vida ela jamais usara o silencioso pedido que usamos e que faz com que os outros nos amem.

⌒ Oh Deus, que faço desta felicidade ao meu redor que é eterna, eterna, eterna, e que passará daqui a um instante porque o corpo só nos ensina a ser mortal?

⌒ Tinha experiência de que, quando uma pessoa falhava, ela se tornava uma ameaça para os outros; temia a tirania dos que necessitam.

⌒ De agora em diante ele não precisaria mais ter voz de homem nem procurar agir como homem: ele o era.

⌒ Pela primeira vez se amava. O que significava que ele estava pronto para amar os outros, nós que nos fomos dados como amostra do que o mundo é capaz.

⌒ "Como é que pudera imaginar que o tempo acabara?", bateu seu coração com vigor. Pois se apenas, apenas começara... Como se o tempo fosse criado pela liberdade mais profunda, agora de repente renascia-lhe o futuro. E ele – que estivera certo de que havia desistido de sua reconstrução – viu que apenas tinha tido a grande paciência do artesão, e via grato que soubera dormir, o que é a parte mais difícil de um trabalho.

⌒ Como se a pausa tivesse sido apenas a preparação de um pulo – inesperadamente se amadurecera o seu primeiro passo objetivo.

⌒ A palavra que ele esperara não lhe viera, pois, em forma de palavra. Ele a realizara com a inocência da força. Simplesmente assim: ele a realizara. E então, com a fatuidade necessária para criar, renascia-lhe o tempo inteiro, e ele sabia que tinha força de recomeçar. Pois – pois tendo chegado enfim plenamente a si mesmo, ele chegaria aos homens; e, jogando fora o tridente e trabalhando a nu, exposto e nu – ele se guiara até "transformar os homens".

~ Não saber não tinha importância: agora seu futuro se tornara tão imenso que subia em vertigem à cabeça. O tempo estava maduro e a hora chegara: era apenas isso o que lhe dizia o coração calmo e a brisa paciente, e o profundo amor que dele enfim se espalhou tranquilo como de algo enfim enraizado. É que até este momento ele nada poderia ter feito – enquanto não tivesse recuperado em si o respeito pelo próprio corpo e pela sua própria vida, que era o primeiro modo de respeitar a vida que havia nos outros.

~ Quando um homem se respeitava, ele então tinha enfim se criado à sua própria imagem.

~ Olhar os outros nos olhos. Sem o constrangimento do nosso grande equívoco, e sem a mútua vergonha.

~ E quanto a não entender os outros... Bem, isso já não teria sequer importância. Porque havia um modo de entender que não carecia de explicação. E que vinha do fato final e irredutível de se estar de pé, e do fato de outro homem também ter a possibilidade de ficar de pé – pois com esse mínimo de se estar vivo já se podia tudo. Ninguém teve até hoje mais vantagem que esta.

~ Tolice não entender. "Só não entende quem não quer!"

~ Entender é um modo de olhar. Porque entender, aliás, é uma atitude.

— Já não pedia mais o nome das coisas. Bastava-lhe reconhecê-las no escuro.

— De negação? Como compreender o significado desta palavra, se a negação – sua greve – subitamente lhe parecia agora o mais obstinado tremor da esperança.

— E como um cego que tivesse recobrado a visão e não reconhecesse com os olhos aquilo que mãos sensíveis sabiam de cor, ela então fechou um instante as pálpebras, tentando recuperar o conhecimento íntegro anterior; abriu-as de novo e procurou fazer das duas imagens uma só.

— A bondade real é uma violência.

— A nossa própria liberdade, que é grande demais e que, com minucioso esforço, diminuímos.

— Fazemos de nós o homem que um outro homem possa reconhecer e usar; e por discrição, ignoramos a ferocidade de nosso amor.

— Por delicadeza, passamos ao largo do santo e do criminoso.

— Aplicamo-nos em dar de nós o que não espante, e quando se fala em heroísmo não entendemos.

— Que todo o mundo sabe a verdade. E que o jogo era assim mesmo: agir como se não soubesse... Essa era a regra do jogo. Que estúpido ele tinha sido! pensou estarrecido, abanando a cabeça com incredulidade. Que ridículo o seu, o de querer salvar uma coisa que estava se salvando. Todos sabem a verdade, ninguém a ignora!

— Todos sabiam a verdade. E mesmo que a ignorassem, o rosto das pessoas sabia. Aliás, todo o mundo sabe tudo.

E uma ou outra vez alguém redescobre a pólvora, e o coração bate. A gente se atrapalha é quando quer falar, mas todo o mundo sabe tudo.

～ Só os impacientes não entendiam as regras do jogo. Ele pensara que as florestas dormiam intocadas, e de súbito descobria, pela cara com narizes que as pessoas têm, descobria que silenciosamente as formigas estavam roendo a floresta toda, diabo! nós somos intermináveis! O que ele não entendera é que havia um pacto de silêncio. E ridiculamente heroico viera com suas palavras. Outros, antes dele, já haviam tentado quebrar o silêncio. Ninguém conseguira.

～ Ele não estava com medo de ser tolo. Oh, como explicar que tudo estava certo? Iniciado agora no silêncio – mas no silêncio dos outros homens – ele não sabia mais como se explicar, só sabia que se sentia cada vez mais um homem, cada vez mais ele se sentia os outros. O que, ao mesmo tempo que lhe parecia a grande decadência e a queda de um anjo, pareceu-lhe também uma ascensão. Mas isso só entende quem, em esforço impalpável, já se metamorfoseou em si mesmo.

～ Eles protegeriam com a ignorância o fardo, sem abrir-lhes o mistério, levando-o intato e assim por diante etc. Uma vez ou outra, então alguém inventava uma vacina que curava. Uma vez ou outra o governo caía. Às vezes a mulher parava de gritar e nascia um menino. Que diabo!

～ Eu tinha o direito de ser heroico! pois foi o herói, em mim, que fez de mim um homem!

～ Restos transfigurados de civismo e de colação de grau, leiteiros que não falham e entregam diariamente o leite, coisas assim que parecem não instruir, mas instruem tanto, uma carta que nunca se pensou que viria e que vem, procissões que dão voltas lentas pela esquina, as paradas militares onde uma multidão inteira vive da seta que lançou – aquele homem estava recuperando tudo de cambulhada. A memória termina voltando.

– Tem uma coisa que nunca saberemos, você sente isso, não sente?

– Fazia questão cerrada de reduzir tudo o que lhe acontecera a alguma coisa compreensível pelos milhões de homens que vivem da lenta certeza que avança, pois esses homens se arriscaram também. E não podiam ser perturbados no seu trabalho de sono, e não deveriam jamais ter a certeza estremecida – sem que isto constituísse o crime maior.

– Queria entrar na festa a todo custo, mas tudo o que fazia era apenas espalhafatoso, por mais discreto que fosse.

– Estava oferecendo vender a própria alma, contanto que a comprassem.

– Que hoje fosse ele a pagar a bebida de todos, e que bebessem à vontade, e depois ele nem ao menos confessaria que ficara sem dinheiro – e então também ele teria um segredo de sacrifício, como os outros têm.

– Se tivesse cometido apenas um crime passional teria evitado o crime maior: o de duvidar. E afinal, a verdade é coisa secundária – se se quiser o símbolo.

– Sem exagerar, como viver? Como atingir, sem exagerar? O exagero era o único tamanho possível para quem era pequeno; preciso me exagerar – senão que é que faço de mim pequeno?

⁓ "A coisa se faria muito certa" se ele se mostrasse de repente nu – e os outros desviassem os olhos sem ao menos uma reprovação: apenas demonstrando em silêncio que também não é assim não, e que a nudez é um caso puramente pessoal.

⁓ Como é que um homem se torna o outro homem? Como? Por um ato de amor.

⁓ Pronto, acabou-se! não se fala mais nisso, está bem? vamos esquecer o que se passou, nem se toca mais no assunto! matei, não foi? pois então matei! aliás nem matar matei! mas também ninguém precisa ficar magoado comigo, o que passou, passou! vamos tocar para a frente!

⁓ Eles tinham a grande vantagem prática de serem milhões; para cada milhão que errava, outro milhão se erguia. E alguma coisa sucedia através deles – devagar demais para a impaciência – mas sucedia. Só a impaciência do desejo lhe dera a ilusão de que o tempo de uma vida era tempo bastante. "Para a minha vida pessoal pedirei socorro ao que já morreu e ao que nascerá, só assim terei vida pessoal", e só assim a palavra tempo teria o sentido que um dia ele adivinhara.

⁓ Através de um raciocínio muito complicado, tinha chegado à conclusão de que fora uma bênção ele ter errado, porque, se tivesse acertado, provar-se-ia que a tarefa de vida era para um homem só – o que, contraditoriamente, faria com que a tarefa não se fizesse... Um homem sozinho chegava apenas a uma beleza superficial, como a beleza de um verso. Que, afinal, não se transmite pelo sangue. (Mentira! ele sabia que chegara a muito mais que isso.) Um homem sozinho tinha a impaciência de uma criança, e, como uma criança, cometia um crime, e depois olhava as mãos e via que nem sangue tinha nas mãos mas apenas tinta vermelha, e dizia então: "não sou nada."

— O único modo de descobrir era, aliás, reconhecer.

— Ele teve a certeza. Como? Oh, vamos dizer que uma pessoa tivesse um cérebro matemático mas ignorasse que existem números – de que modo então essa pessoa pensaria? tendo a certeza! Oh, também a esperança é um pulo.

— Ele sabia a verdade. Embora nunca pretendesse pronunciá-la, nem sequer sozinho consigo mesmo, pois, como se disse, ele se tornara um sábio – e a verdade, quando pensada, é impossível.

— Diabo! A verdade foi feita para existir! e não para sabermos. A nós, cabe apenas inventá-la. A verdade... – bem, simplesmente, a verdade é o que é.

— A verdade nunca é aterrorizante, aterrorizantes somos nós.

— Quem não acreditar que a verdade acontece que veja uma galinha andando por força do desconhecido.

— De início, não sabendo que fazer com o amor.

— Ele atingira uma impersonalidade dentro de si: ele fora tão profundamente ele mesmo, que se tornara o "ele-mesmo" de qualquer outra pessoa, assim como a vaca é a vaca de todas as vacas.

— Acabara de atingir a impersonalidade com que um homem, caindo, um outro se levanta. A impersonalidade de morrer enquanto outros nascem.

~ Que coisa estranha: até agora eu parecia estar querendo alcançar com a última ponta de meu dedo a própria última ponta de meu dedo – é verdade que nesse extremo esforço, cresci; mas a ponta de meu dedo continuou inalcançável. Fui até onde pude. Mas como é que não compreendi que aquilo que não alcanço em mim... já são os outros? Os outros, que são o nosso mais profundo mergulho! Nós que vos somos como vós mesmos não vos sois.

~ "Conto com vocês", se disse tateando, "conto com vocês", pensou grave – e essa era a forma mais pessoal de uma pessoa existir.

~ Nós que, como o dinheiro, só temos valor enquanto inteiro.

~ Adiando *sine die* o mistério, essa era a hora imediata de um homem.

~ Ser "bom" era afinal de contas o único modo de ser os outros.

~ Estava pronto para sentir a fome alheia como se seu próprio estômago lhe transmitisse a imperiosa ordem absoluta de viver.

~ E se, como toda pessoa, ele era uma ideia preconcebida, e se saíra de casa para saber se era verdade o que preconcebera – era verdade, sim. De algum modo, o mundo estava salvo. Havia pelo menos uma fração de segundo em que cada um salvava o mundo.

~ A diferença entre eles e mim, é que eles têm uma alma, e eu tive que criar a minha. Eu tinha que criar para eles e para mim o lugar onde eles e eu pisávamos. Como o processo é sempre misterioso, não sei nem ao menos dizer de que modo o fiz: mas esses homens, eu os pus de pé dentro de mim. Para dizer a verdade, não tenho a menor vergonha de, não sendo nada, ser tão poderoso: é que nós somos modestamente o nosso processo.

— Talvez mentir seja o nosso mais agudo modo de pensar.

— Sinto, também em mim! a inocência e o silêncio dos outros.

— Entrego a nós todos a tarefa de viver.

— Somos as nossas testemunhas, não adianta virar o rosto para o outro lado.

— Só alguns sentem a danação de procurar compreender a compreensão.

— O homem que ele inventara estava aquém... ora, estava aquém do que ele mesmo era!

— Estaria ele por acaso descobrindo a pólvora? Mas talvez seja assim mesmo: todo homem tem que um dia descobrir a pólvora. Ou então não houve experiência.

— E seu fracasso? como se conciliar com o próprio fracasso? Bem, toda história de uma pessoa é a história de seu fracasso.

— Estamos doentes de amor.

— As pessoas são tão exigentes! comem o pão e têm nojo dos que pegaram na massa crua, e devoram a carne mas não convidam o açougueiro.

— As pessoas pedem que se lhes esconda o processo. Só Deus não teria nojo de seu torto amor.

— Somos inteligentes demais para a nossa lentidão.

~ Que seria afinal de nós se não usássemos, como Deus, a obscuridade?

~ Descobriu – sozinho e sem auxílio de ninguém! – que Deus e as pessoas escrevem por linhas tortas! "Se escrevem direito, lá isso não me cabe julgar, quem sou eu para julgar", concedeu com magnanimidade, "mas por linhas tortas". E isso – isso ele descobriu sozinho!

~ Uma pessoa era fatalmente perfeita já que chegara ao ponto de viver, quando uma coisa chegava a nascer é porque já era completa.

~ Queria ser a criança dos homens e aprender tudo de novo, e obedecer e ser severamente castigado se não obedecesse, e queria entrar naquele mundo que tinha a vantagem eminentemente prática de existir, que digo eu?! vantagem aliás insubstituível!

~ Entrou de novo no mundo dos outros, de onde saíra para reconstruir. E reencontrou com humildade farejante – como um cão sem dentes mas com dono! – o mundo velho, onde ele era enfim alguma coisa, nós que precisamos ser alguma coisa que os outros vejam, senão os próprios outros correrão o risco de não serem mais eles mesmos.

~ As coisas se desmancham facilmente em certa bondade preguiçosa, em certa meditação vazia – que muitas vezes resulta em cada um voltar para casa e, enfim acordado de uma miragem, recomeçar a fazer o que realmente importa? E o que é que realmente importa? Não sei, talvez sentir com bondade irônica esse modo como as coisas mais reais e que mais queremos de repente parecem um sonho, e isso simplesmente porque sabemos muito bem que... que o quê?

– Ele se dava conta de muita coisa: de que certamente parecia abobalhado aos olhos dos outros; de que ele próprio estava voluntariamente se abobalhando; de que muitas das emoções que estava sentindo não eram verdadeiras; de que estava fingindo a verdade como modo de atingi-la. E de que estava à beira de um desastre, e que poderia de repente começar a tremer com febre ou então sentir de repente na própria carne a realidade do que lhe estava acontecendo.

– Usei tudo o que pude, menos – menos a imaginação! simplesmente me esqueci! E imaginar era um meio legítimo de se atingir.

– Como não havia modo de escapar à verdade, podia-se usar a mentira sem escrúpulos.

– Fora mediocremente honesto com uma coisa que é grande demais para que possamos ser honestos com ela, nós que temos da honestidade a ideia que dela fazem os desonestos.

– Escreveria na prisão a história muito torta de um homem que teve... Teve o quê? Digamos: pena e espanto?

– Juro que no meu livro terei a coragem de deixar inexplicado o que é inexplicável.

– Por ser difícil de resumir é que ele usaria tantas palavras, tantas a ponto de se formar um livro de palavras.

– Gostava de quantidade também, não só de qualidade, como se diz de goiabada.

– O que é maior é sempre melhor do que é menor, embora nem sempre.

– De algum modo cada um de nós oferecia sua vida a uma impossibilidade. Mas era verdade também que a impossibilidade terminava por ficar mais perto de nossos dedos que nós mesmos, pois a realidade pertence a Deus.

⁓ Temos um corpo e uma alma e um querer e os nossos filhos – e no entanto o que verdadeiramente somos é aquilo que o impossível cria em nós.

⁓ Não sabia senão por alto o que seria esse livro dedicado aos nossos crimes. De uma coisa, porém, estava serenamente quase certo, embora cautelosamente vago: terminaria o livro com uma apoteose, desde menino sempre tivera certa tendência para a celebração, o que era a parte mais generosa de sua natureza: essa tendência ao grandioso. Mas, afinal, tudo o que a gente tenta é mesmo preparar um *finale* perfeito. No que, é verdade, há o perigo de se começar a falar alto, e, afinal, só a doçura é potência.

⁓ Quis foi pobreza e doçura. Estava mole, cansado, ele queria... que é que ele queria? Que é que eu quero? Oh Deus, ajude-o, ele não sabe o que quer.

⁓ Que é mesmo que ele queria? não sabia, uma pessoa substitui tanto que termina por não saber.

⁓ Afinal tudo, em última análise, se reduz a sim ou não. Ele queria "sim".

⁓ Estava nauseado de ser gente: engolira mais do que pudera digerir.

⁓ Para encontrar essa paz, teria que esquecer os outros.

⁓ Para encontrar esse refúgio, teria que ser ele mesmo: aquele ele mesmo que nada tem a ver com ninguém.

⁓ Que tenho a ver com os outros! Há um lugar onde, antes da ordem e antes do nome, eu sou! e quem sabe se esse é o verdadeiro lugar-comum que saí para encontrar? esse lugar que é nossa terra comum e solitária, e aí é apenas como cegos que nos apalpamos – mas não é só isso o que queremos? Eu te aceito, lugar de horror onde os gatos miam contentes, onde os anjos têm espaço para na noite bater asas de beleza, onde entranhas de mulher são o futuro filho e onde Deus impera na grave desordem da qual somos os felizes filhos.

⁓ Havia dentro de uma pessoa um lugar que era pura luz, mas não reverberava nos olhos nem os empanava; era um lugar onde, fora de brincadeira, se é; onde, sem a menor pretensão, se é; onde, modéstia à parte, se é; e também não vamos fazer, do fato de ser, cavalo de batalha! não vamos complicar a vida: pois a este tranquilo gozo temos direito! E nem é coisa sobre a qual se possa sequer discutir pois, além do mais, falta-nos a capacidade do argumento – e, para falar a verdade, muito antes de sabermos, já os cães se amavam; afinal, por direito de nascença, temos direito de ser o que somos – então vamos aproveitar, não vamos exagerar o fato dos outros serem importantes! pois existe em mim um ponto tão sagrado como a existência dos outros, os outros que se arranjem! um homem tem por nascença o direito de dormir tranquilo – porque as coisas também não são assim tão perigosas e o mundo não acaba amanhã, o medo confundiu um pouco a realidade com o desejo, mas o cão em nós conhece o caminho, que diabo! que culpa tenho eu da cara silenciosa dos homens, é preciso também confiar um pouco, pois nós, graças a Deus, temos fortes instintos e bons dentes, sem falar na intuição, e afinal temos por nascença essa capacidade de nos sentarmos de noite calados à porta de casa.

⁓ Algumas ideias, e o espanto. O espanto, a cólera, o amor, e então a porta da casa se torna pequena, e não bastam esses sentimentos e esses direitos, falta nascer alguma coisa a mais... Que é que falta? Quando a casa própria se torna pequena, o homem parte de madrugada para trazer de volta alguma coisa.

~ Ele que passara a vida toda sem saber que fazer do fato de ser pequeno, e que agora enfim achara o que fazer de si, pequeno como era – agregar-se aos pequenos. Ele se refez rápido – agora que tinha chegado finalmente a sua vez de uma apoteosezinha!

~ Consegui a experiência, que é essa coisa para a qual a gente nasce; e a profunda liberdade está na experiência. Mas experimentar o quê? experimentar essa coisa que nós somos e que vós sois? É verdade que a maior parte do modo de experimentar vem com dor, mas também é verdade que esse é o modo inescapável de se atingir o único ponto máximo, pois tudo tem um único ponto máximo, e cada coisa tem uma vez, e depois nos preparamos para a outra vez que será a primeira vez – e se tudo isso é confuso, nisso tudo somos inteiramente amparados pelo que somos, nós que somos o desejo.

~ Muitas vezes nossa liberdade é tão intensa que desviamos o rosto.

~ É como se a maldade fosse a mesma coisa que a bondade, apenas com resultados práticos diversos: mas vem do mesmo desejo cego, como se a maldade fosse a falta de organização da bondade; muitas vezes a bondade muito intensa se transborda em maldade. Sendo que a maldade, naturalmente, é mais rápida como meio de comunicação.

~ Organizarei minha maldade em bondade, agora que não tenho mais a mesma voracidade de ser bom.

~ Agora entraria numa guerra de vingança ou de bondade ou de erro ou de glória, e que estou pronto para errar ou acertar, agora que enfim sou comum.

~ Por mais liberdade que tivesse, ele só poderia criar o que já existia. A grande prisão.

~ E acrescentara ao que existia algo mais: a imaterial adição de si mesmo.

~ Qualquer transformação no rito torna um homem individual, o que deixa em perigo a construção toda e o trabalho de milhões.

~ Qualquer erro na frase torná-la-ia pessoal. E, francamente, não havia necessidade de ser pessoal: se não fosse essa teimosia, a pessoa descobriria que já existem fórmulas perfeitas para tudo o que se queira dizer: tudo o que se quisesse que um dia viesse a existir, na verdade já existia, a própria palavra era anterior ao homem.

~ Toda a questão está em saber profundamente como imitar, pois quando a imitação é original ela é a nossa experiência.

~ Não seria a ausência de palavras que faria deixar de existir o que estava existindo, e a planta sente quando o vento é escuro porque ela estremece, e o cavalo no meio do caminho parece ter tido um pensamento, e quando os ramos da árvore se balançam no entanto não houve uma só palavra, e um dia se há de descobrir o que nós somos.

~ O futuro era um parto difícil: num movimento de animal ela apertou o ventre, onde por destino uma mulher dói.

– Já tinham sido esculpidas imagens de mulheres e de homens ajoelhados, havia um longo passado de perdão e amor e sacrifício, não era coisa de que se pudesse escapar.

– Há gestos que se podem fazer, ainda há gestos que se podem fazer.

– Então já era felizmente tarde demais: alguma coisa essencial se tinha feito. O que realmente acontecera – não se sabe, sobretudo nenhum dos dois sabia, a gente substitui muito. Acontecera algo essencial que eles não compreendiam e estranhavam, e que possivelmente não é para ser compreendido, quem sabe se o essencial não foi destinado a ser compreendido, se somos cegos por que insistimos em ver com os olhos, por que não tentamos usar estas nossas mãos entortadas por dedos? por que tentamos ouvir com os ouvidos o que não é som? E por que tentamos, de novo e de novo, a porta da compreensão? o essencial é destinado apenas a se cumprir, glória a Deus, glória a Deus, amém.

– Um dos indiretos modos de entender é achar bonito. Do lugar onde estou de pé, a vida é muito bonita. Um homem, impotente como uma pessoa, se ajoelhara. Uma mulher, ofendida no seu destino, erguera a cabeça sacrificada pelo perdão. E, por Deus, algo acontecera. Algo acontecera com cuidado, para não ferir a nossa modéstia.

– Os dois evitaram se olhar, emocionados com eles próprios, como se enfim fizessem parte daquela coisa maior que às vezes chega a conseguir se exprimir na tragédia. Como se houvesse atos que realizam tudo o que não se pode, e o ato transpõe o poder; e quando este se cumpre, realiza-se alguma coisa que o pensamento não faria, nós que somos de uma perfeição atroz – e a dor é que não estamos à altura de nossa perfeição; e quanto à nossa beleza, nós mal a suportamos.

~ Olhou neste momento para os sapatos, oh por que disfarçamos tanto? encabulado na hora de sua morte, ele seria capaz de disfarçar assobiando.

~ Mesmo coberta de ridículo e de trapos, a mímica da ressurreição se tinha feito. Essas coisas que parecem não acontecer, mas acontecem.

~ Como explicar – sem a ressurreição e sua glória – que aquela mulher ali mesmo tivesse nascido para a vida diária; que ela, ali em pé, enfim, enfim nascida para o mistério da vida diária, fosse a mesma que amanhã daria ordens a Francisco.

~ Como explicar que aquela mulher ferida, e talvez só porque fora mortalmente ferida, fosse a mesma que amanhã se voltaria para o plantio, de novo inteira como uma mulher que teve um filho e cujo corpo de novo se fechou?

~ A ressurreição, como fora prometida, se fizera. Desimportante como mais um milagre. Cuidadosamente discreta para não nos escandalizar. Exatamente como nós nos prometemos; e podeis deixar a nós a tarefa, e Deus é nossa tarefa, nós não somos a tarefa de Deus. Podeis deixar a nós a vida, oh nós bem sabemos o que fazemos! e com a mesma impassibilidade com que os mortos deitados sabem tão bem o que fazem.

~ Consegui o que queria. Não era muito. Mas afinal de contas é tudo, não é? Diga que é. Diga. Faça esse gesto, aquele que custa mais, o mais difícil, e diga: sim.

~ "Sim" é, afinal, o conteúdo do "não".

⁓ De algum modo ele entendeu! Ele compreendeu como se compreende um número: é impossível pensar num número em termos de palavras, é apenas possível pensar num número com este próprio número. E foi desse modo inescapável que ele compreendeu – e se tentasse saber mais, então – então a verdade se tornaria impossível.

⁓ Era na sua própria extrema carência que ele tinha esperança. Como se um homem fosse tão pobre que – que "assim não pode ser". Havia uma lógica secreta nesse pensamento absurdo, só que ele não conseguia tatear e localizar essa lógica impalpável.

⁓ Há alguma coisa que nunca saberemos.

⁓ Foi então que o homem de repente se animou de fato, e fungou. Não há dúvida, também concordo: a coisa é ilógica, e ter esperança é ilógico, pensou animadíssimo, pagando a bebida de todos. É tão ilógico, pensou ele sabido, como dois-e-dois-são-quatro, que até o dia de hoje ninguém jamais provou. Mas se na base de dois-e-dois-são--quatro você pode construir a própria realidade, então, por Deus, por que ter escrúpulos? Ora, se a coisa é assim mesmo, vamos aproveitar, pessoal! que a vida é curta!

⁓ Ele estava tentando diverti-los e alegrá-los, e a impossibilidade faz o palhaço – ele estava dando por amor, por puro amor – Amor! – uma cambalhota para diverti-los, oh divertir os outros é um dos modos mais emocionantes de existir, é verdade que às vezes os artistas de rádio se exacerbam e se suicidam, mas é que às vezes se entra em contato com a dificuldade do amor.

⁓ Bem que ele tentou raciocinar a esperança, oh bem que ele tentou. Mas, em vez de pensar no que se propôs pensar, pensou como uma mulher ocupada: "explicar nunca levou ninguém a nenhum lugar, e entender é uma futilidade", disse ele como uma mulher ocupada em dar de mamar ao filho.

⁓ "Não ter esperança era a coisa mais estúpida que podia acontecer a um homem." Seria o fracasso da vida num homem. Assim como não amar era pecado de frivolidade, não ter esperança era uma superficialidade. Não amar, era a natureza errando. E quanto à perversão que havia em não ter esperança? bem, isso ele entendeu com o corpo. Além do mais – em nome dos outros! – é pecado não ter esperança. Não se tinha direito de não ter. Não ter esperança é um luxo.

⁓ Sabia que sua esperança escandalizaria os otimistas. Ele sabia que os otimistas o fuzilariam se o ouvissem. Porque a esperança é assustadora. Há que ser homem para ter a coragem de ser fulminado pela esperança.

⁓ – Você está consciente, meu filho, do que está fazendo?

⁓ – Você está consciente de que, com a esperança, você nunca mais terá repouso, meu filho?

⁓ – Você está consciente de que, com a esperança, você perderá todas as outras armas, meu filho?

⁓ – Você sabe que esperança é também aceitar não acreditar, meu filho?

⁓ – Você está consciente de que acreditar é tão pesado a carregar como uma maldição de mãe?

⁓ – Você sabe que o nosso semelhante é uma porcaria?

⁓ – Você sabe que você também é uma porcaria?

- Você sabe que não me refiro à baixeza que tanto nos atrai e que admiramos e desejamos, mas sim ao fato de que o nosso semelhante, além do mais, é muito chato?
- – Você sabe que esperança consiste às vezes apenas numa pergunta sem resposta?
- – Você sabe que no fundo tudo isso não passa de amor? do grande amor?
- Você sabe que a pessoa pode encalhar numa palavra e perder anos de vida? E que esperança pode se tornar palavra, dogma e encalhe e sem-vergonhice? Você está pronto para saber que olhadas de perto as coisas não têm forma, e que olhadas de longe as coisas não são vistas? e que para cada coisa só há um instante? e que não é fácil viver apenas da lembrança de um instante?
- Você sabe qual é o músculo da vida? se você disser que sabe, você está ruim; se você disser que não sabe, você está ruim.
- – Você está disposto a aceitar o duro peso da alegria?
- – Você ao menos sabe que esperança é o grande absurdo, meu filho?
- Quem sois? Eram caras com narizes.
- Havia a descontinuidade: mal começara, e já havia a descontinuidade.
- E – e poderei amar essa coisa que sois?
- Aleluia, aleluia, estou de novo com fome. Com tanta fome que preciso ser mais de um, preciso ser dois, dois? não! três, cinco, trinta, milhões; um é difícil de carregar, preciso de milhões de homens e mulheres, e da tragédia da aleluia.

— Não creio, disse ele com fome, procurando na cara dos homens aquilo que um homem procurara.

— E ele — ele simplesmente não acreditava. *Eppur, si muove*, disse com uma teimosia de burro.

— Em nome de Deus, eu vos ordeno que estejais certos. Porque toda uma carga preciosa e podre estava entregue nas mãos deles, uma carga a jogar no mar, e muito pesada também, e a coisa não era simples: porque essa carga de culpa devia ser jogada com misericórdia também. Porque afinal não somos tão culpados, somos mais estúpidos que culpados. Com misericórdia também, pois.

— Eu, meu filho, eu só tenho fome. E esse modo instável de pegar no escuro uma maçã — sem que ela caia.

V

A PAIXÃO SEGUNDO G.H.

~ Este livro é como um livro qualquer. Mas eu ficaria contente se fosse lido apenas por pessoas de alma já formada. Aquelas que sabem que a aproximação, do que quer que seja, se faz gradualmente e penosamente – atravessando inclusive o oposto daquilo que se vai aproximar.

~ Este livro nada tira de ninguém.

~ Pouco a pouco uma alegria difícil; mas chama-se alegria.

~ Perdi alguma coisa que me era essencial, e que já não me é mais. Não me é necessária, assim como se eu tivesse perdido uma terceira perna que até então me impossibilitava de andar mas que fazia de mim um tripé estável.

~ Voltei a ter o que nunca tive: apenas as duas pernas. Sei que somente com duas pernas é que posso caminhar. Mas a ausência inútil da terceira me faz falta e me assusta, era ela que fazia de mim uma coisa encontrável por mim mesma, e sem sequer precisar me procurar.

― Minha covardia é um campo tão amplo que só a grande coragem me leva a aceitá-la.

― Por que não tenho coragem de apenas achar um meio de entrada?

― Como se explica que o meu maior medo seja exatamente o de ir vivendo o que for sendo?

― Como é que se explica que eu não tolere ver, só porque a vida não é o que eu pensava e sim outra.

― Correr o sagrado risco do acaso.

― Substituirei o destino pela probabilidade.

― Perder-se significa ir achando e nem saber o que fazer do que se for achando.

― Tomar cuidado para não usar sub-repticiamente uma nova terceira perna que em mim renasce fácil como capim, e a essa perna protetora chamar de "uma verdade".

― Uma forma contorna o caos, uma forma dá construção à substância amorfa – a visão de uma carne infinita é a visão dos loucos, mas se eu cortar a carne em pedaços e distribuí-los pelos dias e pelas fomes – então ela não será mais a perdição e a loucura: será de novo a vida humanizada.

― Estou tão pouco preparada para entender.

― Em mim qualquer começo de pensamento esbarra logo com a testa.

― Fatalmente sucumbirei à necessidade de forma que vem de meu pavor de ficar indelimitada.

~ Que eu tenha a grande coragem de resistir à tentação de inventar uma forma.

~ Terei que ter a coragem de usar um coração desprotegido e de ir falando para o nada e para o ninguém? assim como uma criança pensa para o nada. E correr o risco de ser esmagada pelo acaso.

~ Só por um inesperado tremor de linhas, só por uma anomalia na continuidade ininterrupta de minha civilização, é que por um átimo experimentei a vivificadora morte. A fina morte que me fez manusear o proibido tecido da vida.

~ Toda compreensão súbita se parece muito com uma aguda incompreensão.

~ Viver é somente a altura a que posso chegar – meu único nível é viver.

~ Saber será talvez o assassinato de minha alma humana. E não quero, não quero. O que ainda poderia me salvar seria uma entrega à nova ignorância.

~ Ao mesmo tempo que luto por saber, a minha nova ignorância, que é o esquecimento, tornou-se sagrada.

~ Soube o que não pude entender, minha boca ficou selada, e só me restaram os fragmentos incompreensíveis de um ritual.

~ Agora saberei reconhecer na face comum de algumas pessoas que – que elas esqueceram.

~ Eu vi. Sei que vi porque não dei ao que vi o meu sentido.

~ O que vi arrebenta a minha vida diária.

— Toma o que vi, livra-me de minha inútil visão, e de meu pecado inútil.

— Dar a mão a alguém sempre foi o que esperei da alegria.

— Finjo que alguém está me dando a mão e então vou, vou para a enorme ausência de forma que é o sono.

— Entregar-me ao que não entendo será pôr-me à beira do nada.

— Enquanto escrever e falar vou ter que fingir que alguém está segurando a minha mão.

— Por enquanto preciso segurar esta tua mão – mesmo que não consiga inventar teu rosto e teus olhos e tua boca.

— E como imaginar um rosto se não sei de que expressão de rosto preciso?

— O horror sou eu diante das coisas.

— Morrer é do maior risco, não saberei passar para a morte e pôr o primeiro pé na primeira ausência de mim.

— Por enquanto eu te prendo, e tua vida desconhecida e quente está sendo a minha única íntima organização.

— Sem a tua mão me sentiria agora solta no tamanho enorme que descobri.

— A verdade não me faz sentido!

— Desamparada, eu te entrego tudo – para que faças disso uma coisa alegre.

— Se eu não falar eu me perderei, e por me perder eu te perderia.

- A grandeza do mundo me encolhe.
- Terá sido o amor o que vi? Mas que amor é esse tão cego como o de uma célula-ovo?
- É preciso coragem para me aventurar numa tentativa de concretização do que sinto. É como se eu tivesse uma moeda e não soubesse em que país ela vale.
- Não tenho uma palavra a dizer. Por que não me calo, então?
- Se eu não forçar a palavra a mudez me engolfará para sempre em ondas.
- Sempre respeitei a beleza e a sua moderação intrínseca.
- Perdi o medo do feio.
- Quero saber o que mais, ao perder, eu ganhei.
- Viver não é relatável.
- Viver não é vivível.
- Criar não é imaginação, é correr o grande risco de se ter a realidade.
- Mais um grafismo que uma escrita, pois tento mais uma reprodução do que uma expressão.
- Se eu olhar a escuridão com uma lente, verei mais que a escuridão?
- Estou adiando. Sei que tudo o que estou falando é só para adiar.
- Por desprezo pela palavra, talvez enfim eu possa começar a falar.

— O mundo eriçado de antenas, e eu captando o sinal. Só poderei fazer a transcrição fonética.

— Há três mil anos desvairei-me, e o que restaram foram fragmentos fonéticos de mim.

— Vi, sim. Vi, e me assustei com a verdade bruta de um mundo cujo maior horror é que ele é tão vivo que, para admitir que estou tão viva quanto ele – e minha pior descoberta é que estou tão viva quanto ele – terei que alçar minha consciência de vida exterior a um ponto de crime contra a minha vida pessoal.

— Como eu não entendia, eu arrumava as coisas.

— Antes vivia de um mundo humanizado, mas o puramente vivo derrubou a moralidade que eu tinha?

— Um mundo todo vivo tem a força de um Inferno.

— Desde a adolescência eu havia saído do estágio do psicológico.

— Todos os retratos de pessoas são um retrato de Mona Lisa.

— Perdoei tudo o que foi grave e maior em mim.

— O que os outros recebem de mim reflete-se então de volta para mim, e forma a atmosfera do que se chama: eu.

— A segurança de quem tem sempre na cozinha uma chaleira em fogo baixo: para o que desse e viesse, eu teria a qualquer momento água fervendo.

— Um olho vigiava a minha vida. A esse olho ora provavelmente eu chamava de verdade, ora de moral, ora de lei humana, ora de Deus, ora de mim.

~ Dois minutos depois de nascer eu já havia perdido as minhas origens.

~ Há um mau gosto na desordem de viver.

~ O que eu tinha não me era conquista, era dom.

~ Só tive a facilidade dos dons, e não o espanto das vocações.

~ Tudo aqui se refere na verdade a uma vida que se fosse real não me serviria.

~ A espirituosa elegância de minha casa vem de que tudo aqui está entre aspas.

~ Sempre conservei uma aspa à esquerda e outra à direita de mim.

~ "Como se não fosse eu" era mais amplo do que se fosse – uma vida inexistente me possuía toda e me ocupava como uma invenção.

~ Fotografia é o retrato de um côncavo, de uma falta, de uma ausência?

~ Basta o olhar de um homem experimentado para que ele avalie que eis uma mulher de generosidade e graça, e que não dá trabalho, e que não rói um homem: mulher que sorri e ri.

~ Eu era a imagem do que eu não era, e essa imagem do não-ser me cumulava toda: um dos modos mais fortes é ser negativamente.

~ Sem estar agora sendo irônica, sou uma mulher de espírito.

~ Dá-me a tua mão desconhecida, que a vida está me doendo, e não sei como falar – a realidade é delicada demais, só a realidade é delicada, minha irrealidade e minha imaginação são mais pesadas.

⁓ Todo momento de "falta de sentido" é exatamente a assustadora certeza de que ali há o sentido, e que não somente eu não alcanço, como não quero porque não tenho garantias.

⁓ Na minha casa fresca, aconchegada e úmida, a criada sem me avisar abrira um vazio seco.

⁓ Já estava havendo então, e eu ainda não sabia, os primeiros sinais em mim do desabamento de cavernas calcáreas subterrâneas, que ruíam sob o peso de camadas arqueológicas estratificadas – e o peso do primeiro desabamento abaixava os cantos de minha boca, me deixava de braços caídos. O que me acontecia? Nunca saberei entender mas há de haver quem entenda. E é em mim que tenho de criar esse alguém que entenderá.

⁓ O que sempre me repugnara em baratas é que elas eram obsoletas e no entanto atuais.

⁓ Nenhum ruído e no entanto eu bem sentia uma ressonância enfática, que era a do silêncio roçando o silêncio.

⁓ Qual é o único sentimento de uma barata? a atenção de viver, inextricável de seu corpo.

⁓ Há quinze séculos eu não lutava, há quinze séculos eu não matava, há quinze séculos eu não morria – toda uma vida de atenção acuada reunia-se agora em mim e batia como um sino mudo cujas vibrações eu não precisava ouvir, eu as reconhecia. Como se pela primeira vez enfim eu estivesse ao nível da Natureza.

⁓ Eu toda estava com sabor de aço e azinhavre, eu toda era ácida como um metal na língua, como planta verde esmagada, meu sabor me veio todo à boca.

~ Ter matado – era tão maior que eu, era da altura daquele quarto indelimitado. Ter matado abria a secura das areias do quarto até a umidade, enfim, enfim, como se eu tivesse cavado e cavado com dedos duros e ávidos até encontrar em mim um fio bebível de vida que era o de uma morte.

~ A barata não tem nariz. Olhei-a, com aquela sua boca e seus olhos: parecia uma mulata à morte.

~ Perdoa eu te dar isto, mão que seguro, mas é que não quero isto para mim! toma essa barata, não quero o que vi.

~ O que eu via com um constrangimento tão penoso e tão espantado e tão inocente, o que eu via era a vida me olhando.

~ Toma, toma tudo isso para ti, eu não quero ser uma pessoa viva! tenho nojo e maravilhamento por mim, lama grossa lentamente brotando.

~ O sangue que eu via fora de mim, aquele sangue eu o estranhava com atração: ele era meu.

~ Meus primeiros contatos com as verdades sempre me difamaram.

~ Segura a minha mão, porque sinto que estou indo. Estou de novo indo para a mais primária vida divina, estou indo para um inferno de vida crua. Não me deixes ver porque estou perto de ver o núcleo da vida – e, através da barata que mesmo agora revejo, através dessa amostra de calmo horror vivo, tenho medo de que nesse núcleo eu não saiba mais o que é esperança.

~ Segura minha mão, cheguei ao irredutível com a fatalidade de um dobre – sinto que tudo isso é antigo e amplo, sinto no hieróglifo da barata lenta a grafia do Extremo Oriente.

⁓ A vida, meu amor, é uma grande sedução onde tudo o que existe se seduz.

⁓ Eu chegara ao nada, e o nada era vivo e úmido.

⁓ Se eu nunca revelar a minha carência, ninguém se assustará comigo e me ajudarão sem saber.

⁓ Um primeiro grito desencadeia todos os outros.

⁓ Se eu gritasse acordaria milhares de seres gritantes que iniciariam pelos telhados um coro de gritos e horror.

⁓ É que, mão que me sustenta, é que eu, numa experiência que não quero nunca mais, numa experiência pela qual peço perdão a mim mesma, eu estava saindo do meu mundo e entrando no mundo.

⁓ A vida é tão contínua que nós a dividimos em etapas, e a uma delas chamamos de morte.

⁓ Sempre estive em vida.

⁓ A vida em mim é tão insistente que se me partirem, como a uma lagartixa, os pedaços continuarão estremecendo e se mexendo.

⁓ Nunca propriamente morrerei.

⁓ Tudo olha para tudo, tudo vive o outro.

⁓ As coisas sabem tanto as coisas que a isto... a isto chamarei de perdão, se eu quiser me salvar no plano humano. É o perdão em si. Perdão é um atributo da matéria viva.

⁓ Só tenho o que sou.

∽ Sou: estar de pé diante de um susto. Sou: o que vi.

∽ O material do mundo me assusta, com os seus planetas e baratas.

∽ Que abismo entre a palavra amor e o amor que não tem sequer sentido humano.

∽ Um edifício onde de noite todos dormem tranquilos, sem saber que os alicerces vergam e que, num instante não anunciado pela tranquilidade, as vigas vão ceder porque a força de coesão está lentamente se desassociando um milímetro por cada século.

∽ Ontem, sem aviso, houve o fragor do sólido que subitamente se torna friável numa derrocada.

∽ O inumano é o melhor nosso, é a coisa, a parte coisa da gente.

∽ Não tinha soçobrado porque a parte coisa, matéria do Deus, era forte demais.

∽ Como se uma mulher tranquila tivesse simplesmente sido chamada e tranquilamente largasse o bordado na cadeira, se erguesse, e sem uma palavra – abandonando sua vida, renegando bordado, amor e alma já feita – sem uma palavra essa mulher se pusesse calmamente de quatro, começasse a engatinhar e a se arrastar com olhos brilhantes e tranquilos: é que a vida anterior a reclamara, e ela fora.

∽ Todo caso de loucura é que alguma coisa voltou.

∽ Os possessos, eles não são possuídos pelo que vem, mas pelo que volta.

∽ Me parecia o inferno, essa destruição de camadas e camadas arqueológicas humanas.

⌒ Vista de perto, a barata é um objeto de grande luxo.

⌒ Por que foi que a Bíblia se ocupou tanto dos imundos, e fez uma lista dos animais imundos e proibidos? por que se, como os outros, também eles haviam sido criados? E por que o imundo era proibido? Eu fizera o ato proibido de tocar no que é imundo.

⌒ O animal imundo da Bíblia é proibido porque o imundo é a raiz – pois há coisas criadas que nunca se enfeitaram e conservaram-se iguais ao momento em que foram criadas.

⌒ Comer a matéria viva me expulsaria de um paraíso de adornos, e me levaria para sempre a andar com um cajado pelo deserto.

⌒ Para construir uma alma possível – uma alma cuja cabeça não devore a própria cauda – a lei manda que só se fique com o que é disfarçadamente vivo.

⌒ A lei manda que, quem comer do imundo, que o coma sem saber.

⌒ Ah, não retires de mim a tua mão.

⌒ Não retires tua mão, mesmo que eu já saiba que encontrar tem que ser pelo caminho daquilo que somos.

⌒ A desumanização é tão dolorosa como perder tudo, como perder tudo, meu amor.

⌒ Se eu continuava a querer pedir era para ainda me agarrar aos últimos restos de minha civilização antiga, agarrar-me para não me deixar ser arrastada pelo que agora me reivindicava.

⌒ Ter experimentado já era o começo de um inferno de querer, querer, querer.

～ Assistia à minha transformação de crisálida em larva úmida, as asas aos poucos encolhiam-se crestadas. E um ventre todo novo e feito para o chão, um ventre novo renascia.

～ Há vários modos que significam ver: um olhar o outro sem vê-lo, um possuir o outro, um comer o outro, um apenas estar num canto e o outro estar ali também.

～ Não me via com os olhos mas com o corpo.

～ Havia experimentado na boca os olhos de um homem e, pelo sal na boca, soubera que ele chorava.

～ Na hora de minha morte eu também não seria traduzível por palavra.

～ O instante, o instante este – a atualidade – isso não é imaginável, entre a atualidade e eu não há intervalo.

～ A hora de viver também não tem palavra.

～ A hora de viver é um ininterrupto lento rangido de portas que se abrem continuamente de par em par.

～ A hora de viver é tão infernalmente inexpressiva que é o nada.

～ Finalmente, meu amor, sucumbi.

～ Não é só no ápice de um oásis que é agora: agora também é no deserto, e pleno.

～ A atualidade não tem futuro: o futuro será exatamente de novo uma atualidade.

～ Se morre sem se saber para onde, e esta é a maior coragem de um corpo.

～ E também poderia, para descansar, falar na tragédia. Conheço tragédias.

— Assassinato o mais profundo: aquele que é um modo de relação, que é um modo de um ser existir o outro ser, um modo de nos vermos e nos sermos e nos termos, assassinato onde não há vítima nem algoz, mas uma ligação de ferocidade mútua.

— Reza por mim, minha mãe, pois não transcender é um sacrifício, e transcender era antigamente o meu esforço humano de salvação, havia uma utilidade imediata em transcender.

— Ficar dentro do que é, isso exige que eu não tenha medo!

— Estou sem poder mais querer a beleza – talvez nunca a tivesse querido mesmo, mas era tão bom! eu me lembro como o jogo da beleza era bom, a beleza era uma transmutação contínua.

— Quero a atualidade sem enfeitá-la com um futuro que a redima.

— O que a esperança queria em mim era apenas escamotear a atualidade.

— Quero encontrar a redenção no hoje, no já, na realidade que está sendo, e não na promessa, quero encontrar a alegria neste instante.

— Quero o Deus naquilo que sai do ventre da barata – mesmo que isto, em meus antigos termos humanos, signifique o pior, e, em termos humanos, o infernal.

— O que eu toda não conhecia – era o neutro.

— Não posso fazer nada por você, barata. Não quero fazer nada por você.

~ Não estava suportando ficar apenas sentada e sendo, e então queria fazer. Fazer seria transcender, transcender é uma saída.

~ A barata não sabia de esperança ou piedade. Se ela não estivesse presa e se fosse maior que eu, com neutro prazer ocupado ela me mataria. Assim como o violento neutro de sua vida admitia que eu, por não estar presa e por ser maior que ela, que eu a matasse. Essa era a espécie de tranquila ferocidade neutra do deserto onde estávamos.

~ É preciso ser maior que a culpa.

~ A culpa me amesquinha.

~ Do que eu pensava sobre amor, também disso estou me despedindo, já quase não sei mais o que é, já não me lembro.

~ Lembrei-me de ti, quando beijara teu rosto de homem, devagar, devagar beijara, e quando chegara o momento de beijar teus olhos – lembrei-me de que então eu havia sentido o sal na minha boca, e que o sal de lágrimas nos teus olhos era o meu amor por ti. Mas, o que mais me havia ligado em susto de amor, fora, no fundo do fundo do sal, tua substância insossa e inocente e infantil: ao meu beijo tua vida mais profundamente insípida me era dada.

~ Beijar teu rosto era insosso e ocupado trabalho paciente de amor, era mulher tecendo um homem, assim como me havias tecido, neutro artesanato de vida.

~ Se a gente é o mundo, a gente é movida por um delicado radar que guia.

— Amor é muito mais que amor: amor é antes do amor ainda: é plâncton lutando, e a grande neutralidade viva lutando.

— O que é esmagado pela cintura é fêmea.

— Mãe: matei uma vida, e não há braços que me recebam agora e na hora do nosso deserto, amém. Mãe, tudo agora tornou-se de ouro duro. Interrompi uma coisa organizada, mãe, e isso é pior que matar, isso me fez entrar por uma brecha que me mostrou, pior que a morte, que me mostrou a vida grossa e neutra amarelecendo. A barata está viva, e o olho dela é fertilizante, estou com medo de minha rouquidão, mãe.

— A barata é de verdade, mãe. Não é mais uma ideia de barata.

— Matar também é proibido porque se quebra o invólucro duro, e fica-se com a vida pastosa.

— Como se ter dito a palavra "mãe" tivesse libertado em mim mesma uma parte grossa e branca – a vibração intensa do oratório de súbito parou, e o minarete emudeceu. E como depois de uma funda crise de vômito, minha testa estava aliviada, fresca e fria. Nem mesmo o medo mais, nem mesmo o susto mais.

— Meu medo agora era diferente: não o medo de quem ainda vai entrar, mas o medo tão mais largo de quem já entrou.

— E a respiração contínua do mundo é aquilo que ouvimos e chamamos de silêncio.

— Deste-me inocentemente a mão, e porque eu a segurava é que tive coragem de me afundar.

∽   Mas não procures entender-me, faze-me apenas companhia.

∽   Usa-me pelo menos como túnel escuro – e quando atravessares minha escuridão te encontrarás do outro lado contigo.

∽   A identidade – a identidade que é a primeira inerência – era a isso que eu estava cedendo? era nisso que eu havia entrado?

∽   Confio na minha covardia futura, e será a minha covardia essencial que me reorganizará de novo em pessoa.

∽   A identidade me é proibida mas meu amor é tão grande que não resistirei à minha vontade de entrar no tecido misterioso, nesse plasma de onde talvez eu nunca mais possa sair.

∽   Mesmo na minha nova irrealidade o plasma do Deus estará na minha vida.

∽   Toda vez em que vivi a verdade foi através de uma impressão de sonho inelutável: o sonho inelutável é a minha verdade.

∽   Estou tentando te dizer de como cheguei ao neutro e ao inexpressivo de mim.

∽   O neutro. Estou falando do elemento vital que liga as coisas. Oh, não receio que não compreendas, mas que eu me compreenda mal. Se eu não me compreender, morrerei daquilo de que no entanto vivo.

∽   O inexpressivo é diabólico. Se a pessoa não estiver comprometida com a esperança, vive o demoníaco.

- Se a pessoa tiver coragem de largar os sentimentos, descobre a ampla vida de um silêncio extremamente ocupado.

- O demoníaco é *antes* do humano. E se a pessoa vê essa atualidade, ela se queima como se visse o Deus.

- A vida pré-humana divina é de uma atualidade que queima.

- A alegria de perder-se é uma alegria de sabá.

- Perder-se é um achar-se perigoso.

- Era um inferno, aquele, porque naquele mundo que eu vivia não existe piedade nem esperança.

- Sei o que se faz no escuro das montanhas em noites de orgia. Eu sei! sei com horror: gozam-se as coisas.

- O protoplasma e o sêmen e a proteína são de um neutro vivo.

- Como se antes eu estivesse estado com o paladar viciado por sal e açúcar, e com a alma viciada por alegrias e dores – e nunca tivesse sentido o gosto primeiro. E agora sentia o gosto do nada.

- A sede pecaminosa me guiava – e agora eu sei que sentir o gosto desse quase nada é a alegria secreta dos deuses.

- Dorme comigo acordado e só assim poderás saber de meu sono grande e saberás o que é o deserto vivo.

- A lagartixa vê – como um olho solto vê.

- Só quando erro é que saio do que conheço e do que entendo.

~ A verdade tem que estar exatamente no que não poderei jamais compreender.

~ O homem do futuro nos entenderá como somos hoje? Ele distraidamente, com alguma ternura distraída, afagará nossa cabeça como nós fazemos com o cão que se aproxima de nós e nos olha de dentro de sua escuridão, com olhos mudos e aflitos.

~ Nosso tempo de dor ia passar assim como a criança não é uma criança estática.

~ Não esquecer, se viesse a ser necessário, que o arroz prospera em solo salobre, cujo alto teor de sal ajuda a desbastar.

~ Lembrava das leituras de antes de dormir que eu, de propósito, procurava que fossem impessoais para me ajudarem a adormecer.

~ Para a minha fome eu contaria com as tâmaras de dez milhões de palmeiras, além de amendoim e azeitona.

~ Do meu minarete, eu só poderia rezar para as areias.

~ Para as areias eu provavelmente estivera pronta desde que nascera: eu saberia como rezá-las, para isso eu não precisaria me adestrar de antemão, como as macumbeiras que não rezam para as coisas mas rezam as coisas.

~ Preparada eu sempre estivera, tão adestrada que eu fora pelo medo.

~ Árabes e nômades chamam o Saara de El Khela, o nada, de Tanesruft, o país do medo, de Tiniri, terra além das regiões da pastagem.

~ Procurei pensar no Mar Negro, procurei pensar nos persas descendo pelos desfiladeiros – mas também nisso tudo não encontrei nem beleza nem feiura, apenas as infinitas sucessões de séculos do mundo.

― Voltei-me de chofre para o interior do quarto que, na sua ardência, pelo menos não era povoado.

― O erro é um dos meus modos fatais de trabalho.

― A barata é comível como uma lagosta, a barata era um crustáceo.

― Tenho horror do silêncio cheio de escamas estratificadas do crocodilo.

― O nojo me é necessário assim como a poluição das águas é necessária para procriar-se o que está nas águas.

― A noite na Galileia é como se no escuro o tamanho do deserto andasse.

― Estava vendo um silêncio que tem a profundidade de um abraço.

― E então vai acontecer – numa rocha nua e seca do deserto da Líbia – vai acontecer o amor de duas baratas. Eu agora sei como é. Uma barata espera. Vejo o seu silêncio de coisa parda. E agora – agora estou vendo outra barata avançando lentamente e com dificuldade pelas areias em direção à rocha. Sobre a rocha, cujo dilúvio há milênios já secou, duas baratas secas. Uma é o silêncio da outra. Os matadores que se encontram: o mundo é extremamente recíproco. A vibração de um estrídulo inteiramente mudo na rocha; e nós, que chegamos a hoje, ainda vibramos com ele.

― Somos seres úmidos e salgados, somos seres de água do mar e de lágrimas.

- Sou bicho de grandes profundidades úmidas, não conheço a poeira das cisternas secas, e a superfície de uma rocha não é o meu lar.

- A noite é o nosso estado latente.

- Na noite a ansiedade suave se transmite através do oco do ar, o vazio é um meio de transporte.

- Somos os que nadam, o ar da noite é encharcado e é adocicado, e nós somos salgados pois que suar é a nossa exalação.

- Há muito tempo fui desenhada contigo numa caverna, e contigo nadei de suas profundezas escuras até hoje, nadei com meus cílios inúmeros – eu era o petróleo que só hoje jorrou, quando uma negra africana me desenhou na minha casa, fazendo-me brotar de uma parede. Sonâmbula como o petróleo que enfim jorra.

- Não sou adulta bastante para saber usar uma verdade sem me destruir.

- Adivinha-me, adivinha-me porque faz frio, perder os invólucros de lagosta faz frio.

- Para se ter o incenso o único meio é o de queimar o incenso.

- Quando uma pessoa é o próprio núcleo, ela não tem mais divergências.

- O ritual é o próprio processar-se da vida do núcleo, o ritual não é exterior a ele: o ritual é inerente.

- O ritual é a marca do Deus. E cada filho já nasce com o mesmo ritual.

- Viver é sempre questão de vida e morte, daí a solenidade.

- Somos a vida que está em nós.
- Sou mansa mas minha função de viver é feroz.
- A forma de viver é um segredo tão secreto que é o rastejamento silencioso de um segredo.
- Vou te dizer que eu te amo. Sei que te disse isso antes, e que também era verdade quando te disse, mas é que só agora estou realmente dizendo. Estou precisando dizer antes que eu.
- Não quero te dar o susto do meu amor.
- As coisas todas se passam acima ou abaixo da dor.
- O amor estava acontecendo muito mais exatamente quando não havia o que chamávamos de amor.
- Será que nós originalmente não éramos humanos? e que, por necessidade prática, nos tornamos humanos?
- Minha sobrevivência futura em filhos é que seria a minha verdadeira atualidade.
- O que até então me havia escapado fora a minha real inumanidade.
- A alegria do sabá é a alegria de perder-se no atonal.
- Os risos fazem parte do volume do silêncio.
- Mesmo o que existe já, é remoto.
- Nem meu corpo me delimita.
- Sou remota a mim mesma, sou-me inalcançável como me é inalcançável um astro.
- O futuro, ai de mim, me é mais próximo que o instante já.

~ Sou tão maior do que aquilo que eu chamava de "eu" que, somente tendo a vida do mundo, eu me teria.

~ Toda a parte mais inatingível de minha alma e que não me pertence – é aquela que toca na minha fronteira com o que já não é eu, e à qual me dou.

~ Sou mais aquilo que em mim não é.

~ Se eu conseguir voltar do reino da vida tornarei a pegar a tua mão, e a beijarei grata porque ela me esperou, e esperou que meu caminho passasse, e que eu voltasse magra, faminta e humilde: com fome apenas do pouco, com fome apenas do menos.

~ Piedade é ser filho de alguém ou de alguma coisa – mas ser o mundo é a crueldade.

~ O mistério do destino humano é que somos fatais.

~ Inumanos, como a barata, realizam o próprio ciclo completo, sem nunca errar porque eles não escolhem.

~ Tornar-se humano pode se transformar em ideal e sufocar-se de acréscimos.

~ Não preciso cuidar sequer de minha alma, ela cuidará fatalmente de mim, e não tenho que fazer para mim mesma uma alma: tenho apenas que escolher viver.

~ O inferno é o meu máximo.

~ Ser um humano é uma sensibilização, um orgasmo da natureza.
Sexo é o susto de uma criança.

~ No neutro do amor está uma alegria contínua, como um barulho de folhas ao vento.

- A explicação de um enigma é a repetição do enigma. O que És? e a resposta é: És. O que existes? e a resposta é: o que existes.

- O segredo da força era a força, o segredo do amor era o amor – e a joia do mundo é um pedaço opaco de coisa.

- Ah, estou sendo tão direta que chego a parecer simbólica.

- Eu arriscara o mundo em busca da pergunta que é posterior à resposta.

- E nem ao menos eu estava tocando na coisa. Estava apenas tocando no espaço que vai de mim ao nó vital – eu estava dentro da zona de vibração coesa e controlada do nó vital. O nó vital vibra à vibração de minha chegada.

- A coisa nunca pode ser realmente tocada. O nó vital é um dedo apontando-o – e, aquilo que foi apontado, desperta como um miligrama de radium no escuro tranquilo.

- Pois o escuro não é iluminável, o escuro é um modo de ser: o escuro é o nó vital do escuro, e nunca se toca no nó vital de uma coisa.

- Tremo de medo e adoração pelo que existe.

- O germe é ávido e esperto.

- Minha avidez é a minha mais inicial fome: sou pura porque sou ávida.

- Não posso me impedir de me sentir toda ampliada dentro de mim pela pobreza do opaco e do neutro: a coisa é viva como ervas.

~ Envio meu anjo para aparelhar o caminho diante de mim.

~ Mesmo quando algo cai do céu, é um meteorito, isto é, um pedaço de coisa.

~ Só os grandes amam a monotonia.

~ Os grandes têm a qualidade vital da carne, e, não só toleram o atonal, como a ele aspiram.

~ O tédio fora a única forma como eu pudera sentir o atonal.

~ O que eu gostava na natureza era o seu inexpressivo vibrante.

~ A verdadeira tragédia está na inexorabilidade do seu inexpressivo, que é sua identidade nua.

~ No fundo somos tão, tão felizes! pois não há uma forma única de entrar em contato com a vida, há inclusive as formas negativas! inclusive as dolorosas, inclusive as quase impossíveis – e tudo isso, tudo isso antes de morrer, tudo isso mesmo enquanto estamos acordados!

~ Há também às vezes a exasperação do atonal, que é de uma alegria profunda: o atonal exasperado é o voo se alçando.

~ Foi assim que os mundos se formaram: o atonal exasperou-se.

~ Que não se acorde quem está todo ausente, quem está absorto está sentindo o peso das coisas.

~ Só voa o que tem peso.

~ Não estou à altura de ficar no paraíso porque o paraíso não tem gosto humano!

- O estado de graça existe permanentemente: nós estamos sempre salvos.
- Sentir que se está em graça é que é o dom.
- Eu nunca havia deixado minha alma livre, e me havia organizado depressa em pessoa porque é arriscado demais perder-se a forma.
- A esperança é um filho ainda não nascido, só prometido, e isso machuca.
- Prescindir da esperança significa que eu tenho que passar a viver, e não apenas a me prometer a vida.
- O Deus é hoje: seu reino já começou.
- Só temos de Deus o que cabe em nós.
- Da flor só vemos até onde vão os olhos e a sua saciedade rasa.
- Tenho que me violentar até não ter nada, e precisar de tudo.
- Minha exigência é o meu tamanho, meu vazio é a minha medida.
- Na exigência de vida tudo é lícito, mesmo o artificial.
- Como cegos que tateiam, nós pressentimos o intenso prazer de viver.
- Precisar é sempre o momento supremo.
- A mais arriscada alegria entre um homem e uma mulher vem quando a grandeza de precisar é tanta que se sente em agonia e espanto: sem ti eu não poderia viver. A revelação do amor é uma revelação de carência – bem-aventurados os pobres de espírito porque deles é o dilacerante reino da vida.

∽   Se abandono a esperança, estou celebrando a minha carência, e esta é a maior gravidade do viver.

∽   Porque assumi a minha falta, então a vida está à mão.

∽   A beatitude é o prazer contínuo da coisa, o processo da coisa é feito de prazer e de contato com aquilo de que se precisa gradualmente mais.

∽   Ser real é assumir a própria promessa: assumir a própria inocência e retomar o gosto do qual nunca se teve consciência: o gosto do vivo.

∽   As coisas são muito delicadas. A gente pisa nelas com uma pata humana demais, com sentimentos demais.

∽   Eu antes precisava de tempero para tudo, e era assim que eu pulava por cima da coisa e sentia o gosto do tempero.

∽   Eu não podia sentir o gosto da batata, pois a batata é quase a matéria da terra; a batata é tão delicada que – por minha incapacidade de viver no plano de delicadeza do gosto apenas terroso da batata – eu punha minha pata humana em cima dela e quebrava a sua delicadeza de coisa viva.

∽   Sei que tenho de ter uma coragem muito maior: a de ter uma outra moral, tão isenta que eu mesma não a entenda e que me assuste.

∽   Tua energia física era a tua energia mais delicada.

∽   Eu não sabia ver que aquilo era amor delicado. E me parecia o tédio.

∽   Tudo isso era fino demais para a minha pata humana.

∽   Beleza me era um engodo suave, era o modo como eu, fraca e respeitosa, enfeitava a coisa para poder tolerar-lhe o núcleo.

◞ Dou adeus mesmo à beleza de uma criança – quero o adulto que é mais primitivo e feio e mais seco e mais difícil, e que se tornou uma criança-semente que não se quebra com os dentes.

◞ Quero ver se também já posso prescindir de cavalo bebendo água, o que é tão bonito. Também não quero a minha sensibilidade porque ela faz bonito; e poderei prescindir do céu se movendo em nuvens? e da flor? não quero o amor bonito. Não quero a meia-luz, não quero a cara bem-feita, não quero o expressivo.

◞ Querer ser humano me soa bonito demais.

◞ A humanidade está ensopada de humanização.

◞ Aguenta eu te dizer que Deus não é bonito. E isto porque Ele não é nem um resultado nem uma conclusão.

◞ Largar é uma atitude tão áspera e agressiva que a pessoa que abrisse a boca para falar em largar deveria ser presa e mantida incomunicável – eu mesma.

◞ Prefiro me considerar temporariamente fora de mim, a ter a coragem de achar que tudo isso é uma verdade.

◞ Eu me queimo nesta descoberta: a de que existe uma moral em que a beleza é de uma grande superficialidade medrosa.

◞ Aquilo que me apela e me chama é o neutro.

◞ O que falo com Deus tem que não fazer sentido! Se fizer sentido é porque erro.

◞ Ah, não me descompreendas: não estou tirando nada de ti. Estou é exigindo de ti. Sei que parece que estou tirando a tua e a minha humanidade. Mas é o oposto: estou querendo é viver daquilo inicial e primordial que exatamente fez com que certas coisas chegassem ao ponto de aspirar a serem humanas.

- É um amor muito maior que estou exigindo de mim – é uma vida tão maior que não tem sequer beleza.

- Só são humilhados os que não são humildes.

- A humildade é muito mais que um sentimento, é a realidade vista pelo mínimo bom senso.

- Estou precisando danadamente me divertir e me divergir.

- Precisarei para o resto dos meus dias de minha leve vulgaridade doce e bem-humorada, preciso esquecer, como todo o mundo.

- Ter nojo me contradiz, contradiz em mim a minha matéria.

- Depois da revolução que é vomitar, eu me sentia fisicamente simples como uma menina.

- Viver como um sonâmbulo era o maior ato de confiança? o de fechar os olhos em vertigem, e jamais saber o que se fez.

- A lembrança ficou tão forte que meu corpo gritou todo em si mesmo.

- O divino para mim é o real.

- O benefício maior do santo é para com ele mesmo, o que não importa: pois quando ele atinge a grande própria largueza, milhares de pessoas ficam alargadas pela sua largueza e dela vivem.

- Viver é uma grande bondade para com os outros.

- Viver é dádiva tão grande que milhares de pessoas se beneficiam com cada vida vivida.

- A necessidade é o meu guia.

- Uma mulher, na hora do amor por um homem, essa mulher está vivendo a sua própria espécie.

- Chegará o instante em que me darás a mão, não mais por solidão, mas como eu agora: por amor.

- Não precisar deixa um homem muito só, todo só.

- Ah, meu amor, não tenhas medo da carência: ela é o nosso destino maior.

- O amor é tão mais fatal do que eu havia pensado, o amor é tão inerente quanto a própria carência, e nós somos garantidos por uma necessidade que se renovará continuamente.

- O amor já está, está sempre. Falta apenas o golpe da graça – que se chama paixão.

- A graça da paixão é curta.

- Estar vivo é uma grossa indiferença irradiante. Estar vivo é inatingível pela mais fina sensibilidade. Estar vivo é inumano.

- A meditação mais profunda é aquela tão vazia que um sorriso se exala como de uma matéria.

- O não humano é o centro irradiante de um amor neutro em ondas hertzianas.

- Se daqui a centenas de milhares de anos finalmente nós não formos mais o que sentirmos e pensarmos: teremos o que mais se assemelha a uma "atitude" do que a uma ideia. Seremos a matéria viva se manifestando diretamente, desconhecendo palavra, ultrapassando o pensar que é sempre grotesco.

- Seremos inumanos – como a mais alta conquista do homem. Ser é ser além do humano.

- Estou falando da morte? não, da vida. Não é um estado de felicidade, é um estado de contato.

- A esperança e a promessa se cumprem a cada instante.

- Sempre tive medo de ser fulminada pela realização, eu sempre havia pensado que a realização é um final – e não contara com a necessidade sempre nascente.

- Quando se realiza o viver, pergunta-se: mas era só isto? E a resposta é: não é só isto, é exatamente isto.

- Tomar cuidado para não fazer disto mais do que isto, pois senão já não será mais isto.

- A essência é de uma insipidez pungente.

- Estou enfim caminhando em direção ao caminho inverso. Caminho em direção à destruição do que construí, caminho para a despersonalização.

- Tenho avidez pelo mundo.

- Sei agora de um modo que prescinde de tudo – e também de amor, de natureza, de objetos. Um modo que prescinde de mim.

- Quanto a meus desejos, a minhas paixões, a meu contato com uma árvore – eles continuem sendo para mim como uma boca comendo.

- A despersonalização como a destituição do individual inútil – a perda de tudo o que se possa perder e, ainda assim, ser.

- Tirar de si, com um esforço tão atento que não se sente a dor, tirar de si, como quem se livra da própria pele, as características.

- A despersonalização como a grande objetivação de si mesmo. A maior exteriorização a que se chega.

- Designo o impalpável como impalpável, e então o sopro recrudesce como na chama de uma vela.

- Tão secreta é a verdadeira vida que nem a mim, que morro dela, me pode ser confiada a senha, morro sem saber de quê.

- Somente se a missão chegar a se cumprir é que, por um relance, percebo que nasci incumbida.

- E porque me despersonalizo a ponto de não ter o meu nome, respondo cada vez que alguém disser: eu.

- Nem todos chegam a fracassar porque é tão trabalhoso, é preciso antes subir penosamente até enfim atingir a altura de poder cair.

- Minhas civilizações eram necessárias para que eu subisse a ponto de ter de onde descer.

- É exatamente através do malogro da voz que se vai pela primeira vez ouvir a própria mudez e a dos outros e a das coisas, e aceitá-la como a possível linguagem.

- A dor não é alguma coisa que nos acontece, mas o que somos.

- Para se chegar à mudez, que grande esforço da voz.

- A realidade, antes de minha linguagem, existe como um pensamento que não se pensa.

~ Por fatalidade fui e sou impelida a precisar saber o que o pensamento pensa.

~ A vida antecede o amor, a matéria do corpo antecede o corpo, e por sua vez a linguagem um dia terá antecedido a posse do silêncio.

~ Mas eu tenho muito mais à medida que não consigo designar.

~ Do buscar e não achar que nasce o que eu não conhecia, e que instantaneamente reconheço.

~ Por destino tenho que ir buscar e por destino volto com as mãos vazias. Mas – volto com o indizível.

~ O indizível só me poderá ser dado através do fracasso de minha linguagem.

~ Só quando falha a construção, é que obtenho o que ela não conseguiu.

~ A trajetória não é apenas um modo de ir. A trajetória somos nós mesmos.

~ Em matéria de viver, nunca se pode chegar antes.

~ A insistência é o nosso esforço, a desistência é o prêmio. A este só se chega quando se experimentou o poder de construir, e, apesar do gosto de poder, prefere-se a desistência. A desistência tem que ser uma escolha. Desistir é a escolha mais sagrada de uma vida. Desistir é o verdadeiro instante humano.

~ A desistência é uma revelação.

~ Existir exige de mim o grande sacrifício de não ter força, desisto, e eis que na mão fraca o mundo cabe.

- Viver me deixa tão impressionada, viver me tira o sono.

- Chego à altura de poder cair, escolho, estremeço e desisto.

- Quanto mais ignoro a senha mais cumpro o segredo.

- Eu me aproximava do que acho que era – confiança. Talvez seja este o nome.

- "Eu" é apenas um dos espasmos instantâneos do mundo.

VI

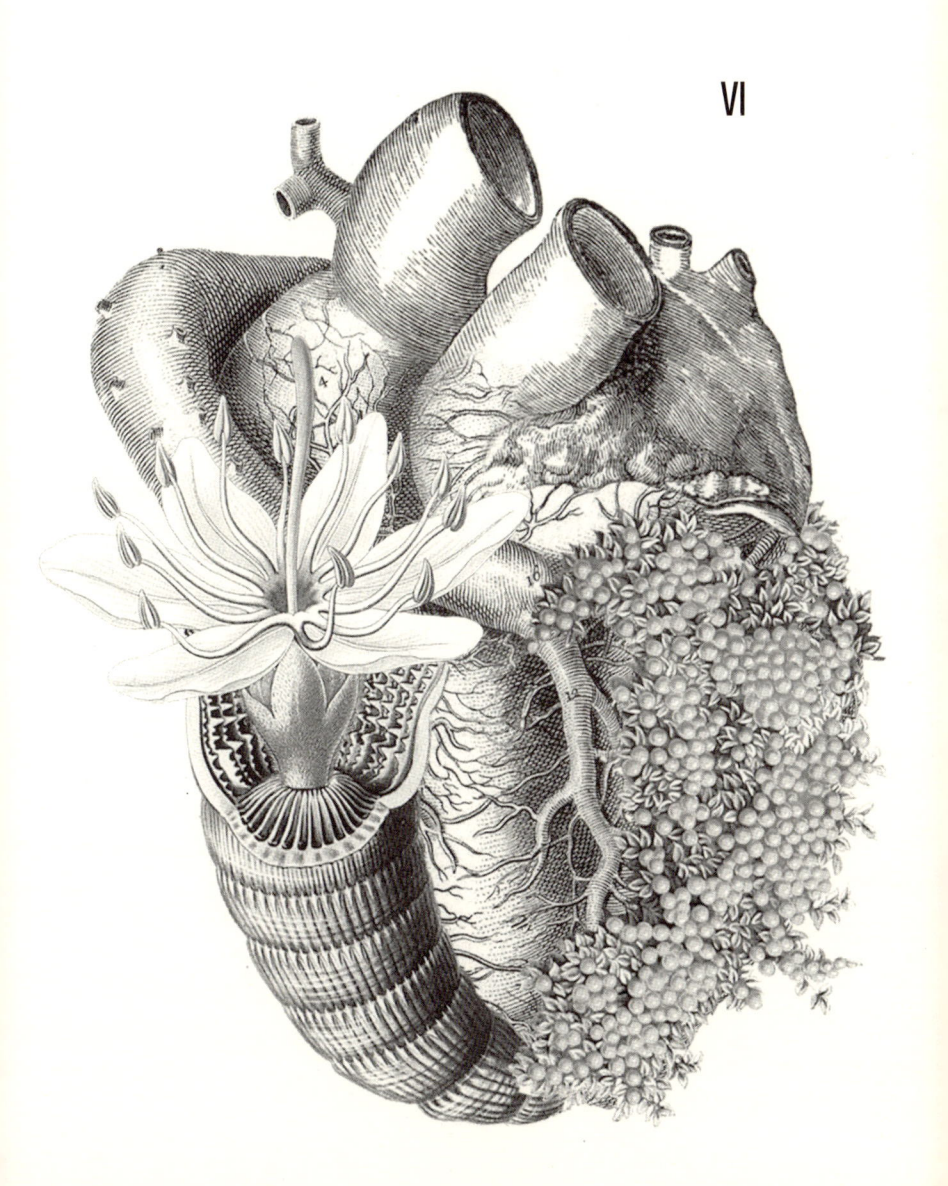

UMA APRENDIZAGEM OU O LIVRO DOS PRAZERES

~ Eu sou mais forte do que eu.

~ Saíra agora da voracidade de viver.

~ Os movimentos histéricos de um animal preso tinham como intenção libertar, por meio de um desses movimentos, a coisa ignorada que o estava prendendo – a ignorância do movimento único, exato e libertador era o que tornava um animal histérico: ele apelava para o descontrole.

~ E pelo mesmo fato de se haver visto ao espelho, sentiu como sua condição era pequena porque um corpo é menor que o pensamento.

~ A condição não se cura mas o medo da condição é curável.

~ Via elefantes grossos se aproximarem, elefantes doces e pesados, de casca seca, embora mergulhados no interior da carne por uma ternura quente insuportável;

eles eram difíceis de se carregarem a si próprios, o que os tornava lentos e pesados.

- "Eu te amo" era uma farpa que não se podia tirar com uma pinça. Farpa incrustada na parte mais grossa da sola do pé.

- O nada era quente naquele fim de tarde eternizada pelo planeta Marte.

- Apesar de, se deve amar. Apesar de, se deve morrer.

- Ele era um homem, ela era uma mulher, e milagre mais extraordinário do que esse só se comparava à estrela cadente que atravessa quase imaginariamente o céu negro e deixa como rastro o vívido espanto de um Universo vivo.

- A fé pode ser um grande susto, pode significar cair no abismo.

- Em breve ela teria que soltar a mão menos forte do que a que a empurrava, e cair.

- A vida não é de se brincar porque em pleno dia se morre.

- Preferia para a descoberta do que se chama viver essas horas tímidas do vago começo do dia.

- Não tinha um dia a dia mas sim uma vida a vida.

- Ver como seriam as coisas e as pessoas antes que lhes tivéssemos dado o sentido de nossa esperança humana ou de nossa dor.

- Os ouvidos se afiam, a cabeça se inclina, o corpo todo escuta: nenhum rumor. Nenhum galo possível. Como estar ao alcance dessa profunda meditação do silêncio?

~ O silêncio é a profunda noite secreta do mundo. E não se pode falar do silêncio como se fala da neve: sentiu o silêncio dessas noites?

~ Há uma maçonaria do silêncio que consiste em não falar dele e de adorá-lo sem palavras.

~ Há um momento em que do corpo descansado se ergue o espírito atento.

~ O coração tem que se apresentar diante do Nada sozinho e sozinho bater em silêncio de uma taquicardia nas trevas.

~ Fomos feitos senão para o pequeno silêncio, não para o silêncio astral.

~ Que se espere. Não o fim do silêncio mas o auxílio bendito de um terceiro elemento: a luz da aurora.

~ Às vezes no próprio coração da palavra se reconhece o Silêncio.

~ Se não expressara o inexpressível silêncio, falara como um macaco que grunhe e faz gestos incongruentes, transmitindo não se sabe o quê.

~ Não se podia cortar a dor – senão se sofreria o tempo todo.

~ Sem a dor, ficara sem nada, perdida no seu próprio mundo e no alheio sem forma de contato.

~ Os limites de um humano eram divinos? Eram.

~ Sentir-se humilde demais era de onde paradoxalmente vinha a sua altivez de pessoa.

~ Por um instante então desprezava o próprio humano e experimentava a silenciosa alma da vida animal.

- Compreender era sempre um erro – preferia a largueza tão ampla e livre e sem erros que era não entender.
- Raro uma pessoa tocar tão de perto a sua própria perdição.
- Eu não choro, se for preciso um dia eu grito.
- Não nos temos entregue a nós mesmos, pois isso seria o começo de uma vida larga e nós a tememos.
- Não temos usado a palavra amor para não termos de reconhecer sua contextura de ódio, de amor, de ciúme e de tantos outros contraditórios.
- Temos mantido em segredo a nossa morte para tornar nossa vida possível.
- Temos disfarçado com falso amor a nossa indiferença, sabendo que nossa indiferença é angústia disfarçada.
- Falar no que realmente importa é considerado uma gafe.
- Pode-se aprender tudo, inclusive a amar!
- Não há modo mais perfeito, embora inquieto, de usar o tempo: o de te esperar.
- É perigoso mexer com a grande resposta.
- Tua mão está dada à minha, faze com que eu sinta que a morte não existe porque na verdade já estamos na eternidade.
- Faze com que me lembre de que também não há explicação porque um filho quer o beijo de sua mãe.
- Faze com que eu perca o pudor de desejar que na hora de minha morte haja uma mão humana amada para apertar a minha.

~ Quando pudesse sentir plenamente o outro estaria salva e pensaria: eis o meu porto de chegada.

~ Ninguém pode fazer uso do que os outros são.

~ O melhor modo de despistar é dizer a verdade.

~ Angústia era a incapacidade de enfim sentir a dor.

~ Angústia também era o medo de sentir enfim a dor.

~ Eu estou sendo, disse o mar azul do Mediterrâneo.

~ Estou sendo, disse a aranha e imobilizou a presa com o seu veneno.

~ Eu estou sendo, disse uma criança que escorregara nos ladrilhos do chão e gritara assustada: mamãe!

~ O amor pelo mundo me transcende.

~ Milhares de pessoas não têm coragem de pelo menos prolongar-se um pouco mais nessa coisa desconhecida que é sentir-se feliz.

~ O humano é só.

~ Aí estava o mar, a mais ininteligível das existências não humanas. E ali estava a mulher, de pé, o mais ininteligível dos seres vivos.

~ Só poderia haver um encontro de seus mistérios se um se entregasse ao outro: a entrega de dois mundos incognoscíveis feita com a confiança com que se entregariam duas compreensões.

~ Por que é que um cão é tão livre? Porque ele é o mistério vivo que não se indaga.

~ É a exiguidade do corpo que o permite tornar-se quente e delimitado.

- A mulher não está sabendo: mas está cumprindo uma coragem.

- Agir sem se conhecer exige coragem.

- E era isso o que estava lhe faltando: o mar por dentro como o líquido espesso de um homem.

- Escolher a própria máscara era o primeiro gesto voluntário humano. E solitário.

- Quando enfim se afivelava a máscara daquilo que se escolhera para representar-se e representar o mundo, o corpo ganhava uma nova firmeza, a cabeça podia às vezes se manter altiva como a de quem superou um obstáculo: a pessoa era.

- De repente a máscara de guerra da vida crestava-se toda como lama seca, e os pedaços irregulares caíam no chão com um ruído oco.

- Meu mistério é simples: eu não sei como estar viva.

- Viver é tão fora do comum que eu só vivo porque nasci.

- Você ainda não se habituou a viver?

- Na minha aprendizagem falta alguém que me diga o óbvio com um ar tão extraordinário.

- Temos dois corpos que nos será um prazer alegre, mudo, profundo.

- Faço poesia não porque seja poeta mas para exercitar minha alma.

- Meus ensaios são longos poemas em prosa, onde exercito ao máximo a minha capacidade de pensar e intuir.

~ Tenho que não indagar do mistério para não trair o milagre.

~ Quem escreve ou pinta ou ensina ou dança ou faz cálculos em termos de matemática, faz milagre todos os dias.

~ Ao escrever sou fatalmente humilde. Embora com limites. Pois no dia em que eu perder dentro de mim a minha própria importância – tudo estará perdido.

~ O que não se pode é deixar de amar a si próprio com algum despudor.

~ Para manter minha força, que é tão grande e *helpless* como a de qualquer homem que tenha respeito pela força humana, para mantê-la não tenho o menor pudor.

~ A tragédia de viver existe sim e nós a sentimos. Mas isso não impede que tenhamos uma profunda aproximação da alegria com essa mesma vida.

~ Minha alegria é áspera e eficaz, e não se compraz em si mesma, é revolucionária.

~ Você tem também uma ideia errada dos homens: eles podem ser castos, sim.

~ Quem é capaz de sofrer intensamente, também pode ser capaz de intensa alegria.

~ Quando penso no gosto voraz com que comemos o sangue alheio, dou-me conta de nossa truculência.

~ É preciso não esquecer e respeitar a violência que temos. As pequenas violências nos salvam das grandes.

~ Quem sabe, se não comêssemos os bichos, comeríamos gente com o seu sangue.

↷ Nasce-se com sangue e com sangue corta-se para sempre a possibilidade de união perfeita: o cordão umbilical. E muitos são os que morrem com sangue derramado por dentro ou por fora. É preciso acreditar no sangue como parte importante da vida. A truculência é amor também.

↷ É raro encontrar uma mulher que não rompeu com a linhagem de mulheres através do tempo.

↷ Só a própria pessoa podia exprimir a si própria o inexprimível cheiro do peixe cru – não em palavras: o único modo de exprimir era sentir de novo.

↷ O sabor de uma fruta está no contato da fruta com o paladar e não na fruta mesmo.

↷ No Impossível é que está a realidade.

↷ E pensar que os filhos do mundo crescem e se tornam homens e mulheres, e que a noite será plena e grossa para eles também, enquanto eu estarei morta, plena também.

↷ Conheci uma mulher simples que não se fazia perguntas sobre Deus: ela amava além da pergunta sobre Deus. Então Deus existia.

↷ Sinto que não me mexo na vida dentro de um vazio absoluto exatamente porque também sou Deus.

↷ Aprendi a viver com o que não se entende.

↷ Como explicar que o mar era o seu berço materno mas que o cheiro era todo masculino?

↷ Uma folha que caíra batera-lhe nos cílios. Achou então Deus de uma grande delicadeza.

↷ Muitas coisas você só tem se for autodidata, se tiver a coragem de ser. Em outras, terá que saber e sentir a dois.

∽ É através da boca que você passará a comer o mundo, e então a escuridão de teus olhos não vai se aclarar mas vai iridescer.

∽ Não sabia que nome dar ao que a tomara ou ao que, com voracidade, estava tomando senão o de paixão.

∽ Faze com que eu sinta que amar é não morrer, que a entrega de si mesmo não significa a morte e sim a vida.

∽ Faze com que eu receba o mundo sem medo, pois para esse mundo incompreensível nós fomos criados e nós mesmos também incompreensíveis.

∽ Há uma conexão entre esse mistério do mundo e o nosso, mas essa conexão não é clara para nós enquanto quisermos entendê-la.

∽ Abençoa-me para que eu viva com alegria o pão que como, o sono que durmo.

∽ Faze com que eu tenha caridade e paciência comigo mesma, amém.

∽ Mas nunca morrer antes de realmente morrer: pois era tão bom prolongar aquela promessa.

∽ Dentro daquele fruto que nela se preparava, dentro daquele fruto que era suculento, havia lugar para a mais leve das insônias diurnas que era a sua sabedoria de bicho acordado: um véu de alerteza, esperta bastante para apenas pressentir.

∽ Ah pressentir era mais ameno do que o intolerável agudo do bom.

∽ Como se inquietava que alguém pudesse não compreender que morreria numa ida para uma tonta felicidade de primavera.

~ Não posso ter uma vida mesquinha porque ela não combinaria com o absoluto da morte.

~ Soube que a pessoa devia deixar-se inundar pela alegria aos poucos – pois era vida nascendo.

~ E quem não tivesse força de ter prazer, que antes cobrisse cada nervo com uma película protetora, com uma película de morte para poder tolerar o grande da vida.

~ Seu peito se contraiu, a força desmoronou: era a angústia sim.

~ Então ela, o tigre, dera umas voltas vagarosas em frente ao homem, hesitara, lambera uma das patas e depois, como não era a palavra ou o grunhido o que tinha importância, afastara-se silenciosamente.

~ A pele da batata era parda, e fina como a de uma criança recém-nascida. Se bem que, ao manuseá-la, sentisse nos dedos a quase insensível existência interior de pequenos brotos, invisíveis a olho nu.

~ Aquela batata era muito bonita. Não quis comprá-la porque não queria vê-la emurchecer em casa e muito menos cozinhá-la.

~ A batata era a comida por excelência. Isso ela ficou sabendo, e era de uma leve aleluia.

~ "Se eu fosse eu" parecia representar o maior perigo de viver, parecia a entrada nova do desconhecido.

~ Ser-se o que se é, era grande demais e incontrolável.

~ Sabia que já começara uma coisa nova e nunca mais poderia voltar à sua dimensão antiga.

～ Devia começar modestamente, para não se desencorajar.

～ Devia abandonar para sempre a estrada principal. E entrar pelo seu verdadeiro caminho que eram os atalhos estreitos.

～ Há um ponto em que o desespero é uma luz e um amor.

～ Oh Deus! Ter uma vida só era tão pouco!

～ Sentindo menos dor, perdera a vantagem da dor como aviso e sintoma.

～ Podia estar a um passo da morte da alma, a um passo desta já ter morrido, e sem o benefício de seu próprio aviso prévio.

～ Ainda não posso perguntar quem sou eu sem ficar perdido.

～ Sabia que era uma feroz entre os ferozes seres humanos, nós, os macacos de nós mesmos.

～ Nunca atingiríamos em nós o ser humano. E quem atingia era com justiça santificado.

～ Desistir da ferocidade era um sacrifício.

～ Qual fora o apóstolo que dissera de nós: vós sois deuses?

～ Deus não é inteligente, compreende, porque Ele é a Inteligência, Ele é o esperma e óvulo do cosmos que nos inclui.

～ Deus é um substantivo.

– No estado de graça, via-se a profunda beleza, antes inatingível, de outra pessoa.

– O que lhe acontecia era apenas o estado de graça de uma pessoa comum que de súbito se torna real, porque é comum e humana e reconhecível e tem olhos e ouvidos para ver e ouvir.

– Tendo experimentado ganhar um corpo e uma alma e a terra e o céu, queria-se mais e mais. Mas era inútil desejar: só vinha espontaneamente.

– Os humanos tinham obstáculos que não dificultavam a vida dos animais, como raciocínio, lógica, compreensão. Enquanto que os animais tinham esplendidez daquilo que é direto e se dirige direto.

– Estava certo o estado de graça não nos ser dado frequentemente. Se fosse, talvez passássemos definitivamente para o "outro lado" da vida, que esse outro lado também era real mas ninguém nos entenderia jamais: perderíamos a linguagem em comum.

– Querer viver permanentemente em graça. E isto representaria uma fuga imperdoável ao destino humano, que era feito de luta e sofrimento e perplexidade e alegrias.

– A graça era uma dádiva e, se nada exigia, se desvaneceria se passássemos a exigir dela uma resposta.

– Era preciso não esquecer que o estado de graça era apenas uma pequena abertura para o mundo que era uma espécie de paraíso – mas não era uma entrada nele, nem dava o direito de se comer dos frutos de seus pomares.

– Exatamente porque depois da graça a condição humana se revelava na sua pobreza implorante, aprendia-se a amar mais, a esperar mais. Passava-se a ter uma espécie de confiança no sofrimento e em seus caminhos tantas vezes intoleráveis.

- Quero o que você é, e você quer o que eu sou.
- Queria que você, sem uma palavra, apenas viesse.
- Ela vira uma Coisa. Eram dez horas da noite na praça Tiradentes e o táxi corria. Então ela viu uma rua que nunca mais iria esquecer. Nem sequer pretendia descrevê-la: aquela rua era sua. Só podia dizer que estava vazia e eram dez horas da noite. Nada mais. Fora porém, germinada.
- Era como se o pacto com o Deus fosse este: ver e esquecer.
- Nossos sentimentos e pensamentos são tão sobrenaturais como uma história passada depois da morte.
- Com curiosidade meiga, envolvida pelo cheiro de jasmim, atenta à fome de existir, e atenta à própria atenção, parecia estar comendo delicadamente viva o que era muito seu.
- Quem sou eu? Perguntou-se em grande perigo. E o cheiro do jasmineiro respondeu: eu sou o meu perfume.
- A cabeça do homem ficava perto dos joelhos e perto de suas mãos, no seu regaço que era a sua parte mais quente. E ela pôde fazer o seu melhor gesto: nas mãos que estavam a um tempo frementes e firmes, pegar aquela cabeça cansada que era fruto dela e dele. Aquela cabeça de homem pertencia àquela mulher.
- Arcar com o peso da responsabilidade de saber que os nossos prazeres mais ingênuos e mais animais também morriam.
- Eu está apaixonada pelo teu eu. Então nós é.

- Não queria nada senão aquilo mesmo que lhe acontecia: ser uma mulher no escuro ao lado de um homem que dormia.

- Pensou por um instante se a morte interferiria no pesado prazer de estar viva. E a resposta foi que nem a ideia de morte conseguia perturbar o indelimitado campo escuro onde tudo palpitava grosso, pesado e feliz. A morte perdera a glória.

- Era antes uma mulher que procurava um modo, uma forma. E agora tinha o que na verdade era tão mais perfeito: era a grande liberdade de não ter modos nem formas.

- Mesmo que nunca mais fosse sentir a grave e suave força de existir e amar, como agora, daí em diante ela já sabia pelo que esperar, esperar a vida inteira se necessário, e se necessário jamais ter de novo o que esperava.

- Ser humana parecia-lhe agora a mais acertada forma de ser um animal vivo.

- Estendeu o braço no escuro e no escuro sua mão tocou no peito nu do homem adormecido: ela assim o criava pela sua própria mão e fazia com que esta para sempre guardasse na pele a gravação de viver.

- Eu sou tua e tu és meu, e nós é um.

- Como todas as pessoas, somos deuses em potencial.

- Devemos seguir a Natureza, não esquecendo os momentos baixos, pois que a Natureza é cíclica, é ritmo, é como um coração pulsando.

- Existir é tão completamente fora do comum que se a consciência de existir demorasse mais de alguns segundos, nós enlouqueceríamos.

~ A solução para esse absurdo que se chama "eu existo", a solução é amar um outro ser que, este, nós compreendemos que exista.

~ Sou pura como uma mulher na cama com o seu homem. Mulher nunca é pornográfica.

~ Escrever sem estilo é o máximo que, quem escreve, chega a desejar.

~ Até a liberdade de se ser bom assusta os outros.

~ Amor será dar de presente um ao outro a própria solidão? Pois é a coisa mais última que se pode dar de si.

~ Meu amor, você não acredita no Deus porque nós erramos ao humanizá-Lo. Nós O humanizamos porque não O entendemos, então não deu certo. Tenho certeza de que Ele não é humano. Mas embora não sendo humano, no entanto, Ele às vezes nos diviniza.

VII

ÁGUA VIVA

- Ninguém me prende mais.
- Estudei matemática que é a loucura do raciocínio – mas agora quero o plasma – quero me alimentar diretamente da placenta.
- O próximo instante é o desconhecido.
- O próximo instante é feito por mim? ou se faz sozinho? Fazemo-lo juntos com a respiração.
- Estou tentando captar a quarta dimensão do instante-já que de tão fugidio não é mais porque agora tornou-se um novo instante-já que também não é mais.
- Quero apossar-me do *é* da coisa.
- A atualidade sou eu sempre no já.
- Alegria é matéria de tempo e é por excelência o instante.
- Quero captar o meu *é*.

◠ Meu tema é o instante? meu tema de vida. Procuro estar a par dele, divido-me milhares de vezes em tantas vezes quanto os instantes que decorrem, fragmentária que sou e precários os momentos – só me comprometo com vida que nasça com o tempo e com ele cresça: só no tempo há espaço para mim.

◠ Ouve-me então com teu corpo inteiro.

◠ A palavra é a minha quarta dimensão.

◠ Vejo que nunca te disse como escuto música – apoio de leve a mão na eletrola e a mão vibra espraiando ondas pelo corpo todo: assim ouço a eletricidade da vibração, substrato último no domínio da realidade, e o mundo treme nas minhas mãos.

◠ E eis que percebo que quero para mim o substrato vibrante da palavra repetida em canto gregoriano.

◠ Palavras, elas têm que fazer um sentido quase que só corpóreo.

◠ Para te dizer o meu substrato faço uma frase de palavras feitas apenas dos instantes-já.

◠ Isso que te escrevi é um desenho eletrônico.

◠ Amor demais prejudica os trabalhos.

◠ Vivo à beira.

◠ Tenho que me destituir para alcançar cerne e semente de vida.

◠ O instante é semente viva.

◠ A harmonia secreta da desarmonia: quero não o que está feito mas o que tortuosamente ainda se faz.

- E se eu digo "eu" é porque não ouso dizer "tu", ou "nós" ou "uma pessoa". Sou obrigada à humildade de me personalizar me apequenando mas sou o és-tu.

- Estou lidando com a matéria-prima. Estou atrás do que fica atrás do pensamento.

- Gênero não me pega mais.

- Ao fundo dos momentos. É um estado de contato com a energia circundante e estremeço.

- Sei que meu olhar deve ser o de uma pessoa primitiva que se entrega toda ao mundo.

- Agora está amanhecendo e a aurora é de neblina branca nas areias da praia.

- Não conseguirei a nudez final. E ainda não a quero, ao que parece.

- Posso não ter sentido mas é a mesma falta de sentido que tem a veia que pulsa.

- Ouve-me, ouve o silêncio.

- Capta essa coisa que me escapa e no entanto vivo dela.

- Chamo a gruta pelo seu nome e ela passa a viver com seu miasma.

- O presente é o instante em que a roda do automóvel em alta velocidade toca minimamente no chão.

- Nova era, esta minha, e ela me anuncia para já. Tenho coragem? Por enquanto estou tendo: porque venho do sofrido longe, venho do inferno de amor mas agora estou livre de ti.

- Venho do longe – de uma pesada ancestralidade. Eu que venho da dor de viver. E não a quero mais.

— Quero a vibração do alegre. Quero a isenção de Mozart. Mas quero também a inconsequência.

— Liberdade? é o meu último refúgio, forcei-me à liberdade e aguento-a não como um dom mas com heroísmo: sou heroicamente livre.

— Quero o fluxo.

— Sim, esta é a vida vista pela vida.

— Aquilo que é ruim está desprotegido e precisa da anuência de Deus: eis a criação.

— O que sei é tão volátil e quase inexistente que fica entre mim e eu.

— Embora às vezes grite: não quero mais ser eu!! mas eu me grudo a mim e inextricavelmente forma-se uma tessitura de vida.

— E um silêncio se evola sutil do entrechoque das frases.

— Então escrever é o modo de quem tem a palavra como isca: a palavra pescando o que não é palavra. Quando essa não palavra – a entrelinha – morde a isca, alguma coisa se escreveu. Uma vez que se pescou a entrelinha, poder-se-ia com alívio jogar a palavra fora. Mas aí cessa a analogia: a não palavra, ao morder a isca, incorporou-a. O que salva então é escrever distraidamente.

— Por enquanto o tempo é quanto dura um pensamento.

— Não é um recado de ideias que te transmito e sim uma instintiva volúpia daquilo que está escondido na natureza e que adivinho. E esta é uma festa de palavras.

— Tenho uma voz. Assim como me lanço no traço de meu desenho, este é um exercício de vida sem planejamento.

~ O mundo não tem ordem visível e eu só tenho a ordem da respiração. Deixo-me acontecer.

~ Mas o meu principal está sempre escondido. Sou implícita. E quando vou me explicitar perco a úmida intimidade.

~ A natureza é envolvente: ela me enovela toda e é sexualmente viva.

~ Estou truculentamente viva – e lambo o meu focinho como o tigre depois de ter devorado o veado.

~ Escuta: eu te deixo ser, deixa-me ser então.

~ Eternamente é palavra muito dura: tem um "t" granítico no meio.

~ É-me impossível aprofundar e apossar-me da vida, ela é aérea.

~ Estas minhas frases balbuciadas são feitas na hora mesma em que estão sendo escritas.

~ Quero a experiência de uma falta de construção. Embora este meu texto seja todo atravessado de ponta a ponta por um frágil fio condutor – qual? o do mergulho na matéria da palavra? o da paixão? Fio luxurioso, sopro que aquece o decorrer das sílabas.

~ A vida mal e mal me escapa embora me venha a certeza de que a vida é outra e tem um estilo oculto.

~ Este texto que te dou não é para ser visto de perto: ganha sua secreta redondez antes invisível quando é visto de um avião em alto voo.

~ Transmito-te não uma história mas apenas palavras que vivem do som.

— Uso palavras soltas que são em si mesmas um dardo livre.

— Vou te falando e me arriscando à desconexão: sou subterraneamente inatingível pelo meu conhecimento.

— Escrevo-te porque não me entendo.

— Um dia eu disse infantilmente: eu posso tudo. Era a antevisão de poder um dia me largar e cair num abandono de qualquer lei. Elástica. A profunda alegria: o êxtase secreto. Sei como inventar um pensamento. Sinto o alvoroço da novidade. Mas bem sei que o que escrevo é apenas um tom.

— Atrás do pensamento não há palavras: é-se.

— E sou assombrada pelos meus fantasmas.

— A vida é sobrenatural.

— Não gosto do que acabo de escrever – mas sou obrigada a aceitar o trecho todo porque ele me aconteceu.

— Meu esforço: trazer agora o futuro para já.

— Ouve-me, ouve meu silêncio.

— Lê a energia que está no meu silêncio.

— Mas há também o mistério do impessoal.

— O impessoal dentro de mim e não é corrupto e apodrecível pelo pessoal que às vezes me encharca.

— A transcendência dentro de mim é o "it" vivo e mole e tem o pensamento que uma ostra tem.

— Será que a ostra quando arrancada de sua raiz sente ansiedade? Fica inquieta na sua vida sem olhos. Eu costumava pingar limão em cima da ostra viva e via com horror e fascínio ela contorcer-se toda. E eu estava comendo o it vivo. O it vivo é o Deus.

~ Não gosto é quando pingam limão nas minhas profundezas e fazem com que eu me contorça toda.

~ A gata depois de parir come a própria placenta e durante quatro dias não come mais nada. Só depois é que toma leite.

~ A explicação exige uma outra explicação que exigiria uma outra explicação e que se abriria de novo para o mistério.

~ Estou respirando. Para cima e para baixo. Para cima e para baixo. Como é que a ostra nua respira?

~ O que não vejo contudo existe.

~ Ia dormir para poder sonhar, estava com saudade das novidades do sonho.

~ É por esta ausência de resposta que fico tão atrapalhada.

~ Quem for capaz de parar de raciocinar – o que é terrivelmente difícil – que me acompanhe.

~ Não vou mais até as coisas para não me ultrapassar.

~ Vivo de lado, sou à esquerda de quem entra.

~ Já assisti gata parindo. Sai o gato envolto num saco de água e todo encolhido dentro. A mãe lambe tantas vezes o saco de água que este enfim se rompe e eis um gato quase livre, preso apenas pelo cordão umbilical. Então a gata-mãe-criadora rompe com os dentes esse cordão e aparece mais um fato no mundo.

~ E ninguém é eu. Ninguém é você. Esta é a solidão.

- Depois de certo tempo cada um é responsável pela cara que tem.
- Que há entre nunca e sempre que os liga tão indiretamente e intimamente?
- Sou um coração batendo no mundo.
- Você que me lê que me ajude a nascer.
- Com olhos fechados procuro cegamente o peito: quero leite grosso. Ninguém me ensinou a querer. Mas eu já quero.
- O futuro é para a frente e para trás e para os lados.
- Não é preciso ter ordem para viver.
- Nada planejo no meu trabalho intuitivo de viver: trabalho com o indireto, o informal e o imprevisto.
- Somos os contemporâneos do dia seguinte.
- Nasci há alguns instantes e estou ofuscada.
- Tenho dois olhos que estão abertos. Para o nada. Para o teto.
- Os girassóis lentamente viram suas corolas para o sol. O trigo está maduro. O pão é com doçura que se come. Meu impulso se liga ao das raízes das árvores.
- Parei para tomar água fresca: o copo neste instante-já é de grosso cristal facetado e com milhares de faíscas de instantes. Os objetos são tempo parado?
- Quero ser enterrada com o relógio no pulso para que na terra algo possa pulsar o tempo.
- Para ser inutilmente sincera devo dizer que agora são seis e quinze da manhã.

∽ Só não conto os fatos de minha vida: sou secreta por natureza.

∽ Eu aguento porque sou forte: comi minha própria placenta.

∽ Que o Deus me ajude: estou sem guia e é de novo escuro.

∽ Quero morrer com vida. Juro que só morrerei lucrando o último instante.

∽ Queria tanto morrer de saúde. Como quem explode.

∽ Estou pronta para o silêncio grande da morte. Vou dormir.

∽ Não tenho estilo de vida: atingi o impessoal.

∽ Estou habituada ao sangue.

∽ O halo é mais importante que as coisas e que as palavras. O halo é vertiginoso.

∽ Arrepio-me toda ao entrar em contato físico com bichos ou com a simples visão deles. Os bichos me fantasticam.

∽ Não sei quem é mais a criatura, se eu ou o bicho.

∽ Não humanizo bicho porque é ofensa – há de respeitar-lhe a natureza – eu é que me animalizo.

∽ Pássaros – eu os quero nas árvores ou voando longe de minhas mãos.

∽ Não ter nascido bicho é uma minha secreta nostalgia.

∽ Soube de um ela que morreu na cama mas aos gritos: estou me apagando! Até que houve o benefício do coma dentro do qual o ela se libertou do corpo e não teve nenhum medo de morrer.

– Para te escrever eu antes me perfumo toda.

– Eu vou morrer: há esta tensão como a de um arco prestes a disparar a flecha.

– Algo está sempre por acontecer.

– Como traduzir o silêncio do encontro real entre nós dois? Dificílimo contar: olhei para você fixamente por uns instantes. Tais momentos são meu segredo. Houve o que se chama de comunhão perfeita. Eu chamo isto de estado agudo de felicidade.

– O que faço por involuntário instinto não pode ser descrito.

– Escrevo-te sentada junto de uma janela aberta no alto de meu atelier.

– Escrevo-te à medida de meu fôlego.

– Fomos modelados e sobrou muita matéria-prima – it – e formaram-se então os bichos.

– E a única coisa que me espera é exatamente o inesperado.

– Sou pessoa extremamente ocupada: tomo conta do mundo.

– No Jardim Botânico, então, fico exaurida. Tenho que tomar conta com o olhar de milhares de plantas e árvores, e sobretudo da vitória-régia. Ela está lá. E eu a olho.

– Eu o vi de repente e era um homem tão extraordinariamente bonito e viril que eu senti uma alegria de criação. Não é que eu o quisesse para mim assim como não quero para mim o menino que vi com cabelos de arcanjo correndo atrás da bola. Eu queria somente olhar. O homem olhou um instante para mim e sorriu calmo: ele sabia quanto era belo e sei que sabia que eu não o queria para mim. Sorriu porque não sentiu ameaça alguma. É que os seres excepcionais em qualquer sentido estão sujeitos a mais perigos do que o comum das pessoas.

⌒ Ensina-me sobre o secreto de cada um de nós.

⌒ Penso que agora terei que pedir licença para morrer um pouco. Com licença – sim? Não demoro. Obrigada.

⌒ Não. Não consegui morrer. Termino aqui esta "coisa-palavra" por um ato voluntário? Ainda não.

⌒ Trabalho quando durmo: porque é então que me movo no mistério.

⌒ O que estraga a felicidade é o medo.

⌒ Um dia disseste que me amavas. Finjo acreditar e vivo, de ontem para hoje, em amor alegre.

⌒ Sou assombrada pelos meus fantasmas, pelo que é mítico e fantástico – a vida é sobrenatural.

⌒ Eu, que fabrico o futuro como uma aranha diligente. E o melhor de mim é quando nada sei e fabrico não sei o quê.

⌒ Estou entrando sorrateiramente em contato com uma realidade nova para mim e que ainda não tem pensamentos correspondentes, e muito menos ainda alguma palavra que a signifique. É mais uma sensação atrás do pensamento. Como te explicar? Vou tentar. É que estou percebendo.

— Viver não é só desenrolar sentimentos grossos – é algo mais sortilégico e mais grácil, sem por isso perder o seu fino vigor animal.

— Como sinal de revolta apenas uma ironia sem peso e excêntrica.

— Só algumas pessoas escolhidas pela fatalidade do acaso provaram da liberdade esquiva e delicada da vida.

— Nós somos de soslaio para não comprometer o que pressentimos de infinitamente outro nessa vida de que te falo.

— E eis que sinto que em breve nos separaremos.

— Quem não é perdido não conhece a liberdade e não a ama.

— Preciso de segredos para viver.

— Não cumpro nada: apenas vivo.

— Só trabalho com achados e perdidos.

— Que o fracasso me aniquile, quero a glória de cair.

— Quando penso no que já vivi me parece que fui deixando meus corpos pelos caminhos.

— Não me posso resumir porque não se pode somar uma cadeira e duas maçãs. Eu sou uma cadeira e duas maçãs. E não me somo.

— A natureza dos seres e das coisas – é Deus?

— Eu te invento, realidade.

— Ah Força do que Existe, ajudai-me, vós que chamam de o Deus.

- O instante é em si mesmo iminente.

- Perdi o medo da simetria, depois da desordem da inspiração.

- É preciso experiência ou coragem para revalorizar a simetria, quando facilmente se pode imitar o falso assimétrico, uma das originalidades mais comuns.

- Não existe a palavra espelho, só existem espelhos, pois um único é uma infinidade de espelhos.

- Espelho é o espaço mais fundo que existe. E é coisa mágica: quem tem um pedaço quebrado já poderia ir com ele meditar no deserto.

- O que é um espelho? É o único material inventado que é natural.

- Só uma pessoa muito delicada pode entrar no quarto vazio onde há um espelho vazio, e com tal leveza, com tal ausência de si mesma, que a imagem não marca. Como prêmio, essa pessoa delicada terá então penetrado num dos segredos.

- Espelho é frio e gelo. Mas há a sucessão de escuridões dentro dele – perceber isto é instante muito raro – e é preciso ficar à espreita dias e noites, em jejum de si mesmo, para poder captar e surpreender a sucessão de escuridões que há dentro dele.

- Tenho que interromper para dizer que "X" é o que existe dentro de mim.

- Uma vez olhei bem nos olhos de uma pantera e ela me olhou bem nos meus olhos. Transmutamo-nos.

- A realidade não tem sinônimos.

— Como decorar uma coisa que não tem história?

— Quero ter a liberdade de dizer coisas sem nexo como profunda forma de te atingir.

— Como fazer se não te enterneces com meus defeitos, enquanto eu amei os teus.

— Morrer deve ser uma muda explosão interna. O corpo não aguenta mais ser corpo.

— Não, nunca fui moderna. E acontece o seguinte: quando estranho uma pintura é aí que é pintura. E quando estranho a palavra aí é que ela alcança o sentido. E quando estranho a vida aí é que começa a vida.

— Isto é uma tempestade de cérebro e uma frase mal tem a ver com outra.

— A vida é mortal.

— Talvez valha a pena ter nascido para que um dia mudamente se implore e mudamente se receba.

— Se tenho que ser um objeto, que seja um objeto que grita.

— Na graça tudo é tão leve.

— Tudo o que existe respira e exala um finíssimo resplendor de energia.

— A graça de uma pessoa comum que a torna de súbito real porque é comum e humana e reconhecível.

— O verdadeiro pensamento parece sem autor.

— Dormir é abstrair-se e espraiar-se no nada.

— Mas eu denuncio. Denuncio nossa fraqueza, denuncio o horror alucinante de morrer – e respondo a toda essa infâmia com – exatamente isto que vai agora ficar escrito – e respondo a toda essa infâmia com a alegria.

- Sejamos alegres.

- Quem não tiver medo de ficar alegre e experimentar uma só vez sequer a alegria doida e profunda terá o melhor de nossa verdade.

- E a minha própria morte e a dos que amamos tem que ser alegre, não sei ainda como, mas tem que ser.

- Vamos não morrer como desafio?

- Uma coisa eu garanto: nós não somos culpados.

- Ah viver é tão desconfortável. Tudo aperta: o corpo exige, o espírito não para, viver parece ter sono e não poder dormir – viver é incômodo. Não se pode andar nu nem de corpo nem de espírito.

- Tudo acaba mas o que te escrevo continua.

- Vou parar porque é sábado.

- Simplesmente eu sou eu. E você é você. É vasto, vai durar.

- Olha para mim e me ama. Não: tu olhas para ti e te amas. É o que está certo.

VIII

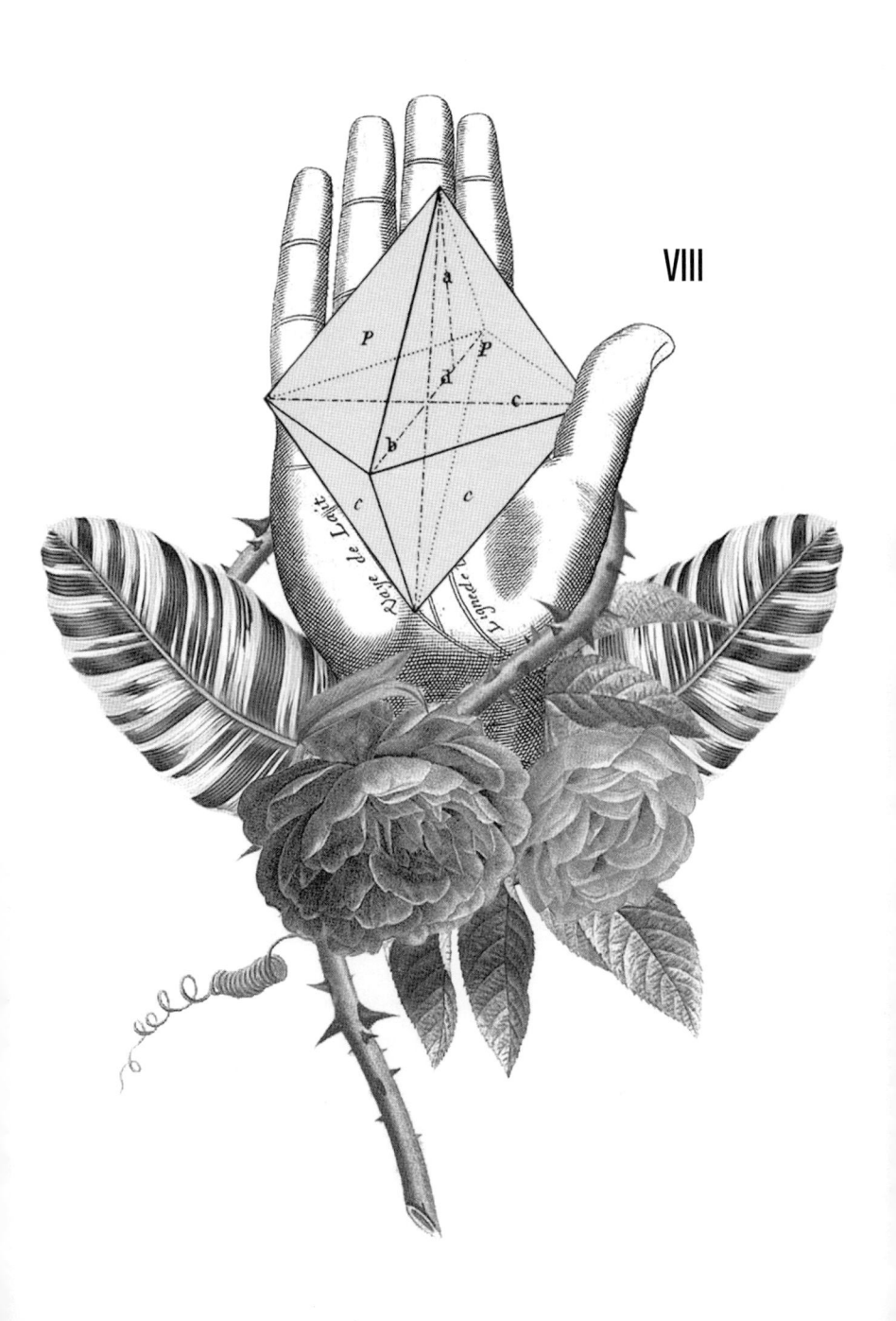

A HORA DA ESTRELA

Dedico-me à saudade de minha antiga pobreza, quando tudo era mais sóbrio e digno e eu nunca havia comido lagosta.

Dedico-me às vésperas de hoje e a hoje, ao transparente véu de Debussy, a Marlos Nobre, a Prokofiev, a Carl Orff, a Schönberg, aos dodecafônicos, aos gritos rascantes dos eletrônicos – a todos esses que em mim atingiram zonas assustadoramente inesperadas, todos esses profetas do presente e que a mim me vaticinaram a mim mesmo a ponto de eu neste instante explodir em: eu. Esse eu que é vós.

Não aguento ser apenas mim, preciso dos outros para me manter de pé, tão tonto que sou, eu enviesado, enfim que é que se há de fazer senão meditar para cair naquele vazio pleno que só se atinge com a meditação.

Meditar não precisa de ter resultados: a meditação pode ter como fim apenas ela mesma. Eu medito sem palavras e sobre o nada.

⌒ O que me atrapalha a vida é escrever.

⌒ Sei de muita coisa que não vi. E vós também. Não se pode dar uma prova da existência do que é mais verdadeiro, o jeito é acreditar. Acreditar chorando.

⌒ Trata-se de livro inacabado porque lhe falta a resposta. Resposta esta que espero que alguém no mundo me dê. Vós?

⌒ Uma história em tecnicolor para ter algum luxo, por Deus, que eu também preciso. Amém para nós todos.

⌒ Tudo no mundo começou com um sim. Uma molécula disse sim a outra molécula e nasceu a vida.

⌒ Da pré-história havia a pré-história da pré-história e havia o nunca e havia o sim. Sempre houve. Não sei o quê, mas sei que o universo jamais começou.

⌒ Que ninguém se engane, só consigo a simplicidade através de muito trabalho.

⌒ Enquanto eu tiver perguntas e não houver resposta continuarei a escrever.

⌒ Como começar pelo início, se as coisas acontecem antes de acontecer?

⌒ Pensar é um ato. Sentir é um fato.

⌒ Deus é o mundo.

⌒ A verdade é sempre um contato interior e inexplicável.

⌒ A minha vida a mais verdadeira é irreconhecível, extremamente interior e não tem uma só palavra que a signifique.

⁓   Meu coração se esvaziou de todo desejo e reduz-se ao próprio último ou primeiro pulsar.

⁓   Felicidade? Nunca vi palavra mais doida, inventada pelas nordestinas que andam por aí aos montes.

⁓   Estou escrevendo na hora mesma em que sou lido.

⁓   Todos nós somos um e quem não tem pobreza de dinheiro tem pobreza de espírito ou saudade por lhe faltar coisa mais preciosa que ouro.

⁓   Peguei no ar de relance o sentimento de perdição no rosto de uma moça nordestina.

⁓   Sei das coisas por estar vivendo.

⁓   Quem vive sabe, mesmo sem saber que sabe.

⁓   Experimentarei contra os meus hábitos uma história com começo, meio e "gran finale" seguido de silêncio e de chuva caindo.

⁓   Um meio de obter é não procurar.

⁓   Palavra é ação, concordais?

⁓   Quem já não se perguntou: sou um monstro ou isto é ser uma pessoa?

⁓   Quem se indaga é incompleto.

⁓   Fatos são pedras duras e agir está me interessando mais do que pensar, de fatos não há como fugir.

⁓   Escrevo com o corpo. E o que escrevo é uma névoa úmida.

⁓   Palavras são sons transfundidos de sombras que se entrecruzam desiguais, estalactites, renda, música transfigurada de órgão.

- Este livro é feito sem palavras.
- Este livro é um silêncio.
- Este livro é uma pergunta.
- O que amadurece plenamente pode apodrecer.
- Pensei em escrever sobre a realidade, já que essa me ultrapassa.
- O que escrevo não pede favor a ninguém e não implora socorro: aguenta-se na sua chamada dor com uma dignidade de barão.
- Só escrevo o que quero, não sou um profissional.
- Escrevo em traços vivos e ríspidos de pintura.
- Cada coisa é uma palavra. E quando não se a tem, inventa-se-a.
- Por que escrevo? Antes de tudo porque captei o espírito da língua e assim às vezes a forma é que faz conteúdo.
- Jamais se esquece a pessoa com quem se dormiu.
- A eternidade é o estado das coisas neste momento.
- Sou um homem que tem mais dinheiro do que os que passam fome, o que faz de mim de algum modo um desonesto.
- Minto na hora exata da mentira. Mas quando escrevo não minto.
- A classe alta me tem como um monstro esquisito, a média com desconfiança de que eu possa desequilibrá-la, a classe baixa nunca vem a mim.
- Quero experimentar pelo menos uma vez a falta de gosto que dizem ter a hóstia.

- Nunca esquecer que a palavra é fruto da palavra. A palavra tem que se parecer com a palavra. Atingi-la é o meu primeiro dever para comigo. E a palavra não pode ser enfeitada e artisticamente vã, tem que ser apenas ela.
- Existir é coisa de doido, caso de loucura.
- Existir não é lógico.
- O que eu vou escrever já deve estar na certa de algum modo escrito em mim. Tenho é que me copiar com uma delicadeza de borboleta branca.
- Não me sinto com o poder de livremente inventar: sigo uma oculta linha fatal.
- Não fosse a sempre novidade que é escrever, eu me morreria simbolicamente todos os dias.
- Tudo o que estou agora escrevendo é acompanhado pelo rufar enfático de um tambor batido por um soldado.
- É que de repente o figurativo me fascinou: crio a ação humana e estremeço.
- Entre os fatos há um sussurro. É o sussurro o que me impressiona.
- Há os que têm. E há os que não têm. É muito simples: a moça não tinha. Não tinha o quê? É apenas isso mesmo: não tinha. Se der para me entenderem, está bem.
- Deus é de quem conseguir pegá-lo. Na distração aparece Deus.
- Era lá tola de perguntar? E de receber um "não" na cara?
- É assim porque é assim. Existe no mundo outra resposta? Se alguém sabe de uma melhor, que se apresente e a diga, estou há anos esperando.

- Até no capim vagabundo há desejo de sol.
- Na hora da morte a pessoa se torna brilhante estrela de cinema, é o instante de glória de cada um e é quando como no canto coral se ouvem agudos sibilantes.
- Pois que vida é assim: aperta-se o botão e a vida acende.
- É paixão minha ser o outro.
- Prefiro a verdade que há no prenúncio.
- Se o leitor possui alguma riqueza e vida bem acomodada, sairá de si para ver como é às vezes o outro. Se é pobre, não estará me lendo porque ler-me é supérfluo para quem tem uma leve fome permanente.
- Quando acaricio a cabeça de meu cão – sei que ele não exige que eu faça sentido ou me explique.
- Defendia-se da morte por intermédio de um viver de menos, gastando pouco de sua vida para esta não acabar. Essa economia lhe dava alguma segurança pois, quem cai, do chão não passa.
- Uma vez se fez uma trágica pergunta: quem sou eu? Assustou-se tanto que parou completamente de pensar.
- Sou gratuito e pago as contas de luz, gás e telefone.
- Ela era calada (por não ter o que dizer) mas gostava de ruídos. Eram vida.
- Já que sou, o jeito é ser.
- Sentia falta de encontrar-se consigo mesma e sofrer um pouco é um encontro.
- Por pior a infância é sempre encantada, que susto.

— Na certa mereceria um dia o céu dos oblíquos onde só entra quem é torto.

— (Quanto a escrever, mais vale um cachorro vivo.)

— Devo dizer que ela era doida por soldado? Pois era. Quando via um, pensava com estremecimento de prazer: será que ele vai me matar?

— Quem não é um acaso na vida?

— E eu? De mim só se sabe que respiro.

— Terei castigo de morte por falar de uma vida que contém como todas as nossas vidas um segredo inviolável?

— Que se há de fazer com a verdade de que todo mundo é um pouco triste e um pouco só.

— Ele era bonito além do possível equilíbrio de uma pessoa.

— Às vezes só a mentira salva.

— Que os mortos me ajudem a suportar o quase insuportável, já que de nada me valem os vivos.

— O rinoceronte lhe pareceu um erro de Deus, que me perdoe por favor, sim? Mas não pensara em Deus nenhum, era apenas um modo de.

— Será que o meu ofício doloroso é o de adivinhar na carne a verdade que ninguém quer enxergar?

— E quando se presta atenção espontânea e virgem de imposições, quando se presta atenção a cara diz quase tudo.

— Ah pudesse eu pegar Macabéa, dar-lhe um bom banho, um prato de sopa quente, um beijo na testa enquanto a cobria com um cobertor. E fazer que quando ela acordasse encontrasse simplesmente o grande luxo de viver.

— Ela não se sabia explicar. Transformara-se em simplicidade orgânica.

— Não se conta tudo porque o tudo é um oco nada.

— Sangue é a coisa secreta de cada um, a tragédia vivificante.

— Fatos são pedras duras. Não há como fugir. Fatos são palavras ditas pelo mundo.

— Desde Moisés se sabe que a palavra é divina.

— Até para atravessar a rua ela já era outra pessoa. Uma pessoa grávida de futuro.

— Então ao dar o passo de descida da calçada para atravessar a rua, o Destino (explosão) sussurrou veloz e guloso: é agora, é já, chegou a minha vez!

— E enorme como um transatlântico o Mercedes amarelo pegou-a – e neste mesmo instante em algum único lugar do mundo um cavalo como resposta empinou-se em gargalhada de relincho.

— Pelo menos não falei e nem falarei em morte e sim apenas um atropelamento.

— (A verdade é sempre um contato interior inexplicável. A verdade é irreconhecível. Portanto não existe? Não, para os homens não existe.)

— Ela sofria? Acho que sim. Como uma galinha de pescoço mal cortado que corre espavorida pingando sangue.

— Pergunto: toda história que já se escreveu no mundo é história de aflições?

∽ Mas quem sou eu para censurar os culpados? O pior é que preciso perdoá-los. É necessário chegar a tal nada que indiferentemente se ame ou não se ame o criminoso que nos mata.

∽ Mas não estou seguro de mim mesmo: preciso perguntar, embora não saiba a quem, se devo mesmo amar aquele que me trucida e perguntar quem de vós me trucida.

∽ (Escrevo sobre o mínimo parco enfeitando-o com púrpura, joias e esplendor. É assim que se escreve? Não, não é acumulando e sim desnudando. Mas tenho medo da nudez, pois ela é a palavra final.)

∽ Só agora entendo e só agora brotou-se-me o sentido secreto: o violino é um aviso.

∽ Sei que quando eu morrer vou ouvir o violino do homem e pedirei música, música, música.

∽ Eu me uso como forma de conhecimento.

∽ Eu te conheço até o osso por intermédio de uma encantação que vem de mim para ti.

∽ Por quê? Resposta: é assim porque assim é. Sempre foi? Sempre será. E se não foi? Mas eu estou dizendo que é. Pois.

∽ Há momentos em que a pessoa está precisando de uma pequena mortezinha e sem nem ao menos saber.

∽ Simbolicamente morro várias vezes só para experimentar a ressurreição.

∽ Interrompam o que estão fazendo para soprar-lhe vida, pois Macabéa está por enquanto solta no acaso como a porta balançando ao vento no infinito.

- Eu poderia resolver pelo caminho mais fácil, matar a menina-infante, mas quero o pior: a vida.

- Os que me lerem, assim, levem um soco no estômago para ver se é bom. A vida é um soco no estômago.

- Irei até onde o ar termina, irei até onde a grande ventania se solta uivando, irei até onde o vácuo faz uma curva, irei aonde meu fôlego me levar.

- Meu fôlego me leva a Deus? Estou tão puro que nada sei. Só uma coisa eu sei: não preciso ter piedade de Deus. Ou preciso?

- A morte que é nesta história o meu personagem predileto.

- Havia certa sensualidade no modo como se encolhera. Ou é porque a pré-morte se parece com a intensa ânsia sensual?

- As coisas são sempre vésperas e se ela não morre agora está como nós na véspera de morrer, perdoai-me lembrar-vos porque quanto a mim não me perdoo a clarividência.

- Mulher nasce mulher desde o primeiro vagido.

- E então – então o súbito grito estertorado de uma gaivota, de repente a águia voraz erguendo para os altos ares a ovelha tenra, o macio gato estraçalhando um rato sujo e qualquer, a vida come a vida.

- Macabéa morreu. Vencera o Príncipe das Trevas. Enfim a coroação.

- Basta descobrir a verdade que ela logo já não é mais: passou o momento.

- Pergunto: o que é? Resposta: não é.

- Que não se lamentem os mortos: eles sabem o que fazem.

- Quero que me lavem as mãos e os pés e depois – depois que os untem com óleos santos de tanto perfume. Ah que vontade de alegria.

- O melhor negócio é ainda o seguinte: não morrer, pois morrer é insuficiente, não me completa, eu que tanto preciso.

- Não vos assusteis, morrer é um instante, passa logo.

- Desculpai-me esta morte. É que não pude evitá-la, a gente aceita tudo porque já beijou a parede.

- Se um dia Deus vier à terra haverá silêncio grande.

- O silêncio é tal que nem o pensamento pensa.

- Meu Deus, só agora me lembrei que a gente morre. Mas – mas eu também?!

- Não esquecer que por enquanto é tempo de morangos.

IX

UM SOPRO DE VIDA

∾   Isto não é um lamento, é um grito de ave de rapina.

∾   Escrevo como se fosse para salvar a vida de alguém. Provavelmente a minha própria vida.

∾   Vivam os mortos porque neles vivemos.

∾   Tudo deve estar sendo o que é.

∾   Existe por acaso um número que não é nada? que é menos que zero? que começa no que nunca começou porque sempre era? e era antes de sempre?

∾   Do zero ao infinito vou caminhando sem parar.

∾   O corpo é a sombra de minha alma.

∾   Eu me sinto culpado quando não vos obedeço.

∾   Os infelizes se compensam.

∾   Tempo para mim significa a desagregação da matéria.

- O tempo não existe. O que chamamos de tempo é o movimento de evolução das coisas, mas o tempo em si não existe.
- Na eternidade não existe o tempo.
- Graças a Deus, tenho o que comer.
- Escrever ao som harpejado e agreste a sucata da palavra.
- Prescindir de ser discursivo.
- Debussy usa as espumas do mar morrendo na areia, refluindo e fluindo. Bach é matemático. Mozart é o divino impessoal.
- Chopin conta a sua vida mais íntima. Schoenberg, através de seu eu, atinge o clássico eu de todo o mundo. Beethoven é a emulsão humana em tempestade procurando o divino e só o alcançando na morte.
- Escrevo muito simples e muito nu. Por isso fere.
- Sou uma paisagem cinzenta e azul.
- Quero escrever esquálido e estrutural como o resultado de esquadros, compassos e agudos ângulos de estreito enigmático triângulo.
- Este é um livro fresco – recém-saído do nada.
- Escrevo para nada e para ninguém.
- Inspiração não é loucura. É Deus.
- A impessoalidade é uma condição.
- A loucura é a tentação de ser totalmente o poder.
- Pois também eu solto as minhas amarras: mato o que me perturba.

~ Escrevo para me livrar da carga difícil de uma pessoa ser ela mesma.

~ Amadurecimento? Até agora vivi sem ele!

~ Chegou o instante de aceitar em cheio a misteriosa vida dos que um dia vão morrer.

~ Quando eu caio a raça humana em mim também cai.

~ O que aqui escrevo é forjado no meu silêncio e na penumbra.

~ Estou escrevendo porque não sei o que fazer de mim.

~ Desconheço as leis do espírito: ele vagueia.

~ Meu pensamento de palavras é precedido por uma instantânea visão, sem palavras, do pensamento.

~ O que se vê nessa rapidíssima ideia muda é pouco mais que uma atmosfera?

~ O pré-pensamento é o pré-instante.

~ O pré-pensamento é o passado imediato do instante.

~ Pensar é a concretização, materialização do que se pré-pensou.

~ O pré-pensamento é em preto e branco.

~ O pré-pensar é o que nos guia.

~ Às vezes a sensação de pré-pensar é agônica: é a tortuosa criação que se debate nas trevas e que só se liberta depois de pensar – com palavras.

~ Vós me obrigais a um esforço tremendo de escrever; ora, me dê licença, meu caro, deixa eu passar.

~ As coisas obedecem ao sopro vital.

— E fruir já é nascer.

— A doçura é tanta que faz insuportável cócega na alma.

— Quem é que fala por mim?

— Haverá outro modo de salvar-se? senão o de criar as próprias realidades?

— Este ao que suponho será um livro feito aparentemente por destroços de livro.

— No vislumbre é às vezes que está a essência da coisa.

— A minha própria vida tem enredo verdadeiro. Seria a história da casca de uma árvore e não da árvore.

— Esses fragmentos de livro querem dizer que eu trabalho em ruínas.

— O que me importa são instantâneos fotográficos das sensações.

— De propósito um livro bem ruim para afastar os profanos que querem "gostar".

— Quando acabardes este livro chorai por mim uma aleluia.

— Quando fechardes as últimas páginas deste malogrado e afoito e brincalhão livro de vida então esquecei-me.

— Escrevo e assim me livro de mim e posso então descansar.

— Tenho que ser legível quase no escuro.

— Meu reflexo não estava num espelho, mas refletia uma outra pessoa que não eu.

- Se me desenraízo fico de raiz exposta ao vento e à chuva. Friável. E não como o granito azulado e pedra de Iansã sem fenda nem frincha.
- Todos nós estamos sob pena de morte.
- O leitor é que fala por mim?
- Não me lembro de minha vida antes, pois que tenho o resultado que é hoje. Mas me lembro do dia de amanhã.
- O jeito de entrar nesta escritura tem que ser de repente, sem aviso prévio.
- Sou vários caminhos, inclusive o fatal beco sem saída.
- Antes tivesse eu permanecido na imanescença do sagrado nada.
- Minha vida me quer escritor e então escrevo. Não é por escolha: é íntima ordem de comando.
- Tenta em vão inquieto acompanhar os meandros bizantinos de uma mulher, com desvãos e cantos e ângulos e carne fresca – e de repente espontânea como uma flor.
- Como escritor espalho sementes.
- A vida é tão repleta de coisas inúteis que só a aguento com astenia muscular in extremis.
- Estou me sentindo como se já tivesse alcançado secretamente o que eu queria e continuasse a não saber o que eu alcancei. Será que foi essa coisa meio equívoca e esquiva que chamam vagamente de "experiência"?
- A imitação é mais requintada que a autenticidade em estado bruto.

— Para que estilo eu vou, se já fui tão usado e manuseado por algumas pessoas que tiveram o mau gosto de serem eu?

— Um livro tão fechado que não dará passagem senão para alguns.

— Vivo por um fio.

— Um livro de não memórias. Passa-se agora mesmo, não importa quando foi ou é ou será esse agora mesmo.

— Faço o possível para escrever por acaso. Eu quero que a frase aconteça.

— Fiz uma breve avaliação de posses e cheguei à conclusão espantada de que a única coisa que temos que ainda não nos foi tirada: o próprio nome.

— Sou oblíqua como o voo dos pássaros.

— Só sou válida para mim mesma.

— Tenho que viver aos poucos, não dá para viver tudo de uma vez.

— Nos braços de alguém eu morro toda.

— O que se fala se perde como o hálito que sai da boca quando se fala.

— Eu te amo como se sempre estivesse te dizendo adeus.

— Quando estou sozinha procuro não pensar porque tenho medo de de repente pensar uma coisa nova demais para mim mesma.

— "O quê" é o sagrado sacro do universo.

— Não sei não pensar.

- Quando estou distraído, caio na sombra e no oco e no doce e no macio nada-de-mim.
- Sei fazer em mim uma atmosfera de milagre.
- Milagre é o ponto vivo do viver.
- Quando eu penso, estrago tudo.
- Evito pensar: só vou mesmo é indo.
- Não há nada no mundo que substitua a alegria de rezar.
- É bom mexer nas coisas deste mundo: nas folhas secas, no pólen das coisas (a poeira é filha das coisas).
- Vou tirar férias de mim.
- Por algum motivo secreto sinto uma grande carga de mal-estar e ansiedade quando atinjo o cume nevado de uma felicidade-luz.
- Quando leio uma coisa que não entendo sinto uma vertigem doce e abismal.
- Só valho como descoberta.
- Pensava que um poliédrico de sete pontas se dividisse em sete partes iguais dentro de um círculo. Mas não caibo. Sou de fora.
- É culpa minha se não tenho acesso a mim mesmo?
- Não caio na tolice de ser sincera.
- Perdi de vista o meu abismo.
- Morrerei sem que a morte me simbolize.
- Viver exige tal audácia.

— Tenho grande necessidade de viver de muita pobreza de espírito e de não ter luxo de alma.

— Sinto-me bem em molambos, tenho nostalgia de pobreza.

— Comi só frutas e ovos, recusei o sangue rico da carne, eu quis comer apenas o que era de nascedouros e provindo sem dor, só brotando nu como o ovo, como a uva.

— Mulher é luxo e luxúria, e faz dois de mim, e eu quero ser apenas para não ser um número divisível por nenhum outro.

— Estou pintando um quadro com o nome de "Sem Sentido". São coisas soltas – objetos e seres que não se dizem respeito, como borboletas e máquina de costura.

— Passo pelos fatos o mais rapidamente possível porque tenho pressa.

— Para escrever eu antes me despojo das palavras.

— Eu sou individual como um passaporte. Eu sou fichada no Félix Pacheco. Devo me orgulhar de pertencer ao mundo ou devo me desconsiderar por?

— Ela é uva sumarenta e eu sou a passa.

— Você talvez desconheça que tem um centro de si mesma e que é duro como uma noz de onde se irradiam tuas palavras fosforescentes.

— Não sei nada. Só sei ir vivendo. Como o meu cachorro.

— Tenho medo do ótimo e do superlativo.

— Quando começa a ficar muito bom eu ou desconfio ou dou um passo para trás.

- Se eu desse um passo para a frente eu seria enfocada pelo amarelado de esplendor que quase cega.

- Só me resta latir para Deus.

- Tão autônoma que só pararei de escrever depois de morrer.

- Protesto à toa como um cão na eternidade da Seção de Cadastro.

- Ter dentro de mim o contrário do que sou é em essência imprescindível.

- O fracasso me serve de base para eu existir. Se eu fosse um vencedor? morreria de tédio.

- "Conseguir" não é o meu forte.

- Alimento-me do que sobra de mim e é pouco. Sobra porém um certo secreto silêncio.

- Só uso o raciocínio como anestésico.

- A vida com letra maiúscula nada pode me dar.

- Luto não contra os que compram e vendem apartamentos e carros e procuram se casar e ter filhos mas luto com extrema ansiedade por uma novidade de espírito.

- Sou um resultado do verdadeiro milagre dos instintos.

- Dei ultimamente para suspirar de repente, suspiros fundos e prolongados.

- Sou extremamente tátil.

- Beleza é assim mesmo, ela é um átimo de segundo, rapidez de um clarão e depois logo escapa.

— É necessário passar pelo crivo da dor para depois aliviar-se vendo à frente uma nova criança no mundo.

— Cadê eu? perguntava-me. E quem respondia era uma estranha que me dizia fria e categoricamente: tu és tu mesma.

— Sou hábil em formar teoria.

— Faço perguntas a uma audiência invisível e esta me anima com as respostas a prosseguir.

— Depois que eu recuperei meu contato comigo é que me fecundei e o resultado foi o nascimento alvoroçado de um prazer todo diferente do que chamam prazer.

— Ela vive as diversas fases de um fato ou de um pensamento mas no mais fundo do seu interior é extrassituacional e no ainda mais fundo e inalcançável existe sem palavras, e é só uma atmosfera indizível, intransmissível, inexorável. Livre das velharias científicas e filosóficas.

— Há o pungente miosótis chamado urgentemente mas delicadamente de "não-te-esqueças-de-mim".

— Delicado como se em caminhada eu levasse na palma em concha de minha mão a gema pura de um ovo sem fazê-la perder seu invisível porém real contorno.

— Uma gema, porém com um pequeno pingo negro no amarelo-sol.

— Ela está doida para escrever sobre a menstruação por puro desabafo, e eu não deixo.

— A música dodecafônica extrai o eu.

— Tu me entendes? Não, tu és doido e não me entendes.

~ Senti a pulsação da veia em meu pescoço, senti o pulso e o bater do coração e de repente reconheci que tinha um corpo.

~ Como se estivesse fora de mim, olhei-me e vi-me.

~ Não há razão de espanto: o milagre existe: o milagre é uma sensação.

~ Meu ódio é energia atômica.

~ Gosto um pouco de mim porque sou adstringente.

~ Tenho tanta vontade de ser corriqueira e um pouco vulgar e dizer: a esperança é a última que morre.

~ Sou a contemporânea de amanhã.

~ Estou em plena comunhão com o mundo.

~ Tinha quinze anos quando começou a entender a esperança.

~ Cada momento do dia se futuriza para o momento seguinte em nuances, gradações, paulatino acréscimo de sutis qualificações da sensibilidade.

~ Você de repente não estranha de ser você?

~ Eu (que tenho como emprego de ganhar dinheiro a profissão de juiz: inocente ou culpado?) procuro neutralizar o hábito de julgamento porque não aguento o papel divino de decidir.

~ De vez em quando vou para um impessoal hotel, sozinha, sem nada o que fazer, para ficar nua e sem função.

~ A prova de que estou recuperando a saúde mental, é que estou cada minuto mais permissiva.

~ Estou felizmente mais doida.

- Será que a polícia me pega? Me pega porque existo? paga-se com prisão a vida: palavra linda, orgânica, sestrosa, pleonástica, espérmica, duróbila.
- Ela tem que levar uma vida pacata, bem acomodada, bem burguesa. Senão a loucura vem. É perigoso.
- É preciso calar a boca e nada contar sobre o que se sabe e o que se sabe é tanto, e é tão glorioso.
- Sei criar silêncio.
- Para tudo: criei o silêncio.
- Sinto em mim uma violência subterrânea, violência que só vem à tona no ato de escrever.
- Depende de mim o seu destino?
- Ver é a pura loucura do corpo.
- Vida imaginária é viver do passado ou para o futuro.
- Oh doce martírio de não saber falar e sim apenas latir.
- Ter contato com a vida animal é indispensável à minha saúde psíquica. Meu cão me revigora toda.
- O meu cão me ensina a viver. Ele só fica "sendo". "Ser" é a sua atividade.
- Meu cachorro é tão cachorro como um homem é tão homem. Amo a cachorrice e a humanidade cálida dos dois.
- O cão é um bicho misterioso porque ele quase que pensa, sem falar que sente tudo menos a noção do futuro.
- O cavalo, a menos que seja alado, tem seu mistério resolvido em nobreza.

~ O cachorro tem tanta fome de gente e de ser um homem.

~ É excruciante a falta de conversa de um cachorro.

~ Eu sei falar uma língua que só o meu cachorro, o prezado Ulisses, meu caro senhor, entende. É assim: dacobela, tutiban, ziticoba, letuban. Joju leba, leba jan? Tutiban leba, lebajan. Atotoquina, zefiram. Jetobabe? Jetoban. Isso quer dizer uma coisa que nem o imperador da China entenderia.

~ O sofrimento por um ser aprofunda o coração dentro do coração.

~ Quatro horas são do dia as melhores horas. As quatro dão equilíbrio e uma serena estabilidade, um tranquilo gosto de viver.

~ Já estou preparado e quase pronto para ser chamado. Noto-o pelo descaso que sinto pelas coisas e mesmo pelo ato de escrever. Poucas coisas me valem ainda.

~ Estou esgarçada e leve como se da negra África eu ressurgisse e me erguesse branca e pálida.

~ Um vestido pode enriquecer sua alma. Alma pobre.

~ Estou sofrendo de amor feliz. Só aparentemente é que isso é contraditório.

~ Não tenho medo da loucura: ouso uma lucidez gélida.

~ É bom ficar um pouco triste. É um sentimento de doçura. E é bom ter fome e comer.

~ Flor? Flor dá cada susto.

~ Onde está teu sinônimo no mundo?

~ Adivinho coisas que não têm nome.

~ Sinto o que me será sempre inacessível.

~ Tudo o que sei sem propriamente saber não tem sinônimo no mundo da fala mas enriquece e me justifica.

~ Civilizar minha vida é expulsar-me de mim.

~ O que me mata é o cotidiano. Eu queria só exceções. Estou perdida: eu não tenho hábitos.

~ Falou assim para o guarda: o senhor pode me informar, por obséquio, quando começa a primavera?

~ A liberdade ofende.

~ Sou uma "atriz", apareço, digo o que sei e saio do palco.

~ Virei uma abstração de mim mesmo: sou um signo, eu simbolizo alguma coisa que existe mais do que eu, eu sou o tipo dos sem tipos.

~ Venho de uma longa saudade.

~ Com exceção de uns poucos, todos têm medo de mim como se eu mordesse.

~ Somos mansos e alegres, e às vezes latimos de raiva ou de espanto.

~ Eu me sinto uma charlatã. Por quê? É como se minha última veracidade eu não revelasse. Então tenho que tirar a roupa e ficar nua na rua.

~ Sou do outro planeta? que sou eu? a humílima das humílimas que se prostra ao chão e encosta a boca entreaberta na terra a chupar-lhe o seu sangue.

∽ Vou ter fim trágico? Oh por favor me poupem. Por favor: é que eu sou frágil. Que me espera quando eu morrer? Eu já sei: quando eu morrer vou límpida como jade.

∽ Ela precisa de pelo menos por um minuto para pegar a si mesma em flagrante.

∽ Estranho-me como se uma câmera de cinema estivesse filmando meus passos e parasse de súbito, deixando-me imóvel no meio de um gesto.

∽ Parte de mim é mecânica e automática – é neurovegetativa, é o equilíbrio entre não querer e o querer, do não poder e de poder, tudo isso deslizando em plena rotina do mecanicismo.

∽ E esse encontro da vida com a minha identidade forma um minúsculo diamante inquebrável e radioso indivisível, um único átomo e eu toda sinto o corpo dormente como quando se fica muito tempo na mesma posição e a perna de repente fica "esquecida".

∽ Eu sou nostálgica demais, pareço ter perdido uma coisa não se sabe onde e quando.

∽ Escreverei aqui em direção ao ar e sem responder a nada pois sou livre. Eu – eu que existo.

∽ Sinto-me tão impotente ao viver – vida que resume todos os contrários díspares e desafinados numa única e feroz atitude: a raiva.

∽ Só me resta inventar. Mas aviso-me logo: eu sou incômodo.

∽ Não tenho nenhuma saudade de mim – o que já fui não mais me interessa!

∽ Quero esquecer elogios e os apupos.

— Abdicar de toda a minha obra e começar humildemente, sem endeusamento, de um começo em que não haja resquícios de qualquer hábito, cacoetes ou habilidades.

— Voar baixo para não esquecer o chão.

— O pior é que já está gasto o pensamento da palavra.

— Ajo como uma sonâmbula. No dia seguinte não reconheço o que escrevi. Só reconheço a própria caligrafia. E acho certo encanto na liberdade das frases, sem ligar muito para uma aparente desconexão. As frases não têm interferência de tempo. Podiam acontecer tanto no século passado como no século futuro, com pequenas variações superficiais.

— A vida real é um sonho.

— Quando eu penso sem nenhum pensamento – a isto chamo de meditação.

— Finjo que não quero, termino por acreditar que não quero e só então a coisa vem. As coisas acontecem indiretamente. Elas vêm de lado.

— Ser um ser permissível a si mesmo é a glória de existir.

— Às vezes sou espesso como Beethoven, outras vezes sou Debussy, estranha e leve melodia. Tudo acompanhado de uma respiração, três movimentos e escorrendo de quatro maravilhas.

— Quanto ao resto, ladies and gentleman, eu me calo.

— Um é o outro e outro é um.

— Quem és tu que me lês? És o meu segredo ou sou eu o teu segredo?

- Só me interessa encontrar meu timbre. Meu timbre de vida.

- Dou remorsos a quem eu deixar vivo e vendo televisão, remorsos porque a humanidade e o estado de homem são culpados sem remissão de minha morte.

- Só um infante não se espanta: também ele é uma alegre monstruosidade que se repete desde o começo da história do homem.

- Para quem está à tona e sem sonhar as frases nada significam.

- A vida real só é atingida pelo que há de sonho na vida real.

- A imaginação antecede a realidade!

- Só sei uma coisa: sou pungentemente real.

- Estou na vida fotografando o sonho.

- Deus é de outro mundo – o grande fantasma.

- A vida real entra em nós em câmara lenta, inclusive o raciocínio o mais rigoroso – é sonho.

- Nos sonhos dos acordados há uma ligeireza inconsequente de riacho borbulhante e coerente.

- A morte me escapa.

- O que escrevo agora não é para ninguém: é diretamente para o próprio escrever, esse escrever consome o escrever.

- Nunca vi uma coisa mais solitária do que ter uma ideia original e nova. Não se é apoiado por ninguém e mal se acredita em si mesmo.

- Quando fico feliz, me torno nervosa e agitada. A luz faísca brilhante demais para os meus pobres olhos.
- Estou com a cabeça adormecida e as palavras saem de mim vindas de um fluxo que não é mental. Vazio como se fica quando se atinge o mais puro estado de pensar.
- Brotar-se em pensamento é muito excitante, sensual.
- Quanto a mim, mantenho secreto o meu estranho poder.
- Às vezes o pensamento que brota dá cócegas de tão leve e inexprimível.
- Meu pensamento é apenas o sussurro de minhas folhas e galhos.
- Quando digo "pensar" refiro-me ao modo como sonho as palavras.
- O "Nada" é o começo de uma disponibilidade livre.
- Meu corpo está vivo e trabalha como uma usina que trabalhasse em absoluto silêncio.
- Só Deus, que é energia criadora, poderia me ter feito com a perfeição do tesouro que eu tenho dentro de mim.
- Estado de graça ou de vida está em realizar-se no mundo externo.
- Vivo um vazio que se chama também plenitude. Não ter me cumula de bênçãos.
- Já estou livre: escrevo para nada.
- Quanto a mim, ponho minhas inexistentes barbas de molho, pois não sou boba.

∽ Essa noite – de ventania – sonhei um sonho tão gratificante. Era um menino de 14 anos e uma menina de 13 que corriam um atrás do outro, se escondendo atrás de árvores, e às gargalhadas, brincando. E eis que de repente eles param e mudos, graves, espantados se olham nos olhos: é que eles sabiam que um dia iriam amar.

∽ A realidade é mais intangível que Deus.

∽ A ação – eis o que o mágico visa! O mágico pretende substituir-se à Lei, seja em benefício próprio, seja em benefício de quem o contrata e o paga.

∽ Só posso dizer quanto mais se escreve mais difícil é escrever.

∽ Perdi o meu estilo: o que considero um lucro: quanto menos estilo se tiver, mais pura sai a nua palavra.

∽ Eu antes era uma mulher que sabia distinguir as coisas quando as via. Mas agora cometi o erro grave de pensar.

∽ Mas equilibro-me como posso entre mim e eu, entre mim e os homens, entre mim e o Deus.

∽ Uma ou outra frase se salva das trevas e sobe leve e volátil à minha superfície: então anoto aqui.

∽ A vontade tem que ser escondida se não mata o nervo vital do que se quer.

∽ Quem sabe o que é certo está exatamente no erro?

∽ A minha sombra é o meu avesso do "certo", a minha sombra é o meu erro – e esta sombra-erro me pertence.

∽ Sou a única pessoa no mundo que calhou ser eu.

∽ Quero agora meus erros de volta. Reivindico-os.

— Quero esquecer que existem leitores – e também leitores exigentes que esperam de mim não sei o quê. Pois vou tomar a minha liberdade nas mãos e escreverei pouco-se-me-dá-o-quê?

— Eu sou apenas esporadicamente. O resto são palavras vazias, elas também esporádicas.

— Sensibilizar a língua para que ela trema e estremeça e meu terremoto abra fendas assustadoras nessa língua livre.

— Para começo de conversa, afianço que só se vive, vida mesmo, quando se aprende que até a mentira é verdade.

— Recuso-me a dar provas. Mas se alguém insistir muito em "porquês", digo: a mentira nasce em quem a cria e passa a fazer existirem novas mentiras de novas verdades.

— Uma palavra é a mentira de outra.

— Que acreditem em mim até quando minto.

— Preciso ser um pouco imparcial senão sucumbo e me enredo na minha forma patética de viver.

— Fisicamente tenho algo de patético: meus olhos grandes são infantilmente interrogativos ao mesmo tempo que parecem pedir alguma coisa e meus lábios estão sempre entreabertos como se fica diante de uma surpresa ou então como quando o ar que se respira pelo nariz é insuficiente e então se respira pela boca: ou então como ficam os lábios quando estão prestes a serem beijados.

— Eu sou, sem ter consciência disso, uma armadilha.

— Sem o mínimo de apoio na base inicial de minha vida sou solta e periclitante e os acontecimentos vêm a mim como algo sempre descontínuo, não ligados a uma compreensão anterior à qual esses acontecimentos deviam ser uma sucessão inteligível.

~ Tudo é "por enquanto".

~ Queria um modo de escrever delicadíssimo, esquizoide, esquivo verdadeiro que me revelasse a mim mesmo a face sem rugas da eternidade.

~ Obcecado pelo desejo de ser feliz eu perdi minha vida.

~ Como viver é secreto! Meu segredo é a vida.

~ Não conto a ninguém que estou viva.

~ Sinto fulgores de uma energia na translúcida palavra dourada chamada topázio.

~ Sou um mendigo de barba cheia de piolhos sentado na calçada da rua chorando. Não passo disso. Não estou alegre nem triste. Estou isento e incólume e gratuito.

~ Não consigo nunca captar o instante-zero em que adormeço.

~ Sou um crânio oco e de paredes vibrantes e cheio de névoas azuladas: estas são matéria de se dormir e sonhar e não de ser.

~ Experimento viver sem passado sem presente e sem futuro e eis-me aqui livre.

~ O mundo está tão alegre como um circo desvalido.

~ Se de repente o sol aparecesse eu daria um grito de pasmo e um mundo desabaria e nem daria tempo de todos fugirem da claridade.

- Tenho uma tal fome de "coisa acontecer mesmo" que mordo num grito a realidade com os dentes dilacerantes.

- Ao escrever não penso nem no leitor nem em mim: nessa hora sou – mas só de mim – sou as palavras propriamente ditas.

- Às vezes me ocorre uma frase solta e faruscante, sem nada a ver com o resto de mim.

- Dizer palavras sem sentido é minha grande liberdade.

- Pouco me importa ser entendida, quero o impacto das sílabas ofuscantes, quero o nocivo de uma palavra má.

- Na palavra está tudo. Quem me dera, porém, que eu não tivesse esse desejo errado de escrever.

- Sinto que sou impulsionada. Por quem?

- Sou de longe. Muito longe. E de mim vem o puro cheiro de querosene.

- A palavra é o dejeto do pensamento.

- Cada livro é sangue, é pus, é excremento, é coração retalhado, é nervos fragmentados, é choque elétrico, é sangue coagulado escorrendo como lava fervendo pela montanha abaixo.

- Não quero mais me expressar por palavras: quero por "beijo-te".

- Procuro para cada palavra o estalar inconsciente de um sentimento cruciante.

- Estou me sentindo como sereia fora d'água. Na metade de mim as escamas são joias que refulgem ao sol da vida. Pois saí do mar para a vida. E me retorço sobre um penedo penteando meus longos cabelos salgados. Escrevi isso não sei por quê, acho que é para não deixar de anotar alguma coisa.

～ Que desaforo: me fazer esperar.

～ Me coisificam quando me chamam de escritor. Nunca fui e nunca serei. Recuso-me a ter papel de escriba no mundo.

～ Recebi uma vez uma carta anônima que me oferecia espiritualmente um recital de música contanto que eu continuasse a escrever. Resultado: parei completamente. Só quem manda em mim – eu é que sei.

～ Sou filha e sou mãe. E tenho em mim o vírus de cruel violência e dulcíssimo amor.

～ Meus filhos: eu vos amo com o meu pobre corpo e minha rica alma. E juro dizer a verdade e só a verdade.

～ Eu ponhei cada coisa em seu lugar. É isso mesmo: ponhei. Porque "pus" parece de ferida feia e marrom na perna de mendigo e a gente se sente tão culpada por causa da ferida com pus do mendigo e o mendigo somos nós, os degredados.

～ Tão delicado e estremecente como captar uma estação de música no rádio de pilhas. Mesmo pilha nova às vezes se nega. E de repente vem fraquinha ou fortíssima a abençoada estação que eu quero, lévida como um mosquito.

～ Quem já falou no barulhinho seco e breve que faz o fósforo quando se acende a brasa e alaranjada flama?

～ Estou esperando a inspiração de eu viver.

～ Eu gosto tanto de crianças, eu gostaria tanto de publicar um filho chamado João!

～ Enquanto isso, sua tapeçaria atual está indo: tece enquanto os amigos e amigas estão falando. Para evitar ficar de mãos abandonadas, fica tecendo horas e horas.

～ Nada do que vejo me pertence na sua essência. E o único uso que faço delas é olhar.

～ Ela é inconsequente. Só consegue anotar frases soltas. Só há um ponto em que ela, se fosse mesmo uma realizadora de vocação, teria continuidade: é o seu interesse em descobrir a aura volátil das coisas.

～ Sinto quando termino um livro: a pobreza da alma, e esgotamento das fontes de energia.

～ O estudo da coisa é abstrato demais.

～ Arranco as coisas de mim aos pedaços como o arpão fisga a baleia e lhe estraçalha a carne.

～ Gostaria de tirar a carne das palavras. Que cada palavra fosse um osso seco ao sol.

～ Às vezes escrever uma só linha basta para salvar o próprio coração.

～ Cada coisa tem o seu lugar. Que o digam as pirâmides do Egito.

～ No topo da pirâmide, quantos séculos, eu te contemplo, oh ignorância.

～ Sei qual é o segredo da esfinge. Ela não me devorou porque respondi certo à sua pergunta.

～ Sou um enigma para a esfinge e no entanto não a devorei. Decifra-me, disse eu à esfinge.

- Não posso ficar olhando demais um objeto senão ele me deflagra.

- Mais misteriosa do que a alma é a matéria.

- Mais enigmática do que o pensamento é a "coisa".

- Palavra também é coisa – coisa volátil que eu pego no ar com a boca quando falo.

- Quero gritar para o mundo: Nasci!!!

- Mas se estamos numa época de mecanicismo, damos também o nosso grito espiritual.

- Não, a vida não é uma opereta. É uma trágica ópera em que num balé fantástico se cruzam ovos, relógios, telefones, patinadores do gelo e o retrato de um desconhecido morto no ano de 1920.

- O cachorro que há em mim late e há arrebentação da coisa fatal. Há fatalidade na minha vida.

- Há muito aceitei o destino espaventado que é o meu. Obrigada. Muito obrigada, meu senhor. Vou embora: vou ao que é meu.

- Meu coração está gélido que nem barulhinho de gelo em copo de uísque. Um dia eu falarei do gelo.

- De nervosa quebrei um copo. E o mundo estourou. E quebrei espelho. Mas não me olhei nele.

- Vou fazer uma devassa das coisas. Espero que elas não se vinguem de mim. Perdoe-me, coisa, que sou pobre coitada.

- Quando eu vejo, a coisa passa a existir. Eu vejo a coisa na coisa. Transmutação. Estou esculpindo com os olhos o que vejo.

— A coisa propriamente dita é imaterial. O que se chama de "coisa" é a condensação sólida e visível de uma parte de sua aura.

— A aura da coisa é diferente da aura da pessoa. A aura desta flui e reflui, se omite e se apresenta, se adoça ou se encoleriza em púrpura, explode e se implode. Enquanto a aura da coisa é igual a si mesma o tempo todo.

— A aura qualifica as coisas. E a nós também. E aos animais que ganham um nome de raça e espécie.

— A minha aura estremece fúlgida ao te ver.

— Olhar a coisa na coisa: o seu significado íntimo como forma, sombra, aura, função. De agora em diante estudarei a profunda natureza morta dos objetos vistos com delicada superficialidade, e proposital, porque se não fosse superficial se afundaria em passado e futuro da coisa.

— Quero apenas o estado presente da coisa ou nascida da natureza e das coisas feitas pelo homem. Esse sentir é uma revolução para mim de tão nova.

— Quando eu olho eu esqueço que eu sou eu, esqueço que tenho um rosto que vibra e transformo-me todo num só forte olhar.

— Como será a primeira primavera depois de minha morte?

— A "coisa" é coisa propriamente estritamente a "coisa".

— A coisa não é triste nem alegre: é coisa.

— A coisa tem em si um projeto. A coisa é exata. As coisas fazem o seguinte barulho: chpt! chpt! chpt!

— Uma coisa é um ser vivente estropiado.

- Não há nada mais só do que uma "coisa".

- A aura é a seiva da coisa.

- A aura da coisa vem do avesso da coisa. Meu lado avesso é um esplendor de aveludada luz. Eu tenho telepatia com a coisa. Nossas auras se entrecruzam. A coisa é pelo avesso e contramão.

- O espírito da coisa é a aura que rodeia as formas de seu corpo. É um halo. É um hálito. É um respirar. É uma manifestação. É o movimento liberto da coisa.

- Eu amo os objetos vibráteis na sua imobilidade assim como eu sou parte da grande energia do mundo.

- Tanta energia tenho eu, que ponho as coisas estáticas ou dotadas de movimento no mesmo plano energético. Tenho em mim, objeto que sou, um toque de santidade enigmática.

- Faço milagres em mim mesma: o milagre do transitorial mudar de repente, a um leve toque em mim, a mudar de repente de sentimento e pensamentos, e o milagre de ver tudo claríssimo e oco: vejo a luminosidade sem tema, sem história, sem fatos. Faço grande esforço para não ter o pior dos sentimentos: o de que nada vale nada.

- Tenho um problema: é o seguinte: quanto tempo duram as coisas? Se eu deixar uma folha de papel num quarto fechado ela atinge a eternidade?

- Pergunto-te em que reino estiveste de noite. E a resposta é: estive no reino do que é livre, respirei a magna solidão do escuro e debrucei-me à beira da lua.

- Noite alta fazia tal silêncio. Igual ao silêncio de um objeto pousado em cima de uma mesa: silêncio asséptico de "a coisa".

- Existe grande silêncio no som de uma flauta: esta desenrola lonjuras de espaços ocos de negro silêncio até o fim do tempo.

- Como fazer um discurso do que não passa apenas de grito ou doçura ou nada ou doideira ou vago ideal?

- Ao lado da vontade de método, desejo o riso ou o choro como chuvas passageiras de verão.

- Sou matéria-prima não trabalhada.

- Sou uma mulher objeto e minha aura é vermelha vibrante e competente.

- Sou um objeto que vê outros objetos. Uns são meus irmãos e outros inimigos.

- Sou um objeto que me sirvo de outros objetos, que os usufrui ou os rejeita.

- Meu rosto é um objeto tão visível que tenho vergonha.

- Entendo as belas mulheres árabes que têm a sabedoria de esconder nariz e boca com um véu ou um crepe branco. Ou roxo. Assim ficam de fora apenas os olhos que refletem outros objetos. O olhar ganha então um tão terrível mistério que parece um vórtice de abismo.

- Esse rosto-objeto tem um nariz pequeno e arredondado que serve a esse objeto que sou para farejar que nem cão de caça.

- Tenho uns segredos: meus olhos são verdes tão escuros que se confundem com o negro. Em fotografia desse rosto de que eu vos falo com certa solenidade os olhos se negam a ser verdes: fotografada sai uma cara estranha de olhos pretos e levemente orientais.

- Minha pesadez precisa da aventura da adivinhação.
- Este ser que me chama à luz, como eu o bendirei!
- Eu me abri e você de mim nasceu. Um dia eu me abri e você nasceu para você mesmo. Quanto ouro correu. E quanto rico sangue se derramou. Mas valeu a pena: és pérola de meu coração que tem forma de sino de pura prata. Eu me esvaí. E tu nasceste. E me apaguei para que tu tivesses a liberdade de um deus. És pagão mas tens a bênção da mãe.
- Hasteia a bandeira, filho, na hora de minha sagrada morte.
- Venho de longe como o silente Ravel.
- Sou um retrato que te olha.
- Mãe é doida. É tão doida que dela nasceram filhos.
- Meu biombo é o meu modo de olhar o mundo! entrefrechas.
- Não tenho do que me nutrir: eu como a mim mesmo.
- O deserto é um modo de ser. É um estado-coisa. De dia é tórrido e sem nenhuma piedade. É a terra-coisa. A coisa seca em milhares e milhares de trilhões de grãos de areia. De noite? Como é gélido esse lençol de ar que se crispa trêmulo de frio intensíssimo de uma intensidade quase insuportável. A cor do deserto é uma não cor. As areias não são brancas, são cor de sujo. E as dunas, que como ecos se ondulam femininas. De dia o ar faísca. E há as miragens. Vê-se – por tanto querer ver – um oásis de terra úmida e fértil, palmeiras e água, sombra, enfim sombra para os olhos que ao sol doido se tornam verde-esmeralda. Mas quando se chega perto – bem:

simplesmente não era. Não passava de uma criação do sol na cabeça descoberta. O corpo tem pena do corpo. Eu sou uma miragem: de tanto querer ver-me eu me vejo.

⌒ Ah, os areais do deserto do Saara me parecem longamente adormecidos, intransformáveis pelo passar dos dias e das noites. Se suas areias fossem brancas ou coloridas, elas teriam "fatos" e "acontecimentos", o que encurtaria o tempo. Mas da cor que são, nada acontece. E quando acontece, acontece um rígido cacto imóvel, grosso, intumescido, espinhento, eriçado, intratável. O cacto é cheio de raiva com dedos todos retorcidos e é impossível acarinhá-lo: ele te odeia em cada espinho espetado porque dói-lhe no corpo esse mesmo espinho cuja primeira espetada foi na sua própria grossa carne.

⌒ Tenho o poder da miragem.

⌒ Uma vida dura é uma vida que parece mais longa.

⌒ Assim, me surpreendo como é que hoje já é maio, se ontem era fevereiro?

⌒ Não tenho uma só resposta. Mas tenho mais perguntas do que outro homem pudesse responder.

⌒ Também me umedecem as palavras "poço" e "caramanchão".

⌒ Queria escrever frases que me extradissessem, frases soltas: "a lua de madrugada", "jardins e jardins em sombra", "doçuras adstringentes do mel", "cristais que se quebram com musical fragor de desastre". Ou então usar palavras que me vêm do meu desconhecido: trapilíssima avante sine qua non masioty – ai de nós e você.

⌒ Você é a minha vela acesa. Eu sou a Noite.

◠ O que escrevo é um trabalho intenso e básico, tolo como certas experiências inúteis por não colaborarem com o futuro.

◠ A um agora segue-se outro agora e etc. e tal.

◠ Comprei uma coisa pela qual perdidamente me apaixonei: o preço não importa, esse objeto vale o ar.

◠ A alegria é um cristal.

◠ Nada precisa ter forma.

◠ Nunca lhe ocorreu ter pena de um objeto? Tenho uma caixa de prata de tamanho médio e sinto por ela piedade. Não sei o que nesse silente objeto imóvel me faz entender-lhe a solidão e o castigo da eternidade. Não ponho nada dentro da caixa para que ela não tenha carga.

◠ A coisa maior que se pode ter é a casa. Beethoven compreendeu isso e fez uma abertura sinfônica resplandecente chamada "A Consagração da Casa".

◠ Um dos modos de viver mais é o de usar os sentidos num campo que não é propriamente o deles. Por exemplo: eu vejo uma mesa de mármore que é naturalmente para ser vista. Mas eu passo a mão o mais sutilmente possível pela forma da mesa, sinto-lhe o frio, imagino-lhe um cheiro de "coisa" que o mármore deve ter, cheiro que para nós ultrapassa a barreira do faro e nós não conseguimos senti-lo pelo olfato.

◠ O bule de chá tão esguio, elegante e cheio de graça. Sim, mas tudo isso num instante passa, e o que fica é um bule velho e um pouquinho lascado, objeto ordinário.

◠ Se eu fosse Deus eu veria o homem, à sua distância, como coisa.

O relógio é um objeto torturante: parece algemado ao tempo. Os ponteiros dos segundos, se a gente ficar olhando eles se mexerem mecanicamente e inexoravelmente, nos deixam fanáticos.

Escrever é o mesmo processo do ato de sonhar: vão-se formando imagens, cores, atos, e sobretudo uma atmosfera de sonho que parece uma cor e não uma palavra.

Exemplo de frase enigmática e totalmente hermética como uma coisa fechada: "calibrar os pneus". Essas palavras me encantam e me seduzem. Calibrar é dar calibre, pois não? Sim. Então quando vejo num caminhão uma placa dizendo: "Inflamável" – então me encho de glória.

A mecânica da borboleta. Antes é o ovo. Depois este se quebra e sai um lagarto. Esse lagarto é hermeticamente fechado. Ele se isola em cima de uma folha. Dentro dele há um casulo. Mas o lagarto é opaco. Até que vai se tornando transparente. Sua aura resplandece, ele fica cheio de cores. Então da lagarta que se abre saem primeiro as perninhas frágeis. Depois sai a borboleta inteira. Então a borboleta abre lentamente suas asas sobre a folha – e sai a borboletear feito uma doidinha levíssima e alegríssima. Sua vida é breve mas intensa. Sua mecânica é matemática alta.

Ela faz de uma borboleta uma epopeia. E é inortodoxa.

Vejo a morte sorrindo no teu rosto lindo como a marca fatal do rosto de Cristo no pano de Verônica.

Se a gente ficasse em silêncio – de repente nasce um ovo. Ovo alquímico. E eu nasço e estou partindo com meu belo bico a casca seca do ovo. Nasci! Nasci! Nasci!

— Vou experimentar tudo o que possa, não quero me ausentar do mundo.

— Quem não tem coisas para pôr fora na rua as coisas que não prestam?

— A sucata é o lixo mais bonito que existe.

— Só os vira-latas me entendem.

— O número é-se.

— Um vaso com pálidas rosas já meio murchas é uma coisa fantasmagórica e que profundamente me assusta ao me pegar desprevenida. Elas ameaçam soltar no ar a própria aura que se torna fantasma.

— A quina da mesa é arma fatídica. Se você for jogado contra, você se dobra em dois de dor. Mesa redonda é sonsa. Mas não oferece perigo: ela é meio misteriosa, ela sorri ligeiramente.

— Não se deve viver em luxo. No luxo a gente se torna um objeto que por sua vez tem objetos. Só se vê a "coisa" quando se leva uma vida monástica ou pelo menos sóbria. O espírito pode viver a pão e água.

— Colar de pérolas precisa estar em contato com a pele da gente para receber nosso calor. Senão fenece.

— Meu Deus, como é perigoso o lingote de ouro. Homens matam por um tijolo amarelo.

— Mulher se vende por um diamante. E ávida pede mais: quer uma estola bem larga de morno vison.

— O brilhante é poeticamente irresponsável, enquanto o diamante-pedra é circunspecto e estável.

— O broche é um ponto final.

- Brinco de ouro é um "isto" qualquer, é um istozinho sem maior importância. A menos que seja bola redonda de ouro: então é posse e é atividade.

- Entre parênteses é o anel de diamantes engastado em ouro branco porque diz em segredo um "eu-te-amo" em grego.

- As princesinhas enfeitam com delicados diademas o rostinho fresco, inocente, mas capaz de crueldade.

- Maria Antonieta coroada e linda, meses antes de ter a cabeça decepada e rolada no chão da rua, disse alto e cantante: se o povo não tem pão por que não come bolo? E a resposta foi: allons enfants de la patrie, le jour de gloire est arrivé. O povo devorou o que pôde e comeu joias e comeu lixo e gargalhou. Enquanto isso o rosto branquíssimo de Maria Antonieta mostrava silêncio de pérola na cabeça sem cabelos e sem pescoço.

- O jade é a minha espada desembainhada pelo haraquiri de minha humilde alma orgulhosa que se mata porque tem muito pouco de tudo, é paupérrima, mas tem o orgulho soberano da morte.

- E agora vou dizer uma coisa muito séria, preste atenção: caco de vidro é joia rara. E o espatifo dele é som de se ouvir ajoelhado que nem som de sinos.

- E a safira? tem um reflexo que cega os olhos dos incautos que a compram como se fossem brilhantes. Eu nunca vi uma safira. Só sei por ouvir falar. Mas no dia em que eu me defrontar com uma safira – ah! vai ser espada contra espada e vamos ver se é de mim que o sangue há de jorrar.

- Prefiro joia barata de mulher pobre que compra na feira seus brilhantes leivados da mais pura água dos esgotos turvos.

- Água-marinha? meu primeiro namoradinho tinha olhos azuis de água-marinha. Mas eu não chegava perto dele: tinha medo. Porque água quieta é água funda e me dava calafrios.
- Cuidado que a Natureza pensa.
- Um objeto envelhece porque tem dentro de si dinâmica.
- Fiz o que era mais urgente: uma prece.
- Tenho medo de mim pois sou sempre apta a poder sofrer.
- Se eu não me amar estarei perdida – porque ninguém me ama a ponto de ser eu, de me ser. Tenho que me querer para dar alguma coisa a mim.
- Oh protegei-me de mim mesma, que me persigo.
- É tão bom ter a quem pedir. Nem me incomodo muito se eu não for totalmente atendida.
- Peço a Deus tudo o que eu quero e preciso. É o que me cabe. Ser ou não ser atendida – isso não me cabe a mim, isto já é matéria-mágica que se me dá ou se retrai.
- Ah, sabedoria divina que me faz mover-me sem que eu saiba para que servem as pernas.
- Acho que Deus não sabe que existe. Tenho quase a certeza de que não. E daí vem a sua veemente força.
- Apenas me responsabilizo pelo que há de voluntário em mim e que é muito pouco.
- Não sei qual é a moda atual mas sei que é hora de sexo e violência.

— Tem uma passagem estreita dentro de mim, tão estreita que suas paredes me lanham toda, mas essa passagem desemboca na largura de Deus.

— Posso me encontrar com eu, em pé de igualdade.

— Um dom que me comove: o dom do erro.

— Os maus é que têm que ser perdoados. Os inocentes têm em si mesmos o perdão.

— Mal consigo viver comigo mesmo. Faço quase o impossível para ter isenção. Isenção de mim. Estou quase atingindo esse estado de beatitude.

— Deus é como ouvir música: repleta o ser.

— Deixo em branco uma página ou o resto do livro – voltarei quando puder.

— Meus desejos são baixos? ai de mim, que tenho infeliz corpo insatisfeito.

— Oh Deus dos desesperados, me ache, você tem poder para distinguir a minha pequena parte nobre que mal faísca entre o comum cascalho, me ache!

— O corpo antes todo fraco e trêmulo tomou um vigor de recém-nascido no seu primeiro grito esplástico no mundo da luz.

— Chamo Deus como ele quer ser chamado. É assim: eu abro a boca e como modo de chamá-lo deixo sair de mim um som. Este som é simples. E tem a ver com o sopro vital. O som limita-se a ser apenas o seguinte: Ah.

— Meditar é um vício, pega-se o gosto.

— E o resultado da meditação é Ah, o que faz de nós deuses. Está muito bem mas agora me diga para que sermos Deuses ou Humanos?

~ Tem alguém que espera atrás de nosso ombro esquerdo para nos tocar e para que digamos Ah.

~ Quando eu digo te amo, estou me amando em você.

~ A coisa mais perfeita que existe no universo é o ar. O ar é o Deus acessível a nós.

~ Não escondo nenhuma das cartas. E se tenho algum estilo, este que venha e apareça porque eu não vou em busca dele.

~ Fui convidado para assistir um parto mas não tenho força de assistir o dramático nascimento da aurora nas montanhas quando o sol é de fogo.

~ Todo nascimento é uma crueldade. Devia-se deixar dormir o que quer dormir.

~ Minha maldade vem do mau acomodamento da alma no corpo. Ela é apertada, falta-lhe espaço interior.

~ Não se deixou dobrar nenhuma vez em quatro patas pela dor de existir, essa dor a que de vez em quando devemos obedecer para continuar a viver como um bom burguês.

~ Pergunto a Deus: por que os outros? E Ele me responde: por que você? às nossas perguntas Deus responde com pergunta maior e assim nos alargamos em espasmos para uma criança em nós nascer.

~ Deus que é o nada-tudo rebrilha numa fulgência suave de um eterno presente, durmamos pois até a semana que vem.

~ E eu? Será que não serei meu próprio personagem? Será que eu me invento? Só sei de mim que eu sou o produto de um pai e de uma mãe. É tudo que sei sobre a criação e a vida.

— Nós queremos penetrar no reino de Deus pelos pecados porque se não fosse o pecado não haveria perdão e não conseguiríamos chegar até Ele.

— Refugiei-me na doideira porque a razão não me bastava.

— Eu espero o que está acontecendo. Este é meu único futuro e passado.

— Não servir de nada é a liberdade. Ter um sentido seria nos amesquinhar, nós somos gratuitamente apenas pelo prazer de ser.

— Felicidade se resume em sentir com alívio um Ah, então ergamos as nossas taças e modestamente brindemos um Ah a Deus.

— Se bem que me custe terminar dói tanto a despedida não é?

— Presto atenção só por prestar atenção: no fundo não quero saber.

— Deus é abstrato. Esta é a nossa tragédia.

— Sou como as cigarras que explodem de tanto cantar.

— Poderia me matar de tanto desespero pelo desespero? Não. Eu recuso matar-me. Quero viver até me tornar um ser velho, meditativo, comatoso de lucidez mais profunda até indizível e inalcançável do semicoma senil.

— O difícil e finalmente atingível é a semi-inconsciente letargia e atual – sem passado nem futuro: como para um drogado de morfina. É um estado de verdade inelutável e sem frases. Este estado é leitoso e azulado com pontilhaços rubros e faiscantes.

- Eu te escrevo para que além da superfície íntima em que vivemos conheças o meu prolongado uivo de lobo nas montanhas.

- Eu me destilei todo: estou limpo que nem água de chuva.

- O autor que tenha medo da popularidade, senão será derrotado pelo triunfo.

- A fome é sempre igual à primeira fome. A carência se renova inteira e vazia.

- Na hora do acontecimento não aproveito nada. E depois vem uma ilógica saudade.

- Mas é que o tempo presente, como a luz de uma estrela, só depois é que me atingirá em anos-luz.

- Parece-me que só sou sensível e alerta na recordação.

- Esqueço muito por necessidade. Inclusive estou tentando e conseguindo esquecer-me de mim mesmo, de mim minutos antes, de mim esqueço o meu futuro.

- Sou nu.

- Quando me pergunto se o futuro me preocupa, respondo atônita ou fazendo-me de fingida: o futuro? mas que futuro? o futuro não existe. Sou complicada? Não, eu sou simples como Bach!

- Tenho medo do instante que é sempre único.

- Eu quero dez anos de garantia. Tenho medo de ter fim trágico.

- Estou com fome. E então como três pétalas de rosa amarela.

- Há coisas secretas que eu sei como fazê-las. Por exemplo: ficar sentada sentindo o Tempo. Estou no presente? Ou estou no passado? E se eu estivesse no futuro? Que glória. Ou sou um estilhaço de coisa, portanto sem tempo.

- Falta enredo e suspense e mistério e ponto culminante o sentido de tempo decorrendo.

- Até sábado eu vivo.

- Duas horas e vinte minutos não é hora para nada sobretudo no sábado.

- Vou falar no ano 3000 – socorro! E o ano 40000? Estou com medo.

- No ano 40000 estou tão morta. Que nem você. Cuidado, muito cuidado, meu senhor.

- Sou por acaso por avesso? Não, que Deus me acuda. Quero ser pelo lado direito, está bem? Mas está tão difícil.

- Você – digo a qualquer pessoa – você é culpado das formigas que roerem minha boca destroçada pelo mecanismo da vida.

- A vida é tal modo crua e nua que mais vale um cachorro vivo que um homem morto.

- Acendo uma vela para a memória do homem sepulto. Era tão perfeito que morreu.

- Sempre quis atingir um estado de paz e de não luta. Eu pensava que era o estado ideal. Mas acontece que – que sou eu sem a minha luta? Não, não sei ter paz.

- Minha pergunta é do tamanho do Universo. E a única resposta que me preenche a indagação é o próprio Universo.

~ Tenho porém um medo: é que se eu procurar não acharei.

~ Não é contraditório se concretizar e se abstrair.

~ Será que, depois que a gente morre, de vez em quando acorda espantado?

~ Há um mistério num copo d'água: eu olhando a água tranquila parece que leio nela a substância da vida.

~ O futuro já está comigo e não vai me desatualizar.

~ Sinto uma beleza quase insuportável e indescritível. Como um ar estrelado, como a forma informe, como o não ser existindo, como a respiração esplêndida de um animal.

~ Enquanto eu viver terei de vez em quando a quase-não-sensação do que não se pode nomear.

~ Gostaria de viver exclusivamente da meditação tola e fecunda na contemplação da morte e de Deus.

~ Transportai-me eu vos suplico, eu não quero ser mais eu mesmo, eu sei que não sou mais eu mesmo. Eu sou vós.

~ Sinto necessidade de arriscar minha vida.

~ Meu amor, tateei no escuro das palavras para achar a tua.

~ E a resposta é: a fome me justifica.

~ O que me sustenta é a necessidade. A necessidade me faz criar um futuro.

~ O desejo é algo primitivo, grave e que impulsiona.

~ Sou acompanhada por órgão e também por flauta doce. A flauta em espiral. E sou muito tango também.

- Tenho a impressão de que alguém vive a minha vida, que o que se passa nada tem a ver comigo, há uma mola mecânica em alguma parte de mim.

- Eu quero simplesmente isto: o impossível. Ver Deus.

- Há em minha volta tantos movimentos que eu os pensei: a morte me espera.

- Já aprendeu a aceitar suas crises de medo: quando vêm ela se imobiliza de olhos fechados e procura se esquecer de si a ponto de ser um nada insensível.

- Nunca chego a uma imersão total. Ah no dia em que eu me largasse inteiro – é o que espero.

- Ser feliz é uma responsabilidade muito grande. Pouca gente tem coragem. Tenho coragem mas com um pouco de medo. Pessoa feliz é quem aceitou a morte. Quando estou feliz demais, sinto uma angústia amordaçante: assusto-me.

- Tenho medo de estar viva porque quem tem vida um dia morre.

- Os instintos exigentes, a alma cruel, a crueza dos que não têm pudor, as leis a obedecer, o assassinato – tudo isso me dá vertigem como há pessoas que desmaiam ao ver sangue.

- Assusta-me quando num relance vejo as entranhas do espírito dos outros.

- Tenho medo da lei natural que a gente chama de Deus.

- Não fazer nada pode ser ainda a solução.

- Quero para o meu corpo a roupa boa, a comida selecionada francesa, dinheiro para viajar, amante para eu amar livremente, esposa para cuidar de mim. Mas tudo isso conservando minha alma de monge.

- Tenho-tenho-que me ouvir: é que eu não me disse ainda certas coisas que são misteriosas e sagradas mas com gosto de sangue na boca.

- Onde está o centro único da polpa da fruta para eu morder?

- Morrer por causa de uma palavra? Se essa palavra for cheia de si mesma e fonte de sonho – então vale a pena morrer por causa dela.

- Não preciso de nada – plurificado pela simplicidade nua.

- Calar-se é nascer de novo.

- Hoje tomei um táxi e meu ar de Cristo fez com que o chofer de outro táxi me olhasse assustadíssimo quatro vezes. Oh humana face que deve ser a minha e é a tua.

- A morte não é um fato é uma sensação que já devia estar comigo. Mas eu ainda não a alcancei.

- Depois que vivo é que sei que vivi. Na hora o viver me escapa.

- Eu me escapo de mim mesma.

- Às vezes eu me apresso em acabar um episódio íntimo de vida, para poder captá-lo em recordações, e para, mais do que ter vivido, viver. Um viver que já foi.

- Minha tia Sinhá morreu de morte alegre. Ela riu na hora de morrer. Pode-se dizer que morreu de rir.

- Neste exato instante morre alguém. Isso me perturba, esse último suspiro, e na Irlanda nasce um forte menino ruivo. É como se me avisassem. Eu digo bom-dia ao robusto garoto.

⁓   Há um dedo que me aponta e me faz viver à beira da morte. Dedo de quem?

⁓   Estarei viva na próxima copa do mundo? Espero que não, meu Deus, a morte me chama, toda atraente e toda bela.

⁓   Fui feita para morrer.

⁓   Não estou à altura do presente: este me ultrapassa um pouco.

⁓   De mim pode-se dizer: "ela não sabe aproveitar."

⁓   Deus me disse: vem. E eu fui toda gelada. O êxtase do apocalipse.

⁓   Mereço uma condecoração por viver cada dia e cada noite trezentos e sessenta e cinco dias de suplício de tempo.

⁓   Meu Deus, me dê a coragem de viver trezentos e sessenta e cinco dias e noites, todos vazios de Tua presença. Me dê a coragem de considerar esse vazio como uma plenitude. Faça com que eu seja a Tua amante humilde, entrelaçada a Ti em êxtase. Faça com que eu possa falar com este vazio tremendo e receber como resposta o amor materno que nutre e embala. Faça com que eu tenha a coragem de Te amar, sem odiar as Tuas ofensas à minha alma e ao meu corpo. Faça com que a solidão não me destrua. Faça com que minha solidão me sirva de companhia. Faça com que eu tenha a coragem de me enfrentar. Faça com que eu saiba ficar com o nada e mesmo assim me sentir como se estivesse plena de tudo. Receba em teus braços o meu pecado de pensar.

~ Salve-se quem puder porque para todas as horas é sempre chegada a hora.

~ Ninguém descansa em cadeira de dentista.

~ No mais fundo da escura podridão brilha límpida e fascinante a Grande Esmeralda.

~ O prazer é o máximo da veracidade de um ser. É a única luta contra a morte.

~ Misteriosamente a gente cumpre os rituais da vida.

~ Doidice deliciosa escrever 13 em número e não em palavras.

~ Estou grave como a fome.

~ Não sou juiz não, meu senhor. Sou viola doce. Melhor que Carl Orff é o silêncio. Gol.

~ A morte será o meu maior acontecimento individual.

~ A morte é uma atitude bíblica.

~ A parada do coração não dura nada. É a mais ínfima fração de um segundo.

~ Uma pedra vista como pedra, aí é que se torna pedra com sua eternidade relativa.

~ Ela está desaparelhada para entender de que espécie de estranha vida inaugural se segue com uma simplicidade inimitável essa vida depois da morte.

~ Sem falar na teoria da física da antimatéria, tudo tem verso e reverso, tudo tem sim e tem não, tem luz e tem trevas, tem carne e espírito, será nessa antimatéria que cairemos depois de mortos?

~ Como se explica que cada corpo nascido tenha espírito?

- Viver é o meu código e o meu enigma.

- Não sabia que o perigo é o que torna preciosa a vida.

- O futuro me chama danadamente – é para lá que eu vou.

- Quando penso que um dia vou morrer me dobro em duas de tanto rir.

- A vida é uma piada. Mas meu rumo certo todos sabem qual é.

- Olho para a cara da pessoa e vejo: ela vai morrer.

- Esta noite tive um sonho dentro de um sonho. Sonhei que estava calmamente assistindo artistas trabalharem no palco. E por uma porta que não era bem fechada entraram homens com metralhadoras e mataram todos os artistas. Comecei a chorar: não queria que eles estivessem mortos. Então os artistas se levantaram do chão e me disseram: nós não estamos mortos na vida real, só como artistas, fazia parte do show esse morticínio.

- Na vida nós somos artistas de uma peça de teatro absurdo escrita por um Deus absurdo.

- Sei lá, sei apenas que gosto de brilhantes e de jade.

- Não pense que escrevo aqui o meu mais íntimo segredo pois há segredos que eu não conto nem a mim mesma.

- Não é só o último segredo que não revelo: há muitos segredinhos primários que eu deixo que se mantenham em enigma.

- Ontem o mundo me expulsou da vida. Hoje a vida nasceu. Ventania, muita ventania. Que instabilidade. Me muero. Vivo no futuro da ventania.

- Vivo agora e o resto que vá para a puta que o pariu.

- Há velhos que morrem na primavera, não aguentam a arrebentação da terra.

- Eu quero uma morte elegante. Aliás já morri e não soube. Sou o meu fantasma inquietante.

- Eu te vivo como se a morte já nos tivesse separado. Tal a saudade que tenho de ti.

- Queria poder viver tudo de uma só vez e não ficar vivendo aos poucos. Mas aí viria a Morte.

- Quando eu morrer não saberei o que fazer de mim.

- Deve haver um modo de não se morrer, só que eu ainda não descobri. Pelo menos não morrer em vida: só morrer depois da morte.

- O mundo está ficando cada vez mais perigoso para mim. Depois de morta, cessará o perigo periclitante.

- Respirar é coisa de magia.

- Quase que já sei como será depois de minha morte. A sala vazia o cachorro a ponto de morrer de saudade.

- Se me perguntarem se existe vida da alma depois da morte, respondo, bem sei que misteriosamente, por que não o mistério, se a coisa é mesmo misteriosa – respondo num hesitante esquema: existe mas não me é dado saber de que forma essa alma viverá. Ninguém ainda descobriu o estado de coisas depois da morte – porque é impossível imaginar qual seria a atitude do Deus, o mesmo Deus que inexplicavelmente para nós faz uma semente brotar. Eu não sei como a semente brota, eu não sei por que este céu azul, eu não sei para que esta minha vida porque tudo isso acontece de um modo que a minha mente humana desconhece. Vivo sem explicação possível. Eu que não tenho sinônimo.

— Sinto-me magnífico e solitário entre a vida e a morte.

— A humanidade está ficando dura. Os fatos estão ficando contundentes.

— A incomunicabilidade de si para si mesmo é o grande vórtice do nada.

— Se eu não acho um modo de falar a mim mesmo a palavra me sufoca a garganta atravessando-a como uma pedra não deglutida. Eu quero ter acesso a mim mesmo na hora em que eu quiser como quem abre as portas e entra.

— Na hora de minha morte – que é que eu faço? Me ensinem como é que se morre. Eu não sei.

— Quero a coisa prima. Quero a pedra que não foi esculpida.

— Eu me curei da morte. Nunca mais morri.

— Pensar é tão imaterial que nem palavras tem.

— Nunca se esquecer, quando se tem uma dor, que a dor passará: nunca se esquecer que, quando se morre, a morte passará. Não se morre eternamente. É só uma vez, e dura um instante.

— A grandiosidade da vida é lançar-se.

— "Quero morrer" contigo de amor.

— Procuro alguém para lhe salvar a vida.

— Um lugar do mundo está esperando que eu o habite.

— Em algum lugar do mundo alguém está esperando por mim.

∽   Só depois que você morrer é que vou te amar totalmente. Preciso de toda a tua vida para que eu a ame como se fosse minha.

∽   Há um modo de ver que arrepia. O óbvio esquecido e espartano: vence o mais forte.

∽   Era um dia um homem que andou, andou e andou e parou e bebeu água gelada de uma fonte. Então sentou-se numa pedra e repousou o seu cajado. Esse homem era eu. E Deus estava em paz.

∽   Está amanhecendo: ouço os galos.

∽   Eu estou amanhecendo.

∽   O único jeito é solidarizar-se? Mas "solidariedade" contém eu sei a palavra "só".

∽   Se a voz de Deus se manifesta no silêncio, eu também me calo silencioso. Adeus.

∽   Quanto a mim, estou. Sim.

X

LAÇOS DE FAMÍLIA

~ Não me maces! não me venhas a rondar como um galo velho!

~ Ela amava... Estava previamente a amar o homem que um dia ela ia amar.

~ Na cama a pensar, a pensar, quase a rir como a uma bisbilhotice. A pensar, a pensar. O quê? ora, lá ela sabia.

~ As palavras que uma pessoa pronunciava quando estava embriagada era como se estivesse prenhe – palavras apenas na boca, que pouco tinham a ver com o centro secreto que era como uma gravidez.

~ Sua carne alva estava doce como a de uma lagosta, as pernas duma lagosta viva a se mexer devagar no ar. E aquela vontade de se sentir mal para aprofundar a doçura em bem ruim. E aquela maldadezita de quem tem um corpo.

~ E se quisesse podia permitir-se o luxo de se tornar ainda mais sensível, ainda podia ir mais adiante: porque era protegida por uma situação, protegida como toda a gente que atingiu uma posição na vida. Como uma pessoa a quem lhe impedem de ter a sua desgraça. Que desprezo pelas pessoas secas do restaurante, enquanto ela estava grossa e pesada, generosa a mais não poder. E tudo no restaurante tão distante um do outro como se jamais um pudesse falar com o outro. Cada um por si, e lá Deus por toda a gente. No seu decote redondo – em plena Praça Tiradentes!, pensou ela a abanar a cabeça incrédula – a mosca se lhe pousara na pele nua? Ai que malícia.

Dava a tudo, tranquilamente, sua mão pequena e forte, sua corrente de vida.

Certa hora da tarde era mais perigosa. Certa hora da tarde as árvores que plantara riam dela. Quando nada mais precisava de sua força, inquietava-se.

Parecia ter descoberto que tudo era passível de aperfeiçoamento, a cada coisa se emprestaria uma aparência harmoniosa; a vida podia ser feita pela mão do homem.

Por caminhos tortos, viera a cair num destino de mulher, com a surpresa de nele caber como se o tivesse inventado.

Havia aos poucos emergido para descobrir que também sem a felicidade se vivia: abolindo-a, encontrara uma legião de pessoas, antes invisíveis, que viviam como quem trabalha – com persistência, continuidade, alegria.

Na sua vida não havia lugar para que sentisse ternura pelo seu espanto – ela o abafava com a mesma habilidade que as lides em casa lhe haviam transmitido.

Quanto a ela mesma, fazia obscuramente parte das raízes negras e suaves do mundo. E alimentava anonimamente a vida. Estava bom assim. Assim ela o quisera e escolhera.

∽ Alguma coisa intranquila estava sucedendo. Então ela viu: o cego mascava chicles... Um homem cego mascava chicles.

∽ Olhava o cego profundamente, como se olha o que não nos vê. Ele mastigava goma na escuridão. Sem sofrimento, com os olhos abertos. O movimento da mastigação fazia-o parecer sorrir e de repente deixar de sorrir, sorrir e deixar de sorrir – como se ele a tivesse insultado.

∽ O mundo se tornara de novo um mal-estar. Vários anos ruíam, as gemas amarelas escorriam. Expulsa de seus próprios dias, parecia-lhe que as pessoas na rua eram periclitantes, que se mantinham por um mínimo equilíbrio à tona da escuridão – e por um momento a falta de sentido deixava-as tão livres que elas não sabiam para onde ir.

∽ O que chamava de crise viera afinal. E sua marca era o prazer intenso com que olhava agora as coisas, sofrendo espantada.

∽ Ela apaziguara tão bem a vida, cuidara tanto para que esta não explodisse. Mantinha tudo em serena compreensão, separava uma pessoa das outras, as roupas eram claramente feitas para serem usadas e podia-se escolher pelo jornal o filme da noite – tudo feito de modo a que um dia se seguisse ao outro. E um cego mascando goma despedaçava tudo isso.

∽ Na fraqueza em que estava tudo a atingia com um susto.

∽ Por um momento não conseguia orientar-se. Parecia ter saltado no meio da noite.

— Nas árvores as frutas eram pretas, doces como mel. Havia no chão caroços secos cheios de circunvoluções, como pequenos cérebros apodrecidos. O banco estava manchado de sucos roxos. Com suavidade intensa rumorejavam as águas. No tronco da árvore pregavam-se as luxuosas patas de uma aranha. A crueza do mundo era tranquila. O assassinato era profundo. E a morte não era o que pensávamos.

— Era um mundo de se comer com os dentes, um mundo de volumosas dálias e tulipas. Os troncos eram percorridos por parasitas folhudos, o abraço era macio, colado. Como a repulsa que precedesse uma entrega – era fascinante, a mulher tinha nojo, e era fascinante.

— As árvores estavam carregadas, o mundo era tão rico que apodrecia.

— O Jardim era tão bonito que ela teve medo do Inferno.

— Por um instante a vida sadia que levara até agora pareceu-lhe um modo moralmente louco de viver.

— Ela amava o mundo, amava o que fora criado – amava com nojo. Do mesmo modo como sempre fora fascinada pelas ostras, com aquele vago sentimento de asco que a aproximação da verdade lhe provocava, avisando-a.

— Mamãe, chamou o menino. Afastou-o, olhou aquele rosto, seu coração crispou-se. Não deixe mamãe te esquecer, disse-lhe. A criança mal sentiu o abraço se afrouxar, escapou e correu até a porta do quarto, de onde olhou-a mais segura. Era o pior olhar que jamais recebera.

— Os dias que ela forjara haviam-se rompido na crosta e a água escapava. Estava diante da ostra. E não havia como não olhá-la. De que tinha vergonha? É que já não era mais piedade, não era só piedade: seu coração se enchera com a pior vontade de viver.

~ Com horror descobria que pertencia à parte forte do mundo – e que nome se deveria dar à sua misericórdia violenta? Seria obrigada a beijar o leproso, pois nunca seria apenas sua irmã.

~ Era mais fácil ser um santo que uma pessoa!

~ A vida do Jardim Botânico chamava-a como um lobisomem é chamado pelo luar.

~ Mas a vida arrepiava-a, como um frio. Ouvia o sino da escola, longe e constante. O pequeno horror da poeira ligando em fios a parte inferior do fogão, onde descobriu a pequena aranha. Carregando a jarra para mudar a água – havia o horror da flor se entregando lânguida e asquerosa às suas mãos. O mesmo trabalho secreto se fazia ali na cozinha. Perto da lata de lixo, esmagou com o pé a formiga. O pequeno assassinato da formiga. O mínimo corpo tremia. As gotas d'água caíam na água parada do tanque. Os besouros de verão. O horror dos besouros inexpressivos. Ao redor havia uma vida silenciosa, lenta, insistente.

~ Com uma maldade de amante, parecia aceitar que da flor saísse o mosquito, que as vitórias-régias boiassem no escuro do lago. O cego pendia entre os frutos do Jardim Botânico.

~ Num gesto que não era seu, mas que pareceu natural, segurou a mão da mulher, levando-a consigo sem olhar para trás, afastando-a do perigo de viver.

~ Penteava-se agora diante do espelho, por um instante sem nenhum mundo no coração. Antes de se deitar, como se apagasse uma vela, soprou a pequena flama do dia.

Pouco afeita a uma luta mais selvagem pela vida, a galinha tinha que decidir por si mesma os caminhos a tomar, sem nenhum auxílio de sua raça.

Estúpida, tímida e livre. Não vitoriosa como seria um galo em fuga. Que é que havia nas suas vísceras que fazia dela um ser? A galinha é um ser. É verdade que não se poderia contar com ela para nada. Nem ela própria contava consigo, como o galo crê na sua crista. Sua única vantagem é que havia tantas galinhas que morrendo uma surgiria no mesmo instante outra tão igual como se fora a mesma.

De pura afobação a galinha pôs um ovo. Surpreendida, exausta. Talvez fosse prematuro. Mas logo depois, nascida que fora para a maternidade, parecia uma velha mãe habituada. Sentou-se sobre o ovo e assim ficou, respirando, abotoando e desabotoando os olhos. Seu coração, tão pequeno num prato, solevava e abaixava as penas, enchendo de tepidez aquilo que nunca passaria de um ovo.

Esquentando seu filho, esta não era nem suave nem arisca, nem alegre, nem triste, não era nada, era uma galinha.

Nunca ninguém acariciou uma cabeça de galinha.

Inconsciente da vida que lhe fora entregue, a galinha passou a morar com a família. A menina, de volta do colégio, jogava a pasta longe sem interromper a corrida para a cozinha. O pai de vez em quando ainda se lembrava: "E dizer que a obriguei a correr naquele estado!" A galinha tornara-se a rainha da casa. Todos, menos ela, o sabiam.

∽   Se fosse dado às fêmeas cantar, ela não cantaria mas ficaria muito mais contente.

∽   Na fuga, no descanso, quando deu à luz ou bicando milho – era uma cabeça de galinha, a mesma que fora desenhada no começo dos séculos.

∽   A paz de um homem era, esquecido de sua mulher, conversar com outro homem sobre o que saía nos jornais.

∽   Ela mesma, enfim, voltando à insignificância com reconhecimento. Como um gato que passou a noite fora e, como se nada tivesse acontecido, encontrasse sem uma palavra um pires de leite esperando.

∽   Olhou-se ao espelho: e ela mesma, há quanto tempo? Seu rosto tinha uma graça doméstica, os cabelos eram presos com grampos atrás das orelhas grandes e pálidas. Os olhos marrons, os cabelos marrons, a pele morena e suave, tudo dava a seu rosto já não muito moço um ar modesto de mulher. Por acaso alguém veria, naquela mínima ponta de surpresa que havia no fundo de seus olhos, alguém veria nesse mínimo ponto ofendido a falta dos filhos que ela nunca tivera?

∽   Quando lhe haviam dado para ler a *Imitação de Cristo*, com um ardor de burra ela lera sem entender mas, que Deus a perdoasse, ela sentira que quem imitasse Cristo estaria perdido – perdido na luz, mas perigosamente perdido.

∽   Cristo era a pior tentação.

∽   Se o médico dissera: "Tome leite entre as refeições, nunca fique com o estômago vazio pois isso dá ansiedade" – então, mesmo sem ameaça de ansiedade, ela tomava sem discutir gole por gole, dia após dia, não falhara nunca, obedecendo de olhos fechados, com um ligeiro ardor para que não pudesse enxergar em si a menor incredulidade.

O médico parecia contradizer-se quando, ao mesmo tempo que recomendava uma ordem precisa que ela queria seguir com o zelo de uma convertida, dissera também: "Abandone-se, tente tudo suavemente, não se esforce por conseguir – esqueça completamente o que aconteceu e tudo voltará com naturalidade." E lhe dera uma palmada nas costas, o que a lisonjeara e a fizera corar de prazer. Mas na sua humilde opinião uma ordem parecia anular a outra, como se lhe pedissem para comer farinha e assobiar ao mesmo tempo.

Sentou-se no sofá como se fosse uma visita na sua própria casa que, tão recentemente recuperada, arrumada e fria, lembrava a tranquilidade de uma casa alheia. O que era tão satisfatório.

Tinha tal prazer em fazer de sua casa uma coisa impessoal; de certo modo perfeita por ser impessoal.

Se uma pessoa perfeita do planeta Marte descesse e soubesse que as pessoas da Terra se cansavam e envelheciam, teria pena e espanto. Sem entender jamais o que havia de bom em ser gente, em sentir-se cansada, em diariamente falir; só os iniciados compreenderiam essa nuance de vício e esse refinamento de vida.

Ela, que nunca ambicionara senão ser a mulher de um homem, reencontrava grata sua parte diariamente falível.

Não mais aquela falta alerta de fadiga. Não mais aquele ponto vazio e acordado e horrivelmente maravilhoso dentro de si. Não mais aquela terrível independência. Não mais a facilidade monstruosa e simples de não dormir – nem de dia nem de noite – que na sua discrição a fizera subitamente super-humana em relação a um marido cansado e perplexo.

    Ele, com aquele hálito que tinha quando estava mudo de preocupação, o que dava a ela uma piedade pungente, sim, mesmo dentro de sua perfeição acordada, a piedade e o amor, ela super-humana e tranquila no seu isolamento brilhante, e ele, quando tímido, vinha visitá-la levando maçãs e uvas que a enfermeira com um levantar de ombros comia, ele fazendo visita de cerimônia como um namorado, com o hálito infeliz e um sorriso fixo, esforçando-se no seu heroísmo por compreender, ele que a recebera de um pai e de um padre, e que não sabia o que fazer com essa moça da Tijuca que inesperadamente, como um barco tranquilo se empluma nas águas, se tornara super-humana.

    Agora todos os dias ela se cansava, todos os dias seu rosto decaía ao entardecer, e a noite então tinha a sua antiga finalidade, não era apenas a perfeita noite estrelada. E tudo se completava harmonioso. E, como para todo o mundo, cada dia a fatigava; como todo o mundo, humana e perecível. Não mais aquela perfeição, não mais aquela juventude. Não mais aquela coisa que um dia se alastrara clara, como um câncer, a sua alma.

    No cansaço havia um lugar bom para ela, o lugar discreto e apagado de onde, com tanto constrangimento para si e para os outros, saíra uma vez.

    Ela castanha como obscuramente achava que uma esposa devia ser. Ter cabelos pretos ou louros eram um excesso que, na sua vontade de acertar, ela nunca ambicionara.

Então, em matéria de olhos verdes, parecia-lhe que se tivesse olhos verdes seria como se não dissesse tudo a seu marido.

Sempre achara lindo uma sala de espera, tão respeitoso, tão impessoal. Como era rica a vida comum, ela que enfim voltara da extravagância.

Nunca vi rosas tão bonitas, pensou com curiosidade. E como se não tivesse acabado de pensar exatamente isso, vagamente consciente de que acabara de pensar exatamente isso e passando rápida por cima do embaraço em se reconhecer um pouco cacete, pensou numa etapa mais nova de surpresa: "sinceramente, nunca vi rosas tão bonitas". Olhou-as com atenção. Mas a atenção não podia se manter muito tempo como simples atenção, transformava-se logo em suave prazer, e ela não conseguia mais analisar as rosas, era obrigada a interromper-se com a mesma exclamação de curiosidade submissa: como são lindas.

Acontecia que a beleza extrema incomodava.

Era preciso nunca mais dar motivo para espanto, ainda mais com tudo ainda tão recente. E sobretudo poupar a todos o mínimo sofrimento da dúvida. E que não houvesse nunca mais necessidade da atenção dos outros – nunca mais essa coisa horrível de todos olharem-na mudos, e ela em frente a todos. Nada de impulsos.

Uma coisa bonita era para se dar ou para se receber, não apenas para se ter. E, sobretudo, nunca para se "ser". Sobretudo nunca se deveria ser a coisa bonita. A uma coisa bonita faltava o gesto de dar. Nunca se devia ficar com uma coisa bonita, assim, como que guardada dentro do silêncio perfeito do coração.

⁓ Roubar o que era seu? Pois era assim que uma pessoa que não tivesse nenhuma pena dos outros faria: roubaria o que era seu por direito!

⁓ Tira-se de uma mesa limpa um objeto e pela marca mais limpa que ficou então se vê que ao redor havia poeira.

⁓ Como se pinga limão no chá escuro e o chá escuro vai se clareando todo. Seu cansaço ia gradativamente se clareando. Sem cansaço nenhum, aliás. Assim como o vaga-lume acende. Já que não estava mais cansada, ia então se levantar e se vestir. Estava na hora de começar.

⁓ Ele sabia que ela fizera o possível para não se tornar luminosa e inalcançável. Com timidez e respeito, ele a olhava. Envelhecido, cansado, curioso. Mas não tinha uma palavra sequer a dizer. Da porta aberta via sua mulher que estava sentada no sofá sem apoiar as costas, de novo alerta e tranquila como num trem. Que já partira.

⁓ Para adiantar o expediente, vestira a aniversariante logo depois do almoço. Pusera-lhe desde então a presilha em torno do pescoço e o broche, borrifara-lhe um pouco de água-de-colônia para disfarçar aquele seu cheiro de guardado – sentara-a à mesa. E desde as duas horas a aniversariante estava sentada à cabeceira da longa mesa vazia, tesa na sala silenciosa.

⁓ Os músculos do rosto da aniversariante não a interpretavam mais, de modo que ninguém podia saber se ela estava alegre. Estava era posta à cabeceira. Tratava-se de uma velha grande, magra, imponente e morena. Parecia oca.

⁓ Na cabeceira da mesa já suja, os copos maculados, só o bolo inteiro – ela era a mãe. A aniversariante piscou os olhos.

Na cabeceira da mesa, a toalha manchada de Coca-Cola, o bolo desabado, ela era a mãe. A aniversariante piscou.

E ela era a mãe de todos. E se de repente não se ergueu, como um morto se levanta devagar e obriga mudez e terror aos vivos, a aniversariante ficou mais dura na cadeira, e mais alta. Ela era a mãe de todos. E como a presilha a sufocasse, ela era a mãe de todos e, impotente à cadeira, desprezava-os. E olhava-os piscando. Todos aqueles seus filhos e netos e bisnetos que não passavam de carne de seu joelho, pensou de repente como se cuspisse.

Oh o desprezo pela vida que falhava. Como?! como tendo sido tão forte pudera dar à luz aqueles seres opacos, com braços moles e rostos ansiosos? Ela, a forte, que casara em hora e tempo devidos com um bom homem a quem, obediente e independente, ela respeitara; a quem respeitara e que lhe fizera filhos e lhe pagara os partos e lhe honrara os resguardos. O tronco fora bom. Mas dera aqueles azedos e infelizes frutos, sem capacidade sequer para uma boa alegria. Como pudera ela dar à luz aqueles seres risonhos, fracos, sem austeridade?

Olhou-os com sua cólera de velha. Pareciam ratos se acotovelando, a sua família. Incoercível, virou a cabeça e com força insuspeita cuspiu no chão.

Os meninos, embora crescidos – provavelmente já além dos cinquenta anos, que sei eu! – os meninos ainda conservavam os traços bonitinhos. Mas que mulheres haviam escolhido! E que mulheres os netos – ainda mais fracos e mais azedos – haviam escolhido. Todas vaidosas e de pernas finas, com aqueles colares falsificados de mulher que na hora não aguenta a mão, aquelas mulherezinhas que casavam mal os filhos, que não sabiam pôr uma criada em seu lugar, e todas elas com as orelhas cheias de brincos – nenhum, nenhum de ouro! A raiva a sufocava.

Como máscaras isentas e inapeláveis, de súbito nenhum rosto se manifestava. A festa interrompida, os sanduíches mordidos na mão, algum pedaço que estava na boca a sobrar seco, inchando tão fora de hora a bochecha. Todos tinham ficado cegos, surdos e mudos, com croquetes na mão.

De sua cadeira reclusa, ela analisava crítica aqueles vestidos sem nenhum modelo, sem um drapeado, a mania que tinham de usar vestido preto com colar de pérolas, o que não era moda coisa nenhuma, não passava era de economia.

A aniversariante recebeu um beijo cauteloso de cada um como se sua pele tão infamiliar fosse uma armadilha. E, impassível, piscando, recebeu aquelas palavras propositadamente atropeladas que lhe diziam tentando dar um final arranco de efusão ao que não era mais senão passado: a noite já viera quase totalmente. A luz da sala parecia então mais amarela e mais rica, as pessoas envelhecidas. As crianças já estavam histéricas.

Para aqueles que junto da porta ainda a olharam uma vez, a aniversariante era apenas o que parecia ser: sentada à cabeceira da mesa imunda, com a mão fechada sobre a toalha como encerrando um cetro, e com aquela mudez que era a sua última palavra. Com um punho fechado sobre a mesa, nunca mais ela seria apenas o que ela pensasse. Sua aparência afinal a ultrapassara e, superando-a, se agigantava serena.

É preciso que se saiba. É preciso que se saiba. Que a vida é curta. Que a vida é curta.

- A verdade era um relance.

- Mais uma vez olhou para trás implorando à velhice ainda um sinal de que uma mulher deve, num ímpeto dilacerante, enfim agarrar a sua derradeira chance e viver.

- Não era nada disso, apenas o mal-estar da despedida, nunca se sabendo ao certo o que dizer.

- Amor de mãe era duro de suportar.

- Adeus, até outro dia, precisamos nos ver. Apareçam disseram rapidamente. Alguns conseguiram olhar nos olhos dos outros com uma cordialidade sem receio. Alguns abotoavam os casacos das crianças, olhando o céu à procura de um sinal do tempo. Todos sentindo obscuramente que na despedida se poderia talvez, agora sem perigo de compromisso, ser bom e dizer aquela palavra a mais – que palavra? eles não sabiam propriamente, e olhavam-se sorrindo, mudos. Era um instante que pedia para ser vivo. Mas que era morto. Começaram a se separar, andando meio de costas, sem saber como se desligar dos parentes sem brusquidão.

- Sobre escadas e contingências, estava a aniversariante sentada à cabeceira da mesa, erecta, definitiva, maior do que ela mesma. Será que hoje não vai ter jantar, meditava ela. A morte era o seu mistério.

- No Congo Central descobriu realmente os menores pigmeus do mundo. E – como uma caixa dentro de uma caixa, dentro de uma caixa – entre os menores pigmeus do mundo estava o menor dos menores pigmeus do mundo, obedecendo talvez à necessidade que às vezes a Natureza tem de exceder a si própria.

O explorador descobriu, toda em pé e a seus pés, a coisa humana menor que existe. Seu coração bateu porque esmeralda nenhuma é tão rara. Nem os ensinamentos dos sábios da Índia são tão raros. Nem o homem mais rico do mundo já pôs olhos sobre tanta estranha graça. Ali estava uma mulher que a gulodice do mais fino sonho jamais pudera imaginar.

Uma senhora teve tal perversa ternura pela pequenez da mulher africana que – sendo tão melhor prevenir que remediar – jamais se deveria deixar Pequena Flor sozinha com a ternura da senhora. Quem sabe a que escuridão de amor pode chegar o carinho. A senhora passou um dia perturbada, dir-se-ia tomada pela saudade. Aliás era primavera, uma bondade perigosa estava no ar.

– Mamãe, e se eu botasse essa mulherzinha africana na cama de Paulinho enquanto ele está dormindo? quando ele acordasse, que susto, hein! que berro, vendo ela sentada na cama! E a gente então brincava tanto com ela! a gente fazia ela o brinquedo da gente, hein!

Estava nesse instante enrolando os cabelos em frente ao espelho do banheiro, e lembrou-se do que uma cozinheira lhe contara do tempo de orfanato. Não tendo boneca com que brincar, e a maternidade já pulsando terrível no coração das órfãs, as meninas sabidas haviam escondido da freira a morte de uma das garotas. Guardaram o cadáver num armário até a freira sair, e brincaram com a menina morta, deram-lhe banhos e comidinhas, puseram-na de castigo somente para depois poder beijá-la, consolando-a.

Considerou a cruel necessidade de amar. Considerou a malignidade de nosso desejo de ser feliz.

Considerou a ferocidade com que queremos brincar. E o número de vezes em que mataremos por amor.

~ Olhou para o filho esperto como se olhasse para um perigoso estranho. E teve horror da própria alma que, mais que seu corpo, havia engendrado aquele ser apto à vida e à felicidade.

~ Olhou ela, com muita atenção e um orgulho inconfortável, aquele menino que já estava sem os dois dentes da frente, a evolução, a evolução se fazendo, dente caindo para nascer o que melhor morde. "Vou comprar um terno novo para ele", resolveu olhando-o absorta. Obstinadamente enfeitava o filho desdentado com roupas finas, obstinadamente queria-o bem limpo, como se limpeza desse ênfase a uma superficialidade tranquilizadora, obstinadamente aperfeiçoando o lado cortês da beleza. Obstinadamente afastando-se, e afastando-o, de alguma coisa que devia ser "escura como um macaco".

~ Quem já não desejou possuir um ser humano só para si?

~ Há horas em que não se quer ter sentimentos.

~ Enquanto isso a própria coisa rara tinha no coração algo mais raro ainda, assim como o segredo do próprio segredo: um filho mínimo. Metodicamente o explorador examinou com o olhar a barriguinha do menor ser humano maduro. Foi neste instante que o explorador, pela primeira vez desde que a conhecera, em vez de sentir curiosidade ou exaltação ou vitória ou espírito científico, o explorador sentiu mal-estar.

~ A própria coisa rara estava tendo a inefável sensação de ainda não ter sido comida. Não ter sido comida era algo que, em outras horas, lhe dava o ágil impulso de pular de galho em galho. Mas, neste momento de tranquilidade, entre as espessas folhas do Congo Central, ela não estava aplicando esse impulso numa ação – e o impulso se concentrara todo na própria pequenez da própria coisa rara.

⌒ E então ela estava rindo. Era um riso como somente quem não fala, ri. Esse riso, o explorador constrangido não conseguiu classificar. E ela continuou fruindo o próprio riso macio, ela que não estava sendo devorada.

⌒ Não ser devorado é o sentimento mais perfeito. Não ser devorado é o objetivo secreto de toda uma vida. Enquanto ela não estava sendo comida, seu riso bestial era tão delicado como é delicada a alegria.

⌒ A própria coisa rara sentia o peito morno do que se pode chamar de Amor. Ela amava aquele explorador amarelo. Se soubesse falar e dissesse que o amava, ele inflaria de vaidade. Vaidade que diminuiria quando ela acrescentasse que também amava muito o anel do explorador e que amava muito a bota do explorador.

⌒ Nem de longe, seu amor pelo explorador – pode-se mesmo dizer seu "profundo amor", porque, não tendo outros recursos, ela estava reduzida à profundeza – pois nem de longe seu profundo amor pelo explorador ficaria desvalorizado pelo fato de ela também amar sua bota. Há um velho equívoco sobre a palavra amor, e, se muitos filhos nascem desse equívoco, tantos outros perderam o único instante de nascer apenas por causa de uma suscetibilidade que exige que seja de mim, de mim! que se goste, e não de meu dinheiro. Mas na umidade da floresta não há desses refinamentos cruéis, e amor é não ser comido, amor é achar bonita uma bota, amor é gostar da cor rara de um homem que não é negro, amor é rir de amor a um anel que brilha.

~ Respondeu-lhe que "sim". Que era muito bom ter uma árvore para morar, sua, sua mesmo. Pois – e isso ela não disse, mas seus olhos se tornaram tão escuros que o disseram – pois é bom possuir, é bom possuir, é bom possuir.

~ Pois olhe – declarou de repente uma velha fechando o jornal com decisão – pois olhe, eu só lhe digo uma coisa: Deus sabe o que faz.

~ Poderia ter uns sessenta anos, era alto, corpulento, de cabelos brancos, sobrancelhas espessas e mãos potentes. Num dedo o anel de sua força.

~ Mas eis que o velho se imobiliza de novo como se tivesse o peito contraído e barrado. Sua violenta potência sacode-se presa. Ele espera. Até que a fome parece assaltá-lo e ele recomeça a mastigar com apetite, de sobrancelhas franzidas. Eu é que já comia devagar, um pouco nauseado sem saber por quê, participando também não sabia de quê. De repente ei-lo a estremecer todo, levando o guardanapo aos olhos e apertando-os numa brutalidade que me enleva... Abandono com certa decisão o garfo no prato, eu próprio com um aperto insuportável na garganta, furioso, quebrado em submissão. Mas o velho demora pouco com o guardanapo nos olhos. Desta vez, quando o tira sem pressa, as pupilas estão extremamente doces e cansadas, e antes dele enxugar-se – eu vi. Vi a lágrima.

~ Ele não suportava mais. As sobrancelhas grossas estavam juntas. A comida devia ter parado pouco abaixo da garganta sob a dureza da emoção, pois quando ele pôde continuar fez um gesto terrível de esforço para engolir e passou o guardanapo pela testa. Eu não podia mais, a carne no meu prato era crua, eu é que não podia mais. Porém ele – ele comia.

O garçom trouxe a garrafa dentro de uma vasilha de gelo. Eu anotava tudo, já sem discriminar: a garrafa era outra, o criado de casaca, a luz aureolava a cabeça robusta de Plutão que se movia agora com curiosidade, guloso e atento. Por um instante o garçom cobre minha visão do velho e vejo apenas as asas negras duma casaca: sobrevoando a mesa, vertia vinho vermelho na taça e aguardava de olhos quentes – porque lá estava seguramente um senhor de boas gorjetas, um desses velhos que ainda estão no centro do mundo e da força. O velho engrandecido tomou um gole com segurança, largou a taça e consultou com amargura o sabor na boca. Batia um lábio no outro, estalava a língua com desgosto como se o que era bom fosse intolerável.

Com a mão pesada e cabeluda, onde na palma as linhas eram cravadas com tal fatalidade, faz um gesto de pensamento. Diz com a mímica o mais que pode, e eu, eu não compreendo. E como se não suportasse mais – larga o garfo no prato. Desta vez foste bem agarrado, velho. Fica respirando, acabado, ruidoso. Pega então no copo de vinho e bebe de olhos fechados, em rumorosa ressurreição. Meus olhos ardem e a claridade é alta, persistente. Estou tomado pelo êxtase arfante da náusea. Tudo me parece grande e perigoso.

Sua cara se esvazia de expressão. Fecha os olhos, distende os maxilares. Procuro aproveitar este momento, em que ele não possui mais o próprio rosto, para ver afinal. Mas é inútil. A grande aparência que vejo é desconhecida, majestosa, cruel e cega. O que eu quero olhar diretamente, pela força extraordinária do ancião, não existe neste instante. Ele não quer.

⁓ Com palidez vejo-o levar o guardanapo à boca. Imagino ouvir um soluço. Ambos permanecemos em silêncio no centro do salão. Talvez ele tivesse comido depressa demais. Porque, apesar de tudo, não perdeste a fome, hein!, instigava-o eu com ironia, cólera e exaustão. Mas ele se desmoronava a olhos vistos. Os traços agora caídos e dementes, ele balançava a cabeça de um lado para outro, de um lado para outro sem se conter mais, com a boca apertada, os olhos cerrados, embalando-se – o patriarca estava chorando por dentro. A ira me asfixiava.

⁓ Quando me traíram ou assassinaram, quando alguém foi embora para sempre, ou perdi o que de melhor me restava, ou quando soube que vou morrer – eu não como. Não sou ainda esta potência, esta construção, esta ruína. Empurro o prato, rejeito a carne e seu sangue.

⁓ Dentro da magreza, a vastidão quase majestosa em que se movia como dentro de uma meditação. E dentro da nebulosidade algo precioso. Que não se espreguiçava, não se comprometia, não se contaminava. Que era intenso como uma joia. Ela.

⁓ O ato misterioso, autoritário e perfeito era erguer o braço – e já de longe o ônibus trêmulo começava a se deformar obedecendo à arrogância de seu corpo, representante de um poder supremo, de longe o ônibus começava a tornar-se incerto e vagaroso, vagaroso e avançando, cada vez mais concreto – até estacar no seu rosto em fumaça e calor, em calor e fumaça.

⁓ O que a poupava é que os homens não a viam. Embora alguma coisa nela, à medida que dezesseis anos se aproximava em fumaça e calor, alguma coisa estivesse intensamente surpreendida – e isso surpreendesse alguns homens.

~ Fazia mais sombra do que existia.

~ Como voltar e fugir, se nascera para a dificuldade.

~ Como recuar, e depois nunca mais esquecer a vergonha de ter esperado em miséria atrás de uma porta?

~ Enquanto executasse um mundo clássico, enquanto fosse impessoal, seria filha dos deuses, e assistida pelo que tem que ser feito. Mas, tendo visto o que olhos, ao verem, diminuem, arriscara-se a ser um ela-mesma que a tradição não amparava.

~ Era tarde demais para recuar. Só não seria tarde demais se corresse. Mas correr seria como errar todos os passos, e perder o ritmo que ainda a sustentava, o ritmo que era o seu único talismã, o que lhe fora entregue à orla do mundo onde era para ser sozinha – à orla do mundo onde se tinham apagado todas as lembranças, e como incompreensível lembrete restara o cego talismã, ritmo que era de seu destino copiar, executando-o para a consumação do mundo. Não a própria. Se ela corresse, a ordem se alteraria. E nunca lhe seria perdoado o pior: a pressa. E mesmo quando se foge correm atrás, são coisas que se sabem.

~ "Eles vão olhar para mim, eu sei!" Mas tentava, por instinto de uma vida anterior, não lhes transmitir susto. Adivinhava o que o medo desencadeia.

~ Foram quatro mãos difíceis, foram quatro mãos que não sabiam o que queriam, quatro mãos erradas de quem não tinha a vocação, quatro mãos que a tocaram tão inesperadamente que ela fez a coisa mais certa que poderia ter feito no mundo dos movimentos: ficou paralisada.

Eles não compreenderam a função que tinham e, com a individualidade dos que têm medo, haviam atacado. Foi menos de uma fração de segundo na rua tranquila. Numa fração de segundo a tocaram como se a eles coubessem todos os sete mistérios. Que ela conservou todos, e mais larva se tornou, e mais sete anos de atraso.

Como se houvesse várias etapas da mesma imobilidade, ficou parada. Daí a pouco suspirou. E em nova etapa, manteve-se parada. Depois mexeu a cabeça, e então ficou mais profundamente parada.

Recuou devagar até um muro, corcunda, bem devagar, como se tivesse um braço quebrado, até que se encostou toda no muro, onde ficou inscrita. E então manteve-se parada. Não se mover é o que importa, pensou de longe, não se mover. Depois de um tempo, provavelmente ter-se-ia dito assim: agora mova um pouco as pernas mas bem devagar. Porque, bem devagar, moveu as pernas.

Diante do grande silêncio dos ladrilhos, gritou aguda, supersônica: Estou sozinha no mundo! Nunca ninguém vai me ajudar, nunca ninguém vai me amar! Estou sozinha no mundo!

"Uma pessoa não é nada." "Não", retrucou-se em mole protesto, "não diga isso", pensou com bondade e melancolia. "Uma pessoa é alguma coisa", disse por gentileza.

Preciso de sapatos novos! os meus fazem muito barulho, uma mulher não pode andar com salto de madeira, chama muita atenção! Ninguém me dá nada! Ninguém me dá nada! – e estava tão frenética e estertorada que ninguém teve coragem de lhe dizer que não os ganharia.

~ Assim como uma pessoa engorda, ela deixou, sem saber por que processo, de ser preciosa.

~ Há uma obscura lei que faz com que se proteja o ovo até que nasça o pinto, pássaro de fogo.

~ Durante as duas semanas da visita da velha, os dois mal se haviam suportado; os bons-dias e as boas-tardes soavam a cada momento com uma delicadeza cautelosa que a fazia querer rir. Mas eis que na hora da despedida, antes de entrarem no táxi, a mãe se transformara em sogra exemplar e o marido se tornara o bom genro. "Perdoe alguma palavra mal dita", dissera a velha senhora, e Catarina, com alguma alegria, vira Antônio não saber o que fazer das malas nas mãos, a gaguejar – perturbado em ser o bom genro. "Se eu rio, eles pensam que estou louca", pensara Catarina franzindo as sobrancelhas. "Quem casa um filho perde um filho, quem casa uma filha ganha mais um", acrescentara a mãe, e Antônio aproveitara sua gripe para tossir. Catarina, de pé, observava com malícia o marido, cuja segurança se desvanecera para dar lugar a um homem moreno e miúdo, forçado a ser filho daquela mulherzinha grisalha... Foi então que a vontade de rir tornou-se mais forte.

~ Desde pequena rira pelos olhos, desde sempre fora estrábica.

~ Que coisa tinham esquecido de dizer uma a outra? e agora era tarde demais. Parecia-lhe que deveriam um dia ter dito assim: sou tua mãe, Catarina. E ela deveria ter respondido: e eu sou tua filha.

- Sem a companhia da mãe, recuperara o modo firme de caminhar: sozinha era mais fácil.

- Em que momento é que a mãe, apertando uma criança, dava-lhe esta prisão de amor que se abateria para sempre sobre o futuro homem.

- Quem saberia jamais em que momento a mãe transferia ao filho a herança. E com que sombrio prazer. Agora mãe e filho compreendendo-se dentro do mistério partilhado. Depois ninguém saberia de que negras raízes se alimenta a liberdade de um homem.

- Mas tinha se habituado a torná-la feminina deste modo: humilhava-a com ternura, e já agora ela sorria – sem rancor?

- Ele a olhara da janela, vira-a andar depressa de mãos dadas com o filho, e dissera-se: ela está tomando o momento de alegria – sozinha.

- De manhã, ao contrário dos adultos que acordam escuros e barbados, ele despertava cada vez mais imberbe. Despenteado, mas diferente da desordem do pai, a quem parecia terem acontecido coisas durante a noite.

- Em pequeno brincavam com ele, jogavam-no para o ar, enchiam-no de beijos – e de repente ficavam "individuais" – largavam-no, diziam gentilmente mas já intangíveis: "agora acabou", e ele ficava todo vibrante de carícias, com tantas gargalhadas ainda por dar.

- A vida fora de casa era completamente outra. Além da diferença de luz – como se somente saindo ele visse que tempo realmente fazia e que disposições haviam tomado as circunstâncias durante a noite – além da diferença de luz, havia a diferença do modo de ser.

∽ Atravessando o pequeno portão, ele se tornara visivelmente mais moço e ao mesmo tempo menos criança, mais sensível e sobretudo sem assunto. Mas com um interesse dócil. Não era uma pessoa que procurasse conversas, mas se alguém lhe perguntava como agora: "menino, de que lado fica a igreja?", ele se animava com suavidade, inclinava o longo pescoço, pois todos eram mais baixos que ele; e informava atraído, como se nisso houvesse uma troca de cordialidades e um campo aberto à curiosidade.

∽ Logo que alguém tem dinheiro aparecem os outros querendo aplicá-lo, explicando como se perde dinheiro.

∽ O cão era um pouco mais alto que o buraco cavado e depois de coberto com terra seria uma excrescência apenas sensível do planalto. Era assim precisamente que ele queria. Cobriu o cão com terra e aplainou-a com as mãos, sentindo com atenção e prazer sua forma nas palmas como se o alisasse várias vezes. O cão era agora apenas uma aparência do terreno.

∽ "Enquanto eu te fazia à minha imagem, tu me fazias à tua", pensou então com auxílio da saudade. "Dei-te o nome de José para te dar um nome que te servisse ao mesmo tempo de alma. E tu – como saber jamais que nome me deste? Quanto me amaste mais do que te amei."

∽ "Nós nos compreendíamos demais, tu com o nome humano que te dei, eu com o nome que me deste e que nunca pronunciaste senão com o olhar insistente."

∽ "Lembro-me de ti quando eras pequeno", pensou divertido, "tão pequeno, bonitinho e fraco, abanando o rabo, me olhando, e eu surpreendendo em ti uma nova forma de ter minha alma. Mas, desde então, já começavas a ser todos os dias um cachorro que se podia abandonar. Enquanto isso, nossas brincadeiras tornavam-se perigosas de tanta compreensão", lembrou-se o homem satisfeito, "tu terminavas me mordendo e rosnando, eu terminava jogando um livro sobre ti e rindo. Mas quem sabe o que já significava aquele meu riso sem vontade. Eras todos os dias um cão que se podia abandonar."

"E como cheiravas as ruas!", pensou o homem rindo um pouco, na verdade não deixaste pedra por cheirar... Este era o teu lado infantil. Ou era o teu verdadeiro cumprimento de ser cão? e o resto apenas brincadeira de ser meu? Porque eras irredutível.

Abanando tranquilo o rabo, parecias rejeitar em silêncio o nome que eu te dera. Ah, sim, eras irredutível.

Não queria que comesses carne para que não ficasses feroz, mas pulaste um dia sobre a mesa e, entre os gritos felizes das crianças, agarraste a carne e, com uma ferocidade que não vem do que se come, me olhaste mudo e irredutível com a carne na boca.

Embora meu, nunca me cedeste nem um pouco de teu passado e de tua natureza. E, inquieto, eu começava a compreender que não exigias de mim que eu cedesse nada da minha para te amar.

Era no ponto de realidade resistente das duas naturezas que esperavas que nos entendêssemos.

Minha ferocidade e a tua não deveriam se trocar por doçura: era isso o que pouco a pouco me ensinavas, e era isto também que estava se tornando pesado.

Não me pedindo nada, me pedias demais. De ti mesmo, exigias que fosses um cão. De mim, exigias que eu fosse um homem. E eu, eu disfarçava como podia.

∽ Tu me espiavas. A quem irias contar? Finge – dizia-me eu –, finge depressa que és outro, dá a falsa entrevista, faz-lhe um afago, joga-lhe um osso – mas nada te distraía: tu me espiavas.

∽ Eu fremia de horror, quando eras tu o inocente: que eu me virasse e de repente te mostrasse meu rosto verdadeiro, e eriçado, atingido, erguer-te-ias até a porta ferido para sempre.

∽ Eras todos os dias um cão que se podia abandonar. Podia-se escolher. Mas tu, confiante, abanavas o rabo.

∽ Às vezes, tocado pela tua acuidade, eu conseguia ver em ti a tua própria angústia. Não a angústia de ser cão que era a tua única forma possível. Mas a angústia de existir de um modo tão perfeito que se tornava uma alegria insuportável.

∽ Não fui eu quem teve um cão. Foste tu que tiveste uma pessoa.

∽ Possuíste uma pessoa tão poderosa que podia escolher: e então te abandonou.

∽ Exigias – com a incompreensão serena e simples de quem é um cão heroico – que eu fosse um homem.

∽ Só tu e eu sabemos que te abandonei porque eras a possibilidade constante do crime que eu nunca tinha cometido.

∽ Pequei logo para ser logo culpado.

∽ "Há tantas formas de ser culpado e de perder-se para sempre e de se trair e de não se enfrentar. Eu escolhi a de ferir um cão."

～ Eu sabia que esse seria um crime menor e que ninguém vai para o Inferno por abandonar um cão que confiou num homem. Porque eu sabia que esse crime não era punível.

～ Ainda não haviam inventado castigo para os grandes crimes disfarçados e para as profundas traições.

～ Um homem ainda conseguia ser mais esperto que o Juízo Final. Este crime ninguém o condenava. Nem a Igreja. "Todos são meus cúmplices, José. Eu teria que bater de porta em porta e mendigar que me acusassem e me punissem: todos me bateriam a porta com uma cara de repente endurecida. Este crime ninguém me condena. Nem tu, José, me condenarias. Pois bastaria, esta pessoa poderosa que sou, escolher de te chamar – e, do teu abandono nas ruas, num pulo me lamberias a face com alegria e perdão. Eu te daria a outra face a beijar."

～ Alguém dá uma esmola para enfim poder comer o bolo por causa do qual o outro não comeu o pão.

～ Como se José, o cão abandonado, exigisse dele muito mais que a mentira; como se exigisse que ele, num último arranco, fosse um homem.

～ Abaixou-se então, e, solene, calmo, com movimentos simples – desenterrou o cão. O cão escuro apareceu afinal inteiro, infamiliar com a terra nos cílios, os olhos abertos e cristalizados.

～ "Mas isso é amor, é amor de novo", revoltou-se a mulher tentando encontrar-se com o próprio ódio mas era primavera e dois leões se tinham amado.

～ A girafa era uma virgem de tranças recém-cortadas. Com a tola inocência do que é grande e leve e sem culpa.

Sem conseguir – diante da aérea girafa pousada, diante daquele silencioso pássaro sem asas – sem conseguir encontrar dentro de si o ponto pior de sua doença, o ponto mais doente, o ponto de ódio, ela que fora ao Jardim Zoológico para adoecer. Mas não diante da girafa que mais era paisagem que um ente.

O hipopótamo, o hipopótamo úmido. O rolo roliço de carne, carne redonda e muda esperando outra carne roliça e muda. Não. Pois havia tal amor humilde em se manter apenas carne, tal doce martírio em não saber pensar.

Ela mataria aqueles macacos em levitação pela jaula, macacos felizes como ervas, macacos se entrepulando suaves, a macaca com olhar resignado de amor, e a outra macaca dando de mamar. Ela os mataria com quinze secas balas: os dentes da mulher se apertaram até o maxilar doer.

A nudez dos macacos. O mundo que não via perigo em ser nu. Ela mataria a nudez dos macacos. Um macaco também a olhou segurando as grades, os braços descarnados abertos em crucifixo, o peito pelado exposto sem orgulho. Mas não era no peito que ela mataria, era entre os olhos do macaco que ela mataria, era entre aqueles olhos que a olhavam sem pestanejar.

Os olhos do macaco tinham um véu branco gelatinoso cobrindo a pupila, nos olhos a doçura da doença, era um macaco velho – a mulher desviou o rosto, trancando entre os dentes um sentimento que ela não viera buscar, apressou os passos, ainda voltou a cabeça espantada para o macaco de braços abertos: ele continuava a olhar para a frente. "Oh não, não isso", pensou. E enquanto fugia, disse: "Deus, me ensine somente a odiar."

~ "Eu te odeio", disse ela para um homem cujo crime único era o de não amá-la.

~ Como cavar na terra até encontrar a água negra, como abrir passagem na terra dura e chegar jamais a si mesma?

~ O elefante suportava o próprio peso. Aquele elefante inteiro a quem fora dado com uma simples pata esmagar. Mas que não esmagava. Aquela potência que no entanto se deixaria docilmente conduzir a um circo, elefante de crianças. E os olhos, numa bondade de velho, presos dentro da grande carne herdada. O elefante oriental. Também a primavera oriental, e tudo nascendo, tudo escorrendo pelo riacho.

~ O camelo em trapos, corcunda, mastigando a si próprio, entregue ao processo de conhecer a comida.

~ Os grandes cílios empoeirados do camelo sobre olhos que se tinham dedicado à paciência de um artesanato interno. A paciência, a paciência, a paciência, só isso ela encontrava na primavera ao vento.

~ Quisesse ou não quisesse o corpo sacudia-se como o de quem ri, aquela sensação de morte às gargalhadas, morte sem aviso de quem não rasgou antes os papéis da gaveta, não a morte dos outros, a sua, sempre a sua.

~ Poderia ter aproveitado o grito dos outros para dar seu urro de lamento, ela se esqueceu, ela só teve espanto.

~ No meio de todo o mundo tudo o que tinha na bolsa caíra no chão e tudo o que tivera valor enquanto secreto na bolsa, ao ser exposto na poeira da rua, revelara a mesquinharia de uma vida íntima de precauções: pó de arroz, recibo, caneta-tinteiro, ela recolhendo do meio-fio os andaimes de sua vida.

⁀   Embora ninguém prestasse atenção, alisou de novo a saia, fazia o possível para que não percebessem que estava fraca e difamada, protegia com altivez os ossos quebrados. Mas o céu lhe rodava no estômago vazio; a terra, que subia e descia a seus olhos, ficava por momentos distante, a terra que é sempre tão difícil. Por um momento a mulher quis, num cansaço de choro mudo, estender a mão para a terra difícil: sua mão se estendeu como a de um aleijado pedindo.

⁀   Só isso? Só isto. Da violência, só isto.

⁀   De dentro da jaula o quati olhou-a. Ela o olhou. Nenhuma palavra trocada. Nunca poderia odiar o quati que no silêncio de um corpo indagante a olhava. Perturbada, desviou os olhos da ingenuidade do quati. O quati curioso lhe fazendo uma pergunta como uma criança pergunta. E ela desviando os olhos, escondendo dele a sua missão mortal. A testa estava tão encostada às grades que por um instante lhe pareceu que ela estava enjaulada e que um quati livre a examinava.

⁀   Deu um gemido que pareceu vir da sola dos pés.

⁀   Onde encontrar o animal que lhe ensinasse a ter o seu próprio ódio? o ódio que lhe pertencia por direito mas que em dor ela não alcançava? onde aprender a odiar para não morrer de amor?

⁀   O mundo das bestas que na primavera se cristianizam em patas que arranham mas não dói... oh não mais esse mundo! não mais esse perfume, não esse arfar cansado, não mais esse perdão em tudo o que um dia vai morrer como se fora para dar-se.

⁀   Se aquela mulher perdoasse mais uma vez, uma só vez que fosse, sua vida estaria perdida – deu um gemido áspero e curto, o quati sobressaltou-se – enjaulada olhou em torno de si, e como não era pessoa em quem prestassem atenção, encolheu-se como uma velha assassina solitária, uma criança passou correndo sem vê-la.

Peito que só sabia resignar-se, que só sabia suportar, só sabia pedir perdão, só sabia perdoar, que só aprendera a ter a doçura da infelicidade, e só aprendera a amar, a amar, a amar.

Imaginar que talvez nunca experimentasse o ódio de que sempre fora feito o seu perdão, fez seu coração gemer sem pudor, ela começou a andar tão depressa que parecia ter encontrado um súbito destino.

Os sapatos a desequilibravam, e davam-lhe uma fragilidade de corpo que de novo a reduzia a fêmea de presa, os passos tomaram mecanicamente o desespero implorante dos delicados, ela que não passava de uma delicada.

Poderia evitar a alegria de andar descalça? como não amar o chão em que se pisa?

O búfalo negro estava imóvel no fundo do terreno. Depois passeou ao longe com os quadris estreitos, os quadris concentrados. O pescoço mais grosso que as ilhargas contraídas. Visto de frente, a grande cabeça mais larga que o corpo impedia a visão do resto do corpo, como uma cabeça decepada. E na cabeça os cornos. De longe ele passeava devagar com seu torso. Era um búfalo negro. Tão preto que a distância a cara não tinha traços. Sobre o negror a alvura erguida dos cornos.

O búfalo negro olhou-a um instante. No instante seguinte, a mulher de novo viu apenas o duro músculo do corpo. Talvez não a tivesse olhado. Não podia saber, porque das trevas da cabeça ela só distinguia os contornos.

~ O búfalo deu outra volta lenta. A poeira. A mulher apertou os dentes, o rosto todo doeu um pouco.

~ O búfalo com o torso preto. No entardecer luminoso era um corpo enegrecido de tranquila raiva, a mulher suspirou devagar. Uma coisa branca espalhara-se dentro dela, branca como papel, fraca como papel, intensa como uma brancura. A morte zumbia nos seus ouvidos. Novos passos do búfalo trouxeram-na a si mesma e, em novo longo suspiro, ela voltou à tona.

~ O búfalo de costas para ela, imóvel. O rosto esbranquiçado da mulher não sabia como chamá-lo. Ah! disse provocando-o. Ah! disse ela. Seu rosto estava coberto de mortal brancura, o rosto subitamente emagrecido era de pureza e veneração. Ah! instigou-o com os dentes apertados. Mas de costas para ela, o búfalo inteiramente imóvel.

~ Eu te amo, disse ela então com ódio para o homem cujo grande crime impunível era o de não querê-la. Eu te odeio, disse implorando amor ao búfalo.

~ Lá estavam o búfalo e a mulher, frente a frente. Ela não olhou a cara, nem a boca, nem os cornos. Olhou seus olhos.

~ E os olhos do búfalo, os olhos olharam seus olhos. E uma palidez tão funda foi trocada que a mulher se entorpeceu dormente. De pé, em sono profundo. Olhos pequenos e vermelhos a olhavam. Os olhos do búfalo. A mulher tonteou surpreendida, lentamente meneava a cabeça. O búfalo calmo. Lentamente a mulher meneava a cabeça, espantada com o ódio com que o búfalo, tranquilo de ódio, a olhava.

XI

A LEGIÃO
ESTRANGEIRA

~ As palavras me antecedem e ultrapassam, elas me tentam e me modificam, e se não tomo cuidado será tarde demais: as coisas serão ditas sem eu as ter dito.

~ Um tapete é feito de tantos fios que não posso me resignar a seguir um fio só.

~ Meu enredamento vem de que uma história é feita de muitas histórias. E nem todas posso contar – uma palavra mais verdadeira poderia de eco em eco fazer desabar pelo despenhadeiro as minhas altas geleiras. Por que estou tentando soprar minha vida na sua boca roxa?

~ Estava permanentemente ocupada em querer e não querer ser o que eu era, não me decidia por qual de mim, toda eu é que não podia.

~ Ter nascido era cheio de erros a corrigir.

~ Tomava intuitivo cuidado com o que eu era, já que eu não sabia o que era, e com vaidade cultivava a integridade da ignorância.

- De algum modo já me prometia por escrito que o ócio, mais que o trabalho, me daria as grandes recompensas gratuitas, as únicas a que eu aspirava.

- Minha grande obstinação: eu daria tudo o que era meu por nada, mas queria que tudo me fosse dado por nada.

- Aquilo que eu via era anônimo como uma barriga aberta para uma operação de intestinos.

- Vida nascendo era tão mais sangrento do que morrer.

- Morrer é ininterrupto.

- Parecia um mendigo que agradecesse o prato de comida sem perceber que lhe haviam dado carne estragada.

- Também ele, um homem, acreditava como eu nas grandes mentiras.

- A prece profunda não é aquela que pede, a prece mais profunda é a que não pede mais.

- A realidade era o meu destino, e era o que em mim doía nos outros.

- Eu era a escura ignorância com suas fomes e risos, com as pequenas mortes alimentando a minha vida inevitável – que podia eu fazer? eu já sabia que eu era inevitável.

- Obrigado a iniciar-se amando o ruim, ele começara pelo que poucos chegavam a alcançar.

- Inalcançável pelo amor era o feio, amar o impuro era a nossa mais profunda nostalgia.

- Tudo o que em mim não prestava era o meu tesouro.

～ Explicava-se para que eu nascera com mão dura, e para que eu nascera sem nojo da dor.

～ Para que te servem essas unhas longas? Para te arranhar de morte e para arrancar os teus espinhos mortais, responde o lobo do homem.

～ Sou o lobo inevitável pois a vida me foi dada.

～ Para que te servem essas mãos que ardem e prendem? Para ficarmos de mãos dadas, pois preciso tanto, tanto, tanto – uivaram os lobos, e olharam intimidados as próprias garras antes de se aconchegarem um no outro para amar e dormir.

～ Afinal à sala para um almoço que não tinha a bênção da fome.

～ Lá fora Deus nas acácias.

～ Como uma horda de seres vivos, cobríamos gradualmente a terra. Ocupados como quem lavra a existência, e planta, e colhe, e mata, e vive, e morre, e come.

～ Comi com a honestidade de quem não engana o que come: comi aquela comida e não o seu nome. Nunca Deus foi tão tomado pelo que Ele é.

～ A comida dizia rude, feliz, austera: come, come e reparte.

～ Não quero formar a vida porque a existência já existe. Existe como um chão onde nós todos avançamos. Sem uma palavra de amor. Sem uma palavra. Mas teu prazer entende o meu. Nós somos fortes e nós comemos. Pão é amor entre estranhos.

～ A linguagem falada mentia. (Eles queriam um dia escrever.)

— Havia neles a cética sabedoria de velhos chineses, sabedoria que de repente podia se quebrar denunciando duas caras que se consternavam porque eles não sabiam como se sentar com naturalidade numa sorveteria.

— Talvez tudo tivesse vindo de eles estarem com a procura no rosto.

— Mas e o futuro?! Oh Deus, dai-nos o nosso futuro!

— Oh Deus, não nos deixeis ser filhos desse passado vazio, entregai-nos ao futuro.

— Livrai-nos do passado, deixai-nos cumprir o nosso duro dever.

— Só que não contara com a miséria que havia em não poder exprimir.

— Procurar a expressão, por uma vida inteira que fosse, seria em si um divertimento.

— "Rende-te sem condição e faze de ti uma parte de mim que sou o passado" – dizia-lhes a vida futura.

— Então, com mão incerta, acendeu sem naturalidade um cigarro, como se ele fosse os *outros*, socorrendo-se dos gestos que a maçonaria dos homens lhe dava como apoio e caminho.

— Ela não era nada, e afastou-se como se mil olhos a seguissem, esquiva na sua humildade de ter uma condição.

— Ele saía com um movimento livre para a frente, com a mesma orgulhosa inconsequência que faz o cavalo relinchar.

— O rapaz viu-a correr como uma doida para não perder o ônibus, intrigado viu-a subir no ônibus como um macaco de saia curta.

~ Uma experiência insondável dava-lhe a primeira futura ruga.

~ Ele precisava dela com fome para não esquecer que eram feitos da mesma carne.

~ Que não se exagere, fora apenas um instante de fraqueza e vacilação, nada mais que isso, não havia perigo.

~ E a mensagem?! a mensagem esfarelada na poeira que o vento arrastava para as grades do esgoto.

~ E se eu prometer que um dia o macaco vai adoecer e morrer, você deixa ele ficar?

~ Ao ver o ovo é tarde demais: ovo visto, ovo perdido.

~ Quando eu era antiga fui depositária do ovo e caminhei de leve para não entornar o silêncio do ovo.

~ Como o mundo, o ovo é óbvio.

~ Você é perfeito, ovo. Você é branco. – A você dedico o começo. A você dedico a primeira vez.

~ O ovo é uma exteriorização. Ter uma casca é dar-se.

~ O ovo é invisível a olho nu. De ovo a ovo chega-se a Deus, que é invisível a olho nu.

~ Ovo é coisa que precisa tomar cuidado. Por isso a galinha é o disfarce do ovo. Para que o ovo atravesse os tempos a galinha existe. Mãe é para isso.

~ Chamar de branco aquilo que é branco pode destruir a humanidade.

~ Pode-se dizer "um rosto bonito", mas quem disser "o rosto" morre; por ter esgotado o assunto.

~ Em relação ao ovo, o perigo é que se descubra o que se poderia chamar de beleza, isto é, sua veracidade. A veracidade do ovo não é verossímil. Se descobrirem, podem querer obrigá-lo a se tornar retangular. O perigo não é para o ovo, ele não se tornaria retangular. (Nossa garantia é que ele não pode: não pode é a grande força do ovo: sua grandiosidade vem da grandeza de não poder, que se irradia como um não querer.)

- O ovo é a cruz que a galinha carrega na vida.

- Ser uma galinha é a sobrevivência da galinha. Sobreviver é a salvação. Pois parece que viver não existe. Viver leva à morte. Então o que a galinha faz é estar permanentemente sobrevivendo. Sobreviver chama-se manter luta contra a vida que é mortal. Ser uma galinha é isso.

- Gostar de estar vivo dói.

- A vida interior da galinha consiste em agir como se entendesse. Qualquer ameaça e ela grita em escândalo feito uma doida. Tudo isso para que o ovo não se quebre dentro dela. Ovo que se quebra dentro da galinha é como sangue.

- Não sabia que "eu" é apenas uma das palavras que se desenha enquanto se atende ao telefone, mera tentativa de buscar forma mais adequada.

- Meu trabalho é o de viver os meus prazeres e as minhas dores. É necessário que eu tenha a modéstia de viver.

- É absolutamente indispensável que eu seja uma ocupada e uma distraída.

- A um certo modo de olhar, a um jeito de dar a mão, nós nos reconhecemos e a isto chamamos de amor.

- Amor é quando é concedido participar um pouco mais.
- Amor é finalmente a pobreza.
- Amor é a desilusão do que se pensava que era amor.
- Amor não é prêmio, é uma condição concedida exclusivamente para aqueles que, sem ele, corromperiam o ovo com a dor pessoal.
- Sua aparente coragem era tolice, e era ingênuo o seu desejo de lealdade, ele não compreendera que ser leal não é coisa limpa, ser leal é ser desleal para com todo o resto.
- Há um trabalho, digamos cósmico, a ser feito, e os casos individuais infelizmente não podem ser levados em consideração.
- Sem nenhum senso da realidade, grito pelas crianças que brotam de várias camas, arrastam cadeiras e comem, e o trabalho do dia amanhecido começa, gritado e rido e comido, clara e gema, alegria entre brigas, dia que é o nosso sal e nós somos o sal do dia, viver é extremamente tolerável, viver ocupa e distrai, viver faz rir.
- O meu mistério é que eu ser apenas um meio, e não um fim, tem-me dado a mais maliciosa das liberdades: não sou boba e aproveito.
- Venho notando que tudo o que é erro meu tem sido aproveitado.
- Mas é que ninguém sabe como se sente por dentro aquele cujo emprego consiste em fingir que está traindo, e que termina acreditando na própria traição.

- Durmo o sono dos justos por saber que minha vida fútil não atrapalha a marcha do grande tempo.

- Meu destino me ultrapassa.

- "Falai, falai", instruíram-me eles. E o ovo fica inteiramente protegido por tantas palavras.

- Olhamo-nos sem palavras, desalento contra desalento.

- Que foi que se disseram? Não se sabe. Sabe-se apenas que se comunicaram rapidamente, pois não havia tempo. Sabe-se também que sem falar eles se pediam. Pediam-se com urgência, com encabulamento, surpreendidos.

- Ela com sua infância impossível, o centro da inocência que só se abriria quando ela fosse uma mulher. Ele, com sua natureza aprisionada.

- O acontecimento nas mãos, numa mudez que nem pai nem mãe compreenderiam.

- Ele foi mais forte que ela. Nem uma só vez olhou para trás.

- Os elefantes, de acordo com os estudiosos do assunto, são criaturas extremamente sensíveis, mesmo nas grossas patas.

- Sou a primeira testemunha do alvorecer em Pompeia. Sei como foi esta última noite, sei da orgia no escuro.

- Amizade é matéria de salvação.

- Estar também é dar.

- Toda palavra tem a sua sombra.

- Pessoas precisam tanto poder contar a história delas mesmas.

- Faltava-lhes o peso de um erro grave, que tantas vezes é o que abre por acaso uma porta.

- Tendo dado uma mordida numa maçã, sentiu quebrar-se um dente da frente.

- Sentimentos são água de um instante.

- As coisas são assim mesmo. Só que nunca tínhamos contado isso aos meninos, tínhamos vergonha; e adiávamos indefinidamente o momento de chamá-los e falar claro que as coisas são assim.

- Se me viesse de noite uma mulher. Se ela segurasse no colo o filho. E dissesse: cure meu filho. Eu diria: como é que se faz? Ela responderia: cure meu filho. Eu diria: também não sei. Ela responderia: cure meu filho. Então – então porque não sei fazer nada e porque não me lembro de nada e porque é de noite – então estendo a mão e salvo uma criança.

- Ver que é esse esquisito mesmo que você procura.

- Quando é que eu lhe jogara um osso para que ela me seguisse muda pelo resto da vida? Desviei os olhos. Ela suspirou tranquila. E disse com maior decisão ainda: "Volto logo." Que é que ela quer? – agitei-me – por que atraio pessoas que nem sequer gostam de mim?

- Em silêncio eu via a dor de sua alegria difícil. A lenta cólica de um caracol.

- Sabia que também se morre em criança sem ninguém perceber.

— O perigo maior não existe: quando se vai, se vai junto, você mesma sempre estará; isso, isso você levará consigo para o que for ser.

— Até então eu nunca vira a coragem. A coragem de ser o outro que se é, a de nascer do próprio parto, e de largar no chão o corpo antigo. E sem lhe terem respondido se valia a pena.

— Não era por vingança que eu lhe dava o tormento da liberdade. É que aquele passo, também aquele passo ela deveria dar sozinha. Sozinha e agora.

— Quando o segurava, era com mão torta pela delicadeza – era o amor, sim, o tortuoso amor.

— Não me lembrara de lhe avisar que sem o medo havia o mundo.

— Embaixo da mesa, estremece o pinto de hoje. O amarelo é o mesmo, o bico é o mesmo. Como na Páscoa nos é prometido, em dezembro ele volta.

XII

FELICIDADE CLANDESTINA

~ Ela me escolhera para eu sofrer, às vezes adivinho. Mas, adivinhando mesmo, às vezes aceito: como se quem quer me fazer sofrer esteja precisando danadamente que eu sofra.

~ Disse firme e calma para a filha: você vai emprestar o livro agora mesmo. E para mim: "E você fica com o livro por quanto tempo quiser." Entendem? Valia mais do que me dar o livro: "pelo tempo que eu quisesse" é tudo o que uma pessoa, grande ou pequena, pode ter a ousadia de querer.

~ Abri-o, li algumas linhas maravilhosas, fechei-o de novo, fui passear pela casa, adiei ainda mais indo comer pão com manteiga, fingi que não sabia onde guardara o livro, achava-o, abria-o por alguns instantes. Criava as mais falsas dificuldades para aquela coisa clandestina que era a felicidade.

~ Às vezes sentava-me na rede, balançando-me com o livro aberto no colo, sem tocá-lo, em êxtase puríssimo.

— Não era mais uma menina com um livro: era uma mulher com o seu amante.

— Conhecemo-nos apenas no último ano da escola. Desde esse momento estávamos juntos a qualquer hora. Há tanto tempo precisávamos de um amigo que nada havia que não confiássemos um ao outro. Chegamos a um ponto de amizade que não podíamos mais guardar um pensamento: um telefonava logo ao outro, marcando encontro imediato. Depois da conversa, sentíamo-nos tão contentes como se nos tivéssemos presenteado a nós mesmos. Esse estado de comunicação contínua chegou a tal exaltação que, no dia em que nada tínhamos a nos confiar, procurávamos com alguma aflição um assunto. Só que o assunto havia de ser grave, pois em qualquer um não caberia a veemência de uma sinceridade pela primeira vez experimentada.

— Nossos encontros eram cada vez mais decepcionantes. Minha sincera pobreza revelava-se aos poucos.

— Nossa amizade era tão insolúvel como a soma de dois números: inútil querer desenvolver para mais de um momento a certeza de que dois e três são cinco.

— A solidão de um ao lado do outro, ouvindo música ou lendo, era muito maior do que quando estávamos sozinhos.

— Já tínhamos caído na facilidade de prestar favores.

— Pensei compreender por que os noivos se presenteiam, por que o marido faz questão de dar conforto à esposa, e esta prepara-lhe afanada o alimento, por que a mãe exagera nos cuidados ao filho. Foi, aliás, nesse período que, com algum sacrifício, dei um pequeno broche de ouro àquela que é hoje minha mulher. Só muito depois eu ia compreender que estar também é dar.

～ Continuamos um ao lado do outro, sem encontrar aquela palavra que cederia a alma. Cederia a alma? mas afinal de contas quem queria ceder a alma? Ora essa.

～ Sabíamos que não nos veríamos mais, senão por acaso. Mais que isso: que não queríamos nos rever. E sabíamos também que éramos amigos.

～ Ser ou não inteligente dependia da instabilidade dos outros.

～ Quando era considerado inteligente, tinha ao mesmo tempo a inquieta sensação de inconsciência: alguma coisa lhe havia escapado.

～ Foi exatamente por intermédio desse estado de permanente incerteza e por intermédio da prematura aceitação de que a chave não está com ninguém – foi através disso tudo que ele foi crescendo normalmente, e vivendo em serena curiosidade.

～ O passo que muitos não chegam a dar ele já havia dado: aceitara a incerteza.

～ Iria brincar de "não ser julgado": por um dia inteiro ele não seria nada, simplesmente não seria. E abriu a porta num safanão de liberdade.

～ Quando ele se deu conta, era um amado.

～ Adaptou-se ao amor de uma mulher, amor novo que não parecia com o amor dos outros adultos: era um amor pedindo realização, pois faltava à prima a gravidez, que já é em si um amor materno realizado. Mas era um amor sem a prévia gravidez. Era um amor pedindo, *a posteriori*, a concepção. Enfim, o amor impossível.

○ dia inteiro, sem uma palavra, ela exigindo dele que ele tivesse nascido no ventre dela. A prima não queria nada dele, senão isso. Ela queria do menino de óculos que ela não fosse uma mulher sem filhos. Nesse dia, pois, ele conheceu uma das raras formas de estabilidade: a estabilidade do desejo irrealizável. A estabilidade do ideal inatingível.

○ Pela primeira vez sentiu-se atraído pelo imoderado: atração pelo extremo impossível. Numa palavra, pelo impossível. E pela primeira vez teve então amor pela paixão.

○ Foi apenas como se ele tivesse tirado os óculos, e a miopia mesmo é que o fizesse enxergar.

○ Mesmo me agregando tão pouco à alegria, eu era de tal modo sedenta que um quase nada já me tornava uma menina feliz.

○ De súbito entrava no contato indispensável com o meu mundo interior, que não era feito só de duendes e príncipes encantados, mas de pessoas com o seu mistério.

○ O jogo de dados de um *destino* é irracional? É impiedoso.

○ Um menino de uns 12 anos, o que para mim significava um rapaz, esse menino muito bonito parou diante de mim e, numa mistura de carinho, grossura, brincadeira e sensualidade, cobriu meus cabelos já lisos, de confete: por um instante ficamos nos defrontando, sorrindo, sem falar. E eu então, mulherzinha de 8 anos, considerei pelo resto da noite que enfim alguém me havia reconhecido: eu era, sim, uma rosa.

— O mundo parece chato mas eu sei que não é. Sabe por que parece chato? Porque, sempre que a gente olha, o céu está em cima, nunca está embaixo, nunca está de lado. Eu sei que o mundo é redondo porque disseram, mas só ia parecer redondo se a gente olhasse e às vezes o céu estivesse lá embaixo. Eu sei que é redondo, mas para mim é chato.

— Pepino não parece *inreal*?

— Por puro carinho, eu me senti a mãe de Deus, que era a Terra, o mundo. Por puro carinho, mesmo, sem nenhuma prepotência ou glória, sem o menor senso de superioridade ou igualdade, eu era por carinho a mãe do que existe. Soube também que se tudo isso "fosse mesmo" o que eu sentia – e não possivelmente um equívoco de sentimento – que Deus sem nenhum orgulho e nenhuma pequenez se deixaria acarinhar, e sem nenhum compromisso comigo. Ser-Lhe-ia aceitável a intimidade com que eu fazia carinho.

— Sei que se ama ao que é Deus. Com amor grave, amor solene, respeito, medo, e reverência. Mas nunca tinham me falado de carinho maternal por Ele.

— Assim como meu carinho por um filho não o reduz, até o alarga, assim ser mãe do mundo era o meu amor apenas livre.

— Pisei num enorme rato morto. Em menos de um segundo estava eu eriçada pelo terror de viver, em menos de um segundo estilhaçava-me toda em pânico, e controlava como podia o meu mais profundo grito. Quase correndo de medo, cega entre as pessoas, terminei no outro quarteirão encostada a um poste, cerrando violentamente os olhos, que não queriam mais ver. Mas a imagem colava-se às pálpebras: um grande rato ruivo, de cauda enorme, com os pés esmagados, e morto, quieto, ruivo.

Então não podia eu me entregar desprevenida ao amor? De que estava Deus querendo me lembrar? Não sou pessoa que precise ser lembrada de que dentro de tudo há o sangue.

Não só não esqueço o sangue de dentro como eu o admito e o quero, sou demais o sangue para esquecer o sangue.

A palavra espiritual não tem sentido, e nem a palavra terrena tem sentido.

Ratos já riram de mim, no passado do mundo os ratos já me devoraram com pressa e raiva.

Então era assim?, eu andando pelo mundo sem pedir nada, sem precisar de nada, amando de puro amor inocente, e Deus a me mostrar o seu rato? A grosseria de Deus me feria e insultava-me. Deus era bruto.

Que vingança poderia eu contra um Deus Todo-Poderoso, contra um Deus que até com um rato esmagado podia me esmagar?

Minha vulnerabilidade de criatura só. Na minha vontade de vingança nem ao menos eu podia encará-Lo, pois eu não sabia onde é que Ele mais estava, qual seria a coisa onde Ele mais estava e que eu, olhando com raiva essa coisa, eu O visse? no rato? naquela janela? nas pedras do chão? Em mim é que Ele não estava mais. Em mim é que eu não O via mais.

Não guardarei segredo, e vou contar. Sei que é ignóbil ter entrado na intimidade de Alguém, e depois contar os segredos, mas vou contar – não conte, só por carinho não conte, guarde para você mesma as vergonhas Dele – mas vou contar, sim, vou espalhar isso que me aconteceu, dessa vez não vai ficar por isso mesmo, vou contar o que Ele fez, vou estragar a Sua reputação.

∾ O mundo também é rato, e eu tinha pensado que já estava pronta para o rato também.

∾ Eu fazia do amor um cálculo matemático errado: pensava que, somando as compreensões, eu amava. Não sabia que, somando as incompreensões, é que se ama verdadeiramente.

∾ Eu, só por ter tido carinho, pensei que amar é fácil.

∾ Quis o amor solene, sem compreender que a solenidade ritualiza a incompreensão e a transforma em oferenda.

∾ Sempre fui de brigar muito, meu modo é brigando. É porque sempre tento chegar pelo meu modo. É porque ainda não sei ceder. É porque no fundo eu quero amar o que eu amaria – e não o que é.

∾ Só poderei ser mãe das coisas quando puder pegar um rato na mão.

∾ Nunca poderei pegar num rato sem morrer de minha pior morte.

∾ Que eu use o *magnificat* que entoa às cegas sobre o que não se sabe nem vê.

∾ O formalismo não tem ferido a minha simplicidade, e sim o meu orgulho, pois é pelo orgulho de ter nascido que me sinto tão íntima do mundo.

— O rato existe tanto quanto eu, e talvez nem eu nem o rato sejamos para ser vistos por nós mesmos, a distância nos iguala.

— Talvez eu tenha que aceitar antes de mais nada esta minha natureza que quer a morte de um rato. Talvez eu me ache delicada demais apenas porque não cometi os meus crimes. Só porque contive os meus crimes, eu me acho de amor inocente. Talvez eu não possa olhar o rato enquanto não olhar sem lividez esta minha alma que é apenas contida. Talvez eu tenha que chamar de "mundo" esse meu modo de ser um pouco de tudo.

— Como posso amar a grandeza do mundo se não posso amar o tamanho de minha natureza?

— Enquanto eu imaginar que "Deus" é bom só porque eu sou ruim, não estarei amando a nada: será apenas o meu modo de me acusar.

— Escolhi amar o meu contrário, e ao meu contrário quero chamar de Deus.

— De mim só consegui foi me submeter a mim mesma, pois sou tão mais inexorável do que eu.

— Enquanto eu amar a um Deus só porque não me quero, serei um dado marcado, e o jogo de minha vida maior não se fará. Enquanto eu inventar Deus, Ele não existe.

— Que fazer de uma menina ruiva com soluço? Olhamo-nos sem palavras, desalento contra desalento.

— Numa terra de morenos, ser ruivo era uma revolta involuntária.

— Entre tantos seres que estão prontos para se tornarem donos de outro ser, lá estava a menina que viera ao mundo para ter aquele cachorro. Ele fremia suavemente, sem latir. Ela olhava-o sob os cabelos, fascinada, séria. Quanto tempo se passava? Um grande soluço sacudiu-a desafinado. Ele nem sequer tremeu. Também ela passou por cima do soluço e continuou a fitá-lo.

～ Que foi que se disseram? Não se sabe. Sabe-se apenas que se comunicaram rapidamente, pois não havia tempo. Sabe-se também que sem falar eles se pediam. Pediam-se, com urgência, com encabulamento, surpreendidos.

～ Ele foi mais forte que ela. Nem uma só vez olhou para trás.

～ Olho o ovo com um só olhar. Imediatamente percebo que não se pode estar vendo um ovo. Ver um ovo nunca se mantém no presente: mal vejo um ovo e já se torna ter visto um ovo há três milênios.

～ No próprio instante de se ver o ovo ele é a lembrança de um ovo. – Só vê o ovo quem já o tiver visto.

～ Ver o ovo é a promessa de um dia chegar a ver o ovo. – Olhar curto e indivisível; se é que há pensamento; não há; há o ovo. – Olhar é o necessário instrumento que, depois de usado, jogarei fora. Ficarei com o ovo. – O ovo não tem um si-mesmo. Individualmente ele não existe.

～ Ver o ovo é impossível: o ovo é supervisível como há sons supersônicos.

～ Ninguém é capaz de ver o ovo. O cão vê o ovo? Só as máquinas veem o ovo. O guindaste vê o ovo.

～ O amor pelo ovo é supersensível. A gente não sabe que ama o ovo.

～ Só quem visse o mundo veria o ovo.

— O ovo é uma coisa suspensa. Nunca pousou. Quando pousa, não foi ele quem pousou. Foi uma coisa que ficou embaixo do ovo.

— Entender é a prova do erro.

— O que eu não sei do ovo é o que realmente importa. O que eu não sei do ovo me dá o ovo propriamente dito.

— O ovo desnuda a cozinha. Faz da mesa um plano inclinado. O ovo expõe.

— Quem se aprofunda num ovo, quem vê mais do que a superfície do ovo, está querendo outra coisa: está com fome.

— Ovo é a alma da galinha. A galinha desajeitada. O ovo certo. A galinha assustada. O ovo certo.

— A aura de meus dedos é que vê o ovo. Não toco nele.

— O ovo me vê. O ovo me idealiza? O ovo me medita? Não, o ovo apenas me vê. É isento da compreensão que fere.

— O ovo é basicamente um jarro? Terá sido o primeiro jarro moldado pelos etruscos? Não. O ovo é originário da Macedônia. Lá foi calculado, fruto da mais penosa espontaneidade. Nas areias da Macedônia um homem com uma vara na mão desenhou-o. E depois apagou-o com o pé nu.

— O ovo é branco mesmo. Mas não pode ser chamado de branco. Não porque isso faça mal a ele, mas as pessoas que chamam ovo de branco, essas pessoas morrem para a vida.

— Com o tempo, o ovo se tornou um ovo de galinha. Não o é. Mas, adotado, usa-lhe o sobrenome. – Deve-se dizer "o ovo da galinha". Se se disser apenas "o ovo", esgota-se o assunto, e o mundo fica nu.

- A veracidade do ovo não é verossímil. Se descobrirem, podem querer obrigá-lo a se tornar retangular. O perigo não é para o ovo, ele não se tornaria retangular. (Nossa garantia é que ele não pode: não pode é a grande força do ovo: sua grandiosidade vem da grandeza de não poder, que se irradia como um não querer.)

- O corpo da galinha é a maior prova de que o ovo não existe. Basta olhar para a galinha para se tornar óbvio que o ovo é impossível de existir.

- O ovo é o sonho inatingível da galinha. A galinha ama o ovo. Ela não sabe que existe o ovo.

- Quanto a quem veio antes, foi o ovo que achou a galinha. A galinha não foi sequer chamada. A galinha é diretamente uma escolhida.

- Todo o susto da galinha é porque estão sempre interrompendo o seu devaneio.

- A galinha sofre de um mal desconhecido. O mal desconhecido da galinha é o ovo. – Ela não sabe se explicar: "sei que o erro está em mim mesma", ela chama de erro a sua vida.

- A galinha tem muita vida interior. Para falar a verdade a galinha só tem mesmo é vida interior. A nossa visão de sua vida interior é o que nós chamamos de "galinha".

- Fora de ser um meio de transporte para o ovo, a galinha é tonta, desocupada e míope.

- Como poderia a galinha se entender se ela é a contradição de um ovo?

- A galinha é sempre a tragédia mais moderna. Está sempre inutilmente a par.

- Para a galinha não há jeito: está na sua condição não servir a si própria. Sendo, porém, o seu destino mais importante que ela, e sendo o seu destino o ovo, a sua vida pessoal não nos interessa.

- De repente olho o ovo na cozinha e só vejo nele a comida.

- Fora de cada ovo particular, fora de cada ovo que se come, o ovo não existe.

- Olhei demais um ovo e ele foi me adormecendo.

- A galinha que não queria sacrificar a sua vida. A que optou por querer ser "feliz". A que não percebia que, se passasse a vida desenhando dentro de si como numa iluminura o ovo, ela estaria servindo. A que não sabia perder a si mesma. A que pensou que tinha penas de galinha para se cobrir por possuir pele preciosa, sem entender que as penas eram exclusivamente para suavizar a travessia ao carregar o ovo, porque o sofrimento intenso poderia prejudicar o ovo. A que pensou que o prazer lhe era um dom, sem perceber que era para que ela se distraísse totalmente enquanto o ovo se faria. A que não sabia que "eu" é apenas uma das palavras que se desenham enquanto se atende ao telefone, mera tentativa de buscar forma mais adequada. A que pensou que "eu" significa ter um si-mesmo.

- Só entendo ovo quebrado: quebro-o na frigideira. É deste modo indireto que me ofereço à existência do ovo.

~ Pego mais um ovo na cozinha, quebro-lhe casca e forma. E a partir deste instante exato nunca existiu um ovo.

~ É absolutamente indispensável que eu seja uma ocupada e uma distraída.

~ Poucos querem o amor, porque amor é a grande desilusão de tudo o mais. E poucos suportam perder todas as outras ilusões.

~ Há os que se voluntariam para o amor, pensando que o amor enriquecerá a vida pessoal. É o contrário.

~ Era ingênuo o seu desejo de lealdade, ele não compreendera que ser leal não é coisa limpa, ser leal é ser desleal para com todo o resto.

~ Durmo o sono dos justos por saber que minha vida fútil não atrapalha a marcha do grande tempo.

~ Já me foi dado muito; isto, por exemplo: uma vez ou outra, com o coração batendo pelo privilégio, eu pelo menos sei que não estou reconhecendo! com o coração batendo de emoção, eu pelo menos não compreendo! com o coração batendo de confiança, eu pelo menos não sei.

~ O ovo é um esquivo.

~ Passei a roubar rosas. O processo era sempre o mesmo: a menina vigiando, eu entrando, eu quebrando o talo e fugindo com a rosa na mão. Sempre com o coração batendo e sempre com aquela glória que ninguém me tirava.

~ Pitangas, por exemplo, são elas mesmas que pedem para ser colhidas, em vez de amadurecer e morrer no galho, virgens.

⁓ Sobre Ofélia e seus pais, teria respondido com o decoro da honestidade: mal os conheci. Diante do mesmo júri ao qual responderia: mal me conheço – e para cada cara de jurado diria com o mesmo límpido olhar de quem se hipnotizou para a obediência: mal vos conheço.

⁓ Em casa um pinto. Veio trazido por mão que queria ter o gosto de me dar coisa nascida.

⁓ Ao desengradarmos o pinto, sua graça pegou-nos em flagrante. Amanhã é Natal, mas o momento de silêncio que espero o ano inteiro veio um dia antes de Cristo nascer. Coisa piando por si própria desperta a suavíssima curiosidade que junto de uma manjedoura é adoração.

⁓ Sentimentos são água de um instante.

⁓ A mesma água já é outra quando o sol a deixa muito leve, e já outra quando se enerva tentando morder uma pedra, e outra ainda no pé que mergulha.

⁓ A meu marido, a bondade deixa ríspido e severo, ao que já nos habituamos; ele se crucifica um pouco. Nos meninos, que são mais graves, a bondade é um ardor. A mim, a bondade me intimida.

⁓ Nos desajeitava o medo que o pinto tinha de nós; ali estávamos, e nenhum merecia comparecer a um pinto; a cada piar, ele nos espargia para fora. A cada piar, reduzia-nos a não fazer nada. A constância de seu pavor acusava-nos de uma alegria leviana que a essa hora nem alegria mais era, era amolação.

⁓ Nos meninos havia uma indignação silenciosa, e a acusação deles é que nada fazíamos pelo pinto ou pela humanidade. A nós, pai e mãe, o piar cada vez mais ininterrupto já nos levara a uma resignação constrangida: as coisas são assim mesmo. Só que nunca tínhamos contado isso aos meninos, tínhamos vergonha; e adiávamos indefinidamente o momento de chamá-los e falar claro que as coisas são assim.

∽ O pinto, esse piava. Sobre a mesa envernizada ele não ousava um passo, um movimento, ele piava para dentro. Eu não sabia sequer onde cabia tanto terror numa coisa que era só penas. Penas encobrindo o quê? meia dúzia de ossos que se haviam reunido fracos para quê? para o piar de um terror.

∽ Era impossível dar-lhe a palavra asseguradora que o fizesse não ter medo, consolar coisa que por ter nascido se espanta. Como prometer-lhe o hábito?

∽ Pai e mãe, sabíamos quão breve seria a vida do pinto. Também este sabia, do modo como as coisas vivas sabem: através do susto profundo.

∽ Era amar o nosso amor querer que o pinto fosse feliz somente porque o amávamos.

∽ Resolve o nascimento, e o nosso era amor de quem se compraz em amar: eu me revolvia na graça de me ser dado amar, sinos, sinos repicavam porque sei adorar.

∽ O pinto tremia, coisa de terror, não de beleza.

∽ Eu era a enviada junto àquela coisa que não compreendia a minha única linguagem: eu estava amando sem ser amada. A missão era falível.

∽ Um homem e quatro meninos me fitavam, incrédulos e confiantes. Eu era a mulher da casa, o celeiro. Por que a impassibilidade dos cinco, não entendi. Quantas vezes teria eu falhado para que, na minha hora de timidez, eles me olhassem. Tentei isolar-me do desafio dos cinco homens para também eu esperar de mim e lembrar-me de como é o amor. Abri a boca, ia dizer-lhes a verdade: não sei como.

— Ofélia, ela dava-me conselhos. Tinha opinião formada a respeito de tudo. Tudo o que eu fazia era um pouco errado, na sua opinião. Dizia "na minha opinião" em tom ressentido, como se eu lhe devesse ter pedido conselhos e, já que eu não pedia, ela dava. Com seus 8 anos altivos e bem vividos, dizia que na sua opinião eu não criava bem os meninos; pois meninos quando se dá a mão querem subir na cabeça. Banana não se mistura com leite. Mata. Mas é claro a senhora faz o que quiser; cada um sabe de si. Não era mais hora de estar de robe; sua mãe mudava de roupa logo que saía da cama, mas cada um termina levando a vida que quer.

— Não saberia há quanto tempo Ofélia me olhava em silêncio. O que em mim pode atrair essa menina? exasperava-me eu. Uma vez, depois de seu longo silêncio, dissera-me tranquila: a senhora é esquisita. E eu, atingida em cheio no rosto sem cobertura – logo no rosto que sendo o nosso avesso é coisa tão sensível – eu, atingida em cheio, pensara com raiva: pois vai ver que é esse esquisito mesmo que você procura.

— Uma vez Ofélia errou. Geografia – disse sentada defronte a mim com os dedos cruzados no colo – é um modo de estudar. Não chegava a ser erro, era mais um leve estrabismo de pensamento – mas para mim teve a graça de uma queda, e antes que o instante passasse, eu por dentro lhe disse: é assim mesmo que se faz, isso! vá devagar assim, e um dia vai ser mais fácil ou mais difícil para você, mas é assim, vá errando, bem, bem devagar.

◠ Lá iam as duas pelo corredor que levava ao apartamento delas, a mãe abrigando a filha com murmúrios de repreensão amorosa, a filha impassível a fremir cachos e babados.

◠ Eu era atraente demais para aquela criança. Tinha defeitos bastantes para seus conselhos, era terreno para o desenvolvimento de sua severidade.

◠ O que era? Mas, o que fosse, não estava mais ali.

◠ Uma astúcia passou-lhe então pelo rosto – se eu não estivesse ali, por astúcia, ela roubaria qualquer coisa. Nos olhos que pestanejaram à dissimulada sagacidade, nos olhos a grande tendência à rapina. Olhou-me rápida, e era a inveja, você tem tudo, e a censura, porque não somos a mesma e eu terei um pinto, e a cobiça – ela me queria para ela.

◠ A grande pergunta me envolvia: vale a pena? Não sei, disse-lhe minha quietude cada vez maior, mas é assim.

◠ Somos aquilo que tem de acontecer.

◠ Eu via a dor de sua alegria difícil. A lenta cólica de um caracol. Ela passou devagar a língua pelos lábios finos. (Me ajuda, disse seu corpo na bipartição penosa. Estou ajudando, respondeu minha imobilidade.) A agonia lenta. Ela estava engrossando toda, a deformar-se com lentidão. Por momentos os olhos tornavam-se puros cílios, numa avidez de ovo. E a boca de uma fome trêmula. Quase sorria então, como se estendida numa mesa de operação dissesse que não estava doendo tanto. Ela não me perdia de vista: havia marcas de pés que ela não via, por ali alguém já tinha andado, e ela adivinhava que eu tinha andado muito. Mais e mais se deformava, quase idêntica a si mesma. Arrisco? deixo eu sentir?, perguntava-se nela. Sim, respondeu-se por mim.

— Sim, repetiu meu silêncio para o dela, sim. Como na hora de meu filho nascer eu lhe dissera: sim. Eu tinha a ousadia de dizer sim a Ofélia, eu que sabia que também se morre em criança sem ninguém perceber. Sim, repeti embriagada, porque o perigo maior não existe: quando se vai, se vai junto, você mesma sempre estará; isso, isso você levará consigo para o que for ser.

— Até então eu nunca vira a coragem. A coragem de ser o outro que se é, a de nascer do próprio parto, e de largar no chão o corpo antigo.

— Sei que não lhe deveria ter dado a escolha, e então ela teria a desculpa de que fora obrigada a obedecer. Mas naquele momento não era por vingança que eu lhe dava o tormento da liberdade. É que aquele passo, também aquele passo ela deveria dar sozinha. Sozinha e agora. Ela é que teria de ir à montanha. Por que – confundia-me eu – por que estou tentando soprar minha vida na sua boca roxa? por que estou lhe dando uma respiração? como ouso respirar dentro dela, se eu mesma... – somente para que ela ande, estou lhe dando os passos penosos? sopro-lhe minha vida só para que um dia, exausta, ela por um instante sinta como se a montanha tivesse caminhado até ela?

— Não posso viver isso por você – disse-lhe minha frieza.

— Sua luta se fazia cada vez mais próxima e em mim, como se aquele indivíduo que nascera extraordinariamente dotado de força estivesse bebendo de minha fraqueza. Ao me usar ela me machucava com sua força; ela me arranhava ao tentar agarrar-se às minhas paredes lisas.

— Ofélia pôs o pinto no chão para andar. Se ele corria, ela ia atrás, parecia só deixá-lo autônomo para sentir saudade; mas se ele se encolhia, pressurosa ela o protegia, com pena de ele estar sob o seu domínio, "coitado dele, ele é meu"; e quando o segurava, era com mão torta pela delicadeza – era o amor, sim, o tortuoso amor.

~ Ofélia, tentei eu inutilmente atingir a distância o coração da menina calada. Oh, não se assuste muito! às vezes a gente mata por amor, mas juro que um dia a gente esquece, juro! a gente não ama bem, ouça, repeti como se pudesse alcançá-la antes que, desistindo de servir ao verdadeiro, ela fosse altivamente servir ao nada.

~ Se alguém comete a imprudência de parar um instante a mais do que deveria, um pé afunda dentro e fica-se comprometido.

~ Desde esse instante em que também nós nos arriscamos, já não se trata mais de um fato a contar, começam a faltar as palavras que não o trairiam. A essa altura, afundados demais, o fato deixou de ser um fato para se tornar apenas a sua difusa repercussão.

~ A tentativa de viver mais intensamente levou-os, por sua vez, numa espécie de constante verificação de receita e despesa, a tentar pesar o que era e o que não era importante. Isso eles o faziam a modo deles: com falta de jeito e de experiência, com modéstia. Eles tateavam.

~ Num vício por ambos descoberto tarde demais na vida, cada qual pelo seu lado tentava continuamente distinguir o que era do que não era essencial, isto é, eles nunca usariam a palavra *essencial*, que não pertencia a seu ambiente. Mas de nada adiantava o vago esforço quase constrangido que faziam: a trama lhes escapava diariamente.

⁓ Só, por exemplo, olhando para o dia passado é que tinham a impressão de ter – de algum modo e por assim dizer à revelia deles, e por isso sem mérito – a impressão de ter vivido.

⁓ Pessoas precisam tanto poder contar a história delas mesmas.

⁓ Estavam calmos porque "não conduzir", "não inventar", "não errar" lhes era, muito mais que um hábito, um ponto de honra assumido tacitamente. Eles nunca se lembrariam de desobedecer.

⁓ "Ser um igual" fora o papel que lhes coubera, e a tarefa a eles entregue. Os dois, condecorados, graves, correspondiam grata e civicamente à confiança que os iguais haviam depositado neles. Pertenciam a uma casta. O papel que cumpriam, com certa emoção e com dignidade, era o de pessoas anônimas, o de filhos de Deus, como num clube de pessoas.

⁓ Abriam as janelas e diziam que fazia muito calor. Sem que vivessem propriamente no tédio, era como se nunca lhes mandassem notícias. O tédio, aliás, fazia parte de uma vida de sentimentos honestos.

⁓ Às vezes, quando falavam de alguém excêntrico, diziam com a benevolência que uma classe tem por outra: "Ah, esse leva uma vida de poeta." Pode-se talvez dizer, aproveitando as poucas palavras que se conheceram do casal, pode-se dizer que ambos levavam, menos a extravagância, uma vida de mau poeta: vida de sonho.

⁓ Não era uma vida de sonho, pois este jamais os orientara. Mas de irrealidade. Embora houvesse momentos em que de repente, por um motivo ou por outro, eles afundassem na realidade. E então lhes parecia ter tocado num fundo de onde ninguém pode passar.

~ Era surpreendente de como os dois não eram tocados, por exemplo, pela política, pela mudança de governo, pela evolução de um modo geral, embora também falassem às vezes a respeito, como todo o mundo. Na verdade eram pessoas tão reservadas que se surpreenderiam, lisonjeadas, se alguma vez lhes dissessem que eram reservadas. Nunca lhes ocorreria que se chamava assim. Talvez entendessem mais se lhes dissessem: "vocês simbolizam a nossa reserva militar."

~ Nada mais havia a dizer. Faltava-lhes o peso de um erro grave, que tantas vezes é o que abre por acaso uma porta.

~ Passou a pensar que um outro homem a salvaria. O que não chegava a ser um absurdo. Ela sabia que não era. Ter meia razão a confundia, mergulhava-a em meditação.

~ Quanto a meu sábado – que fora da janela se balançava em acácias e sombras – eu preferia, a gastá-lo mal, fechá-lo na mão dura, onde eu o amarfanhava como a um lenço.

~ Era uma mesa para homens de boa vontade. Quem seria o conviva realmente esperado e que não viera? Mas éramos nós mesmos. Então aquela mulher dava o melhor não importava a quem? E lavava contente os pés do primeiro estrangeiro. Constrangidos, olhávamos.

~ A mesa fora coberta por uma solene abundância. Sobre a toalha branca amontoavam-se espigas de trigo. E maçãs vermelhas, enormes cenouras amarelas, redondos tomates de pele quase estalando, chuchus de um verde líquido, abacaxis malignos na sua selvageria, laranjas alaranjadas e calmas, maxixes eriçados como porcos-espinhos, pepinos que se fechavam duros sobre a própria carne aquosa, pimentões ocos e avermelhados que ardiam nos olhos – tudo emaranhado em barbas e barbas úmidas de milho, ruivas como junto de uma boca. E os bagos de uva. As mais roxas das uvas pretas e que mal podiam esperar pelo instante de serem esmagadas. E não lhes importava esmagadas por quem. Os tomates eram redondos para ninguém: para o ar, para o redondo ar. Sábado era de quem viesse. E a laranja adoçaria a língua de quem primeiro chegasse.

Em nome de nada, era hora de comer. Em nome de ninguém, era bom. Sem nenhum sonho. E nós pouco a pouco a par do dia, pouco a pouco anonimizados, crescendo, maiores, à altura da vida possível. Então, como fidalgos camponeses, aceitamos a mesa.

Quanto nós queríamos comê-lo. Nada guardando para o dia seguinte, ali mesmo ofereci o que eu sentia àquilo que me fazia sentir. Era um viver que eu não pagara de antemão com o sofrimento da espera, fome que nasce quando a boca já está perto da comida. Porque agora estávamos com fome, fome inteira que abrigava o todo e as migalhas. Quem bebia vinho, com os olhos tomava conta do leite. Quem lento bebeu o leite, sentiu o vinho que o outro bebia. Lá fora Deus nas acácias.

A carne trinchada foi distribuída. A cordialidade era rude e rural. Ninguém falou mal de ninguém porque ninguém falou bem de ninguém. Era reunião de colheita, e fez-se trégua. Comíamos. Como uma horda de seres vivos, cobríamos gradualmente a terra. Ocupados como quem lavra a existência, e planta, e colhe, e mata, e vive, e morre, e come. Comi com a honestidade de quem não engana o que come: comi aquela comida e não o seu nome. Nunca Deus foi tão tomado pelo que Ele é.

～ Aquela era a mesa de meu pai. Comi sem ternura, comi sem a paixão da piedade. E sem me oferecer à esperança. Comi sem saudade nenhuma. E eu bem valia aquela comida. Porque nem sempre posso ser a guarda de meu irmão, e não posso mais ser a minha guarda, ah não me quero mais. E não quero formar a vida porque a existência já existe. Existe como um chão onde nós todos avançamos. Sem uma palavra de amor. Sem uma palavra. Mas teu prazer entende o meu. Nós somos fortes e nós comemos. Pão é amor entre estranhos.

～ Aqui em casa pousou uma esperança. Não a clássica que tantas vezes verifica-se ser ilusória, embora mesmo assim nos sustente sempre. Mas a outra, bem concreta e verde: o inseto.

～ Esperança é coisa secreta e costuma pousar diretamente em mim, sem ninguém saber.

～ Parece que esperança não tem olhos, mamãe, é guiada pelas antenas.

～ Foi então que farejando o mundo que é comível, saiu de trás de um quadro uma aranha. Não uma aranha, mas me parecia "a" aranha. Andando pela sua teia invisível, parecia transladar-se maciamente no ar. Ela queria a esperança. Mas nós também queríamos e, oh! Deus, queríamos menos que comê-la.

～ Mas como é bonito o inseto: mais pousa que vive.

～ Uma vez, aliás, agora é que me lembro, uma esperança bem menor que esta pousara no meu braço. Não senti nada, de tão leve que era, foi só visualmente que tomei consciência de sua presença. Encabulei com a delicadeza. Eu não mexia o braço e pensei: "e essa agora? que devo fazer?" Em verdade nada fiz. Fiquei extremamente quieta como se uma flor tivesse nascido em mim.

Da primeira vez que tivemos em casa um mico foi perto do Ano-Novo. Estávamos sem água e sem empregada, fazia-se fila para carne, o calor rebentara – e foi quando, muda de perplexidade, vi o presente entrar em casa, já comendo banana, já examinando tudo com grande rapidez e um longo rabo. Mais parecia um macacão ainda não crescido, suas potencialidades eram tremendas. Subia pela roupa estendida na corda, de onde dava gritos de marinheiro, e jogava cascas de banana onde caíssem. E eu exausta. Quando me esquecia e entrava distraída na área de serviço, o grande sobressalto: aquele homem alegre ali.

"Não se compra macaco na rua", censurou-me ele abanando a cabeça, "às vezes já vem doente." Não, tinha-se que comprar macaca certa, saber da origem, ter pelo menos cinco anos de garantia do amor, saber do que fizera ou não fizera, como se fosse para casar.

Eu o exasperava tanto que se tornara doloroso para mim ser o objeto do ódio daquele homem que de certo modo eu amava. Não o amava como a mulher que eu seria um dia, amava-o como uma criança que tenta desastradamente proteger um adulto, com a cólera de quem ainda não foi covarde e vê um homem forte de ombros tão curvos. Ele me irritava.

Eu tinha nove anos e pouco, dura idade como o talo não quebrado de uma begônia.

De manhã, ao atravessar os portões da escola, pura como ia com meu café com leite e a cara lavada, era um choque deparar em carne e osso com o homem que me fizera devanear por um abismal minuto antes de dormir. Em superfície de tempo fora um minuto apenas, mas em profundidade eram velhos séculos de escuríssima doçura.

De manhã – como se eu não tivesse contado com a existência real daquele que desencadeara meus negros sonhos de amor – de manhã, diante do homem grande com seu paletó curto, em choque eu era jogada na vergonha, na perplexidade e na assustadora esperança. A esperança era o meu pecado maior.

Sem saber que eu obedecia a velhas tradições, mas com uma sabedoria com que os ruins já nascem – aqueles ruins que roem as unhas de espanto –, sem saber que obedecia a uma das coisas que mais acontecem no mundo, eu estava sendo a prostituta e ele o santo.

As palavras me antecedem e ultrapassam, elas me tentam e me modificam, e se não tomo cuidado será tarde demais: as coisas serão ditas sem eu as ter dito.

Meu enleio vem de que um tapete é feito de tantos fios que não posso me resignar a seguir um fio só; meu enredamento vem de que uma história é feita de muitas histórias. E nem todas posso contar – uma palavra mais verdadeira poderia de eco em eco fazer desabar pelo despenhadeiro as minhas altas geleiras.

Só Deus perdoaria o que eu era porque só Ele sabia do que me fizera e para o quê. Eu me deixava, pois, ser matéria d'Ele. Ser matéria de Deus era a minha única bondade. E a fonte de um nascente misticismo. Não misticismo por Ele, mas pela matéria d'Ele, mas pela vida crua e cheia de prazeres: eu era uma adoradora.

- Não me sobrava tempo para estudar. As alegrias me ocupavam, ficar atenta me tomava dias e dias.

- Havia meninos que eu escolhera e que não me haviam escolhido, eu perdia horas de sofrimento porque eles eram inatingíveis, e mais outras horas de sofrimento aceitando-os com ternura, pois o homem era o meu rei da Criação.

- Estava permanentemente ocupada em querer e não querer ser o que eu era, não me decidia por qual de mim, toda eu é que não podia.

- Só tinha tempo de crescer. O que eu fazia para todos os lados, com uma falta de graça que mais parecia o resultado de um erro de cálculo: as pernas não combinavam com os olhos, e a boca era emocionada enquanto as mãos se esgalhavam sujas – na minha pressa eu crescia sem saber para onde.

- O fato de um retrato da época me revelar, ao contrário, uma menina bem plantada, selvagem e suave, com olhos pensativos embaixo da franja pesada, esse retrato real não me desmente, só faz é revelar uma fantasmagórica estranha que eu não compreenderia se fosse a sua mãe.

- Não podia me arriscar a aprender, não queria me disturbar – tomava intuitivo cuidado com o que eu era, já que eu não sabia o que era, e com vaidade cultivava a integridade da ignorância.

- Eu também o acossava com o olhar: a tudo o que ele dizia eu respondia com um simples olhar direto, do qual ninguém em sã consciência poderia me acusar. Era um olhar que eu tornava bem límpido e angélico, muito aberto, como o da candidez olhando o crime. E conseguia sempre o mesmo resultado: com perturbação ele evitava meus olhos, começando a gaguejar. O que me enchia de um poder que me amaldiçoava. E de piedade. O que por sua vez me irritava. Irritava-me que ele obrigasse uma porcaria de criança a compreender um homem.

∽ Era cedo demais para eu ver tanto. Era cedo demais para eu ver como nasce a vida. Vida nascendo era tão mais sangrento do que morrer. Morrer é ininterrupto. Mas ver matéria inerte lentamente tentar se erguer como um grande morto-vivo... Ver a esperança me aterrorizava, ver a vida me embrulhava o estômago. Estavam pedindo demais de minha coragem só porque eu era corajosa, pediam minha força só porque eu era forte. "Mas e eu?", gritei dez anos depois por motivos de amor perdido, "quem virá jamais à minha fraqueza!"

∽ Preferia sua cólera antiga, que me ajudara na minha luta contra mim mesma, pois coroava de insucesso os meus métodos e talvez terminasse um dia me corrigindo: eu não queria era esse agradecimento que não só era a minha pior punição, por eu não merecê-lo, como vinha encorajar minha vida errada que eu tanto temia, viver errado me atraía.

∽ Já me habituara a proteger a alegria dos outros, a de meu pai, por exemplo, que era mais desprevenido que eu.

∽ Ele parecia um mendigo que agradecesse o prato de comida sem perceber que lhe haviam dado carne estragada.

∽ A prece profunda não é aquela que pede, a prece mais profunda é a que não pede mais.

~ Não, eu não era doidinha, a realidade era o meu destino, e era o que em mim doía nos outros.

~ Antes já havia descoberto em mim todo o ávido veneno com que se nasce e com que se rói a vida – só naquele instante de mel e flores descobria de que modo eu curava: quem me amasse, assim eu teria curado quem sofresse de mim. Eu era a escura ignorância com suas fomes e risos, com as pequenas mortes alimentando a minha vida inevitável – que podia eu fazer? Eu já sabia que eu era inevitável.

~ Eu não prestava, eu fora tudo o que aquele homem tivera naquele momento. Pelo menos uma vez ele teria que amar, e sem ser a ninguém – através de alguém. E só eu estivera ali. Se bem que esta fosse a sua única vantagem: tendo apenas a mim, e obrigado a iniciar-se amando o ruim.

~ Ele começara pelo que poucos chegavam a alcançar. Seria fácil demais querer o limpo; inalcançável pelo amor era o feio, amar o impuro era a nossa mais profunda nostalgia.

~ Nunca saberei o que entendi. Nunca saberei o que eu entendo. O que quer que eu tenha entendido no parque foi, com um choque de doçura, entendido pela minha ignorância. Ignorância que ali em pé – numa solidão sem dor, não menor que a das árvores – eu recuperava inteira, a ignorância e a sua verdade incompreensível. Ali estava eu, a menina esperta demais, e eis que tudo o que em mim não prestava servia a Deus e aos homens. Tudo o que em mim não prestava era o meu tesouro.

~ Para que te serve essa cruel boca de fome? Para te morder e para soprar a fim de que eu não te doa demais, meu amor, já que tenho que te doer, eu sou o lobo inevitável pois a vida me foi dada.

~ Para que te servem essas mãos que ardem e prendem? Para ficarmos de mãos dadas, pois preciso tanto, tanto, tanto – uivaram os lobos, e olharam intimidados as próprias garras antes de se aconchegarem um no outro para amar e dormir.

~ No grande parque do colégio lentamente comecei a aprender a ser amada, suportando o sacrifício de não merecer.

~ Beleza, não sei. Possivelmente não havia, se bem que os traços indecisos atraíssem como água atrai. Havia, sim, substância viva, unhas, carnes, dentes, mistura de resistências e fraquezas, constituindo vaga presença que se concretizava porém imediatamente numa cabeça interrogativa e já prestimosa, mal se pronunciava um nome: Eremita.

~ Os olhos castanhos eram intraduzíveis, sem correspondência com o conjunto do rosto. Tão independentes como se fossem plantados na carne de um braço, e de lá nos olhassem – abertos, úmidos. Ela toda era de uma doçura próxima a lágrimas.

~ Não havia no seu espírito nenhum endurecimento, nenhuma lei perceptível. "Eu tive medo", dizia com naturalidade. "Me deu uma fome", dizia, e era sempre incontestável o que dizia, não se sabe por quê. "Ele me respeita muito", dizia do noivo e, apesar da expressão emprestada e convencional, a pessoa que ouvia entrava num mundo delicado de bichos e aves, onde todos se respeitam. "Eu tenho vergonha", dizia, e sorria enredada nas próprias sombras. Se a fome era de pão – que ela comia depressa como se pudessem tirá-lo – o medo era de trovoadas, a vergonha era de falar.

~ Ela estava entregue a alguma coisa, a misteriosa infante. Ninguém ousaria tocá-la nesse momento. Esperava-se um pouco grave, de coração apertado, velando-a. Nada se poderia fazer por ela senão desejar que o perigo passasse. Até que num movimento sem pressa, quase um suspiro, ela acordava como um cabrito recém-nascido se ergue sobre as pernas. Voltara de seu repouso na tristeza.

~ Havia profundeza nela. Mas ninguém encontraria nada se descesse nas suas profundezas – senão a própria profundeza, como na escuridão se acha a escuridão.

~ Então devia ser esse o seu mistério: ela descobrira um atalho para a floresta. Decerto nas suas ausências era para lá que ia. Regressando com os olhos cheios de brandura e ignorância, olhos completos. Ignorância tão vasta que nela caberia e se perderia toda a sabedoria do mundo.

~ Se subisse à tona com tudo o que encontrara na floresta seria queimada em fogueira. Mas o que vira – em que raízes mordera, com que espinhos sangrara, em que águas banhara os pés, que escuridão de ouro fora a luz que a envolvera – tudo isso ela não contava porque ignorava: fora percebido num só olhar, rápido demais para não ser senão um mistério.

~ Se alguém prestasse atenção veria que ela lavava roupa – ao sol; que enxugava o chão – molhado pela chuva; que estendia lençóis – ao vento. Ela se arranjava para servir muito mais remotamente, e a outros deuses.

~ A única marca do perigo por que passara era o seu modo fugitivo de comer pão. No resto era serena. Mesmo quando tirava o dinheiro que a patroa esquecera sobre a mesa, mesmo quando levava para o noivo em embrulho discreto alguns gêneros da despensa. A roubar de leve ela também aprendera nas suas florestas.

∽ Que é, afinal, que eles queriam? Eles não sabiam, e usavam-se como quem se agarra em rochas menores até poder sozinho galgar a maior, a difícil e a impossível; usavam-se para se exercitarem na iniciação; usavam-se impacientes, ensaiando um com o outro o modo de bater asas para que enfim – cada um sozinho e liberto – pudesse dar o grande voo solitário que também significaria o adeus um do outro. Era isso?

∽ Eles não poderiam dizer que eram infelizes sem ter vergonha, porque sabiam que havia os que passam fome; eles comiam com fome e vergonha. Infelizes? Como? se na verdade tocavam, sem nenhum motivo, num tal ponto extremo de felicidade como se o mundo fosse sacudido e dessa árvore imensa caíssem mil frutos. Infelizes? se eram corpos com sangue como uma flor ao sol. Como? se estavam para sempre sobre as próprias pernas fracas, conturbados, livres, milagrosamente de pé, as pernas dela depiladas, as dele indecisas mas a terminarem em sapatos número 44. Como poderiam jamais ser infelizes seres assim?

∽ Um pedia muito do outro, mas é que ambos tinham a mesma carência, e jamais procurariam um par mais velho que lhes ensinasse, porque não eram doidos de se entregarem sem mais nem menos ao mundo feito.

∽ Na verdade, o que seria poesia, essa palavra constrangedora?

∽ O instinto avisa: que um dia serão caçados. Eles já tinham sido por demais enganados para poderem agora acreditar. E, para caçá-los, teria sido preciso uma enorme cautela, muito faro e muita lábia, e um carinho ainda mais cauteloso – um carinho que não os ofendesse – para, pegando-os desprevenidos, poder capturá-los na rede. E, com mais cautela ainda para não despertá-los, levá-los astuciosamente para o mundo dos viciados, para o mundo já criado; pois esse era o papel dos adultos e dos espiões.

— De tão longamente ludibriados, vaidosos da própria amargura, tinham repugnância por palavras, sobretudo quando uma palavra – como poesia – era tão esperta que quase exprimia, e aí então é que mostrava mesmo como exprimia pouco.

— Achavam que os *outros* queriam caçá-los não para o sexo, mas para a *normalidade*.

— A moça estava de dentes cerrados, olhando tudo com rancor ou ardor, como se procurasse no vento, na poeira e na própria extrema pobreza de alma mais uma provocação para a cólera.

— Informes como eram, tudo lhes era possível, inclusive às vezes permutavam as qualidades: ela se tornava como um homem, e ele com uma doçura quase ignóbil de mulher.

— Oh, livrai-nos do passado, deixai-nos cumprir o nosso duro dever.

— O rosto do rapaz estava esverdeado e calmo, e ele agora não tinha nenhuma ajuda das palavras dos *outros*: exatamente como temerariamente aspirava um dia conseguir. Só que não contara com a miséria que havia em não poder exprimir.

~ Magro e irremediavelmente moço, sim, mas homem. Um corpo de homem era a solidez que o recuperava sempre. Volta e meia, quando precisava muito, ele se tornava um homem. Então, com mão incerta, acendeu sem naturalidade um cigarro, como se ele fosse os *outros*, socorrendo-se dos gestos que a maçonaria dos homens lhe dava como apoio e caminho.

~ E eles, que nunca se apertavam as mãos porque seria convencional, apertaram-se as mãos, pois ela, na falta de jeito de em tão má hora ter seios e um colar, ela estendera desastradamente a sua. O contato das duas mãos úmidas se apalpando sem amor constrangeu o rapaz como uma operação vergonhosa, ele corou. E ela, com batom e ruge, procurou disfarçar a própria nudez enfeitada. Ela não era nada, e afastou-se como se mil olhos a seguissem, esquiva na sua humildade de ter uma condição.

~ Vendo-a afastar-se, ele a examinou incrédulo, com um interesse divertido: "será possível que mulher possa realmente saber o que é angústia?" E a dúvida fez com que ele se sentisse muito forte. "Não, mulher servia mesmo era para outra coisa, isso não se podia negar." E era de um amigo que ele precisava. Sim, de um amigo leal. Sentiu-se então limpo e franco, sem nada a esconder, leal como um homem. De qualquer tremor de terra, ele saía com um movimento livre para a frente, com a mesma orgulhosa inconsequência que faz o cavalo relinchar.

~ O rapaz olhou-a, espantado de ter sido ludibriado pela moça tanto tempo, e quase sorriu, quase sacudia as asas que acabavam de crescer. Sou homem, disse-lhe o sexo em obscura vitória. De cada luta ou repouso, ele saía mais homem, ser homem se alimentava mesmo daquele vento que agora arrastava poeira pelas ruas do Cemitério

São João Batista. O mesmo vento de poeira que fazia com que o outro ser, o fêmeo, se encolhesse ferido, como se nenhum agasalho fosse jamais proteger a sua nudez, esse vento das ruas.

O rapaz viu-a afastar-se, acompanhando-a com olhos pornográficos e curiosos que não pouparam nenhum detalhe humilde da moça. A moça que de súbito pôs-se a correr desesperadamente para não perder o ônibus.

Ele a vira correr toda ágil mesmo que o coração da moça, ele bem adivinhava, estivesse pálido. E vira-a, toda cheia de impotente amor pela humanidade, subir como um macaco no ônibus – e viu-a depois sentar-se quieta e comportada, recompondo a blusa enquanto esperava que o ônibus andasse... Seria isso? Mas o que poderia haver nisso que o enchia de desconfiada atenção? Talvez o fato dela ter corrido à toa, pois o ônibus ainda não ia partir, havia pois tempo... Ela nem precisava ter corrido... Mas o que havia nisso tudo que fazia com que ele erguesse as orelhas em escuta angustiada, numa surdez de quem jamais ouvirá a explicação?

Ele tinha acabado de nascer um homem. Mas, mal assumira o seu nascimento, e estava também assumindo aquele peso no peito: mal assumira a sua glória, e uma experiência insondável dava-lhe a primeira futura ruga. Ignorante, inquieto, mal assumira a masculinidade, e uma nova fome ávida nascia, uma coisa dolorosa como um homem que nunca chora. Estaria ele tendo o primeiro medo de que alguma coisa fosse impossível?

Dentro desse sistema de duro juízo final, que não permite nem um segundo de incredulidade senão o ideal desaba, ele olhou estonteado a longa rua – e tudo agora estava estragado e seco como se ele tivesse a boca cheia de poeira. Agora e enfim sozinho, estava sem defesa à mercê da mentira pressurosa com que os *outros* tentavam ensiná-lo a ser um homem. Mas e a mensagem?! a mensagem esfarelada na poeira que o vento arrastava para as grades do esgoto. Mamãe, disse ele.

~ Como conhecer jamais o menino? Para conhecê-lo tenho que esperar que ele se deteriore, e só então ele estará ao meu alcance.

~ Lá está ele, um ponto no infinito. Ninguém conhecerá o hoje dele. Nem ele próprio. Quanto a mim, olho, e é inútil: não consigo entender coisa apenas atual, totalmente atual.

~ O que conheço dele é a sua situação: o menino é aquele em quem acabaram de nascer os primeiros dentes e é o mesmo que será médico ou carpinteiro. Enquanto isso – lá está ele sentado no chão, de um real que tenho de chamar de vegetativo para poder entender.

~ Trinta mil desses meninos sentados no chão, teriam eles a chance de construir um mundo outro, um que levasse em conta a memória da atualidade absoluta a que um dia já pertencemos?

~ Não sei como desenhar o menino. Sei que é impossível desenhá-lo a carvão, pois até o bico de pena mancha o papel para além da finíssima linha de extrema atualidade em que ele vive.

~ O próprio menino ajudará sua domesticação: ele é esforçado e coopera. Coopera sem saber que essa ajuda que lhe pedimos é para o seu autossacrifício. Ultimamente ele até tem treinado muito. E assim continuará progredindo até que, pouco a pouco – pela bondade necessária com que nos salvamos – ele passará do tempo atual ao tempo cotidiano, da meditação à expressão, da existência à vida. Fazendo o grande sacrifício de não ser louco.

Eu não sou louco por solidariedade com os milhares de nós que, para construir o possível, também sacrificaram a verdade que seria uma loucura.

Da cozinha a mãe se certifica: você está quietinho aí? Chamado ao trabalho, o menino ergue-se com dificuldade. Cambaleia sobre as pernas, com a atenção inteira para dentro: todo o seu equilíbrio é interno. Conseguido isso, agora a inteira atenção para fora: ele observa o que o ato de se erguer provocou. Pois levantar-se teve consequências e consequências: o chão move-se incerto, uma cadeira o supera, a parede o delimita. E na parede tem o retrato de *O menino*. É difícil olhar para o retrato alto sem apoiar-se num móvel, isso ele ainda não treinou. Mas eis que sua própria dificuldade lhe serve de apoio: o que o mantém de pé é exatamente prender a atenção ao retrato alto, olhar para cima lhe serve de guindaste. Mas ele comete um erro: pestaneja. Ter pestanejado desliga-o por uma fração de segundo do retrato que o sustentava. O equilíbrio se desfaz – num único gesto total, ele cai sentado.

A baba clara escorre e pinga no chão. Olha o pingo bem de perto, como a uma formiga. O braço ergue-se, avança em árduo mecanismo de etapas. E de súbito, como para prender um inefável, com inesperada violência ele achata a baba com a palma da mão. Pestaneja, espera. Finalmente, passado o tempo necessário que se tem de esperar pelas coisas, ele destampa cuidadosamente a mão e olha no assoalho o fruto da experiência. O chão está vazio. Em nova brusca etapa, olha a mão: o pingo de baba está, pois, colado na palma. Agora ele sabe disso também. Então, de olhos bem abertos, lambe a baba que pertence ao menino. Ele pensa bem alto: menino.

～ Enquanto chora, vê a sala entortada e refratada pelas lágrimas, o volume branco cresce até ele – mãe! absorve-o com braços fortes, e eis que o menino está bem no alto do ar, bem no quente e no bom. O teto está mais perto, agora; a mesa, embaixo. E, como ele não pode mais de cansaço, começa a revirar as pupilas até que estas vão mergulhando na linha de horizonte dos olhos. Fecha-os sobre a última imagem, as grades da cama. Adormece esgotado e sereno.

～ O sono do menino é raiado de claridade e calor, o sono vibra no ar. Até que, em pesadelo súbito, uma das palavras que ele aprendeu lhe ocorre: ele estremece violentamente, abre os olhos. E para o seu terror vê apenas isto: o vazio quente e claro do ar, sem mãe.

～ Com urgência ele tem que se transformar numa coisa que pode ser vista e ouvida senão ele ficará só, tem que se transformar em compreensível senão ninguém o compreenderá, senão ninguém irá para o seu silêncio, ninguém o conhece se ele não disser e contar, farei tudo o que for necessário para que eu seja dos outros e os outros sejam meus, pularei por cima de minha felicidade real que só me traria abandono, e serei popular, faço a barganha de ser amado, é inteiramente mágico chorar para ter em troca: mãe.

～ O ruído familiar entra pela porta e o menino, mudo de interesse pelo que o poder de um menino provoca, para de chorar: mãe. Mãe é: não morrer.

～ Isso mesmo! diz a mãe com orgulho, isso mesmo, meu amor, é fonfom que passou agora pela rua, vou contar para o papai que você já aprendeu, é assim mesmo que se diz: fonfom, meu amor! diz a mãe puxando-o de baixo para cima e depois de cima para baixo, levantando-o pelas pernas, inclinando-o para trás, puxando-o de novo de baixo para cima. Em todas as posições o menino conserva os olhos bem abertos. Secos como a fralda nova.

Era uma vez uma menina que observava tanto as galinhas que lhes conhecia a alma e os anseios íntimos. A galinha é ansiosa, enquanto o galo tem angústia quase humana: falta-lhe um amor verdadeiro naquele seu harém, e ainda mais tem que vigiar a noite toda para não perder a primeira das mais longínquas claridades e cantar o mais sonoro possível. É o seu dever e a sua arte.

A menina ainda não tinha entendido que os homens não podem ser curados de serem homens e as galinhas de serem galinhas: tanto o homem como a galinha têm misérias e grandeza (a da galinha é a de pôr um ovo branco de forma perfeita) inerentes à própria espécie.

As galinhas pareciam ter uma presciência do próprio destino e não aprendiam a amar os donos nem o galo. Uma galinha é sozinha no mundo.

A menina era um ser feito para amar até que se tornou moça e havia os homens.

"Como matar baratas", começa assim: queixei-me de baratas. Uma senhora ouviu-me a queixa. Deu-me a receita de como matá-las. Que misturasse em partes iguais açúcar, farinha e gesso. A farinha e o açúcar as atrairiam, o gesso esturricaria o de-dentro delas. Assim fiz. Morreram.

"O assassinato". Começa assim: queixei-me de baratas. Uma senhora ouviu-me. Segue-se a receita. E então entra o assassinato. A verdade é que só em abstrato me havia queixado de baratas, que nem minhas eram: pertenciam ao andar térreo e escalavam os canos do edifício até o nosso lar. Só na hora de preparar a mistura é que elas se tornaram minhas também. Em nosso nome, então, comecei a medir e pesar ingredientes numa concentração um pouco mais intensa. Um vago rancor me tomara, um senso de ultraje. De dia as baratas eram invisíveis e ninguém acreditaria no mal secreto que roía casa tão tranquila. Mas se elas, como os males secretos, dormiam de dia, ali estava eu a preparar-lhes o veneno da noite. Meticulosa, ardente, eu aviava o elixir da longa morte. Um medo excitado e meu próprio mal secreto me guiavam. Agora eu só queria gelidamente uma coisa: matar cada barata que existe. Baratas sobem pelos canos enquanto a gente, cansada, sonha. E eis que a receita estava pronta, tão branca. Como para baratas espertas como eu, espalhei habilmente o pó até que este mais parecia fazer parte da natureza. De minha cama, no silêncio do apartamento, eu as imaginava subindo uma a uma até a área de serviço onde o escuro dormia, só uma toalha alerta no varal. Acordei horas depois em sobressalto de atraso. Já era de madrugada. Atravessei a cozinha. No chão da área lá estavam elas, duras, grandes. Durante a noite eu matara. Em nosso nome, amanhecia. No morro um galo cantou.

Às vezes, quando vejo uma pessoa que nunca vi, e tenho algum tempo para observá-la, eu me encarno nela e assim dou um grande passo para conhecê-la. E essa intrusão numa pessoa, qualquer que seja ela, nunca termina pela sua própria autoacusação: ao nela me encarnar, compreendo-lhe os motivos e perdoo. Preciso é prestar atenção para não me encarnar numa vida perigosa e atraente, e que por isso mesmo eu não queira o retorno a mim mesma.

A magreza e a delicadeza extremamente polida de missionária já me haviam tomado. É com curiosidade, algum deslumbramento e cansaço prévio que sucumbo à vida que vou experimentar por uns dias viver. E com alguma apreensão, do ponto de vista prático: ando agora muito ocupada demais com os meus deveres e prazeres para poder arcar com o peso dessa vida que não conheço – mas cuja tensão evangelical já começo a sentir.

Só daí a dias conseguirei recomeçar enfim integralmente a minha própria vida. Que, quem sabe, talvez nunca tenha sido própria, senão no momento de nascer, e o resto tenha sido encarnações.

Quando o fantasma de mim mesma me toma – então é um tal encontro de alegria, uma tal festa, que a modo de dizer choramos uma no ombro da outra. Depois enxugamos as lágrimas felizes, meu fantasma se incorpora plenamente em mim, e saímos com alguma altivez por esse mundo afora.

XIII

ONDE ESTIVESTES DE NOITE

~ Entendeu o seu engano de pessoa avoada e distraída que só ouvia as coisas pela metade, a outra ficando submersa.

~ O seu pequeno destino quisera-a perdida no labirinto.

~ Tinha o cérebro oco, parecia-lhe que sua cabeça estava em jejum.

~ Mas setembro viria um dia como porta de saída. E setembro era por algum motivo o mês de maio: um mês mais leve e mais transparente.

~ "Aquilo", agora sem nenhum pudor, era a fome dolorosa de suas entranhas, fome de ser possuída pelo inalcançável ídolo de televisão. Não perdia um só programa dele. Então, já que não pudera se impedir de pensar nele, o jeito era deixar-se pensar e relembrar o rosto de menina-moça de Roberto Carlos, meu amor.

~ Aliás, seu rosto nunca exprimira senão boa educação. E agora era apenas a máscara de uma mulher de 70 anos.

Então sua cara levemente maquilada pareceu-lhe a de um palhaço. A senhora forçou sem vontade um sorriso para ver se melhorava. Não melhorou.

— Por fora – viu no espelho – ela era uma coisa seca como um figo seco. Mas por dentro não era esturricada. Pelo contrário. Parecia por dentro uma gengiva úmida, mole assim como gengiva desdentada.

— Mas nunca fora espiritual. E por causa de Roberto Carlos a senhora estava envolta nas trevas da matéria onde ela era profundamente anônima.

— De pé no banheiro era tão anônima quanto uma galinha.

— Todas as pessoas são anônimas. Porque ninguém é o outro e o outro não conhecia o outro.

— E agora estava emaranhada naquele poço fundo e mortal, na revolução do corpo.

— Por que as outras velhas nunca lhe tinham avisado que até o fim isso podia acontecer? Nos homens velhos bem vira olhares lúbricos. Mas nas velhas não.

— Então quis ter sentimentos bonitos e românticos em relação à delicadeza de rosto de Roberto Carlos. Mas não conseguiu: a delicadeza dele apenas a levava a um corredor escuro de sensualidade. E a danação era a lascívia. Era fome baixa: ela queria comer a boca de Roberto Carlos. Não era romântica, ela era grosseira em matéria de amor.

— Então a senhora pensou o seguinte: na minha vida nunca houve um clímax como nas histórias que se leem. O clímax era Roberto Carlos.

~ Toda morte é secreta.

~ Não estava habituada a ter quase 70 anos, faltava-lhe prática e não tinha a menor experiência.

~ A Sra. Jorge B. Xavier bruscamente dobrou-se sobre a pia como se fosse vomitar as vísceras e interrompeu sua vida com uma mudez estraçalhante: tem! que! haver! uma! porta! de saiiiiiída!

~ A velha bem-vestida e com joias. Das rugas que a disfarçavam saía a forma pura de um nariz perdido na idade, e de uma boca que outrora devia ter sido cheia e sensível. Mas que importa. Chega-se a um certo ponto – e o que foi não importa.

~ Desde que descobrira – mas descobrira realmente com um tom espantado – que ia morrer um dia, então não teve mais medo da vida, e, por causa da morte, tinha direitos totais: arriscava tudo.

~ Depois de velha começara a desaparecer para os outros, só a viam de relance.

~ Velhice: momento supremo. Estava alheia à estratégia geral do mundo e a sua própria era parca. Perdera os objetivos de maior alcance. Ela já era o futuro.

~ "Não existir" não existia, era impossível não-existir. Não existir não cabia na nossa vida diária.

~ Não se pode prolongar o êxtase sem morrer.

~ Mas o rompimento necessário fora para ela uma ablação, assim como há mulheres de quem são tirados o útero e os ovários.

~ Morrer era surpreendente.

◦ Idade Média, eu vos adoro e as tuas nuvens pretas e carregadas que desembocaram na Renascença luminosa e fresca.

◦ Tem um lado mau – o mais forte e o que predominava embora eu tenha tentado esconder por causa de você – nesse lado forte eu sou uma vaca, sou uma cavala livre e que pateia no chão, sou mulher da rua, sou vagabunda – e não uma "letrada". Sei que sou inteligente e que às vezes escondo isso para não ofender os outros com minha inteligência, eu que sou uma subconsciente.

◦ E saiba que gosto de ler histórias em quadrinhos, meu amor, oh meu amor!

◦ Adivinho através de uma veemente incoerência.

◦ É no vazio que se passa o tempo.

◦ Quero comer, Eduardo, estou com fome, Eduardo, fome de muita comida! Sou orgânica!

◦ Você é o deserto, e eu vou para a Oceania, para os mares do Sul, para as ilhas Taiti.

◦ E digo como Fellini: na escuridão e na ignorância crio mais.

◦ A velha, como se tivesse recebido uma transmissão de pensamento, pensava: que não me deixem sozinha.

◦ Viu? Viu como você está renascendo? Sete fôlegos de gato. O número sete acompanhava-a, era o seu segredo, a sua força.

◦ A velha era anônima como uma galinha, como tinha dito uma tal de Clarice falando de uma velha despudorada, apaixonada por Roberto Carlos.

— Ulisses, se fosse vista a sua cara sob o ponto de vista humano, seria monstruoso e feio. Era lindo sob ponto de vista de cão. Era vigoroso como um cavalo branco e livre, só que ele era castanho suave, alaranjado, cor de uísque. Mas seu pelo é lindo como o de um energético e empinado cavalo. Os músculos do pescoço eram vigorosos e a gente podia pegar esses músculos nas mãos de dedos sábios. Ulisses era um homem. Sem o mundo cão. Ele era delicado como um homem. Uma mulher deve tratar bem o homem.

— O fantasma da loucura nos ronda.

— Que é que você está fazendo? Estou esperando o futuro.

— Ela era feita de Deus. Isto é: tudo ou nada.

— Se você existe, se mostre! Porque chegou a hora. É nesta hora, é neste minuto e neste segundo.

— Os raros são perseguidos pelo povo que não tolera a insultante ofensa dos que se diferenciavam.

— Há pessoas que são sempre levadas a se arrepender, é um traço de certas naturezas culpadas.

— O que é cavalo? É liberdade tão indomável que se torna inútil aprisioná-lo para que sirva ao homem: deixa-se domesticar mas com um simples movimento de safanão rebelde de cabeça – sacudindo a crina como a uma solta cabeleira – mostra que sua íntima natureza é sempre bravia e límpida e livre.

— Tenho um cavalo dentro de mim que raramente se exprime.

— Quando vejo outro cavalo então o meu se expressa.

⁃ Sua forma fala.

⁃ O que é que um cavalo vê a tal ponto que não ver o seu semelhante o torna perdido como de si próprio? É que – quando enxerga – vê fora de si o que está dentro de si.

⁃ Queria ter nascido cavalo.

⁃ O cavalo representa a animalidade bela e solta do ser humano? O melhor do cavalo o ente humano já tem? Então abdico de ser um cavalo e com glória passo para a minha humanidade. O cavalo me indica o que sou.

⁃ À frente uma clarineta nos alumia, a nós, os despudorados cúmplices do enigma. E nada mais me é dado saber.

⁃ De madrugada eu nos verei exaustos junto ao regato, sem saber que crimes cometemos até chegar à inocente madrugada.

⁃ Na minha boca e nas suas patas a marca do grande sangue. O que tínhamos imolado?

⁃ E a alegria orgíaca do nosso assassinato me consome em terrível prazer.

⁃ Rouba depressa o cavalo perigoso do Rei, rouba-me antes que a noite venha e me chame.

⁃ Enfim, enfim, não havia símbolo, a "coisa" era!

⁃ Ninguém podia viver no tempo, o tempo era indireto e por sua própria natureza sempre inalcançável.

⁃ Acorda, mulher, acorda para ver o que tem que ser visto. É importante estar acordada para ver. Mas é também importante dormir para sonhar com a falta de tempo.

∽ Estou melancólica porque estou feliz. Não é paradoxo. Depois do ato do amor não dá uma certa melancolia? A da plenitude.

∽ Você não para de ser. Você não sonha. Não se pode dizer que você "funciona": você não é funcionamento, você apenas é.

∽ Dá-me de volta o desejo, que é a mola da vida animal.

∽ Será que também eu estou ficando assim, sem sentimento de amor? Sou uma coisa? Sei que estou com pouca capacidade de amar. Minha capacidade de amar foi pisada demais, meu Deus.

∽ Não é como você pensa, que só a morte importa. Viver, coisa que você não conhece porque é apodrecível – viver apodrecendo importa muito. Um viver seco: um viver o essencial.

∽ Uma coisa seca é de prata de lei. Ouro já é molhado.

∽ Deus não tem nome: conserva o anonimato perfeito: não há língua que pronuncie o seu nome verdadeiro.

∽ Vou agora dizer uma coisa muito grave que vai parecer heresia: Deus é burro. Porque ele não entende, ele não pensa, ele é apenas. É verdade que é de uma burrice que executa-se a si mesma. Mas Ele comete muitos erros. E sabe que os comete. Basta olharmos para nós mesmos que somos um erro grave. Basta ver o modo como nos organizamos em sociedade e intrinsecamente, de si para si. Mas um erro Ele não comete: Ele não morre.

∽ Parece-me que escreverei sobre o eletrônico sem jamais vê-lo. Parece que vai ter que ser assim. É fatal.

∽ Estou com sono. Será que é permitido?

~ Tive uma empregada por sete dias, chamada Severina, e que tinha passado fome em criança. Perguntei-lhe se estava triste. Disse que não era alegre nem triste: era assim mesmo. Ela era.

~ Água, apesar de ser molhada por excelência, é. Escrever é. Mas estilo não é. Ter seios é. O órgão masculino é demais. Bondade não é. Mas a não bondade, o dar-se, é.

~ Bondade não é o oposto da maldade.

~ Estarei escrevendo molhado? Acho que sim.

~ Não ter nenhum segredo – e no entanto manter o enigma.

~ Parece que eu não sou eu, de tanto que eu sou.

~ O ato do amor contém em si um desespero que é.

~ O número nove é quase inatingível. O número 13 é Deus.

~ Cozinha bem e canta o dia inteiro, é.

~ O céu muito azul é.

~ O cheiro do mar mistura masculino e feminino e nasce no ar um filho que é.

~ Espera é ou não é? Não sei responder porque sofro de urgência e fico incapacitada de julgar esse item sem me envolver emocionalmente. Não gosto de esperar.

~ Um quarteto de música é muitíssimo mais do que sinfonia.

~ Flauta é.

~ Cravo tem um elemento de terror nele: os sons saem esfarfalhados e quebradiços. Coisa de alma de outro mundo.

- Qual vai ser o meu futuro passo na literatura? Desconfio que não escreverei mais. Mas é verdade que outras vezes desconfiei e no entanto escrevi. O que, porém, hei de escrever, meu Deus?

- E agora vou terminar este relatório do mistério.

- Vou tomar um banho antes de sair e perfumar-me com um perfume que é segredo meu. Só digo uma coisa dele: é agreste e um pouco áspero, com doçura escondida. Ele é.

- Adeus para nunca sempre. Parte de mim você já matou. Eu morri e estou apodrecendo. Morrer é.

- Realidade? eu vos espero. É para lá que eu vou.

- Depois de morta engrandecerei e me espalharei, e alguém dirá com amor meu nome.

- Volto para chamar o nome do ser amado e dos filhos. Eles me responderão. Enfim terei uma resposta. Que resposta? a do amor. Amor: eu vos amo tanto.

- Meu segredo é ter os olhos verdes e ninguém saber.

- À extremidade de mim estou eu. Eu, implorante, eu a que necessita, a que pede, a que chora, a que se lamenta. Mas a que canta. A que diz palavras. Palavras ao vento? que importa, os ventos as trazem de novo e eu as possuo.

- Eu à beira do vento. O morro dos ventos uivantes me chama. Vou, bruxa que sou. E me transmuto.

- Oh, cachorro, cadê tua alma? está à beira do teu corpo?

- Eu estou à beira do meu corpo. E feneço lentamente.

- Que estou eu a dizer? Estou dizendo amor. E à beira do amor estamos nós.

- Vou contar um segredo: meu vestido é lindo e não quero morrer.

- Eu, que estava provando o vestido no calor da manhã, pedi uma prova de Deus. E senti uma coisa intensíssima, um perfume intenso demais de rosas. Então tive a prova, as duas provas; de Deus e do vestido.

- Só se deve morrer de morte morrida, nunca de desastre, nunca de afogação no mar. Eu peço proteção para os meus, que são muitos.

- Se ao menos houvesse o vento. Vento é ira, ira é a vida. Ou neve. Que é muda mas deixa rastro.

- Este primeiro silêncio ainda não é o silêncio.

- Mas há um momento em que do corpo descansado se ergue o espírito atento, e da terra a lua alta. Então ele, o silêncio, aparece.

- Pode-se depressa pensar no dia que passou. Ou nos amigos que passaram e para sempre se perderam. Mas é inútil esquivar-se: há o silêncio.

- Mesmo o sofrimento pior, o da amizade perdida, é apenas fuga.

- Se no começo o silêncio parece aguardar uma resposta – como ardemos por ser chamados a responder – cedo se descobre que de ti ele nada exige, talvez apenas o teu silêncio.

- Deixa-se como por acaso o livro de cabeceira cair no chão. Mas, horror – o livro cai dentro do silêncio e se perde na muda e parada voragem deste. E se um pássaro enlouquecido cantasse?

- Viver na orla da morte e das estrelas é vibração mais tensa do que as veias podem suportar.

- Se não há coragem, que não se entre.

- Que se espere. Não o fim do silêncio mas o auxílio bendito de um terceiro elemento, a luz da aurora.

- Jamais se soube de um saguim que tenha deixado de nascer, viver e morrer – só por não se entender ou não ser entendido.

- Peço desculpa porque além de contar os fatos eu também adivinho e o que adivinho aqui escrevo.

- Niterói é lugar misterioso e tem casas velhas, enegrecidas. E lá pode acontecer água fervendo no ouvido de amante? Não sei.

- Às vezes me dá enjoo de gente. Depois passa e fico de novo toda curiosa e atenta.

- Estou um pouco desnorteada como se um coração me tivesse sido tirado, e em lugar dele estivesse agora a súbita ausência, uma ausência quase palpável do que era antes um órgão banhado da escuridão da dor.

- Não estou sentindo nada. Mas é o contrário de um torpor. É um modo mais leve e mais silencioso de existir.

- Não estou habituada a não precisar do meu próprio consolo.

- Estou à janela e só acontece isto: vejo com olhos benéficos a chuva, e a chuva me vê de acordo comigo. Estamos ocupadas ambas em fluir.

— Quanto durará esse meu estado? Percebo que, com esta pergunta, estou apalpando meu pulso para sentir onde estará o latejar dolorido de antes. E vejo que não há o latejar da dor.

— Apenas isso: chove e estou vendo a chuva.

— Não tivesse eu, logo depois de nascer, tomado involuntária e forçadamente o caminho que tomei – e teria sido sempre o que realmente estou sendo: uma camponesa que está num campo onde chove. Nem sequer agradecendo ao Deus ou à natureza. A chuva também não agradece nada.

— A criatividade é desencadeada por um germe e eu não tenho hoje esse germe mas tenho incipiente a loucura que em si mesma é criação válida.

— Mas se não compreendo o que escrevo a culpa não é minha.

— Tenho que falar pois falar salva.

— Música é uma abstração do pensamento, falo de Bach, de Vivaldi, de Haendel.

— Só posso escrever se estiver livre, e livre de censura, senão sucumbo.

— O futuro é meu enquanto eu viver.

— Entender o difícil não é vantagem, mas amar o que é fácil de se amar é uma grande subida na escala humana.

— A verdade é o resíduo final de todas as coisas.

— Não há lógica, se se for pensar um pouco, na ilogicidade perfeitamente equilibrada da natureza. Da natureza humana também.

— Quem terá inventado a cadeira? Alguém com amor por si mesmo.

— É preciso ter coragem para fazer um brainstorm: nunca se sabe o que pode vir a nos assustar.

— A outra mão dele, a livre, está ao alcance dela. Ela sabe, e não a toma. Quer a mão dele, sabe que quer, e não a toma. Tem exatamente o que precisa: pode ter.

— Ela sabe que tudo vai acabar, pega a mão livre do homem, e, ao prendê-la nas suas, ela doce arde, arde, flameja.

XIV

A BELA E A FERA

- E repentinamente a história se partiu. Nem teve ao menos um fim suave. Terminou com a brusquidão e a falta de lógica de uma bofetada em pleno rosto.
- Pensamento era visão e compreensão e que ninguém podia se intimar assim: pense!
- E não havia água! Sabe o que é isso – não haver água?
- A beleza pode ser de uma grande ameaça.
- Fingira que não havia os que passam fome, não falam nenhuma língua e que havia multidões anônimas mendigando para sobreviver.
- Ter uma ferida na perna – é uma realidade.
- Tudo na sua vida, desde quando havia nascido, tudo na sua vida fora macio como pulo de gato.

XV

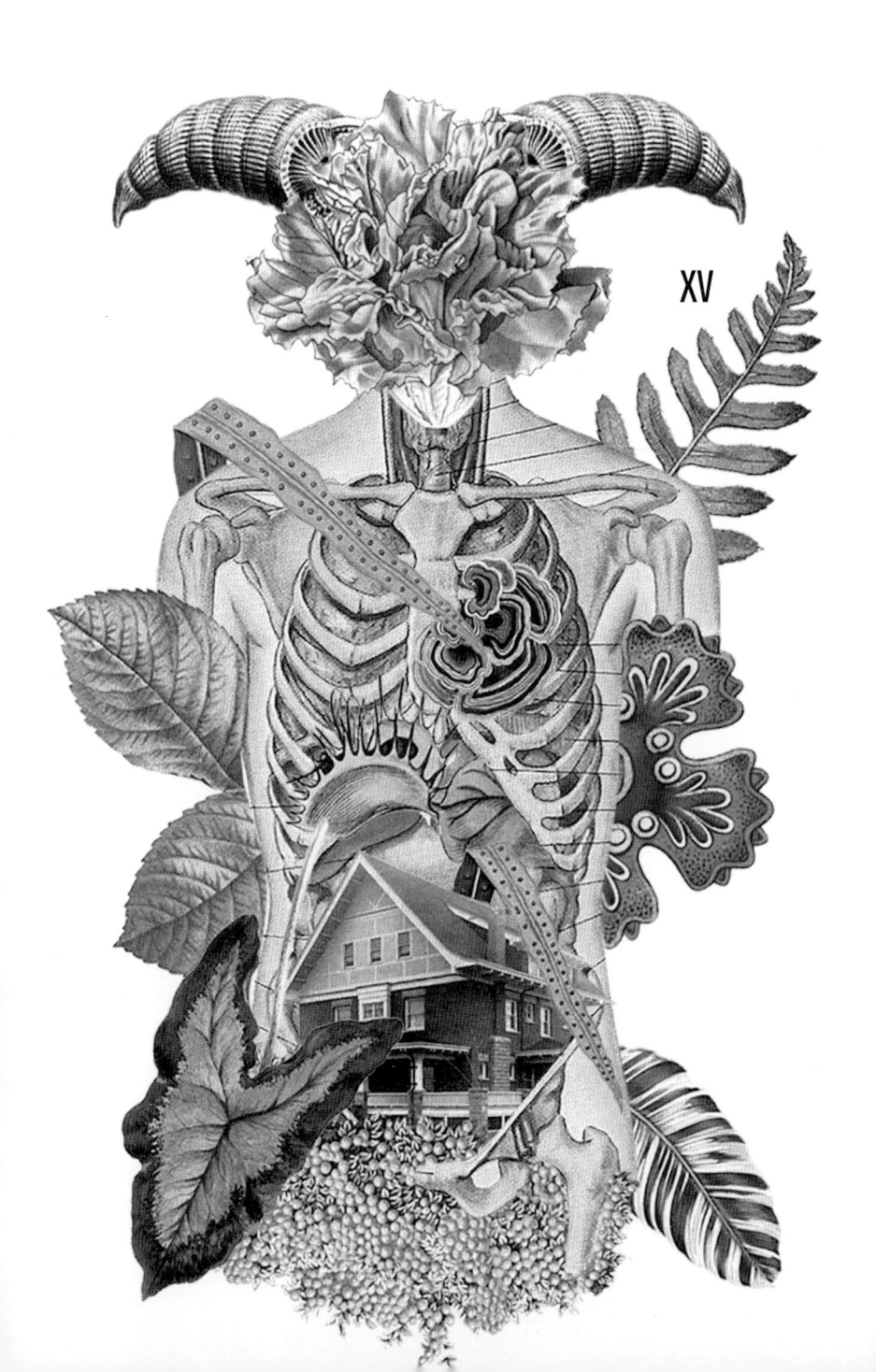

A VIA CRUCIS DO CORPO

∽ Como é que sei? Sabendo. Artistas sabem de coisas.

∽ Quero apenas avisar que não escrevo por dinheiro e sim por impulso.

∽ Peço a Deus que ninguém me encomende mais nada. Porque, ao que parece, sou capaz de revoltadamente obedecer, eu a inliberta.

∽ Há hora para tudo. Há também a hora do lixo.

∽ Já tentei olhar bem de perto o rosto de uma pessoa – uma bilheteira de cinema. Para saber do segredo de sua vida. Inútil. A outra pessoa é um enigma. E seus olhos são de estátua: cegos.

∽ É uma terrível impotência, essa de não saber como ajudar.

∽ Não há resposta para nada.

∽ Fui me deitar. Eu tinha morrido.

— Viver tem dessas coisas: de vez em quando se fica a zero. E tudo isso é por enquanto. Enquanto se vive.

— Às vezes não se tem nada a fazer e então se faz pipi.

— Mas se Deus nos fez assim, que assim sejamos. De mãos abanando. Sem assunto.

— Com a ponta dos dedos não se brinca. É pela ponta dos dedos que se recebem os fluidos.

— Quero a alegria, a melancolia me mata aos poucos.

— Quando a gente começa a se perguntar: para quê? então as coisas não vão bem.

— São cinco para as sete. Se me descuido, morro.

— Não há escapatória. Todos nós sofremos de neurose de guerra.

— Sei lá se este livro vai acrescentar alguma coisa à minha obra. Minha obra que se dane. Não sei por que as pessoas dão tanta importância à literatura. E quanto ao meu nome? que se dane, tenho mais em que pensar.

XVI

PARA NÃO ESQUECER

∽ Não é propriamente tranquilidade o que está ali. Há dura luta de coisa que apesar de corroída se mantém de pé.

∽ Pintura tocável: as mãos também a olham.

∽ Cor coagulada, violência, martírio são as vigas que sustentam o silêncio de uma simetria religiosa.

∽ Só uma pessoa muito delicada pode entrar no quarto vazio onde há um espelho vazio, e com tal leveza, com tal ausência de si mesma, que a imagem não marca. Como prêmio, essa pessoa delicada terá então penetrado num dos segredos invioláveis das coisas.

∽ É preciso entender a violenta ausência de cor de um espelho para poder recriá-lo, assim como se recriasse a violenta ausência de gosto da água.

∽ Mas foi no voo que se explicou seu braço desajeitado: era asa. Andava mal, mas voava. Voava tão bem que até arriscava a vida, o que era um luxo. Andava ridículo, cuidadoso. No chão ele era um paciente.

- Não espantes o nosso mundo, não empurres com a palavra incauta o nosso barco para sempre ao mar.

- Trata-se de pessoa silenciosa; daí o ar hermético.

- Não se esmaguem com palavras as entrelinhas.

- Minha grande altivez: prefiro ser achada na rua. Do que neste fictício palácio onde não me acharão porque – porque mando dizer que não estou, "ela acabou de sair".

- Só daí a uns dias conseguirei recomeçar a minha própria vida, que nunca foi própria, senão quando o meu fantasma me toma.

- O erro das pessoas inteligentes é tão mais grave: elas têm os argumentos que provam.

- Para ler, é claro, prefiro o atraente, me cansa menos, me arrasta mais, me delimita e me contorna. Para escrever, porém, tenho que prescindir.

- O único modo de chamar é perguntar: como se chama? Até hoje só consegui nomear com a própria pergunta. Qual é o nome? e este é o nome.

- "Era uma vez um pássaro, meu Deus."

- (Usa-se a inteligência para entender a não inteligência. Só que depois o instrumento continua a ser usado – e não podemos colher as coisas de mãos limpas.)

- Ser os outros para conhecer o que não era eu.

- Minha experiência maior seria ser o outro dos outros: e o outro dos outros era eu.

~ (Não há dúvida: pensar me irrita, pois antes de começar a tentar pensar eu sabia muito bem o que eu sabia.)

~ Escrever é tantas vezes lembrar-se do que nunca existiu.

~ Nunca nasci, nunca vivi: mas eu me lembro, e a lembrança é em carne viva.

~ Orgulho não é pecado, pelo menos não grave: orgulho é coisa infantil em que se cai como se cai em gulodice.

~ Só que orgulho tem a enorme desvantagem de ser um erro grave, com todo o atraso que erro dá à vida, faz perder muito tempo.

~ Um homem não pode simplesmente abrir uma porta e olhar?

~ Que o passarinho que vem para minha esperança do horizonte abra asas de águia sobre mim, isso eu não sabia.

~ Escrever me é uma necessidade.

~ Escrevo pela incapacidade de entender, sem ser através do processo de escrever.

~ Respeito uma certa clareza peculiar ao mistério natural, não substituível por clareza outra nenhuma.

~ A coisa se esclarece sozinha com o tempo: assim como num copo d'água, uma vez depositado no fundo o que quer que seja, a água fica clara.

~ Hoje, de repente, como num verdadeiro achado, minha tolerância para com os outros sobrou um pouco para mim também (por quanto tempo?).

- Muito antes de sentir "arte", senti a beleza profunda da luta.

- Tenho um modo simplório de me aproximar do fato social: eu queria era "fazer" alguma coisa, como se escrever não fosse fazer.

- O problema de justiça é em mim um sentimento tão óbvio e tão básico que não consigo me surpreender com ele – e, sem me surpreender, não consigo escrever.

- Não quero, por meios indiretos e escusos, conseguir de mim a minha absolvição.

- De escrever o que escrevo, não me envergonho: sinto que, se eu me envergonhasse, estaria pecando por orgulho.

- Nunca tenho piedade na primavera.

- Tanto em pintura como em música e literatura, tantas vezes o que chamam de abstrato me parece apenas o figurativo de uma realidade mais delicada e mais difícil, menos visível a olho nu.

- Quem sabe, também eu poderia não escrever. Como é infinitamente mais ambicioso. É quase inalcançável.

- O mundo me expulsou para o próprio mundo, e eu que só caibo numa casa nunca mais terei casa na vida.

- Esse vestido ensopado sou eu, os cabelos escorridos nunca secarão, e sei que não serei dos escolhidos para a Arca, pois já selecionaram o melhor casal de minha espécie.

- Não podia me dar ao luxo de pedir, lembrei-me de todas as vezes em que, por ter tido a doçura de pedir, não me deram.

~ Eu só pensava: eu não valho tanto. Daí a pouco já estava pensando: e eu que não sabia que valia tanto.

~ A senhora, com toda a força de sua fé prática, e tratava-se de mulher forte, continuava impositivamente a reconhecer o anjo em mim, o que só pouquíssimas pessoas até hoje reconheceram, e sempre com a maior discrição.

~ "Não me supervalorize, sou apenas um meio de transporte."

~ O que ela realmente deveria agradecer não era ter um vestido seco, e sim ter sido atingida pela graça, isto é, por mim.

~ No meu orgulho, eu não queria ter sido escolhida para servir de anjo à tolice ardente de uma senhora.

~ Conheço bem esse processo do mundo: chamam-me de bondosa, e pelo menos durante algum tempo fico atrapalhada para ser ruim.

~ A alegria satisfeitona daquela senhora começava a me deixar sombria: ela fizera uso exorbitante de mim. Fizera de minha natureza indecisa uma profissão definida, transformara minha espontaneidade em dever, acorrentava-me, a mim, que era anjo, o que a essa altura eu já não podia mais negar, mas anjo livre.

~ Caí em mim e fechei a cara.

~ Saltei com a profunda falta de educação que me tem salvo de abismos angelicais.

~ A penumbra é de um verde escuro e úmido, eu sei que já disse isso mas repito por gosto de felicidade.

~ Cada um de nós está no seu lugar, eu me submeto bem ao meu lugar.

- Não existe palavra que seja silêncio.
- Quando o silêncio se manifesta, ele não diz: manifesta-se em silêncio mesmo.
- É através de quinze gerações que uma só pessoa se forma, e que essa pessoa futura me usou para me atravessar como a uma ponte e está usando meu filho e usará o filho de meu filho, assim como um pássaro pousado numa seta que vagarosamente avança.
- (Mas haverá a liberdade sem a prévia permissão da loucura. Nós ainda não podemos: somos apenas os gradativos passos dela, dessa pessoa que vem.)
- Deus lhe deu inúmeros pequenos dons que ele não usou nem desenvolveu por receio de ser um homem terminado e sem pudor.
- Não sabemos como seríamos se tivéssemos sido criados em primeiro lugar e depois o mundo deformado às nossas necessidades.
- A minha insônia não é bonita nem feia, minha insônia sou eu, é vivida, é o meu espanto.
- Quando morri, um dia abri os olhos e era Brasília. Eu estava sozinha no mundo. Havia um táxi parado. Sem chofer. Ai que medo.
- Além do vento há uma outra coisa que sopra.
- Em Brasília não há onde esbarrar.
- Esperei pela noite como quem espera pelas sombras para poder se esgueirar. Quando a noite veio percebi com horror que era inútil: onde eu estivesse eu seria vista.

- Toda uma parte nossa, a pior, exatamente a que tem horror de ratos, essa parte não tem lugar em Brasília.
- O inferno me entende melhor.
- Mamãe, está bonito ver você em pé com esse capote branco voando. (É que morri, meu filho.)
- Aqui é o lugar onde os meus crimes (não os piores, mas os que não entenderei em mim), onde os meus crimes gélidos têm espaço.
- Sou atraída aqui pelo que me assusta em mim.
- Sempre cultivei meu cansaço, como a minha mais rica passividade.
- De minha insônia olho pela janela do hotel às três horas da madrugada. Brasília é a paisagem da insônia.
- Eu queria ver espalhadas por Brasília quinhentas mil águias do mais negro ônix.
- Quem respira começa a querer.
- Sou fabulosa e inútil, sou de ouro puro. E quase mediúnica.
- O medo sempre me guiou para o que eu quero.
- Muitas vezes foi o medo que me tomou pela mão e me levou.
- A vida. Ela é sagrada.
- A mim só me salva o erro.
- Brasília tem euforia no ar.
- Eu disse para o chofer do táxi amarelo: hoje parece segunda-feira, não é? "É", respondeu ele. E nada mais foi

dito. Eu queria tanto dizer a ele que estive na adoradíssima Brasília. Mas ele não quis saber. Às vezes sobro.

~ Eu me meto em cada uma, que vou te contar. Mas é bom porque é arriscado.

~ Agora me pergunto: se não há esquinas, onde ficam as prostitutas de pé fumando? ficam sentadas no chão? E os mendigos?

~ De minha vida mesma eu só concedo dizer que tenho dois filhos.

~ Sou uma mulher simples e um pouquinho sofisticada. Misto de camponesa e de estrela no céu.

~ Viver é dramático. Mas não há escapatória: nasce-se.

~ Em Brasília nunca é de noite. É sempre implacavelmente de dia.

~ Vivo como bruta resposta. Estou aí para quem me quiser.

~ A moça me revistou toda no aeroporto. Eu perguntei: tenho cara de subversiva? Ela disse rindo: até que tem.

~ Brasília é a espera. E eu não aguento esperar.

~ Como eu disse ou como não disse, quero uma mão amada que aperte a minha na hora de eu ir. Vou sob protesto.

~ Comi frango assado. Estou feliz. Mas falta a verdadeira morte. Estou com pressa de ver Deus. Rezem por mim. Morri com elegância.

~ Sou um segredo fechado a sete chaves. Por favor me poupem.

~ Minha palavra não é a última. Existe uma que não posso pronunciar. E minha história é galante. Sou uma carta anônima. Não assino o que escrevo. Os outros que assinem.

~ Ir é bom mas voltar é mais melhor. Isso mesmo: mais melhor.

~ Deus é uma coisa engraçada: Ele se pode a si mesmo e se precisa a si próprio.

~ Acontece que sou tão ávida da vida, tanto quero dela e aproveito-a tanto e tudo é tanto – que me torno imoral. Isso mesmo: sou imoral.

~ Obedeço de puro medo ao mínimo soldado que apareça na minha frente e me diga: considere-se prendida. Ai vou chorar. Sou por um triz.

~ As palavras nada têm a ver com as sensações. Palavras são pedras duras e as sensações delicadíssimas, fugazes, extremas.

~ Sinto que estão fazendo macumba contra mim: quem quer roubar a minha pobre identidade?

~ Matei um mosquito que tremulava no ar. Por que esse direito de matar? Ele era apenas um átomo voando. Nunca mais vou esquecer esse mosquito cujo destino eu tracei, eu, a sem destino.

~ Brasília é Ceará ao avesso: ambos contundentes e conquistadores.

~ Não posso destruir ninguém ou nada, pois a piedade me é tão forte como a ira.

~ Não me atendas porque meu pedido é tão violento que me atemoriza.

~ Tenho que proteger os outros – os outros têm sido a fonte de minha esperança.

~ Só outra coisa eu conheci tão total e cega e forte como esta minha vontade de me espojar na violência: a doçura da compaixão.

~ Minha violência – que é em carne viva e só quer como pasto a carne viva – esta violência vem de que outras violências vitais minhas foram esmagadas.

~ Minha gula pelo mundo: eu quis comer o mundo, e a fome com que nasci pelo leite, essa fome quis se estender pelo mundo, e o mundo não se queria comível. Ele se queria comível, sim, mas para isso exigia que eu fosse comê-lo com a humildade com que ele se dava.

~ Quando se vai com orgulho e exigência o mundo se transmuta em duro aos dentes e à alma.

~ Eu pensava que a força é o material de que o mundo é feito, e era com o mesmo material que eu iria a ele.

~ O amor pelo mundo me tomou: e isso já não era a fome pequena, era a fome ampliada.

~ A luxúria de estar vivo me espantava na minha insônia, sem eu entender que a noite do mundo e a noite do viver são tão doces que até se dorme, que até se dorme, meu Deus.

~ Na minha luxúria de viver, a água se derramava pelos dedos antes de chegar à boca.

~ Eu não sabia que só o meio-termo não é pecado mortal, eu tinha vergonha do meio-termo.

~ Não pude arcar com os pecados mortais.

~ Vivi tudo – menos a vida. E é isso o que não perdoo em mim.

~ Se eu quiser escolher finalmente me entregar sem orgulho à doçura do mundo, então chamarei minha ira de amor.

~ Tudo, tudo por medo de me prostrar aos Teus pés e aos pés anônimos do 'outro' que sempre Te representou.

~ Deus proibiu os sete pecados não por exigência de perfeição, mas apenas por piedade de nós, de mim que, como os outros, também tento não ser Dele e tento não ser dos outros, e eu sei que os outros são Ele.

~ Amar é mais lento, e a urgência me consome.

~ Minha ira é apenas não amar, minha ira é arcar com a intolerável responsabilidade de não ser uma erva.

~ Sou uma erva que se sente onipotente e se assusta.

~ Ira, transforma-te em mim em perdão, já que és o sofrimento de não amar.

~ No escrever também tenho uma espécie de receio de ir longe demais.

~ É sob o grande olho acordado do mundo que tenho arrumado o meu sono, enrolando em mil panos de múmia o meu grão de insônia.

~ Não, nunca foi fácil passar diante da fila humana.

~ Cada um de nós reconhece o martírio de quem está protegendo um sonho.

~ Estilhaçar o silêncio em palavras é um dos meus modos desajeitados de amar o silêncio.

⁓ O ódio pelo que de pior um ser pode fazer a outro ser – adulterar-lhe a essência a fim de usá-lo.

⁓ Eu sou pelo bicho, tomo o partido das vítimas do amor ruim.

⁓ Em tudo você terá a seu favor o corpo. O corpo está sempre ao lado da gente. É o único que, até o fim, não nos abandona.

⁓ O sacrifício de um líder ou de um santo ou de um artista – que chegaram àquilo que são exatamente por terem sido pessoais – é o de não o serem mais.

⁓ A transcendência da vontade de matar está em, por se conhecer esse abismo, impedir que os outros matem.

⁓ O dançarino faz gestos hieráticos, quadrados, e para. É que parar por vários instantes também faz parte.

⁓ Existir se torna sagrado como se nós fôssemos apenas os executantes da vida.

⁓ Se eu tivesse que dar um título à minha vida seria: à procura da própria coisa.

⁓ (Mas do que ele tem mesmo medo é dessas noites felizes de domingo.)

⁓ Não posso escrever enquanto estou ansiosa ou espero soluções porque em tais períodos faço tudo para que as horas passem; e escrever é prolongar o tempo, é dividi-lo em partículas de segundos, dando a cada uma delas uma vida insubstituível.

⁓ Certas páginas, vazias de acontecimento, me dão a sensação de estar tocando na própria coisa, e é a maior sinceridade.

◌ (Se eu desenhar num papel, minuciosamente, uma porta, e se eu não lhe acrescentar nada meu, estarei desenhando muito objetivamente uma porta abstrata.)

◌ Ainda não percebera que na verdade não estava distraída, estava era de uma atenção sem esforço, estava sendo uma coisa muito rara: livre.

◌ Meu carinho por um filho não o reduz, até que o alarga.

◌ Não sou pessoa que precisa ser lembrada de que dentro de tudo há o sangue!

◌ Eu fazia do amor um cálculo matemático errado: pensava que, somando duas compreensões, eu amava. Não sabia que, somando duas incompreensões, é que se ama.

◌ Só poderei ser mãe de uma árvore quando puder pegar um rato com a mão.

◌ O rato existe tanto quanto eu, e talvez nem eu nem o rato sejamos para ser vistos por nós mesmos, a distância nos iguala.

◌ Como posso amar a grandeza do mundo se não posso amar o tamanho de minha natureza?

◌ Como seria o amor entre duas esperanças? Verde e verde, e depois o mesmo verde, que, de repente, por vibração de verdes, se torna verde. Amor predestinado pelo seu próprio mecanismo aéreo. Mas onde estariam nela as glândulas de seu destino, e as adrenalinas de seu seco e verde interior?

◌ Só esta mulher era a sua inimiga, só este homem era o seu inimigo, e eles se tinham escolhido para a dança.

— Éramos amigos, e no entanto que poderíamos dar um ao outro? Senão reconhecermo-nos.

— Esta paciência eu tive, e com ela aprendia: a de suportar, sem nenhuma promessa, o grande incômodo da desordem.

— Não sei "redigir", não consigo "relatar" uma ideia, não sei "vestir uma ideia com palavras". O que vem à tona já vem com ou através de palavras, ou não existe.

— O que atrapalha ao escrever é ter de usar palavras.

— A primeira lei, a que protege corpo e vida insubstituíveis, é a de que não matarás. Ela é a minha maior garantia: assim não me matam, porque eu não quero morrer, e assim não me deixam matar, porque ter matado será a escuridão para mim.

— O que se salva às vezes é apenas o erro, e eu sei que não nos salvaremos enquanto nosso erro não nos for precioso.

— Que eu dê água a outro homem, não porque eu tenha água, mas porque, também eu, sei o que é sede.

— Porque quem entende desorganiza. Há alguma coisa em nós que desorganizaria tudo – uma coisa que entende.

— É como doido que entro pela vida que tantas vezes não tem porta.

— Como doido compreendo o que é perigoso compreender, e só como doido é que sinto o amor profundo.

— O que eu quero é muito mais áspero e mais difícil: quero o terreno.

XVII

OUTROS ESCRITOS

- Ora, arranje-se! Nós somos simples animais.

- Senta-te. Estende tuas pernas. Fecha os olhos e os ouvidos. Eu nada te direi durante cinco minutos para que possas pensar na Quinta Sinfonia de Beethoven.

- Não pensar por palavras, mas criar um estado de sentimento.

- Se não puderes seguir meus conselhos e todos os programas que inventamos para nos melhorar, chupa umas pastilhas de hortelã. São tão frescas.

- O Brasil, a América, o Mundo precisam de criaturas felizes. Elas riem. Creem. Amam. As jovens mulheres saberão, então, que delas se espera o cumprimento do grave dever de ser feliz.

- Não há direito de punir. Há apenas poder de punir.

- O homem é punido pelo seu crime porque o Estado é mais forte que ele, a guerra, grande crime, não é punida porque se acima dum homem há os homens acima dos homens nada mais há.

— Fracos unidos não deixam de constituir uma força.

— Punir é, no caso, apenas um resquício do passado, quando a vingança era o objetivo da sentença. E a permanência desse termo no vocabulário jurídico é um ligeiro indício de que a pena hoje ministrada ainda não é uma pena científica, impessoal, mas que nela entra muito dos sentimentos individuais dos aplicadores do direito (como sejam sadismo e ideia de força que confere o poder de punir).

— Surge na sociedade um crime, que é apenas um dos sintomas dum mal que forçosamente deve grassar nessa sociedade. Que fazem? Usam o paliativo da pena, abafam o sintoma... e considera-se como encerrado um processo.

— Dai-me a graça de pecar.

— Escondia do esposo o seu amante, e do amante escondia o esposo? Eis o pecado do pecado.

— Literatura para mim é o modo como os outros chamam o que nós, os escritores, fazemos.

— Chamar-se a si mesmo pelo nome que os outros nos dão, soa como uma convocação de alistamento. E, do momento em que eu mesma me chamei, senti-me com algum encanto inesperadamente alistada.

— Toda verdadeira arte é também uma experimentação, e, lamento contrariar muitos, toda verdadeira vida é experimentação, ninguém escapa.

— A expressão "elemento estético" não se entende bem comigo.

~ Libertação significa sobretudo um novo modo de ver, libertação é sempre vanguarda.

~ O escritor de vanguarda terá atingido sua finalidade maior: se terá dado tanto e terá sido tão bem usado que amanhã desaparecerá.

~ Politização é principalmente uma das ramificações da urgência de entendermos as nossas coisas no que elas têm de peculiares ao Brasil e no que representam necessidades profundas nossas. Nosso crescimento íntimo está forçando as comportas e rebentará com as formas inúteis de ser ou de escrever.

~ Estou chamando o nosso progressivo autoconhecimento de vanguarda.

~ "Pensar" a língua portuguesa do Brasil significa pensar sociologicamente, psicologicamente, filosoficamente, linguisticamente sobre nós mesmos.

~ A palavra é na verdade um ideograma. É maravilhosamente difícil escrever em língua que ainda borbulha; que precisa mais do presente do que mesmo de uma tradição; em língua que, para ser trabalhada, exige que o escritor se trabalhe a si próprio.

~ Cada sintaxe nova abre então pequenas novas liberdades. Não as liberdades arbitrárias de quem pretende "variar", mas uma liberdade mais verdadeira, e esta consiste em descobrir que se é livre.

~ Descobrir que se é livre é uma violentação criativa.

~ A linguagem está descobrindo o nosso pensamento, e o nosso pensamento está formando uma língua que se chama de literária e que eu chamo, para maior alegria minha, de linguagem de vida.

- Quem escreve no Brasil de hoje está levantando uma casa, tijolo por tijolo, e este é um destino humano humilde e emocionante.

- Somos, por enquanto, falsos cosmopolitas.

- Temos fome de saber de nós, e grande urgência, por que estamos precisando de nós mesmos, mais do que dos outros.

- Quando falo de tomada de nossa realidade, não estou nem sequer à beira da palavra "patriotismo", pelo menos na concepção usual do termo. Não se trata, nessa maior posse de nós mesmos, de enaltecer qualidades, de ufanismo e nem sequer de procurar qualidades. A nossa evidente tendência nacionalista não provém de nenhuma vontade de isolamento: é movimento sobretudo de autoconhecimento, legítimo assim como qualquer movimento de arte é sempre movimento de conhecimento, não importa se de consequências nacionais ou internacionais.

- "Nossas várzeas têm mais flores" – e este é um verso da "Canção do exílio", o poema mais conhecido de Gonçalves Dias, figura importante do movimento romântico brasileiro – cedeu lugar à procura muito mais grave de constatações, a uma procura muito mais bela de nós mesmos porque é feita com esforço, rejeições, dor, espantos e alegrias.

- Atmosfera de vanguarda: pois é assim que estou chamando o nosso crescimento, e assim estou chamando a nossa maturação.

- Escrever não me trouxe o que eu queria, isto é, paz.

- Não se escreve para a literatura, escreve-se para cobrir um vazio, vencer a descontinuidade.

⌒ Todo escritor é um ator inato. Em primeiro lugar ele representa profundamente o papel de si mesmo. Escritor é uma pessoa que se cansa muito, e que termina com um pouco de náusea de si, já que o contato íntimo consigo próprio é por força prolongado demais.

⌒ Tenho o maior respeito por gramática, e pretendo nunca lidar conscientemente com ela. Em matéria de escrever certo, escrevo mais ou menos certo de ouvido, por intuição, pois o certo sempre soa melhor.

⌒ Tenho pouco a dizer sobre magia. E acho que o contato com o sobrenatural é feito em silêncio e [numa profunda] meditação solitária.

⌒ A inspiração, para qualquer forma de arte, tem um toque mágico por que a criação é absolutamente inexplicável. Não creio que a inspiração venha do sobrenatural. Suponho que emerge do mais profundo "eu" de cada pessoa, das profundezas do inconsciente individual, coletivo cósmico. O que não deixa de certa forma ser um pouco sobrenatural.

⌒ Acontece que tudo que vive e que chamamos de "natural" é, em última instância, sobrenatural.

⌒ Uma pessoa vai ler por mim um conto meu chamado "O ovo e a galinha". Este meu texto é misterioso até para mim mesma e tem uma simbologia secreta. Peço que ouçam a leitura apenas com o raciocínio, senão tudo escapará ao entendimento.

⌒ Para mim, o que quer que exista, existe por algum tipo de mágica.

⌒ Os fenômenos naturais são mais mágicos do que os sobrenaturais.

— Dois meses atrás aconteceu uma coisa comigo que chego a estremecer, só de pensar. Eu estava angustiada, sozinha, sem perspectiva nenhuma, vocês sabem como é. Quando de repente, sem nenhum aviso, uma chuvarada, seguida por uma ventania, começou a cair. Essa chuva súbita me liberou, liberou toda a minha energia, trouxe calma e me deixou tão relaxada que logo depois dormi profundamente, aliviada. A chuva e eu, nós duas tivemos um relacionamento mágico.

— Considero mágico o sol inexplicável que aquece todo o meu corpo. Mágico também é o fato de termos inventado Deus e que, por milagre, Ele existe.

— Não acredito em nada. Ao mesmo tempo acredito em tudo.

— Não existe resposta para o fato de haver, numa pequena semente, numa simples semente de árvore, essa promessa de vida, o fenômeno de uma semente que contém vida é totalmente impossível.

— Direi uma coisa que pode parecer absurda, porque o que vou dizer é alta matemática, mágica pura.

— Às vezes, no meio da noite, dormindo um sono profundo, eu acordo de repente, anoto uma frase cheia de palavras novas, depois volto a dormir como se nada tivesse acontecido.

— As palavras vêm de lugares tão distantes dentro de mim que parecem ter sido pensadas por desconhecidos, e não por mim mesma.

— Olha, eu não sabia que era pobre, você sabe?

— Antes de aprender a ler e a escrever eu já fabulava. Inclusive, eu inventei com uma amiga minha, meio passiva, uma história que não acabava. Era o ideal, uma história que não acabasse nunca.

- Quando eu aprendi a ler, devorava os livros, e pensava que eles eram como árvore, como bicho, coisa que nasce. Não sabia que havia um autor por trás de tudo. Lá pelas tantas eu descobri que era assim e disse: "Isso eu também quero."

- Eu era o que sou mesmo, uma tímida arrojada. Eu sou tímida, mas me lanço.

- Perguntei a um médico se é normal ter tantas ideias ao mesmo tempo e ele me disse que todo mundo tem.

- Elaboro muito inconscientemente. Às vezes pensam que eu não estou fazendo nada. Estou sentada numa cadeira e fico. Nem eu mesma sei que estou fazendo alguma coisa. De repente vem uma frase.

- Não escrevo como catarse, para desabafar. Eu nunca desabafei num livro. Para isso servem os amigos. Eu quero a coisa em si.

- A matemática me fascinava, me lembro que eu era ainda muito menina quando botei anúncio no jornal como explicadora. Aí, uma senhora me telefonou, disse que tinha dois filhos, me deu o endereço e eu fui lá. Ela olhou para mim e disse: "Ah, meu bem, não serve, você é muito criança." E eu disse: "Olha, vamos fazer o seguinte, se seus filhos não melhorarem de nota, então a senhora não me paga nada." Ela achou curiosa a coisa e me pegou. E eles melhoraram sensivelmente.

- Quando eu era pequena, eu olhava muito para uma galinha, por muito tempo, e sabia imitar o bicar do milho, imitar quando ela estava com doença e isso sempre me impressionou tremendamente. Aliás, eu sou muito ligada a bicho, tremendamente. A vida de uma galinha é oca... uma galinha é oca!

- Tem escritores que só se põem a escrever quando têm o livro na cabeça. Eu não. Vou me seguindo e não sei no que vai dar. Depois vou descobrindo o que eu queria.

- Quando eu estou trabalhando, uma crítica sobre mim interfere na minha vida íntima, então eu paro de escrever para esquecer a crítica. Inclusive as elogiosas, pois eu cultivo muito a humildade. De modo que, às vezes, me sentia quase agredida com os elogios.

- Prêmio é fora da literatura – aliás, literatura é uma palavra detestável –, é fora do ato de escrever.

XVIII

TODAS AS CRÔNICAS

~ Não se perde por não entender.

~ A Terra é azul para quem a olha do céu. Azul será uma cor em si, ou uma questão de distância? Ou uma questão de grande nostalgia? O inalcançável é sempre azul.

~ "Ter visto" não é substituível por nenhuma descrição: ter visto só se compara a ter visto.

~ Consideração: suponho a hipótese de alguém no mundo já ter visto Deus. E nunca ter dito uma palavra. Pois, se nenhum outro viu, é inútil dizer.

~ Vou esperar comendo com delicadeza e recato e avidez controlada cada mínima migalha de tudo, quero tudo pois nada é bom demais para a minha morte que é a minha vida tão eterna que hoje mesmo ela já existe e já é.

~ Milhares de pessoas não têm coragem de pelo menos prolongar-se um pouco mais nessa coisa desconhecida que é sentir-se feliz, e preferem a mediocridade.

- Empregadas, chamemo-las de uma vez de criadas, é uma ofensa à humanidade.

- Como a fruta e jogo fora a metade, nunca tive piedade na primavera.

- Certos medos – aqueles não mesquinhos e que têm raiz de raça inextirpável – têm-me dado a minha mais incompreensível realidade.

- A ilogicidade de meus medos me tem encantado, dá-me uma aura que até me encabula. Mal consigo esconder, sob a sorridente modéstia, meu grande poder de cair em medos.

- Descubro que ser desadaptada é a minha fonte.

- O Homem é um ser tão estranho a si mesmo que, só por ser inocente, é natural.

- Nem sempre é necessário tornar-se forte. Temos que respeitar a nossa fraqueza.

- Estou habituada a não considerar perigoso pensar.

- Nem sempre esmiuçar demais dá certo.

- "Eu te amo" era uma farpa que não se podia tirar com uma pinça. Farpa incrustada na parte mais grossa da sola do pé.

- Ninguém encontraria nada se descesse nas suas profundezas – senão a própria profundeza, como na escuridão se acha a escuridão. É possível que, se alguém prosseguisse mais, encontrasse, depois de andar léguas nas trevas, um indício de caminho, guiado talvez por um bater de asas, por algum rastro de bicho. E – de repente – a floresta.

- Talvez dizer "Meu Deus" já seja uma reza.
- Deus, fazei com que os que eu amo não me sobrevivam, eu não toleraria a ausência.
- Perguntei: por que estamos tão tristes? Respondeu: é assim mesmo.
- Mesmo para os descrentes há a pergunta duvidosa: e depois da morte? Mesmo para os descrentes há o instante de desespero: que Deus me ajude.
- Não sei usar amor: às vezes parecem farpas.
- É tão difícil mudar. Às vezes escorre sangue.
- O que se cria não se mata.
- Tantos querem a projeção. Sem saber como esta limita a vida.
- O anonimato é suave como um sonho.
- Do silêncio tem vindo o que é mais precioso que tudo: o próprio silêncio.
- Que estas páginas simbolizem uma passeata de protesto de rapazes e moças.
- Grossura é pureza? Uma coisa sei: amor, por mais violento, é.
- Um menino de uns 12 anos, o que para mim significava um rapaz, esse menino muito bonito parou diante de mim, e numa mistura de carinho, grossura, brincadeira e sensualidade, cobriu meus cabelos, já lisos, de confete: por um instante ficamos nos defrontando, sorrindo, sem falar. E eu então, mulherzinha de 8 anos, considerei pelo resto da noite que enfim alguém me havia reconhecido: eu era, sim, uma rosa.

- No estado de graça vê-se às vezes a profunda beleza, antes inatingível, de outra pessoa. Tudo, aliás, ganha uma espécie de nimbo que não é imaginário: vem do esplendor da irradiação quase matemática das coisas e das pessoas. Passa-se a sentir que tudo o que existe – pessoa ou coisa – respira e exala uma espécie de finíssimo resplendor de energia.

- Eu mesma me criei uma vida onde eu posso dizer tudo e ouvir tudo.

- Meu desalento é igual ao que sentem milhares de pessoas. Basta, porém, receber um telefonema ou lidar com alguém que eu gosto e minha esperança renasce, e fico forte de novo.

- Há muito tempo não me dão um prato de lentilhas para esta fome arcaica que eu tenho.

- Como explicar que me sinto mãe do mundo?

- Não sou uma coisa que agradece ter se transformado em outra. Sou uma mulher, sou uma pessoa, sou uma atenção, sou um corpo olhando pela janela. Assim como a chuva não é grata por não ser uma pedra. Ela é uma chuva. Talvez seja isso que se poderia chamar de estar vivo.

- Ela que sabe que tudo vai acabar pega a mão livre do homem, e, ao prendê-la nas suas, ela doce arde, arde, flameja.

- Amo a língua portuguesa. Ela não é fácil. Não é maleável. E, como não foi profundamente trabalhada pelo pensamento, a sua tendência é a de não ter sutilezas e de reagir às vezes com um verdadeiro pontapé contra os que temerariamente ousam transformá-la numa linguagem de sentimento e de alerteza. E de amor. A língua portuguesa é um verdadeiro desafio para quem escreve. Sobretudo para quem escreve tirando das coisas e das pessoas a primeira capa de superficialismo.

~ Eu queria que a língua portuguesa chegasse ao máximo nas minhas mãos. E este desejo todos os que escrevem têm. Um Camões e outros iguais não bastaram para nos dar para sempre uma herança de língua já feita. Todos nós que escrevemos estamos fazendo do túmulo do pensamento alguma coisa que lhe dê vida.

~ Queria não ter aprendido outras línguas: só para que a minha abordagem do português fosse virgem e límpida.

~ Amar os outros é a única salvação individual que conheço: ninguém estará perdido se der amor e às vezes receber amor em troca.

~ Para escrever o aprendizado é a própria vida se vivendo em nós e ao redor de nós.

~ Amar eu posso até a hora de morrer. Amar não acaba.

~ Na hora de morrer eu queria ter uma pessoa amada por mim ao meu lado para me segurar a mão.

~ Uma das coisas mais solitárias que eu conheço é não ter a premonição.

~ Não estou gostando muito deste pacto com a mediocridade de viver.

~ Rosas silvestres são de planta trepadeira e nascem várias no mesmo galho. Rosas silvestres, eu vos amo. Diariamente morro por vosso perfume.

~ Às vezes a saudade é tão profunda que a presença é pouco: quer-se absorver a outra pessoa toda. Essa vontade de um ser o outro para uma unificação inteira é um dos sentimentos mais urgentes que se tem na vida.

- Uma alegria solitária pode se tornar patética. É como ficar com um presente todo embrulhado com papel enfeitado de presente nas mãos – e não ter a quem dizer: tome, é seu, abra-o!

- Pertencer para que minha força não seja inútil e fortifique uma pessoa ou uma coisa.

- Por motivos que nem minha mãe nem meu pai podiam controlar, eu nasci e fiquei apenas: nascida.

- O fato literário tornou-se aos poucos tão desimportante para mim que não saber escrever talvez seja exatamente o que me salvará da literatura.

- Talvez seja uma das experiências humanas e animais mais importantes. A de pedir socorro e, por pura bondade e compreensão do outro, o socorro ser dado. Talvez valha a pena ter nascido para que um dia mudamente se implore e mudamente se receba.

- Então eu, o tigre, dei umas voltas vagarosas em frente à pessoa, hesitei, lambi uma das patas e depois, como não é a palavra o que tem importância, afastei-me silenciosamente.

- Quando eu puder sentir plenamente o outro estarei salva e pensarei: eis o meu porto de chegada.

- O galo tem angústia quase humana: falta-lhe um amor verdadeiro naquele seu harém, e ainda mais tem que vigiar a noite toda para não perder a primeira das mais longínquas claridades e cantar o mais sonoro possível.

~ Morri de muitas mortes e mantê-las-ei em segredo até que a morte do corpo venha, e alguém, adivinhando, diga: esta, esta viveu.

~ Em menos de dois segundos pode-se viver uma vida e uma morte e uma vida de novo.

~ Desistir de nossa animalidade é um sacrifício.

~ Escrever é procurar entender, é procurar reproduzir o irreproduzível, é sentir até o último fim o sentimento que permaneceria apenas vago e sufocador. Escrever é também abençoar uma vida que não foi abençoada.

~ O sucesso é uma gafe, é uma falsa realidade.

~ Como é bom precisar e ir tendo.

~ Como é bom o instante de precisar que antecede o instante de se ter.

~ Ter facilmente, não. Porque essa aparente facilidade cansa.

~ É um pecado, bem sei, querer a carência. Mas a carência de que falo é tão mais plenitude do que essa espécie de fartura.

~ E não me respondam: não quero ouvir a voz humana.

~ Só uma raiva, no entanto, é bendita: a dos que precisam.

~ O engraçado é que parece que eu não quero ser escritora. De algum modo é verdade, e não sei explicar por quê. Mas até ser chamada de escritora me encabula.

~ Adoro ouvir coisas que dão a medida de minha ignorância.

~ Como vão vocês? Estão na carência ou na fartura?

~ E como é bom comer, dá até vergonha. E certo orgulho também, o orgulho de se ser um corpo exigente. Ah que me perdoem os que não têm o que comer; o que vale é que esses não são os que me leem.

~ Ninguém diria que sou magra: estou gorda, pesada, grande, com mãos calejadas não por mim mas pelos meus ancestrais.

~ Que prazer dos outros existirem e de a gente se encontrar nos outros.

~ Há uma hora em que se deve esquecer a própria compreensão humana e tomar um partido, mesmo errado.

~ A hora da sobrevivência é aquela em que a crueldade de quem é a vítima é permitida, a crueldade e a revolta. E não compreender os outros é que é certo.

~ – Você não sabe diferenciar emoção de nervosismo? você está tendo uma emoção.

~ Como mãe, não tenho finura. Sou grossa e silenciosa. Olho com a rudeza de meu silêncio, com meu olho vazio aquela cara que também é rude, filho meu.

~ O indevassável me deixa com uma espécie de obstinação áspera.

~ Eu trocaria uma eternidade de depois da morte pela eternidade enquanto estou viva.

~ Há uma grande liberdade em se ter um destino. Este é o nosso livre-arbítrio.

~ Um anúncio em negrito: precisa-se de alguém homem ou mulher que ajude uma pessoa a ficar contente porque esta está tão contente que não pode ficar sozinha com a alegria, e precisa reparti-la.

～ A alegria dessa pessoa é fugaz como estrelas cadentes, que até parece que só se as viu depois que tombaram.

～ Não faz mal que venha uma pessoa triste porque a alegria que se dá é tão grande que se tem que a repartir antes que se transforme em drama.

～ Há em meu rosto sério uma alegria até mesmo divina para dar.

～ Sou uma pessoa que tem um coração que por vezes percebe, sou uma pessoa que pretendeu pôr em palavras um mundo ininteligível e um mundo impalpável. Sobretudo uma pessoa cujo coração bate de alegria levíssima quando consegue em uma frase dizer alguma coisa sobre a vida humana ou animal.

～ Quando o amor é grande demais torna-se inútil: já não é mais aplicável, e nem a pessoa amada tem a capacidade de receber tanto.

～ A vida dos sentimentos é extremamente burguesa.

～ Ultimamente, por necessidade grande, aprendi um jeito de me ocupar escrevendo, exatamente para ver se as horas passam.

～ Uma casa de família é aquela que, além de nela se manter o fogo sagrado do amor bem aceso, mantenham-se as panelas no fogo.

～ Rainha egípcia? Não, sou eu, eu toda ornada como as mulheres bíblicas.

～ Tudo o que existe é de uma grande exatidão.

～ Quem não tiver força, que antes cubra cada nervo com uma película protetora, com uma película de morte para poder tolerar a vida. Essa película pode consistir em qualquer ato formal protetor, em qualquer silêncio ou em várias palavras sem sentido. Pois o prazer não é de se brincar. Ele é nós.

～ Metade das coisas que eu faria se eu fosse eu, não posso contar. Acho, por exemplo, que por certo motivo eu terminaria presa na cadeia.

～ Se eu fosse eu daria tudo o que é meu, e confiaria o futuro ao futuro.

～ Cada homem é responsável pelo mundo inteiro.

～ Na sequência dos *agoras* é que você existe.

～ Um dia uma folha me bateu nos cílios. Achei *Deus* de uma grande delicadeza.

～ Naqueles dias eu estava só, não podia ver gente: eu vira a morte.

～ Todo homem deveria em algum momento redescobrir a sensação que está sob *descobrir a terra*.

～ De algum modo tudo é feito de terra. Um material precioso. Sua abundância não o torna menos raro de sentir – tão difícil é realmente sentir que tudo é feito de terra. Que unidade. E por que não o espírito também? Meu espírito é tecido pela terra mais fina. A flor não é feita de terra?

～ Pelo fato de tudo ser feito de terra – que grande futuro inesgotável nós temos. Um futuro impessoal que nos excede. Como a raça nos excede.

⌒ *Não entendo.* Isso é tão vasto que ultrapassa qualquer entender. Entender é sempre limitado. Mas não entender pode não ter fronteiras.

⌒ Sofria sem recompensa, sem mesmo a simpatia por si própria. Até que um dia se curou assim como uma ferida seca.

⌒ O que ele teria pensado ou feito hoje não poderia ter pensado ou feito nem ontem nem amanhã, pois há um tempo de rosas, outro de melões.

⌒ Nem sempre meus impulsos são de boa origem. Vêm, por exemplo, da cólera.

⌒ Às vezes restringir o impulso me anula e me deprime; às vezes restringi-lo dá-me uma sensação de força interna.

⌒ A doçura contagia.

⌒ Ao escrever, grudada e colada, está a intuição.

⌒ O coração tem que estar puro para que a intuição venha.

⌒ Difícil apurar a pureza: às vezes no amor ilícito está toda a pureza do corpo e alma, não abençoado por um padre, mas abençoado pelo próprio amor. E tudo isso pode-se chegar a ver – e ter visto é irrevogável.

⌒ Não se brinca com a intuição, não se brinca com o escrever: a caça pode ferir mortalmente o caçador.

⌒ – Vá até a janela e veja que lua cheia está batendo sobre a Acrópole.

⌒ – Agora, vire-se para o lado e durma bem.

- A linha divisória é quase invisível entre o mau gosto e a verdade.

- Pior que o mau gosto em matéria de escrever, é um certo tipo horrível de *bom gosto*.

- O charlatão é um contrabandista de si mesmo.

- Gafe é a hora em que certa realidade se revela.

- Cada uma deve ter tido, por um momento ao menos, esse aviso urgente e pungente de um penteado que pode desabar.

- As discretas formam uma corporação. Elas se reconhecem a um olhar, e, louvando uma a outra, louvam-se ao mesmo tempo.

- As que dobram ligeiramente o guardanapo antes de se erguer é porque assim foram ensinadas. As que o deixam negligentemente largado têm uma teoria sobre deixar guardanapo negligentemente largado.

- Terra é terra, come-se, morre-se.

- Uma vez, aliás, agora é que me lembro, uma esperança bem menor que esta pousara no meu braço. Não senti nada, de tão leve que era, foi só visualmente que tomei consciência de sua presença. Encabulei com a delicadeza. Eu não mexia o braço e pensei: "E essa agora? que devo fazer?" Em verdade nada fiz. Fiquei extremamente quieta como se uma flor tivesse nascido em mim.

- Quando tiraram os pontos de minha mão operada, por entre os dedos, gritei. Dei gritos de dor, e de cólera, pois a dor parece uma ofensa à nossa integridade física. Mas não fui tola. Aproveitei a dor e dei gritos pelo passado e pelo presente. Até pelo futuro gritei, meu Deus.

~ Avisem-me se eu começar a me tornar eu mesma demais.

~ Qualquer palavra, aliás, é objeto, é objetiva.

~ As palavras não se podem evitar. Vocês estão entendendo? Nem precisam. Recebam apenas, como eu estou dando. Recebam-me com fios de seda.

~ Ando meio bonita, sem o menor pudor: vem do bem-estar.

~ A minha mudez faz com que eu procure pessoas que, sem elas saberem, me darão a palavra-chave.

~ Quem me obriga a escrever? O mistério é esse: ninguém, e no entanto a força me impelindo.

~ Nunca se inventou um modo diferente de amor de corpo que é estranho e cego.

~ Um tratado sobre a sensualidade, não especificamente a de sexo, mas a sensualidade de "entrar em contato" íntimo com o que existe, pois comer é uma de suas modalidades – e é uma modalidade que *engage* de algum modo o ser inteiro.

~ Escrever não é quase sempre pintar com palavras?

~ A covardia nos mata.

~ Antes de aprender a ser livre, tudo eu aguentava – só para não ser livre.

~ Até hoje só consegui nomear com a própria pergunta. Qual é o nome? e este é o nome.

~ Minha grande altivez: preciso ser achada na rua.

~ Não esmaguem as palavras nas entrelinhas.

– Chegar àquele ponto em que a dor se mistura à profunda alegria e a alegria chega a ser dolorosa – pois esse ponto é o aguilhão da vida.

– Em nome de nada, era hora de comer. Em nome de ninguém, era bom.

– Nem sempre posso ser a guarda de meu irmão, e não posso ser a minha guarda, ah não me quero mais: não quero formar a vida porque a existência já existe.

– Pão é amor entre estranhos.

– Descobri de súbito que pensar não é natural.

– Por solidariedade com os outros, eu ainda me agarro ao que chamo de vida. Seria profundamente amoral não esperar, como os outros esperam, pela hora, seria esperteza demais a minha de avançar no tempo, e imperdoável ser mais sabida do que os outros. Por isso, apesar da intensa curiosidade, espero.

– De estar viva – senti – terei que fazer o meu motivo e tema.

– Quisera eu ser dos que entram numa igreja, aceitam a penitência e saem mais livres.

– A culpa em mim é algo tão vasto e tão enraizado que o melhor ainda é aprender a viver com ela, mesmo que tire o sabor do menor alimento.

– Tudo sabe mesmo de longe a cinzas.

– Ao ver o ovo é imediatamente tarde demais: ovo visto, ovo perdido: a visão é um calmo relâmpago.

– Olhar é o necessário instrumento que, depois de usado, jogarei fora.

- Só as máquinas veem o ovo.

- Eu te amo, ovo. Eu te amo como uma coisa nem sequer sabe que ama a outra coisa.

- Um ovo terá sido talvez um triângulo que tanto rolou no espaço que foi se ovalando.

- Ovo é coisa que precisa tomar cuidado. Por isso a galinha é o disfarce do ovo. Para que o ovo atravesse os tempos a galinha existe. Mãe é para isso.

- (Nossa garantia é que ele não pode: não pode é a grande força do ovo: sua grandiosidade vem da grandeza de não poder, que se irradia como um não querer.)

- E arte, imagino, não é inocência, é tornar-se inocente.

- Eu vou te dar o meu segredo mortal: viver não é uma arte.

- Sou realista demais: só ando com os meus fantasmas.

- Faço tantas fantasias a respeito desse livro desconhecido e já tão profundamente amado. Uma das fantasias é assim: eu o estaria lendo e de súbito, a uma frase lida, com lágrimas nos olhos diria em êxtase de dor e de enfim libertação: "Mas é que eu não sabia que se pode tudo, meu Deus!"

- É como um erudito que ele estende sapatos – como se não fosse em contato com esta áspera terra que as solas se gastam.

- A realidade, quando se desvenda sem susto, é a coisa mais fresca e real do mundo.

- Realidade desvendada pela imaginação e sem susto a riqueza não está mais atrás de nós, como uma lembrança, ou ainda por aparecer, como um desejo de futuro. Está ali, fremindo.

— Minhas intuições se tornam mais claras ao esforço de transpô-las em palavras. É neste sentido, pois, que escrever me é uma necessidade. De um lado, porque escrever é um modo de não mentir o sentimento (a transfiguração involuntária da imaginação é apenas um modo de chegar); de outro lado, escrevo pela incapacidade de entender, sem ser através do processo de escrever.

— Mentir o pensamento seria tirar a única alegria de escrever.

— Respeito uma certa clareza peculiar ao mistério natural, não substituível por clareza outra nenhuma.

— A coisa se esclarece sozinha com o tempo: assim como num copo d'água, uma vez depositado no fundo o que quer que seja, a água fica clara.

— Se aceito o risco não é por liberdade arbitrária ou inconsciência ou arrogância: a cada dia que acordo, por hábito até, aceito o risco.

— Senso de aventura é o que me dá o que tenho de aproximação mais isenta e real em relação a viver e, de cambulhada, a escrever.

— Esse *estilo* (!), já foi chamado de várias coisas, mas não do que realmente e apenas é: uma procura humilde.

— Refiro-me à humildade como técnica. Virgem Maria, até eu mesma me assustei com minha falta de pudor.

— Humildade como técnica é o seguinte: só se aproximando com humildade da coisa é que ela não escapa totalmente.

- Então um homem não pode simplesmente abrir uma porta e olhar?

- A concentração no escrever parece tirar a consciência do que não tenha sido o escrever propriamente dito.

- Bichos, uma das formas acessíveis de gente.

- A repetição me é agradável, e repetição acontecendo no mesmo lugar termina cavando pouco a pouco, cantilena enjoada diz alguma coisa.

- Lugar que me parece o nascedouro do mundo: África.

- Sinto os bichos como uma das coisas ainda muito próximas de Deus, material que não inventou a si mesmo, coisa ainda quente do próprio nascimento; e, no entanto, coisa já se pondo imediatamente de pé, e já vivendo toda, e em cada minuto vivendo de uma vez, nunca aos poucos apenas, nunca se poupando, nunca se gastando.

- Um tigre olhou para mim, eu olhei para ele, ele sustentou o olhar, eu não, e vim embora até hoje.

- Diga-me por favor que horas são para eu saber que estou vivendo nesta hora.

- Nada mais tenho a ver com a validez das coisas. Estou liberta ou perdida. Vou-lhes contar um segredo: a vida é mortal.

- Eu amo os objetos na medida em que eles não me amam.

- As palavras já ditas me amordaçaram a boca.

- Hoje é dia de muita estrela no céu, pelo menos assim promete esta tarde triste que uma palavra humana salvaria.

– É difícil compreender e amar o que é espontâneo e franciscano.

– Quem terá inventado a cadeira? Alguém com amor por si mesmo. Inventou então um maior conforto para o seu corpo.

– Bem sei que terei de parar, não por causa de falta de palavras, mas porque essas coisas e sobretudo as que eu só pensei e não escrevi, não se usam publicar.

– O fato (que a fez suspirar) em que ela se transformou era o de uma mulher com uma vassoura na mão.

– Ar em movimento é brisa.

– Qualquer agrado seria agora de meu direito: eu o havia pago de antemão.

– Olhei-a de través: velha e suja, como se dizem das coisas. E a mulher sabia que eu a olhara.

– Falava e eu não ouvia. Ouvi quando falou em irmandade e então reagi de um modo estranho: não me senti irmã de ninguém no mundo. Eu estava sozinha.

– Para mim também o ano dois mil é hoje. Sinto-me tão avançada, mesmo que não possa exprimi-lo, que estou em outro ciclo, mesmo que não possa exprimi-lo.

– O ano dois mil já chegou, mas não por causa de Marte: por causa da Terra mesmo, de nós, por nossa voracidade do tempo que nos come.

– Há vários tipos de fome: estou falando de todas.

– Há vários modos de saber, ignorando.

~ A um tal ponto de simplicidade ou liberdade que às vezes eu telefono e ela responde: não estou com vontade de falar. Então digo até logo e vou fazer outra coisa.

~ Somos canibais, é preciso não esquecer.

~ Minha falta de coragem de matar uma galinha e no entanto comê-la morta me confunde, espanta-me, mas aceito.

~ Nossa vida é truculenta: nasce-se com sangue e com sangue corta-se a união que é o cordão umbilical.

~ A truculência. É amor também.

~ Tentarei o seguinte: uma espécie de silêncio.

~ Se houver o que se chama de expressão, que se exale do que sou.

~ Escrevo por simples curiosidade intensa.

~ Exatamente o que não quero é moldura.

~ Para escrever quero prescindir de tudo o que eu puder prescindir.

~ Lavado com águas frescas, um banco é um banco.

~ Continuo a considerar minhas palavras como sendo nuas.

~ Minha alma eu a deixarei, qualquer animal a abrigará.

~ Meu corpo, esse serei obrigada a levar. Mas dir-lhe-ei antes: vem comigo, como única valise, segue-me como um cão.

~ Não sei como explicar que, sem alma, sem espírito, e um corpo morto – serei ainda eu, horrivelmente esperta.

⁓ Estou morrendo meu espírito, sinto isso, sinto.

⁓ Vou parar aqui, porque é tão sábado!

⁓ O homem será um triste antepassado da máquina; melhor o mistério do paraíso.

⁓ O cosmos me dá muito trabalho.

⁓ Observo o menino de uns dez anos, vestido de trapos e magérrimo. Terá futura tuberculose, se é que já não a tem.

⁓ No Jardim Botânico, então, eu fico exaurida, tenho que tomar conta com o olhar das mil plantas e árvores, e sobretudo das vitórias-régias.

⁓ Tomar conta do mundo dá trabalho? Sim.

⁓ Tomo conta dos milhares de favelados pelas encostas acima.

⁓ Hão de me perguntar por que tomo conta do mundo: é que nasci assim, incumbida. E sou responsável por tudo o que existe, inclusive pelas guerras e pelos crimes de leso-corpo e lesa-alma. Sou inclusive responsável pelo Deus que está em constante cósmica evolução para melhor.

⁓ As formigas têm uma cintura muito fininha. Nela, pequena como é, cabe todo um mundo que, se eu não tomar cuidado, me escapa: senso instintivo de organização, linguagem para além do supersônico aos nossos ouvidos, e provavelmente para sentimentos instintivos de amor-sentimento, já que falam.

⁓ Como é que se volta da Rua da Alfândega ao anoitecer?

~ Um chá – domingo, Rua do Lavradio – que eu ofereceria a todas as empregadas que já tive na vida. As que esqueci marcariam a ausência com uma cadeira vazia, assim como estão dentro de mim. As outras sentadas, de mãos cruzadas no colo. Mudas – até o momento em que cada uma abrisse a boca e, rediviva, morta-viva, recitasse o que eu me lembro. Quase um chá de senhoras, só que nesse não se falaria de criadas.

~ Estou falando de procurar em si próprio a nebulosa que aos poucos se condensa, aos poucos se concretiza, aos poucos sobe à tona – até vir como num parto a primeira palavra que a exprima.

~ Não se aguenta alguma coisa prometida e se faz com que a coisa, mesmo dolorosa, venha antes, para passar logo o desespero.

~ Estou agora sem medo pensando no ano 8000. Que virá assim como o ano 2000. O tempo não é a duração de uma vida. O tempo antes de nós é tão eterno quanto o tempo à nossa frente.

~ Eu sou sim. Eu sou não. Aguardo com paciência a harmonia dos contrários.

~ Vi de repente e era um homem tão extraordinariamente bonito e viril que eu sentia uma alegria de criação.

~ Ele não tem medo de olhar os homens no profundo dos olhos.

~ Preciso me habituar a sorrir mais, senão pensam que estou com *problemas* e não com o rosto apenas sério ou concentrado.

~ Ele tem um ligeiro mau gosto na escolha dos objetos de adorno que compra. Isso me dá ternura.

— Ele é inconsciente de que eu o vejo tanto, não tantas vezes, mas tanto.

— E foi então que veio a noção de perda. Perda de quê? Ah, é tão antigo este sentimento que se perde na noite dos tempos até atingir a Pré-História do mundo.

— Um dia ainda hei de ir, sem me importar para onde o ir me levará.

— Uma questão de paciência, de amor criando paciência, de paciência criando amor.

— Esta paciência eu tive: a de suportar, sem nem ao menos o consolo de uma promessa de realização, o grande incômodo da desordem. Mas também é verdade que a ordem constrange.

— (Estou sentindo uma coisa estranha, diria a mulher para o médico. É que a senhora vai ter um filho. E eu que pensava que estava morrendo, responderia a mulher.)

— O que escrevo não se refere ao passado de um pensamento, mas é o pensamento presente: o que vem à tona já vem com suas palavras adequadas e insubstituíveis, ou não existe.

— A certeza só aparentemente paradoxal de que o que atrapalha ao escrever é ter de usar palavras.

— Quando tomei posse da vontade de escrever, vi-me de repente num vácuo. E nesse vácuo não havia quem pudesse me ajudar.

— Vocação é diferente de talento. Pode-se ter vocação e não ter talento, isto é, pode-se ser chamado e não saber como ir.

⁓   – Mamãe, vi um filhote de furacão, mas tão filhotinho ainda, tão pequeno ainda, que só fazia mesmo era rodar bem de leve umas três folhinhas na esquina.

⁓   – Você compreende, não é, mamãe, que eu não posso gostar de você deste mesmo modo a vida inteira.

⁓   A palavra criativa não será usada como palavra, nem mesmo vai se falar nela: apenas tudo se criará.

⁓   Por enquanto estamos secos como um figo seco onde ainda há um pouco de umidade.

⁓   É estranho ter um corpo onde se alojar.

⁓   Perder a eternidade? Nunca.

⁓   O infinito não esmaga, pois em relação a ele não se pode sequer falar em *grandeza* ou mesmo em *incomensurabilidade*.

⁓   Há momentos, embora raros, em que a existência do infinito é tão presente que temos uma sensação de vertigem.

⁓   Quando o fantasma de mim mesma me toma – então é um tal encontro de alegria, uma tal festa, que a modo de dizer choramos uma no ombro da outra. Depois enxugamos as lágrimas felizes, meu fantasma se incorpora plenamente em mim, e saímos com alguma altivez por esse mundo afora.

⁓   Uma vez, também em viagem, encontrei uma prostituta perfumadíssima que fumava entrefechando os olhos e estes ao mesmo tempo olhavam fixamente um homem que já estava sendo hipnotizado. Passei imediatamente, para melhor compreender, a fumar de olhos entrefechados para o único homem ao alcance de minha visão intencionada. Mas o homem gordo que eu olhara para experimentar e ter a alma da prostituta, o gordo estava mergulhando no *New York Times*. E meu perfume era discreto demais. Falhou tudo.

— Às vezes só a bondade que doamos a nós mesmos nos livra da culpa e nos perdoa.

— Inútil receber a aceitação dos outros, enquanto nós mesmos não nos doarmos a autoaceitação do que somos.

— Quanto à nossa fraqueza, a parte mais forte nossa é que tem que nos doar ânimo e complacência.

— Há certas dores que só a nossa própria dor, se for aprofundada, paradoxalmente chega a amenizar.

— No amor felizmente a riqueza está na doação mútua.

— É preciso se doar o direito de receber amor.

— Lembrei-me de outra doação a si mesmo: o da criação artística. Pois em primeiro lugar por assim dizer tenta-se tirar a própria pele para enxertá-la onde é necessário. Só depois de pegado o enxerto é que vem a doação aos outros. Ou é tudo já misturado, não sei bem, a criação artística é um mistério que me escapa, felizmente.

— Nunca *escolhi* linguagem. O que eu fiz, apenas, foi ir me obedecendo.

— Só é bom escrever quando ainda não se sabe o que acontecerá.

— Embora a palavra *humano* me arrepie um pouco, de tão carregada de sentidos variados e vazios essa palavra foi ficando, sinto que me encaminho para o mais humano.

— As coisas do mundo – os objetos – estão se tornando cada vez mais importantes para mim. Vejo os objetos sem quase me misturar com eles, vendo-os por eles mesmos. Então às vezes se tornam fantásticos e livres, como se fossem coisa nascida e não feita por pessoas.

— Talvez eu não precise mais ganhar para me defender.

— De agora em diante eu gostaria de me defender assim: é porque eu quero. E que isso bastasse.

— O sentimento mais rápido, que chega a ser apenas um fulgor, é o instante em que um homem e uma mulher sentem um no outro a promessa de um grande amor.

— A vantagem de ser bobo é ter boa-fé, não desconfiar, e portanto estar tranquilo. Enquanto o esperto não dorme à noite com medo de ser ludibriado.

— E assim como meu carinho por um filho não o reduz, até o alarga, assim ser mãe do mundo era o meu amor apenas livre.

— Então era assim?, eu andando pelo mundo sem pedir nada, sem precisar de nada, amando de puro amor inocente, e Deus a me mostrar o seu rato?

— Porque só poderei ser mãe das coisas quando puder pegar um rato na mão.

— O rato existe tanto quanto eu, e talvez nem eu nem o rato sejamos para ser vistos por nós mesmos, a distância nos iguala.

— Talvez eu tenha que aceitar antes de mais nada esta minha natureza que quer a morte de um rato.

— Enquanto eu inventar Deus, Ele não existe.

— Como poderão os futuros homens entender que ter gripe nos era uma condição humana? Somos seres gripados, futuramente sujeitos a um julgamento severo ou irônico.

— Nessa magra esperança de pernas altas, que caminharia sobre um seio sem nem sequer acordar o resto do corpo, nessa esperança que não pode ser oca, nessa esperança a energia atômica sem tragédia se encaminha em silêncio.

— Em vida, observo muito, sou ativa nas observações, tenho o senso do ridículo, do bom humor, da ironia, e tomo um partido. Escrevendo, tenho observações por assim dizer *passivas*, tão interiores que se escrevem ao mesmo tempo que são sentidas, quase sem o que se chama de processo.

— Comi a pera e desperdicei fora a metade – nunca tenho piedade na primavera.

— É o triunfo mortal de viver o que importa.

— De súbito exigentes e duros, quiseram ter o que já tinham. Tudo porque quiseram dar um nome; porque quiseram ser, eles que já eram. Foram então aprender que, não se estando distraído, o telefone não toca, e é preciso sair de casa para que a carta chegue.

— Procurava aquele que o libertasse da maldição de não amar a excelência do que é excelente.

— Não humanizo os bichos, acho que é uma ofensa – há de respeitar-lhes a natura – eu é que me animalizo. Não é difícil, vem simplesmente, é só não lutar contra, é só entregar-se.

— Não ter nascido bicho parece ser uma de minhas secretas nostalgias.

~ Girassol – É o grande filho do Sol, tanto que já nasce com o instinto de virar sua enorme corola para o lado de sua mãe. Não importa se o Sol é pai ou mãe, não sei. Será o girassol flor feminina ou masculina? Acho masculina. Mas uma coisa é certa; o girassol é russo, provavelmente ucraniano.

~ Flor de cactos – A flor de cactos é suculenta, às vezes grande, cheirosa e de cor brilhante: vermelha, amarela e branca. É a vingança sumarenta que ela faz para a planta desértica: é o esplendor nascendo da esterilidade despótica.

~ Um homem me disse que no Talmude falam de coisas que a gente não pode contar a muitos, há outras a poucos, e outras a ninguém.

~ Como traduzir o profundo silêncio do encontro entre duas almas?

~ Quando estou com uma pessoa verdadeira, fico verdadeira também.

~ Sou explícita? Pouco se me dá.

~ Todos os seres vivos, que não o homem, são um escândalo de maravilhamento.

~ Se fomos modelados, sobrou muita matéria energética e formaram-se os bichos.

~ Para que serve, meu Deus, uma tartaruga?

~ Desculpem, mas se morre.

~ Rezei pelo meu filho que eu não sabia como ia voltar. Mas de repente me deu uma grande calma. Eu disse para minha amiga: Pode ir para sua casa e eu vou dormir, que estou caindo de sono. Ela foi, demorou uma hora para atravessar Botafogo. Deixei um bilhete para meu filho. E fui dormir. Eu havia confiado em Deus.

⁓ Sinto que já cheguei quase à liberdade. A ponto de não precisar mais escrever. Se eu pudesse, deixava meu lugar nesta página em branco: cheio do maior silêncio. E cada um que olhasse o espaço em branco, o encheria com seus próprios desejos.

⁓ Gêneros não me interessam mais. Interessa-me o mistério. Preciso ter um ritual para o mistério? Acho que sim. Para me prender à matemática das coisas.

⁓ Antes havia uma diferença entre escrever e eu (ou não havia? não sei). Agora mais não. Sou um ser. E deixo que você seja. Isso lhe assusta? Creio que sim. Mas vale a pena. Mesmo que doa. Dói só no começo.

⁓ Uma pessoa que conheço disse que o siri, quando se lhe pega por uma perna, esta se solta para que o corpo todo não fique aprisionado pela pessoa.

⁓ Pessoa que conheço estava hospedada numa casa e foi abrir a porta da geladeira para beber um pouco de água. E viu a coisa.

⁓ A coisa era branca, muito branca. E, sem cabeça, arfava. Como um pulmão.

⁓ Esqueci de dizer que acho a tartaruga inteiramente imoral.

⁓ O ponto de partida deve ser: "Não sei." O que é uma entrega total.

⁓ A máquina continua escrevendo. Por exemplo, ela vai escrever o seguinte: quem atinge um alto nível de abstração está em fronteira com a loucura.

- Conheço um grande homem abstrato que faz de conta que é como todo mundo: come, bebe, dorme com a mulher, tem filhos. Assim ele se salva de se tornar um x ou uma raiz quadrada.

- É preciso antes saber, depois esquecer. Só então se começa a respirar livremente.

- Vi a Esfinge. Não a decifrei. Mas ela também não me decifrou. Encaramo-nos de igual para igual. Ela me aceitou, eu a aceitei. Cada uma com o seu mistério.

- Em Marrocos fui levada a ver a famosa *dança do ventre*. Fiquei boba. Duvido que adivinhem ao som de que música a dançarina mexeu terrivelmente a barriga. Pois foi ao som de "Mamãe, eu quero, mamãe eu quero mamar".

- De algum modo previ uma morte violenta no Texas: a do presidente John Kennedy. Previ, contando para os meus familiares qual era a atmosfera onipotente e sangrenta do verão no Texas: ia acontecer alguma coisa.

- Lembro-me de uma noite, na Polônia, na casa de um dos secretários da Embaixada, em que fui sozinha ao terraço: uma grande floresta negra apontava-me emocionalmente o caminho da Ucrânia. Senti o apelo. A Rússia me tinha também. Mas eu pertenço ao Brasil.

- Neste mesmo momento em que alguém me lê, lá está a África indomável vivendo.

- Vivo a vida no seu elemento puro.

- Tenho a vida de meus mortos. A eles dedico muita meditação.

- Uma amiga que tem cálculos renais. E, quando uma pedra quer passar, ela vive o inferno até que passe. Espiritualmente, muitas vezes uma pedra quer passar, então eu me contorço toda. Depois que ela passa, fico toda pura.

- Sou ajudada pela mera presença de uma pessoa vivendo. Sou ajudada pela saudade mansa e dolorida de quem eu amei. E sou ajudada pela minha própria respiração.

- Tenho uma grande saudade dos que eu deixarei.

- Estou tão leve. Nada me dói. Porque estou vivendo o mistério.

- Tenho fortes tentações e fortes desejos. Para superar tudo isso, passo 40 dias no deserto. Tenho junto de mim um copo de água. De vez em quando tomo um gole.

- Vou agora ensinar um modo hindu de se ter paz. Parece brincadeira mas é verdade. É assim: que se imagine um buquê de rosas brancas. Que se visualize sua brancura macia e perfumada. Depois, que se pense num buquê de rosas vermelhas, *príncipe negro*: são encarnadas, apaixonadas. Depois, que se visualize um buquê de rosas amarelas, que são, como já escrevi, um grito de alarma alegre. Depois, que se imagine um buquê de rosas rosadas, no seu recato, pétalas grossas e aveludadas. Depois, que mentalmente se reúnam esses quatro grandes buquês numa enorme corbelha. E, finalmente, que se tire cor-de-rosa, talvez, por ser tão recatada na sua palidez e por ser a rosa por excelência, e que se a leve mentalmente a um jardim e se a reponha no seu canteiro.

- A fome não espiritualiza ninguém. Só a fome deliberada.

- Não digo que perfumes eu uso: são o meu segredo.

~ Que de vez em quando ficasse sozinho, senão seria submergido, pois até o amor excessivo dos outros podia submergir uma pessoa.

~ Meus livros, felizmente para mim, não são superlotados de fatos, e sim da repercussão dos fatos no indivíduo.

~ Chegamos ao limiar de portas que estavam abertas – e por medo ou pelo que não sei, não atravessamos plenamente essas portas. Que no entanto tem nelas já gravado o nosso nome. Cada pessoa tem uma porta com seu nome gravado.

~ Sem o menor vestígio de mentira: sinto que se eu tivesse tido coragem mesmo, eu já teria atravessado a minha porta, e sem medo de que me chamassem de louca.

~ Estou com saudade de mim. Ando pouco recolhida, atendo demais ao telefone, escrevo depressa, vivo depressa. Onde está eu?

~ Cada um de nós reconhece o martírio de quem está protegendo um sonho.

~ Mas você esmaga uma rosa se apertá-la com carinho demais.

~ Sei mais silêncio que palavras.

~ Era um quati que se pensava cachorro. Às vezes com seus gestos de cachorro retinha o passo para cheirar coisas – o que retesava a correia e retinha um pouco o dono na usual sincronização de homem e cachorro. Fiquei olhando aquele quati que não sabia quem era. Imagino: se o homem o leva para brincar na praça, tem uma hora que o quati se constrange todo: "Mas santo Deus, por que é que os cachorros me olham tanto e latem feroz para mim?" Imagino também que depois de um perfeito dia de cachorro o quati se diga melancólico olhando as estrelas: "Que tenho afinal? Que me falta? Sou tão feliz como qualquer cachorro, por que então este vazio e esta nostalgia? Que ânsia é esta, como se eu só amasse o que não conheço?" E o homem – o único a poder de livrá-lo da pergunta – este homem nunca lhe dirá quem ele é para não perdê-lo para sempre.

— Tomo o partido das vítimas do amor ruim.

— O mais difícil é não fazer nada: ficar só diante do cosmos.

— Trabalhar é um atordoamento. Ficar sem fazer nada é a nudez final.

— Só a Ele eu poderia pedir que pusesse a mão sobre mim e arriscasse queimar a dele.

— Só outra coisa eu conheci tão total e cega e forte como esta minha vontade de me espojar na violência: a doçura da compaixão.

— Eu quis comer o mundo e a fome com que nasci pelo leite – esta fome quis se estender pelo mundo e o mundo não se queria comível. Ele se queria comível sim – mas para isso exigia que eu fosse comê-lo com a humildade com que ele se dava.

— Para compreender a minha não inteligência, o meu sentimento, fui obrigada a me tornar inteligente. (Usa-se a inteligência para entender a não inteligência. Só que depois o instrumento – o intelecto – por vício de jogo continua a ser usado – e não podemos colher as coisas de mãos limpas, diretamente na fonte.)

— Pensar me irrita, pois antes de começar a tentar pensar eu sabia muito bem o que eu sabia.

~ Então escrever é o modo de quem tem a palavra como isca: a palavra pescando o que não é palavra. Quando essa não palavra – a entrelinha – morde a isca, alguma coisa se escreveu. Uma vez que se pescou a entrelinha, poder-se-ia com alívio jogar a palavra fora. Mas aí cessa a analogia: a não palavra, ao morder a isca, incorporou-a. O que salva então é escrever *distraidamente*.

~ Escrever é tantas vezes lembrar-se do que nunca existiu. Como conseguirei saber do que nem ao menos sei? assim: como se me lembrasse. Com um esforço de *memória*, como se eu nunca tivesse nascido. Nunca nasci, nunca vivi: mas eu me lembro, e a lembrança é em carne viva.

~ Separava, separava o chamado joio do trigo, e o melhor, o melhor o ser comia. Às vezes comia o pior: a escolha difícil era comer o pior.

~ Separava perigos do grande perigo, e era com o grande perigo que o ser, embora com medo, ficava: só para sopesar com susto o peso das coisas.

~ Tudo o que é cinzento misteriosamente vibra para mim, como se fosse a reunião de todas as cores amansadas.

~ O ator inglês é o homem mais sério da Inglaterra. Em poucas horas ele dá a cada um aquilo importante que se perde na vida diária.

~ A criança inglesa é sempre linda, e quando abre a boca para falar, aí é que fica lindíssima.

~ Mas foi no voo que se explicaram seus braços compridos e desajeitados: eram asas. E o olho um pouco estúpido, aquele olhar estúpido só combinava com as larguras do pensamento pleno. Andava mal no diário, mas voava. Voava tão bem que até parecia arriscar a vida, o que era um luxo. Andava ridículo, cuidadoso, o pato feio. No chão, ele era um paciente.

~ O erro das pessoas inteligentes é tão mais grave: elas têm os argumentos que provam.

~ Esquecer-se de sua própria vida. É nesse esquecer-se que acontece então o fato mais essencialmente humano, aquele que faz de um homem a humanidade: a dor pessoal adquire uma vastidão em que os outros todos cabem e onde se abrigam e são compreendidos.

~ Pelo que há de amor na renúncia da dor pessoal, os quase mortos se levantam.

~ A transcendência da vontade de matar – por se conhecer esse abismo – vem impedir que os outros se matem.

~ O que é Natureza? Pergunta difícil de se responder porque nós também fazemos parte dela e sem distância suficiente para encará-la: em mim ela brota de meu âmago qual semente que rompe a terra.

~ Natureza – como explicar o seu significado único e total? como entender sua simplicidade enigmática? Nem me lembro como ou quando me ensinaram ou li essa palavra – mas não a explicaram. E no entanto entendi. Quem não sabe o que é jamais chegará a saber.

~ Estive uma vez à beira do Saara, além das pirâmides. O deserto. A perder-se de vista. Por todos os lados a perdição.

~ O que é angústia? Na verdade minha tendência a indagar e a significar já é em si uma angústia. Esta começa com a vida. Cortam o cordão umbilical: dor e separação. E enfim choro de viver.

～ Levo a vida deveras e frente a frente. Nestes momentos de "agora mesmo" estou vivendo tão leve que mal pouso na página, e ninguém me pega porque dou um jeito de escorregar.

～ Às vezes não se precisa ter medo da angústia: ela pode ser fértil e dar frutos de alegria e pureza.

～ De que ponto do ser nasceu em Stravinsky o *Pássaro de fogo*? Da alma, está bem.

～ A verdade ultrapassa-me com tanta paciência e doçura.

～ Ao ultrapassar-se, sai-se de si e se cai no "outro".

～ Assim somos nós? Sem explicação?

～ Recuso-me a ser um fato consumado.

～ Por enquanto sobrenado na preguiça. Adeus.

～ Quem escreveu isso? quando? Não importa, é uma verdade de vida, e muitos poderiam tê-la escrito.

～ Tenho me convivido muito ultimamente e descobri com surpresa que sou suportável, às vezes até agradável de ser.

～ Digo apenas "sim" ao mundo.

～ Suponhamos que eu seja uma criatura forte, o que não é verdade.

～ Suponhamos que eu escreva um dia alguma coisa que desnude um pouco a alma humana, o que não é verdade.

～ Suponhamos que as pessoas que eu amo sejam felizes, o que não é verdade.

～ Suponhamos que eu tenha menos defeitos graves do que tenho, o que não é verdade.

- Suponhamos que baste uma flor bonita para me deixar iluminada, o que não é verdade.

- Suponhamos que entre meus defeitos haja muitas qualidades, o que não é verdade.

- Suponhamos que eu nunca minta, o que não é verdade.

- O dançarino hindu faz gestos hieráticos, quadrados, e para. É que parar por vários instantes também faz parte. É a dança do estatelamento: os movimentos imobilizam as coisas. O dançarino passa de uma imobilidade a outra, dando-me tempo para a estupefação. E muitas vezes sua imobilidade súbita é a ressonância do salto anterior: o ar parado ainda contém todo o tremor do gesto. Ele agora está inteiramente parado. Existir se torna sagrado como se nós fôssemos apenas os executantes da vida.

- Quanto à mulher hindu, ela não se espanta nem me espanta. Seus movimentos são tão continuados e envolventes como a imobilidade corredia de um rio. Tem as curvas longas das mulheres antigas. As cadeiras daquela ali são largas demais e reduzem as possibilidades de seu pensamento. São mulheres sem crueldade. E na dança muda renovam o primitivo sentido da graça.

- É iniludível o nosso mal-estar diante do Oriente.

- Procura-se o "encanto feminino", e veem-se três mulheres se movendo tranquilas, como se isso bastasse. E o pior é que de repente basta.

- Gordos e brancos, nós nos instaláramos nas poltronas, à espera das oferendas dos Reis Magos. Mas eles nos devolvem à nossa pobreza de saciados.

- Pés nus têm a mesma inteligência indicativa de mãos.

~ A pele escura é a mais certa, mostrando como é que se vivia atrás de uma Bíblia tão grande que até ímpia ela também é – fascinando-me com a repetição exaustiva da mesma verdade.

~ Os nomes dos dançarinos são doces e maduros, fazem bem à boca. Mrinalini, Usha, Anirudda, Arjuna. Suavidades um pouco acres, estranhamente reconhecíveis: já comi ou não comi dessas frutas? Só se foi enquanto eu, Eva, entediada experimentava das árvores.

~ Tudo o que é forte demais parece estar perto de um fim.

~ Tudo é vivo, primário, lento, tudo é primariamente imortal.

~ Pior que a morte: a vida pura, a geleia viva.

~ Sei também que esta minha lucidez pode-se tornar o inferno humano – já me aconteceu antes.

~ Nada me segura mais: vou. Vou para a beatitude. A beatitude me guia e me leva pela mão.

~ Não, antes o sofrimento legítimo que o prazer forçado.

~ Se o meu mundo não fosse humano, também haveria lugar para mim: eu seria uma mancha difusa de instintos, doçuras e ferocidades, uma trêmula irradiação de paz e luta: se o mundo não fosse humano eu me arranjaria sendo um bicho.

~ Por um instante então desprezo o lado humano da vida e experimento a silenciosa alma da vida animal.

~ "Era uma vez um pássaro, meu Deus."

⁃ Deus lhe deu inúmeros pequenos dons que ele não usou nem desenvolveu por receio de ser um homem completo e sem pudor.

⁃ Não é fácil escrever em português: é uma língua pouco trabalhada pelo pensamento e o resultado é pouca maleabilidade para exprimir os delicados estados do ser humano.

⁃ Muitas vezes o que me salvou foi improvisar um ato gratuito. Ato gratuito, se tem causas, são desconhecidas. E se tem consequências, são imprevisíveis.

⁃ O ato gratuito é o oposto da luta pela vida e na vida. Ele é o oposto da nossa corrida pelo dinheiro, pelo trabalho, pelo amor, pelos prazeres, pelos táxis e ônibus, pela nossa vida diária enfim – que esta é toda paga, isto é, tem o seu preço.

⁃ Estava exausta de tirar ideias de mim mesma. Estava exausta do barulho da máquina de escrever. Então a sede estranha e profunda me apareceu. Eu precisava – precisava com urgência – de um ato de liberdade: do ato que é por si só. Um ato que manifestasse fora de mim o que eu secretamente era. E necessitava de um ato pelo qual eu não precisava *pagar*. Não digo *pagar com dinheiro* mas sim, de um modo mais amplo, pagar o alto preço que custa viver.

⁃ Conheço em mim uma imagem muito boa, e cada vez que eu quero eu a tenho, e cada vez que ela vem ela aparece toda. É a visão de uma floresta, e na floresta vejo a clareira verde, meio escura, rodeada das alturas das árvores, e no meio desse bom escuro estão muitas borboletas, um leão amarelo sentado, e eu sentada no chão bordando.

～ Ali estou eu, com borboleta, com leão. Minha clareira tem uns minérios, que são as cores. Só existe uma ameaça: é saber com apreensão que fora dali estou perdida, porque nem sequer será a floresta (esta eu conheço de antemão, por amor), será um campo vazio (e este eu conheço de antemão através do medo).

～ Já disse isso mas repito por gosto de felicidade: quero a mesma coisa de novo e de novo.

～ Estamos muito bem. Para falar a verdade, nunca estive tão bem. Por quê? Não quero saber por quê.

～ Vou até repetir um pouco mais minha visão porque está ficando cada vez melhor: o leão amarelo pacífico e as borboletas voando caladas, eu sentada no chão bordando e nós assim cheios de gosto pela clareira verde. Nós somos contentes.

～ Quem sabe, também eu já poderia não escrever. Como é infinitamente mais ambicioso. É quase inalcançável.

～ A sala se escureceu toda dentro da escuridão – eu estava nas trevas.

～ Agasalhei-me do medo no próprio medo – como já me agasalhei de ti em ti mesmo.

～ Inventei que aquela flor era a alma de alguém que acabara de morrer – isso eu inventei porque não tinha força de ver diretamente a vida de uma flor.

～ A flor estava tão vibrante como se houvesse uma abelha perigosa rondando-a.

～ Uma abelha gelada de pavor? – não – melhor dizer que a abelha e a flor emocionadas se encontravam, vida contra vida, vida a favor da vida.

- A abelha era eu – e a flor tremia diante da doçura perigosa da abelha.

- Sou a única prova de mim.

- Tenho a meu favor tudo o que não sei e – por ser um campo virgem – está livre de preconceitos.

- Tudo o que não sei é a minha parte maior e melhor: é a minha largueza.

- Dancei uma vez sem saber que estava grávida. E depois me culpei tanto por isso, mas foi uma dança lenta que não fazia mal. Depois quando desconfiei, mandei fazer o teste. Você não imagina o que senti quando o homem me entregou o papel onde estava escrito positivo. Minha alegria foi tão intensa, mas tão doida, que abracei e beijei o homem espantado do laboratório e lhe disse: "Muito obrigada." Imagine, como se aquele desconhecido fosse o pai.

- "Olha, bichinho, nós dois havemos de vencer e você vai nascer, é assim mesmo, é difícil nascer."

- Foi então que comecei a perder sangue. Eu mal acreditava, não queria acreditar. E quanto mais sangue se derramava, mais desesperada eu ficava. Até que aconteceu: perdi meu filho. Era um menino. Cheguei a vê-lo, pedi para vê-lo: lá estava ele todo aconchegado dentro do óvulo.

- Tanta coisa que então eu não sabia. Nunca tinham me falado, por exemplo, deste sol duro das três horas. Também não me tinham avisado sobre este ritmo tão seco de viver, desta martelada de poeira. Que doeria, tinham-me vagamente avisado. Mas o que vem para a minha esperança do horizonte, ao chegar perto se revela abrindo asas de águia sobre mim, isso eu não sabia. Não sabia o que é ser sombreada por grandes asas abertas e ameaçadoras, um agudo bico de águia inclinado sobre mim e rindo.

- Comecei a mentir por precaução, e ninguém me avisou do perigo de ser tão precavida.

- Mentira eu a dizia crua, simples, curta: eu dizia a verdade bruta.

- E o que é que se faz quando se fica feliz? Que faço da felicidade? Que faço dessa paz estranha e aguda que já está começando a me doer como uma angústia e como um grande silêncio? A quem dou minha felicidade que já está começando a me rasgar um pouco e me assusta.

- Amor será dar de presente um ao outro a própria solidão? Pois é a coisa mais última que se pode dar de si.

- Certas comidas requintadas demais estão no limiar do enjoo de estômago. Requintada demais dá cócega ruim: e eis atingido o limiar. Pois também comida boa tem algo de rude nela.

- Carne tem que resistir um pouco aos dentes! O filé que se corta como manteiga me avisa logo que, pelo menos a mim, não me entenderam.

- Sou imatura bastante para não suportar bem um prazer frustrado.

- É tão prática que, em caso de doença de família, faz logo as duas coisas essenciais: dá o remédio e logo em seguida vai para o quarto rezar. E tudo fica resolvido.

- Depois de grandes jornadas e de grandes lutas que ele enfim compreende que precisa se ajoelhar diante da mulher. E, depois, é bom porque a cabeça do homem fica perto dos joelhos da mulher e perto de suas mãos, no seu colo, que é sua parte mais quente. E ela pode fazer o seu melhor gesto.

~ Uma segurança estranha: sempre ter-se-á o que gastar. Não ter pois avareza com esse vazio-pleno: gastá-lo.

~ Mas tenho medo: escrever muito e sempre pode corromper a palavra. Seria para ela mais protetor vender ou fabricar sapatos: a palavra ficaria intata.

~ Num jornal nunca se pode esquecer o leitor, ao passo que no livro fala-se com maior liberdade, sem compromisso imediato com ninguém. Ou mesmo sem compromisso nenhum.

~ O mercúrio é uma substância isenta. Isenta de quê? Nada explico, recuso-me a explicar, recuso-me a ser discursiva: é isento e basta.

~ O espírito, através do corpo como meio, não se deixa contaminar pela vida, e esse pequeno e faiscante núcleo é o último reduto do ser humano.

~ Para ler, é claro, prefiro o atraente, me poupa mais, me arrasta mais, me delimita e me contorna. Para escrever, porém, tenho que prescindir.

~ Não se *faz* uma frase. A frase nasce.

~ A vida é mais longa do que a fazemos. Cada instante conta.

~ Como gato por lebre a toda hora. Por tolice, por distração, por ignorância. E até às vezes por delicadeza: me oferecem gato e agradeço a falsa lebre, e quando a lebre mia, finjo que não ouvi.

∽   Quando o gato se imagina lebre. Já que se trata de gato profundamente insatisfeito com a sua condição, então lido com a lebre dele: é direito de gato querer ser lebre.

∽   (Há um provérbio que diz: é melhor ser enganado por um amigo do que desconfiar dele.)

∽   Quando aceito gato por lebre, o problema verdadeiro é de quem me ofereceu, pois meu erro foi apenas o de ser crédula.

∽   Angústia pode ser não ter esperança na esperança. Ou conformar-se sem se resignar. Ou não se confessar nem a si próprio. Ou não ser o que realmente se é, e nunca se é.

∽   Angústia pode ser o desamparo de estar vivo. Pode ser também não ter coragem de ter angústia – e a fuga é outra angústia.

∽   Mas angústia faz parte: o que é vivo, por ser vivo, se contrai.

∽   A perecibilidade das coisas existentes, sendo substituída por outras perecíveis que são substituídas pela perecibilidade de outras – a essa constância se pode, querendo, chamar de perecibilidade eterna: que é a eternidade ao alcance de nós.

∽   Toda palavra tem a sua sombra.

∽   Pessoas precisam tanto poder contar a história delas mesmas a si próprias.

∽   O tédio, aliás, fazia parte da obediência a uma vida de sentimentos honestos.

— Faltava-lhes o peso de um erro grave, que tantas vezes é o que abre por acaso uma porta salvadora.

— Chegamos ao dia em que, há muito tragada pelo sonho, a mulher, tendo dado uma mordida numa maçã, sentiu quebrar-se um dente da frente.

— O processo de viver é feito de erros – a maioria essenciais – de coragem e preguiça, desespero e esperança de vegetativa atenção, de sentimento constante (não pensamento) que não conduz a nada, não conduz a nada, e de repente aquilo que se pensou que era "nada" – era o próprio assustador contato com a tessitura do viver – e esse instante de reconhecimento (igual a uma revelação) precisa ser recebido com a maior inocência, com a inocência de que se é feito.

— (Mamãe, disse o menino, o mar está lindo, verde e com azul e com ondas! está todo anaturezado! todo sem ninguém ter feito ele!)

— Peço desculpa porque além de contar os fatos eu também adivinho e o que adivinho aqui escrevo.

— Eu adivinho a realidade.

— Às vezes me dá enjoo de gente. Depois passa e fico de novo toda curiosa e atenta.

— Uma vida é curta: mas, se cortarmos os seus pedaços mortos, curtíssima fica ela.

— Muita coisa inútil na vida da gente serve como esse táxi: para nos transportar de um ponto útil a outro.

— Depois que me incendiei, quanta gente encontrei que já se incendiou. Parece que é um hábito.

~ Lembrei-me do jasmim. Jasmim é de noite. E me mata lentamente. Luto contra, desisto porque sinto que o perfume é mais forte do que eu, e morro. Quando acordo, sou uma iniciada.

~ Estou sob a influência da tempestade que se forma. A intranquilidade do mundo. Os pássaros fogem.

~ Precisa-se dar outro nome a certo tipo de esperança porque esta palavra significa sobretudo espera. E a esperança é já.

~ Lição de moral eu detesto. Quando percebo que a conversa está descambando para isso – outros, os moralistas, diriam "subindo para isso" – retraio-me toda, e uma rigidez muda me toma. Luto contra.

~ Não temos amado acima de todas as coisas. Não temos aceito o que não se entende porque não queremos ser tolos. Temos amontoado coisas e seguranças por não nos termos nem aos outros. Não temos nenhuma alegria que já tenha sido catalogada. Temos construído catedrais e ficado do lado de fora, pois as catedrais que nós mesmos construímos tememos que sejam armadilhas.

~ Será que a pessoa que mais vê, portanto a mais potente, é a que mais sente e sofre. E a que mais se estraçalha com dores tão reais quanto um cisco no olho.

~ O que me confundiu um pouco a respeito de vanguarda como experimentação é que toda verdadeira arte é experimentação e, lamento muito, toda verdadeira vida é experimentação... Por que então uma experimentação era vanguarda e a outra não?

~ É provável que ele, como a maioria das pessoas, nunca tenha parado o movimento da vida para reflexionar sobre a vida, e sobretudo para se fazer essa pergunta capital: o que é o amor?

— Mais uma vez eu tinha sido salva pela sua apenas aparente dureza.

— Não fique a toda hora consultando o espelhinho de bolsa, ajeitando os cabelos, empoando-se ou corrigindo o batom. Lembre-se: você não saiu para ser *linda*, você saiu para gostar de ter saído; não saiu para se mostrar: saiu para conversar. Se o rapaz convidou você para sair com ele é porque gostou do seu *jeito*, do seu modo de ser, de sua aparência.

— Não, vamos pôr ordem na minha alegria senão ninguém saberá do que eu estou falando.

— Pareceu-me que eu não queria nomear uma coisa que estava sendo eu, e eu é uma palavra secreta e cabalística, tanto que não pode ser substituída por nenhuma outra.

— Foi então que ela atravessou uma crise que nada parecia ter a ver com sua vida: uma crise de profunda sensibilidade. E um dos sintomas era a piedade pelos outros e por si própria. E a cabeça tão limitada, tão bem penteada pelo cabeleireiro da moda, mal podia suportar perdoar tanto.

— Essas perguntas, essas perplexidades, já ocorreram a muitos e muitos. Não sei se eles souberam responder. Eu não. Só sei lhe dizer que a vida não tem lógica. E que a beleza de ver é ilógica também.

— Um dos gestos mais belos e largos e generosos do homem, andando vagarosamente pelo campo lavrado, é o de lançar na terra as sementes.

~ Entrar no Jardim Botânico é como se fôssemos transladados para um novo reino. Aquele amontoado de seres livres. O ar que se respira é verde. E úmido. É a seiva que nos embriaga de leve: milhares de plantas cheias de vital seiva. Ao vento as vozes translúcidas das folhas de plantas nos envolvem num suavíssimo emaranhado de sons irreconhecíveis. Sentada ali num banco, a gente não faz nada: fica apenas sentada deixando o mundo ser.

~ Um dia telefonei para Drummond para lhe dizer que havia sonhado com ele – não me lembro mais do enredo. E ele me respondeu: muito obrigado por deixar que eu visite você nos seus sonhos. Achei linda a resposta.

~ Para receber você, preparei um bosque cheio de frutos, ou uma proximidade com o mais vasto azul dos mares ou uma mesa de toalha branca coberta de comidas de se comer. Meus sonhos estão à sua disposição.

~ Também mandei plantar no canto da sala uma moita de avencas fresquíssimas que se dobram sobre elas próprias em verdes curvas de suas milhares de folhinhas de samambaias, moita que dá vontade de se pôr o rosto dentro dela e receber em cheio o seu sensual agreste. Escolhi os eucaliptos os mais altos, e eles ultrapassam o teto que mandei abrir para que as estrelas da noite pisquem sobre nós.

~ E que roupa usar? Uma túnica branca, não em sinal de pureza que eu não tenho, mas porque túnica branca é bonito. Lamentei ter cortado meus cabelos mas já era tarde, não dava tempo de mandá-los crescer.

~ Eu passei quase três meses no hospital e recebia visitas até de estranhos, e eu não sou o que se chama de simpática. Pergunto-me até o que é que eu dei aos outros para que viessem me fazer companhia.

— Não, não acredito que não se tenha amigos. É que são raros.

— Como poderei saber do que nem ao menos sei? Assim: como se me lembrasse. Com um esforço de *memória*, como se eu nunca tivesse nascido.

— O que me fez nunca ir a sessões públicas da Academia? Falta de motivação? Ou talvez simplesmente considerasse a Academia uma espécie de clube de cavalheiros ingleses, onde se lê jornal, conversa-se, bebe-se alguma coisa, sem a interferência sempre perturbadora de mulheres.

— Acontece porém, que há um ciclo fatal no escritor: a obra entra em gestação, é executada, e depois, como um filho que tem de nascer, é publicada, já não pertence mais ao autor.

— O médico explicou-me que no cérebro existe, se entendi bem, uma parte de onde sai a escritura, a palavra, e outra de onde sai a pintura.

— O Brasil é enorme e tem de tudo, é só questão de lhe dar a oportunidade de sair da ignorância.

— Quem tiver, como eu tenho às vezes, uma sede de verde – vou de quando em quando banhar esse meu coração perplexo na Floresta da Tijuca – terá em casa um repousante e vivo verde.

— Estou confusa com tanta beleza: sinto, mas não sei dizer.

— – Qual a fagulha que faz com que você queira criar?

— Eu lhe disse que meu sonho impossível seria o de ter várias vidas: numa eu seria só mãe, em outra só escreveria, em outra só amava.

⁓ O trabalho criador é tão misterioso que se podem ver os processos se elaborando e no entanto continuarem no seu mistério.

⁓ No jantar meu lugar era ao seu lado. Mas que conversa. Quase impossível. Um homem amargo e terrivelmente irônico. O desprezo pelos outros e por si mesmo. Fazia-me perguntas atrás de perguntas, brincando com o garfo. Jantei mal.

⁓ Às vezes tenho a impressão de que escrevo por simples curiosidade intensa. É que ao escrever eu me dou as mais inesperadas surpresas. É na hora de escrever que muitas vezes fico consciente de coisas, das quais, sendo inconsciente, eu antes não sabia que sabia.

⁓ Quando estudei no ginásio Matemática e Física, percebi que nesses dois ramos do conhecimento humano a intuição tinha um papel preponderante, embora meus professores achassem que se tratava apenas de uma capacidade aguda de raciocínio. É claro, o raciocínio tem enorme importância, mas também é claro que a intuição tem seu papel na Física e na Matemática. E para mim tudo aquilo em que entra intuição é uma forma de arte; Física e Matemática são de um poético tão alto que já é banhado de luz. São uma arte tão arte que as comparo a Bach.

⁓ Deus e Roberto Burle Marx fazem paisagens. Sem que uma fira a outra: a paisagem do grande artista não machuca a natureza. Sua vegetação lembra a de uma paisagem submersa ondulante que às vezes atrai como tentáculos de animais submarinos. Às vezes sua paisagem parece simplesmente erguida da terra como fruto desta.

~ De animais nós entendemos e adivinhamos porque também nós o somos. Mas na verdade de vegetação e paisagem, o que temos dentro de nós que nos faça amá-las e entendê-las? É o ciclo de vida até que a planta se transforma em frutos, que por sua vez contêm sementes e todos os elementos para ser raiz, tronco e folhas.

~ Cor coagulada, violência, martírio são as vigas que sustentam o silêncio de uma simetria religiosa.

~ O que é um espelho? Como a bola de cristal dos videntes, ele me arrasta para o vazio que no vidente é o seu campo de meditação, e em mim o campo de silêncios e silêncios.

~ Quem olha um espelho conseguindo ao mesmo tempo isenção de si mesmo, quem consegue vê-lo sem se ver, quem entende que a sua profundidade é ele ser vazio, quem caminha para dentro de seu espaço transparente sem deixar nele o vestígio da própria imagem – então percebeu seu mistério.

~ Como não amar Djanira, mesmo sem conhecê-la pessoalmente.

~ Ficamos em grande silêncio. Provavelmente mergulhadas ambas nas nossas vidas mútuas.

~ Que se duas pessoas se gostam nada há a fazer senão amarem-se, simplesmente.

~ Arranje-se! nós somos simples animais.

~ Abri as janelas do quarto e olhei o jardim fresco e calmo aos primeiros fios de sol, tive a certeza de que não há mesmo nada a fazer senão viver.

~ Levei minha cara para rua, sobre uma maca, mostrando-a a todos: chorem por mim, chorem por mim. E toda a vez que alguém sorria, eu gritava: mor-te-mor-te-mor-te.

~ Estás vendo, amor, como se pode chegar a um grau de desgraça tal em que se ama a sua própria ferida.

~ O que sinto é o que eu sinto, e acabou-se: está misturado comigo. E como é que eu posso fazer de mim uma palavra?

~ As coisas foram feitas para serem ditas à luz do dia e se não se pode dizê-las é porque elas são de má qualidade.

~ Fico com a minha alegria de ter pão e ter saúde e com a minha tristeza de sentir dor de cabeça. O resto, quando vem, eu oro.

~ Persisto em querer a névoa, quando ao lado dela se estende gloriosamente o ar límpido.

~ Continuo cheia das coisas que não foram feitas para serem ditas à luz do dia.

~ Hoje é domingo e a cidade está bonita. Não há ninguém nas ruas e todas as árvores existem sozinhas e soberanas. As inquietações e os desejos e os ódios se abaixaram, se estiraram sobre a terra, cansados de existir. E à altura da boca só encontro o ar suave e puro da renúncia serena.

~ Somos animais porém somos animais perturbados pelo homem. E se aqueles perdoam a este, este é orgulhoso e exigente e nunca perdoa os excessos daqueles.

~ O arco se sente vazio depois de ter despedido a flecha.

~ Os nobres sentem em si a necessidade de auscultar sua capacidade de arder.

— O que devemos procurar é que este estado primitivo suba um pouco e que nosso orgulho de raciocinante desça um pouco até que os dois seres que existem em nós se encontrem, se absorvam e formem uma nova espécie na natureza.

— A mim me bastaria apenas a existência de uma criatura sobre a terra para satisfazer o meu desejo de glória, que não é senão um profundo desejo de vizinhança.

— Somos a única presença que não nos deixará até a morte.

— Dar conselhos é de novo falar de si.

— Nada conheço que dê tanto direito a um homem como o fato dele estar vivendo.

— O milagre de respirares me inspira.

— Uns nasceram para adorar; outros para comer; outros para rir; eu nasci para lançar pedras.

— Eu nada te direi durante cinco minutos para que possas pensar na Quinta Sinfonia de Beethoven.

— O começo será o prelúdio do fim, como em todas as coisas.

— Erige dentro de ti o monumento do Desejo Insatisfeito. E assim as coisas nunca morrerão, antes que tu mesmo morras.

— Se não puderes seguir meu conselho, porque mais ávida que tudo é sempre a vida, se não puderes seguir meus conselhos e todos os programas que inventamos para nos melhorar, chupa umas pastilhas de hortelã. São tão frescas.

◠ Ela reparou na minimeza que é uma língua de saguim. Parecia um risco de lápis vermelho que tivesse dado um pulo para fora do papel.

◠ De que modo matar baratas? Deixe, todas as noites, nos lugares preferidos por esses bichinhos nojentos, a seguinte receita: açúcar, farinha e gesso, misturados em partes iguais. Essa iguaria atrai as baratas que a comerão radiantes. Passado algum tempo, insidiosamente o gesso endurecerá dentro das mesmas, o que lhes causará morte certa.

◠ Com os Institutos de Beleza que se multiplicam dia a dia e vendem, diluída em ampolas, até cara de boneca de porcelana, tirada de embrião de pinto, cabelo líquido em qualquer cor, cútis em pasta e em pó, no tom que a freguesa escolher, toda a sorte de cremes e loções, no centro de um tal paraíso é difícil às mulheres imaginarem a existência de sítios em que o mascate e o seu baú são esperados com a ansiedade com que se esperava o Messias.

◠ Nunca se prestou ao mascate a mais humilde homenagem. E bem que o merecia. Porque ele carrega também um pouco de alegria entre as suas bugigangas, alegria ingênua para a sua numerosa freguesia feminina.

◠ Quando o mascate chega é um alvoroço na redondeza. Alguém ouviu o péc-péc-péc do instrumento com que ele se anuncia, a notícia corre de boca em boca, o mulherio acode e faz o cerco ao baú. Baú milagroso que tem de tudo um pouco. Pente grosso de pentear, pente fino de limpar a cabeça, pentinho de enfeite com pedrinha que brilha, fivela ou passadeira, grampo de todo o feitio e tamanho, brilhantina que deixa o cabelo "alumiando que é lindeza", água de cheiro, pó de arroz alvo que nem farinha, caixinhas de carmim que dão cor de saúde, peças de renda, cadarço, barbatana, colchete, agulha, linha, botão de ceroula, de madrepérola e de vidro em todas as cores, alfinetinho de cabeça, pregadeira, chinelo, meia de seda e algodão, remédio de curar dor de dente e de botar no ouvido de criança, óleo de Sta. Maria para dar cabo das bichas, garrafinhas de óleo de rícino, que tanto serve pro cabelo como de purgante na hora do aperto, meu Deus, o que é que não sai do baú de mascate?

Digo-lhes que "esclarecida" é a mulher que se instrui, que procura acompanhar o ritmo da vida atual, sendo útil dentro do seu campo de ação, fazendo-se respeitar pelo seu valor próprio, que é companheira do homem e não sua escrava, que é mãe e educadora e não boneca mimada a criar outros bonequinhos mimados.

Outra mania prejudicial é aquela de falar alto, rir alto, esquecer quem está ao seu lado para dirigir-se ao público à volta. Esse público, geralmente, presta atenção, espantado e curioso, pensando intimamente coisas muito pouco abonadoras sobre a tagarela. Sem consciência disso, ela continua o seu "show", alheia ao constrangimento do companheiro e risinho maldoso dos estranhos.

Um defeito muito desagradável é a mania de ser vítima que têm algumas mulheres. Queixam-se dos filhos, do marido, dos parentes, do ar que respiram, do asfalto que pisam, do calor, do frio, de tudo. Só sabem queixar-se. Quando lhes acontece apanhar uma doença, entregam-se de corpo e alma. A doença, séria ou não, passa a ser a razão de sua vida, assunto de todas as horas.

O ar eternamente choroso torna feia a mulher, envelhece, cava sulcos na face, rouba o brilho dos olhos. Beleza é quase sinônimo de alegria e saúde.

⁓   Controle o vício das guloseimas, a vaidade de chamar a atenção e o desejo de atrair a piedade alheia. Afinal, piedade é sentimento que humilha aquela a quem é dirigida.

⁓   A questão é: pode-se conseguir "sex-appeal"? pode-se adquirir o fluido magnético?

⁓   O que me dá medo é o de chegar, por falta de assunto, à autorrevelação, mesmo à minha revelia.

⁓   Reunião é uma reunião em torno de uma gafe que não é cometida? A tensão da perfeição crescendo, a pele do tambor esticando-se. Risco excitante. Para cada um, a gafe que não é cometida. Que gafe, afinal? Eu. Cada um é a própria gafe muda.

⁓   A gente olha e vê um pouco do outro lado, é cheio de desenho bem igual, é frio na boca, faz barulho de um pouco de vidro quando se mastiga. Você não acha que pepino parece inventado?

⁓   Você está olhando desse jeito para mim mas não é para eu comer, é porque você está gostando muito de mim, adivinhei ou errei?

⁓   Come, Paulinho.

⁓   É tão engraçado, mamãe, descobri que a natureza não é suja. Quer ver esta árvore? Está toda cheia de cascas e pedaços, e não é suja. Mas esse carro, só porque tem poeira, está sujo mesmo.

⁓   Qualquer criança do mundo é como se fosse nossa carne e nosso sangue.

⁓   Um dia desses me contaram sobre uma menina semiparalítica que precisou se vingar quebrando um jarro. E o sangue me doeu todo. Ela era uma filha colérica.

— O homem é a nossa fonte de inspiração? É. O homem é o nosso desafio? É. O homem é o nosso inimigo? É. O homem é o nosso rival estimulante? É. O homem é o nosso igual ao mesmo tempo inteiramente diferente? É. O homem é bonito? É. O homem é engraçado? É. O homem é um menino? É. O homem também é um pai? É. Nós brigamos com o homem? Brigamos. Nós não podemos passar sem o homem com quem brigamos? Não. Nós somos interessantes porque o homem gosta de mulher interessante? Somos. O homem é a pessoa com quem temos o diálogo mais importante? É. O homem é um chato? Também. Nós gostamos de ser chateadas pelo homem? Gostamos.

— Toquei num ponto nevrálgico. E, sendo um ponto nevrálgico, como o homem nos dói. E como a mulher dói no homem.

— Meus dedos não são frágeis. Eu tenho uma força, eu sei. E minha força está na suavidade de meus dedos frágeis e delicados.

— Crônica é um relato? é uma conversa? é o resumo de um estado de espírito? Não sei.

— Ele morreu. Acontece que morrera preocupado com os problemas da alma, e assim como morrera, assim continuou, por assim dizer esquecido do principal: de que morrera. Com isto se quer dizer que ele estava tão ocupado com certos pensamentos que, digamos, não percebeu que havia morrido. Depois foi um choque notar que já atravessara, sem sentir, certas fronteiras. Grandes angústias o dominaram. E pode-se mesmo imaginar o que sentia. Em primeiro lugar, uma solidão grande porque, se quisesse falar, não tinha quem quisesse ouvi-lo. É verdade que não podemos nem por um instante calcular bem o que é não ter esperança. Ele não tinha. E a sensação de não ter ninguém para quem apelar? Pode-se, pois, dizer que ele falecera sem estar já maduro para isto, embora mesmo quando morre uma criança ela está madura, de tal modo é infalível e tranquila a natureza. Mas a este homem de quem falamos escapou-lhe a própria morte.

~ Não falemos de mim, senão o necessário. O necessário é dizer que numa certa noite, por vários momentos, eu estava em disponibilidade para a própria morte.

~ Em plena vitalidade, não se pode adivinhar que espécie de velho se vai ser.

~ Como é que a tranquila senhora de hoje, cumpridora de seus deveres, respeitadora de tudo o que é ordem, como sabe ela se, na velhice, de repente não lhe dará uma liberdade irônica, um modo de sorrir que intriga os moços, e não vai virar uma velha que não penteia o cabelo, que deixa o cigarro no canto da boca, e constrange a família toda com sua nova sabedoria?

~ Quem diz que o austero senhor de hoje não precisará dizer sem-vergonhices para manter seu interesse pela vida?

~ Velhice é a última chance das reivindicações.

~ Mesmo com asilo bem escolhido, ainda restam tantas incertezas.

~ Arruma-se bagagem para uma instalação de dez anos de velhice, e um ano depois talvez não se precise mais.

~ Entrou no asilo de pobres com cento e sete anos. O tempo foi passando. Ela o enchia, ao tempo, vivendo. Não tinha outra coisa mais a fazer. E lá está ainda hoje – com cento e quinze anos. Cada vez menor, cada vez mais sucinta. Cento e quinze era muita idade: "tem certeza de que ela não está enganada ou mentindo ou que já não pensa bem?", indaguei. A pessoa disse que também tivera dúvidas, mas lhe haviam afiançado que, embora sem documentos, era isso mesmo. E uma das provas estava no fato da presença, nesse mesmo asilo, de um velho de oitenta e dois anos, conterrâneo da velhinha de cento e quinze. E que fora por ela amamentado... A mãe do velhinho não tivera leite, ele fora nutrido pela velhinha, então farta e jovem. E ali, no mesmo asilo, está o amamentado que não me deixa mentir.

Quem sabe, uma velhice solitária e despreocupada era o seu ideal, quem sabe se ele estava querendo sua liberdadezinha, seus – amamentado e dominado a vida toda – resmungos sem palavras, uma vida de pardal pousado em banco de praça.

Não temos a civilização antiga da China mas temos uns "modos" que são nossos.

Não consigo "criar", ou mesmo escrever apenas, nem meia página, sem tomar uma xícara de café.

Todas as vezes em que um homem ou uma mulher vão se dar a uma tarefa mais difícil, mesmo que não seja estritamente criadora, preparam-se antes com uma xícara de café bem quente.

Uma vez falei com professores de uma universidade de Roma e eles disseram que durante a guerra não era a pouca comida o que lhes doía e traumatizava, e sim a falta de café com o subsequente cigarrinho.

Sou pessoa impulsiva, o que se às vezes dá certo, nem sempre dá.

O modo de fazer café é tão simples que até dá vergonha não saber: Para um litro de água, quatro colheres das de sopa bem cheias de café (se este for escuro demais, o que quer dizer que foi mais queimado, pôr menos quantidade). Enquanto a água para o café ferve, derrama-se água fervendo no coador e nas xícaras. Quando a água para o café estiver fervendo, joguem-se nela as colheres de café, mexendo sempre sem deixar ferver muito: uma só fervura. Joga-se fora a água que esquentava o coador e as xícaras, derrama-se o café no coador, e do coador nas xícaras.

Então bebe-se: e eis renascido o estímulo para viver, para sentir, para pensar, para calcular, para repousar, para gostar de estar fazendo exatamente o que se está fazendo – bebendo um café bem-feito.

O coquetel é assim: um quarto de vodca, um quarto de cherry Brandy, um quarto de Martini, meio quarto de café forte. Açúcar a gosto e uma azeitona. Serve-se bem gelado.

Jamais, porém, esquecerei o timbre terrível daquela voz ao me desejar sofrimento: aquela, pois, era também uma das vozes humanas.

Sei de muito pouco. Mas tenho a meu favor tudo o que não sei e, por ser um campo virgem, está livre de preconceitos. Tudo o que não sei é a minha parte maior e melhor, é a minha largueza. É com ela que eu compreenderia tudo. Tudo o que não sei é que é a minha verdade.

Eu também preciso do Brasil. Quero vê-lo saindo da miséria e da morte, alcançando o tamanho real que o país tem. Eu preciso de um Brasil maior para continuar a escrever. Ou melhor, escrever é pouco dizer. Eu preciso de um Brasil maior para me ajudar a entender o mundo e amá-lo. Fora do Brasil não há esperança para mim. Experimentei, como mulher de diplomata que fui até há pouco tempo, viver em outros países. E é indubitável que só posso viver e morar no Brasil. Este me deu a língua portuguesa que é linda para se trabalhar e escrever. Inclusive, apesar dos nossos grandes escritores do passado, a língua continua quase virgem, esperando por quem se aposse dela e a torne ainda mais maleável.

    Escrever é saber respirar dentro da frase. É pôr algum silêncio tanto nas linhas como nas entrelinhas para que o leitor possa respirar comigo, sem pressa, adaptando-se não só ao seu ritmo como ao meu, numa espécie de contraponto indispensável.

    Minha autocrítica a certas coisas que escrevo, por exemplo, não importa no caso se boas ou más: falta a elas chegar àquele ponto em que a dor se mistura à profunda alegria e a alegria chega a ser dolorosa – pois esse ponto é o aguilhão da vida.

    Eu não teria vergonha de dizer tão claramente que quero o máximo – e o máximo deve ser atingido e dito com a matemática perfeição da música ouvida e transposta para o profundo arrebatamento que sentimos.

    O ritmo das plantas é vagaroso: é com paciência e amor que ela cresce.

    Mas o tempo de uma vida não é suficiente para se fazer tudo o que se gosta. Tem de haver uma grande dose de renúncia.

XIX

TODAS AS CARTAS

~ Pretendia chorar na viagem, porque fico sempre com saudade de mim. Mas felizmente sou um bom animal sadio e dormi muito bem, obrigada.

~ "Deus" me chama a si, quando eu dele preciso.

~ Não sou senão um estado potencial, sentindo que há em mim água fresca, mas sem descobrir onde é a sua fonte.

~ Quando se trata de apaziguar os outros, transformo-me subitamente numa grande fonte de serenidade. E eu mesma bebo dessa fonte.

~ Estou tão vaga, tinha vontade de fazer um embrulho de mim, com papel de seda, lacinho de fita, e mandá-lo pra você. Aceita?

~ Planos, programas, consciência, vigilância. O que vale é que misturada a tudo isso, está a vida que não para.

⁓ Aquela ideia de me mandar num embrulho para alguém, ocorre-me de vez em quando como o ideal, tão cansada eu fico às vezes de estar sempre de pé, segurando eu mesma as minhas rédeas.

⁓ Ia lhe contar como eu tenho escrito, como eu tenho duvidado, como eu acho horrível o que eu tenho escrito e como às vezes me parece sufocante de bom o que tenho escrito, e dois dias depois aquilo não vale nada, como eu tenho aprendido a ser paciente, como é ruim ser paciente, como eu tenho medo de ser uma "escritora" bem instalada, como eu tenho medo de usar minhas próprias palavras, de me explorar.

⁓ Queria escrever agora um livro limpo e calmo, sem nenhuma palavra forte, mas alguma coisa real – real como o que se sonha.

⁓ Tudo passa – é essa a minha convicção mais moderna.

⁓ Conheci várias pessoas simpáticas. Muitas esnobíssimas, de feitio duro e impiedoso embora sem jamais fazer maldades. Eu acho graça em ouvi-las falar de nobrezas e aristocracias e de me ver sentada no meio delas, com o ar + gentil e delicado que eu posso achar. Nunca ouvi tanta bobagem séria e irremediável como nesse mês de viagem. Gente cheia de certezas e de julgamentos, de vida vazia e entupida de prazeres sociais e delicadezas. É evidente que é preciso conhecer a verdadeira pessoa embaixo disso. Mas por mais protetora dos animais que eu seja, a tarefa é difícil.

⁓ Nada é formidável, ou sei lá, talvez tudo seja.

⁓ Todo o mundo é inteligente, é bonito, é educado, dá esmolas e lê livros; mas por que não vão para um inferno qualquer? eu mesma irei de bom grado se souber que o lugar da "humanidade sofredora" é no céu.

～ Meu Deus, eu afinal não sou missionária. E detesto novidades, notícias e informações.

～ Que todos sejam felizes e me deixem em paz.

～ As coisas são iguais em toda a parte – eis o suspiro de uma mulherzinha viajada. Os cinemas do mundo inteiro se chamam Odeon, Capitólio, Império, Rex, Olímpia.

～ Tenho impressão de que quando eu for velha hei de praguejar o tempo todo.

～ Estamos num apartamento grande, com todos do consulado que são ótimas pessoas; mas eu nunca precisei de ótimas pessoas.

～ Incomoda um trabalho parado; é como se me impedisse de ir adiante.

～ Desculpe essa carta tão malfeita e tão tola; é que eu mesma sou malfeita e tola.

～ Fui ao vulcão Solfatara mas tenho preguiça de contar. A coisa parece um milagre.

～ Nunca consegui mesmo convencer você de que eu sou pobre...; infelizmente quanto mais pobre, com mais enfeites me enfeito.

～ Entre mim e tudo uma coisa, como se eu fosse daquelas pessoas que têm os olhos cobertos por uma camada branca.

～ Eu queria fazer uma história cheia de todos os instantes, mas isso sufocava o próprio personagem. Acho mesmo que meu mal é querer ter todos os instantes. Que eu estou idiota, você não precisa dizer, sei bem.

~ Eu pensava que ia gostar de Proust como se gosta das coisas esmagadoras; mas com grande surpresa vejo que tenho um prazer enorme e sincero em lê-lo, acho-o naturalíssimo, nada cacete, nada imponente, pelo contrário, de uma modéstia intelectual que nunca se sacrifica por um brilho, por uma imagem; você concorda?

~ Meu rosto "característico", como já me disseram tantas vezes sem dizer característico de quê.

~ Estou tentando escrever qualquer coisa que me parece tão difícil para mim mesma que eu me contenho para não me desesperar. É alguma coisa que nunca será gostada por ninguém, mas não posso fazer nada.

~ Estou tão burrinha hoje, quanto mais eu escrever mais bobagens digo.

~ Um dia desses fui ver a lava do Vesúvio. Tenho um pedaço feio de lava para você.

~ Certamente já lhe falei em Posillipo, que é um lugar. Em grego quer dizer pausa da dor. A dor realmente fica um instante suspensa, tão doces são as cores, tão sem selvageria, tão belo, tão belo é o lugar com mar, árvores, montanha.

~ Resolvi não falar hoje em saudade, nem dar a entender "saudade" por carinhos... Senão me derramaria demais e perderia o equilíbrio que é tão necessário pelo menos para se dormir de noite.

~ Eu estava posando para De Chirico quando o jornaleiro gritou: *É finita la guerra!* Eu também dei um grito, o pintor parou, comentou-se a falta estranha de alegria da gente e continuou-se.

∽ Mesmo pessoalmente é difícil conversar, mesmo quando a conversa é entre duas irmãs que se gostam e se entendem. Mil sentimentos atrapalham, como seja o amor mesmo, a desconfiança de que se esteja vagamente mentindo, a vontade de convencer etc.

∽ Tudo o que eu tenho é a nostalgia que vem de uma vida errada, de um temperamento excessivamente sensível, de talvez uma vocação errada ou forçada.

∽ Meus problemas são os de uma pessoa de alma doente e não podem ser compreendidos por pessoas, graças a Deus, sãs.

∽ Me abrace, que no abraço mais do que em palavras, as pessoas se gostam.

∽ Na verdade quando eu escrevo carta eu estou com um anzol compridíssimo cuja isca bate no Rio de Janeiro para pescar resposta.

∽ Às três horas da tarde sou a mulher mais exigente do mundo. Fico às vezes reduzida ao essencial, quer dizer, só meu coração bate.

∽ Por estranho que pareça, estou estudando cálculo das probabilidades. Não só porque o abstrato cada vez mais me interessa, como porque eu posso renovar minha incompreensão e concretizar minhas dificuldades gerais.

∽ Não se pode fazer arte só porque se tem um temperamento infeliz e doidinho.

∽ Um desânimo profundo. Pensei que só não deixava de escrever porque trabalhar é a minha verdadeira moralidade.

~ Acabei de passar uma semana das piores em relação ao trabalho. Nada presta, não sei por onde começar, não sei que atitude tomar, não sei de nada. Digo a mim mesma: não adianta desesperar, desesperar, desesperar é mais fácil ainda que trabalhar.

~ A ideia de uma unha partida em dois é o mesmo para mim que apagar o quadro-negro com folha de papel.

~ Sonhei que estava num lugar de cores apagadas, tudo meio dormente, e que eu ia subir uma escadaria imensa, alta, alta. Eu me aproximava para subir, e com horror via que a escadaria era apenas pintada – nem pintada, desenhada a lápis com perspectivas certas em claro e escuro, parece que em cima de papel móvel porque havia vento. Nem lhe posso descrever de como comecei a subir e que dificuldade sentia: era uma imagem de escada e eu pisava em degraus desenhados e sem profundidade.

~ O problema para quem escreve é antes de tudo um problema literário – mas pergunto-lhe agora: é ainda um problema literário a falta de pés no chão ou é anterior a ele?

~ Às vezes estou num estado de graça tão suave que não quero quebrá-la para exprimi-la, nem poderia.

~ Estado de graça é apenas uma alegria que não devo a ninguém, nem a mim, uma coisa que sucede como se me tivessem mostrado a outra face.

~ Talvez seja orgulho querer escrever, você às vezes não sente que é? A gente deveria se contentar em ver, às vezes. Felizmente tantas outras vezes não é orgulho, é desejo humilde.

~ Estou descobrindo uma espécie de estilo empoeirado – uma espécie de estilo que está sempre sob nosso estilo e que é uma mistura de leituras meio ordinárias da adolescência (não a sua, por Deus, talvez de sua infância...), uma mistura de grandiloquência que é na verdade como a gente já quis escrever (mas o bom gosto achou com razão ridículo), uma mistura disso – está ruim como o quê, mas com que prazer descubro as tiradas – parece que não há sequer invenção.

~ Acho que sou tão seca que corto o movimento das pessoas. E só quem é assim é que pode compreender como é ruim ser assim.

~ Estou aqui em pleno outono, e apesar de ser outono, apenas por ser "pleno", tem o mesmo fulgor de primavera plena, inverno pleno – a impressão que dá é que alguma coisa está madura.

~ E depois dessa extrema poesia, peço, porque estou com frio, uma esmolinha pelo amor de Deus. E para rimar digo adeus, que é rima pobre e nua, mas, ai de nós, absoluta.

~ Sou "outra pessoa" em Paris. É uma embriaguez que não tem nada de agradável. Tenho visto pessoas demais, falado demais, dito mentiras, tenho sido muito gentil. Quem está se divertindo é uma mulher que eu não conheço.

~ A mulher de Schmidt me disse hoje que quando eu bebo eu pareço um anjo.

~ Não pense que a pessoa tem tanta força assim a ponto de levar qualquer espécie de vida e continuar a mesma. Até cortar os próprios defeitos pode ser perigoso

– nunca se sabe qual é o defeito que sustenta nosso edifício inteiro.

～ Nem sei como lhe explicar, querida irmã, minha alma. Mas o que eu queria dizer é que a gente é muito preciosa, e que é somente até certo ponto que a gente pode desistir de si própria e se dar aos outros e às circunstâncias.

～ Depois que uma pessoa perder o respeito de si mesma e o respeito de suas próprias necessidades – depois disso fica-se um pouco um trapo.

～ O primeiro dever a realizar é em relação a si mesmo.

～ Do momento em que me resignei, perdi toda a vivacidade e todo interesse pelas coisas.

～ Você já viu como um touro castrado se transforma num boi?

～ Cortei em mim a força que poderia fazer mal aos outros e a mim. E com isso cortei também minha força. Espero que você nunca me veja assim resignada, porque é quase repugnante.

～ Disse que me achava ardente e vibrante, e que quando me encontrou agora se disse: ou esta calma excessiva é uma atitude ou então ela mudou tanto que parece quase irreconhecível.

～ Não pude deixar de querer lhe mostrar o que pode acontecer com uma pessoa que fez pacto com todos, e que se esqueceu de que o nó vital de uma pessoa deve ser respeitado.

～ Minha irmãzinha, ouça meu conselho, ouça meu pedido: respeite a você mais do que aos outros, respeite suas exigências, respeite mesmo o que é ruim em você – respeite sobretudo o que você imagina que é ruim em você – pelo amor de Deus, não queira fazer de você uma pessoa perfeita – não copie uma pessoa ideal, copie você mesma – é esse o único meio de viver.

~ Juro por Deus que se houvesse um céu, uma pessoa que se sacrificou por covardia – será punida e irá para um inferno qualquer.

~ Pegue para você o que lhe pertence, e o que lhe pertence é tudo aquilo que sua vida exige.

~ O que é verdadeiramente imoral é ter desistido de si mesma.

~ Isso seria uma lição para você. Ver o que pode suceder quando se pactuou com a comodidade de alma.

~ Passo o tempo todo pensando – não raciocinando, não meditando mas pensando, pensando sem parar. E aprendendo, não sei o quê, mas aprendendo.

~ O jogo alto está numa vida diária pequena, em que uma pessoa se arrisca muito mais profundamente, com ameaças maiores.

~ Parece que estou perdendo um sentimento de grandeza que não veio nunca de livros nem de influência de pessoas, uma coisa muito minha e que desde pequena deu a tudo, aos meus olhos, uma verdade que não vejo mais com tanta frequência. Disso tudo, restam nervos muito sensíveis e uma predisposição séria para ficar calada.

~ Quanto às leituras, variadas, provavelmente erradas, a mais certa é a *Imitação de Cristo*, mas é muito difícil imitá-Lo, e isso é menos óbvio do que parece.

— Ainda não absorvi o Rio, sou lenta e difícil. Precisaria de mais alguns meses para entender de novo a atmosfera. Mas que é bom, é. É selvagem, é inesperado, e salve-se quem puder.

— Que diabo, a gente tem o direito de deixar o barco correr! As coisas se arranjam, não é preciso empurrar com tanta força.

— Faça menos, e verá mesmo que às vezes a gente pensou que o mundo rodava porque estávamos rodando uma manivela.

— Ele vive às voltas com animais, disse que eu sou uma mistura de tigre e veado.

— Como é do conhecimento dos senhores, meu marido e eu, não tendo infelizmente religião (por enquanto), criamos nossos filhos na ideia de Deus, mas sem lhes dar rituais definitivos, e à espera de que eles próprios mais tarde se definam.

— Nunca pensei que pato tivesse natureza íntima tão diversa de pinto. Pinto está sempre com medo, e, além de lindo, é burríssimo, tão burro quanto a futura galinha ou galo que um dia será. Mas pato é altamente sociável, procura companhia, anda atrás da gente feito cachorro, se deixa acarinhar – e, coincidência altamente curiosa, tem o andar típico de pato.

— Pinto, por mais que a gente procure fazer feliz, está sempre miserável. Pato, não, não frustra a gente porque "corresponde" e faz a gente se sentir muito generosa.

— Um dia desses me contaram uma anedotinha que eu já conhecia, mas tão velha que eu já tinha esquecido. Se vocês conhecem, desculpem. É o caso de uma cidadezinha, durante a guerra, invadida por uma tropa. Naturalmente cada soldado escolheu logo uma moça, a tal ponto que um dos soldados, quando foi ver, descobriu que, do sexo feminino, só restava uma velhinha. Quando ele viu a velhinha ali, ele teve uma crise de desânimo: Ah não! Também esta não! Mas a velhinha disse rápida: "Ah não" coisa nenhuma, soldado! Guerra é guerra!

~ Dia das Mães estarei na Bahia pensando em vocês, meus filhos, que valem mais do tudo o que eu tive, tenho ou virei a ter.

~ Estou fazendo regime pra emagrecer: em sete dias perdi cinco quilos, e no oitavo estava fraca, comi de tudo, e resultado ganhei dois quilos.

~ Desejo-lhe que nunca atinja a cruel popularidade porque esta é ruim e invade a intimidade sagrada do coração.

~ Acordei com um pesadelo terrível: sonhei que ia para fora do Brasil (vou mesmo em agosto) e quando voltava ficava sabendo que muita gente tinha escrito coisas e assinava embaixo o meu nome. Eu reclamava, dizia que não era eu, e ninguém acreditava, e riam de mim. Aí não aguentei e acordei. Eu estava tão nervosa e elétrica e cansada que quebrei um copo.

~ Sabe se espreguiçar? É tão bom. Quando você se sentir cansadinha (você nunca se sente cansada porque é uma borboleta alegre) ou quando quiser sentir uma coisa boa para o seu corpinho, então espreguice-se. É assim: espiche os braços e as pernas ao último máximo, tanto quanto puder. Fique assim um momento. Em seguida largue-se de repente, relaxe o corpo como se este fosse um trapo.

～ Pontuação é a respiração da frase. Uma vírgula pode cortar o fôlego. É melhor não abusar de vírgulas. O ponto de interrogação e o de exclamação use-os quando precisar: são válidos. Cuidado com reticências: só as empregue em caso raro. Como depois de um suspiro. Quanto ao ponto e vírgula, ele é um osso atravessado na garganta da frase.

～ Você tem lido, tem descansado, tem comido, tem dormido, tem escritor, tem passeado, tem engordado?

～ Eu pretendia chorar na viagem, porque fico sempre com saudade de mim. Mas felizmente sou um bom animal sadio e dormi muito bem, obrigada. "Deus" me chama a si quando dele eu preciso.

～ As pessoas daqui me olham como se eu tivesse vindo direto do Jardim Zoológico. Concordo inteiramente. Para não chamar atenção, estou usando cachinhos na testa e uma voz doce como nem Julieta conheceu.

～ Mal consigo disfarçar a impaciência, essa é a verdade. É preciso sempre desconfiar quando assumo esse sorridente ar infeliz.

～ Quando se trata de apaziguar os outros, transformo-me subitamente numa grande fonte de serenidade. E eu mesma bebo dessa fonte. Estou sendo literária? Juro, faço o possível para mergulhar bem fundo dentro de mim e retirar belas coisas simples.

～ Estou hoje tipicamente inquiridora. É um perigo.

～ Arranjei uma pequena cascata, algumas montanhas verdes, ótimos vizinhos inexpressivos. Restava-me entoar hinos à paz e repousar. Mas ando de um lado pra outro, dentro de mim, as mãos abandonadas, pronta para inventar uma tragédia russa, pronta pra criar um motivo que me acorde... horrível.

~ Ou se não, por que não se entregar ao mundo, mesmo sem compreendê-lo? Individualmente é absurdo procurar a solução. Ela se encontra misturada aos séculos, a todos os homens, a toda natureza.

~ P.S. – Nunca vi uma alma tão feia quanto a minha letra.

~ Andei pelos morros, fazendo horríveis reflexões sobre a vida e a morte. Mas ainda não chorei, contrariando os seus prognósticos – estou "quase", olho-me ao espelho com tanta dureza e com tanta noção de presente, passado, espaço e tempo, que me envergonho.

~ Nunca me vi confiante nem boazinha. Não sei se foram certas circunstâncias de vida que me deixaram assim, sem jeito para me confessar. E orgulhosa (por quê, meu Deus?... estou rindo, não se assuste – nada trágico).

~ Estou bastante acostumada a estar só, mesmo junto dos outros. Digo isso sem grande amargura.

~ Eu vivo à espera de inspiração com uma avidez que não dá descanso. Cheguei mesmo à conclusão de que escrever é a coisa que mais desejo no mundo, mesmo mais que amor.

~ Uma russa de 21 anos de idade e que está no Brasil há 21 anos menos alguns meses. Que não conhece uma só palavra de russo mas que pensa, fala, escreve e age em português, fazendo disso sua profissão e nisso pousando todos os projetos do seu futuro, próximo ou longínquo.

~ Infelizmente, o que não posso provar materialmente – e que, no entanto, é o que mais importa – é que tudo que fiz tinha como núcleo minha real união com o país e que não possuo, nem elegeria, outra pátria senão o Brasil.

~ Estou agora um pouco deprimida porque vim relendo trechos no bonde e se vale a pena escrever não vale a pena ler. As coisas morrem na mão da gente ainda.

~ Estou aqui meio perdida. Faço quase nada. Comecei a procurar trabalhar e começo de novo a me torturar, até que resolvo não fazer programas; então a liberdade resulta em nada e faço de novo programas e me revolto contra eles.

~ Estou cansada de pessoas e sozinha me aborreço. Eu mesma não sei o que quero.

~ Quanto ao meu trabalho, ando horrivelmente desfibrada: tudo o que tenho escrito é bagaço; sem gosto, me imitando, ou tomando um tom fácil que não me interessa nem agrada.

~ Receber uma carta sua é tão bom que me faz chorar.

~ Quem eu quero ver não vem e receber pessoas estranhas é uma troca insuportável.

~ Às vezes mesmo passo uns dois dias sem fazer nada, sem mesmo ler, e com a impressão de que escrevi muito, de que li, de que trabalhei. Tenho trabalhado um pouco. Às vezes com uma facilidade que me desespera. Mas eu acho que com um pouco de paciência eu me amansarei, nem sei.

~ Eu hoje estou muito burrinha, especialmente hoje, e nem entendo direito o que quero dizer. O fato é que eu queria escrever agora um livro limpo e calmo, sem nenhuma palavra forte, mas alguma coisa real – real como o que se sonha, e que se pensa uma coisa real é bem fina.

～ Você dirá que isso sucede a todas; mas eu sou feita de tão pouca coisa e meu equilíbrio é tão frágil que eu preciso de um excesso de segurança para me sentir mais ou menos segura.

～ Eu sei que sou bem ordinária, sei que sou a pior; nunca pensei que uma pessoa, um homem, fosse diferente; mas como me sinto mal, como estou calcinada, como me parece estranho tudo o que me parecia familiar. Estou tão enojada de mim e dos outros. O pior é que estou me sentindo a mais miserável das mulheres...

～ Eu tinha me preparado, não sei por que especialmente, para um começo ácido e um fim solitário. Suas palavras me desarmaram. De repente me senti até mal em ser tão bem recebida.

～ O mundo todo é ligeiramente chato, parece. O que importa na vida é estar junto de quem se gosta. Isso é a maior verdade do mundo. E se existe um lugar especialmente simpático é o Brasil.

～ Atravessei parte do Saara. É uma coisa de meter medo. Nunca vi tanta solidão. A areia não é branca, é creme. É maior que um mar.

～ Na verdade eu não sei escrever cartas sobre viagens; na verdade nem sei mesmo viajar. É engraçado como, ficando pouco em lugares, eu mal vejo. Acho a natureza toda mais ou menos parecida, as coisas quase sempre iguais. Eu conhecia melhor uma árabe com véu no rosto quando estava no Rio. Enfim, eu espero nunca exigir de mim atitude. Isso me cansaria.

⸺ Fico ou procuro ficar o mais tempo possível no meu quarto, o que me agrada.

⸺ Minha paciência chega a ser tão grande que às vezes me dói. Assim não tenho gostado verdadeiramente da Itália, como não poderia gostar verdadeiramente de nenhum lugar; sinto que há entre mim e tudo uma coisa, como se eu fosse daquelas pessoas que têm os olhos cobertos por uma camada branca. Sinto horrivelmente ter que dizer que esse véu é exatamente minha vontade de trabalhar e de ver demais. Um dia desses pensei com tristeza de como é genial a tortura da mediocridade...

⸺ Eu sou uma pobre exilada. Você não imagina como longe do Brasil se tem saudade dele. Sou capaz de escrever um novo Brasil, país do futuro...

⸺ Quanto à vida em geral... ela vai em geral mesmo. Não há novidades. Continuo trabalhando no hospital indo lá todas as manhãs. Me canso um pouco, mas corpo e alma foram feitos para na hora de dormir estarem cansados.

⸺ Fiz ondulação permanente e pareço um carneiro. Como se vê, a História realmente se repete. Estou eu às voltas com óleos e raivas, sendo que nenhum dos dois alisa meu cabelo. O tempo se encarregará de amainar a fúria onduladora do cabeleireiro.

⸺ Escrevo amanhã de manhã porque fiquei triste.

⸺ Estou lhe escrevendo à mão porque tem aí uma pessoa a quem eu mandei dizer que não estava, e então não quero bater à máquina para não me trair. E como a pessoa demora...

⌒ Nós temos ido ao cinema de vez em quando: vemos cada droga às vezes... Mas quando eu saio do cinema saio fora do mundo, nem reconheço as coisas. Até faz mal uma coisa dessas. A gente só devia ir ao cinema de noite e em seguida dormir. Ir durante o dia inutiliza o resto do dia, tão boba, burra e narcotizada eu fico.

⌒ Essa vida de "casada com diplomata" é o primeiro destino que eu tenho. Isso não se chama viajar: viajar é ir e voltar quando se quer, é poder andar. Mas viajar como eu viajarei é ruim: é cumprir pena em vários lugares. As impressões, depois de um ano num lugar, terminam matando as primeiras impressões. No fim a pessoa fica "culta". Mas não é o meu gênero. A ignorância nunca me fez mal. E as impressões rápidas são para mim mais importantes que as prolongadas.

⌒ Como as pessoas sabem vagamente que eu sou "uma escritora", meu Deus, com certeza permitiriam que eu comesse com os pés e enxugasse a boca com os cabelos. Estou brincando, se eu fizesse o milésimo disso seria expulsa da sociedade ou então tolerada com aborrecimento.

⌒ Eu tenho tido um exaurimento cerebral enorme. Passo épocas irritada, deprimida. Minha memória é uma coisa que nem existe: de uma sala para outra eu esqueço com naturalidade as coisas.

⌒ Eu procuro fazer o que se deve fazer, e ser como se deve ser, e me adaptar ao ambiente em que vivo – tudo isso eu consigo, mas o prejuízo do meu equilíbrio íntimo, eu o sinto.

⌒ Todas essas coisas que eu vi me dão um certo tipo de experiência que talvez continue sempre indecifrável

- uma pedra no caminho, diria talvez Carlos Drummond de Andrade.

- Eu posso estar rindo por dentro e não parece por fora.

- Eu não aconselho a ninguém a passar o inverno num país frio – é uma coisa que entristece e abate a quem vem de um país de sol.

- As pirâmides, que eu vi à noite e também de dia, são impressionantes, sobretudo à noite. E junto da esfinge leram minha sorte na areia do deserto... e não disseram nada. O maometano disse que eu tinha "white heart", coração puro... O que eu tenho na verdade é um coração pequeno onde já não cabem coisas, tão cheio de amor guardado ele é.

- A Suíça é uma beleza. Berna, pelo que eu estou vendo do terraço onde escrevo, é uma cidade encantadorinha, limpíssima. Todo mundo tem uma rodelinha vermelha na face e um ar sério e decente. Procurarei não ser aqui a pálida flor da Suíça e procurarei aperfeiçoar minha decência até aproximá-la da deles.

- Seria muito bom um emprego de ir todos os dias ao cinema e depois não dizer se gostou ou não gostou.

- Na verdade nem sei direito o que contar. Aquela minha carinha alegre da despedida resolveu-se em lágrimas no avião. Os americanos felizes ficam olhando enquanto a gente não sabe onde botar tanta lágrima e nem tem lenço suficiente.

- Depois que chorei bastante no avião fiquei cheia de Saudade, Amizade, Amor, Esperança, Tristeza, Vontade de Trabalhar, e o pior era a Vontade de Dar Tudo Isso.

Agora eu estou rindo, mas estava séria. Talvez estejam me achando excessiva, não faz mal, corro o risco e até perco.

~ É engraçado que pensando bem não há um *verdadeiro* lugar para se viver. Tudo é terra dos outros, onde os outros estão contentes. É tão esquisito estar em Berna e tão chato este domingo... Parece domingo em S. Cristóvão. Mas a prática termina ensinando que jamais se deve no domingo ir de tarde ao cinema, deve-se sempre ir de noite, porque se fica esperando pela noite...

~ Por que não ver com franqueza e sem recriminações que eu tenho a pior espécie de esnobismo, que é o de não ter prazer nas "coisas do mundo"? estou rindo. Na verdade eu tenho um temperamento pobre. Acontece que os dois gramas de força íntima que eu tenho eu gasto no meu trabalho e no meu desejo de trabalho – e não resta para mais nada. E já notei que, se eu não trabalho, então esses dois gramas eu também não sei dar.

~ Eu estou bem. O tal vento que dá aqui e que faz mal a certas pessoas me irrita às vezes ao que parece – se é que eu preciso de vento para me irritar ou para voar...

~ Naturalmente tem dias em que o coração está anuviado: nem dias: durante um só dia tudo fica claro e tudo fica escuro e de novo tudo claro. O que é preciso é não ir demais contra a onda. A gente faz como quando toma banho de mar: procura subir e descer com a onda. Isso é uma forma de lutar: esperar, ter paciência, perdoar, amar os outros. E cada dia aperfeiçoar o dia.

~ Chegue junto do espelho, faça a sua cara mais repousada e calma – e com essa expressão continue o trabalho.

Você vai ver que ganha uma nova força. Essa história de olhar no espelho e fazer uma expressão tem raízes científicas, se você quer se convencer. Tem uma teoria de emoções que diz que a gente fica alegre porque ri. Sem aprofundar mais, ela tem uma parte verdadeira.

Acho que meu trabalho de elaboração é tão exaustivo que eu depois não tenho o ímpeto e a força da realização. É um trabalho acima de minhas forças, eu diria, se ao mesmo tempo não visse que o que eu escolho para fazer é a única coisa que posso.

Meu impulso de todos os momentos é ir embora. Não tenho nenhum ânimo para trabalhar. Minha luta de todos os instantes que Deus me dá é contra o meu negativismo. Me escreva alguma palavra de amizade e esperança, meu amor.

Há montanhas a pique na outra margem do lago. Há uma fontezinha dividida em três ramos sobre uma bacia de pedra. Há uma criança comendo um biscoito. Uma mulher de chapéu branco num barco. Vocês quase que podem adivinhar que é sábado de tarde.

No banco está sentada uma mulher com o chapéu preto e fita branca enterrado até os olhos como em 1920 e tanto, lendo jornal. Isso que eu estou sentindo pode-se chamar de felicidade. Só que a natureza se faz tão estranha que o próprio momento de felicidade é de temor, susto e apreensão. É pena que não possa dar o que se sente, porque eu gostaria de dar a vocês o que sinto como flor.

Tenho lido muito a *Imitação de Cristo* que tem me purificado às vezes. Mas não sei aprender ainda a desistir e tenho medo de desistir e me entregar porque não sei o que virá daí. Até agora eu mesma me ergui mas sempre é um esforço muito grande e naturalmente estou bem cansada. Esta vida íntima que chega a um ponto de não ter nenhum sinal exterior termina por me tirar a direção e o sentido das coisas. Me parece que cheguei a um ponto de onde não posso mais sair. Não quero empregar grandes palavras, mas isso é insuportável e eu tenho suportado segundo por segundo.

~ Tem certas coisas que é melhor que a gente nunca tenha oportunidade de dizer, certas coisas que ficam fatais depois que se disse, e antes pelo menos era a vida de um modo geral, os divertimentos, o momento amargo antes de dormir, o almoço.

~ Quanto à *Imitação de Cristo*, ela me manda sofrer até o sangue, e me ceder inteiramente. Sofrer até o sangue, chegarei lá e mesmo às vezes já cheguei. Mas me abandonar, não sei como, me falta a graça.

~ Não sei se estou louca por Paris. É difícil dizer. Com a vida assim parece que sou "outra pessoa" em Paris. É uma embriaguez que não tem nada de agradável. Tenho visto pessoas demais, falado demais, dito mentiras, tenho sido muito gentil. Quem está se divertindo é uma mulher que eu não conheço, uma mulher que eu detesto, uma mulher que não é a irmã de vocês. É qualquer uma.

~ Passem a usar perfume, vocês não sabem como isso é bom para a gente mesma e para os outros. A parisiense gasta um vidro de perfume por mês.

~ Leram minha mão e disseram que não sou muito feliz. E que não vou ser muito feliz. Que coisa. Muitas coisas não quiseram me dizer e é isso que está me incomodando. Disseram também que sou uma pessoa muito controlada.

O fato de de novo ter meu quarto para mim sozinha tem me dado uma calma de nervos que eu já não conhecia mais. Recomecei a trabalhar com muito mais calma e estou mais feliz. Uma coisa que eu nunca preciso esquecer é de que necessito de um quarto para mim.

Oh, meu amor, te adoro, você é minha vida, que é que eu posso te dar? Mesmo quando não estou pensando "objetivamente" em você, sinto um pensamento constante a seu respeito, como a música que acompanha os filmes. E a maior parte do tempo você é o filme propriamente dito.

Escrevam, por favor, por favor, por favor, por favor.

Comprei uma fazenda maravilhosa há uns tempos, por amor à primeira vista, e sem necessidade: uma fazenda furta-cor, espécie de tafetá, que tem ora cor púrpura ora negra, uma coisa linda. Mas não queria gastá-la agora ainda... Como tenho uma blusa de renda negra, acho que farei uma saia de tule preto, bem ampla, que servirá depois com futuras blusas. Que tal? Não sei de nada.

Parece mentira, mas preciso muito de estímulo, de certa espécie de estímulo que me tire de vez em quando a ideia de inferioridade e de impotência. Mas agora recomecei e quero ver se não esmoreço porque às vezes não aguento mais meu livro...

Pena é que eu seja tão desconfiada que nunca abro a boca para falar de mim; mas sempre um dia as coisas provam que é melhor eu não falar mesmo.

~ Aqui nada de novo. Eu com o desejo permanente de voltar para o Brasil, não sei quando vamos. Ou então de viajar sem cessar, mas sobretudo não ficar parada gratuitamente num lugar.

~ Uma das coisas que faço na Europa é mudar de estação...

~ Sei que as coisas são complicadas. Mas são ao mesmo tempo simples. Elas se complicam à medida que se tem medo da simplicidade – porque essa simplicidade seja o fato em si, a verdade.

~ As necessidades de uma vida não têm nada a ver com os deveres de uma vida. As necessidades são verdadeiras inspirações.

~ É ruim estar fora da terra onde a gente se criou, é horrível ouvir ao redor da gente línguas estrangeiras, tudo parece sem raiz; o motivo maior das coisas nunca se mostra a um estrangeiro, e os moradores de um lugar também nos encaram como pessoas gratuitas.

~ Não evoluí nada, não atingi nada. Continuo com os pés no ar, continuo vaga e sonhadora, deslocando de algum modo o sentido da vida. Que Deus me perdoe.

~ Cada vez mais, admiro papai e outros que, como ele, souberam ter "vida nova"; é preciso ter muita coragem para ter vida nova.

~ Aprendi a não querer ninguém. Não era exatamente isso o que eu estava precisando para o meu caráter, bem ao contrário. Mas no começo eu sofria muito por não ter com quem falar. E agora mesmo tendo com quem falar e conhecendo mais gente – não sinto falta e até as pessoas interessantes me chateiam. Para mim me basta ir ao cinema.

— Querida, quase quatro anos me transformaram muito. Do momento em que me resignei, perdi toda a vivacidade e todo interesse pelas coisas. Você já viu como um touro castrado se transforma num boi? assim fiquei eu..., em que pese a dura comparação...

— Eu talvez não seja a pessoa indicada para pedir aos outros que não se preocupem inutilmente: sou vulnerável às menores bobagens, às mínimas palavras ditas, a olhares até, e sobretudo, a imaginações. Mas, exatamente por ser assim procuro combater essa propensão doentia, é que posso pedir aos outros que não resvalem por esse caminho.

— Não tenho lido muito. Na verdade tenho a impressão de uma intoxicação de literatura e de leitura, o que não se explica porque nunca fui grande leitora. Nesses quatro anos de exterior não aumentei quase nada em matéria de cultura e conhecimentos. Não sei se foi o desenraizamento súbito que me desnorteou: a leitura me lembrava coisas de que eu não era capaz e me dava angústias, fazia bobagens por horas.

— É muito bom estar no centro das coisas, mas melhor ainda é estar no limite delas: essa complicação horrível é para lhe dizer que preferia estar em terra que desse para o mar.

— Aqui tudo igual. Eu lutando com o livro, que é horrível. Como tive coragem de publicar os outros dois? Não sei nem como me perdoar a inconveniência de escrever. Mas já me baseei toda em escrever e se cortar esse desejo, não ficará nada. Enfim, é isso mesmo.

— Eu cortei uma franja lisa, e fiz permanente no resto. Mudei tanto que certas pessoas não me reconheceram. Vale apenas como transformação momentânea.

∽ O pessimismo passou, mas o bom propósito não: farei o possível para não amar demais as pessoas, sobretudo por causa das pessoas. Às vezes o amor que se dá pesa, quase como responsabilidade na pessoa que o recebe. Eu tenho essa tendência geral para exagerar, e resolvi tentar não exigir dos outros senão o mínimo. É uma forma de paz...

∽ Em agosto teremos 5 anos de exterior. Não são cinco dias. Cinco anos de não saber o que fazer, cinco anos durante os quais, dia a dia, me perguntei como perguntava a vocês: que é que eu faço?

∽ Para vocês terem uma ideia do que tem sido minha vida durante esses anos: para mim todos os dias são domingo. Domingo em S. Cristóvão, naquele enorme terraço daquela casa. A pessoa, individualmente, perde tanto de sua importância, vivendo assim, fora, em ócio. A vida começa a parar por dentro, e não se tem mais força para trabalhar ou ler.

∽ A Europa é o mundo, é da Europa que ainda saem as melhores coisas. Eu não conheço ninguém e me sinto esmagada por essa entidade abstrata que não consegui concretizar em nenhum amigo. Berna é um túmulo, mesmo para os suíços. E um brasileiro não é nada na Europa. A expressão mesmo é: estar esmagada.

∽ Nada do que leio me parece bastante, a literatura francesa me cansa, é muito bem acabada. Não sei como chegar a outras coisas, mas preciso tanto. Será que passou o tempo das descobertas? o meu tempo, quero dizer.

∽ É engraçado como eu que gosto tanto do silêncio uso palavras nos meus livros. Estou com grande vontade de revisão geral (não me refiro aos meus livros), vontade de (é horrível dizer) achar "uma verdade filosófica". Que coisa horrível. Qual é o caminho? acho que é o de pensar.

    O resultado dessa tentativa de crítica bem escrita é bem triste para mim: compreendi que só sei destruir, apontar defeitos. Quando se trata de dizer por que gosto de uma coisa, silencio: mas se tudo está como deveria ser, como eu queria que fosse, que mais dizer? Também diante da natureza, grande e completa, não tenho palavras.

    Chove de duas em duas horas e há um vento constante. Deus me livre de não gostar da Inglaterra, tenho que adorá-la, mesmo que para isso precise separá-la em duas: a Inglaterra das minhas dificuldades e a Inglaterra dos escritores que mais amo.

    Pessoas de óculos são de mais confiança?

    Mandei uns cartões-postais para vocês todos e não recebi resposta. Depois um diplomata sábio me informou que só se mandam cartões quando não se esperam respostas – é verdade?

    Entrei num curso por correspondência sobre Yoga, um negócio indu (sic)... Não conte a ninguém, senão me ridicularizam. Os exercícios consistem em respiração, relaxamento muscular etc. Vamos ver se viro super-homem, sem mudar de sexo.

    Todos só falam da maravilhosa primavera em Washington, com tal frequência que começo a sentir alguma inimizade pela primavera.

    "Meio desempregado, enfrentando o verão" dá uma saudade enorme do Rio, é um dos poucos lugares do mundo onde é bom estar meio desempregado. Aqui, apesar de ocupadíssima em casa, me sinto meio desempregada.

~ Nada de novo. Tenho lido muito mal e pouco, como quase sempre, com a diferença, em relação aos totalmente ignorantes, que sei o que perco.

~ Passo o tempo todo pensando – não raciocinando, não meditando, mas pensando, pensando sem parar. E aprendendo, não sei o quê, mas aprendendo. E com a alma mais sossegada (não estou totalmente certa).

~ Acho que a minha última carta foi com palavras de "grandeza" etc., que me encabularam muito depois. Nunca esqueci de um filme que vi há séculos, em que uma pessoa bota uma carta no correio e se arrepende e sai correndo atrás dos cavalos na neve e não pode recuperar a carta.

~ Quem é Elizabeth Bishop? que faz ela no Rio? Vai ver que lhe disseram que no Rio se dorme bem.

~ Estou escrevendo pra você mas também não tenho nada o que dizer. Acho que é assim que pouco a pouco os velhos homens terminam por não dizer nada. Mas o engraçado é que não tendo absolutamente nada o que dizer, dá uma vontade enorme de dizer. O quê?

~ Com o maior tato e *savoir faire*, informo-lhe que deve existir à venda nas boas casas do gênero algum "manual de perfeito correspondente" e que ajuda muito nas missivas sobretudo quando não se tem o que dizer.

~ Tenho trabalhado razoavelmente, me parece que vivo um sonho, tão mergulhada estou em outro mundo. Estou aprendendo muito com o meu próprio trabalho.

⌐ Tenho a impressão penosa de que me repito em cada livro com a obstinação de quem bate na mesma porta que não quer se abrir. Aliás minha impressão é mais geral ainda: tenho a impressão de que falo muito e que digo sempre as mesmas coisas, com o que devo chatear muito os ouvintes que por gentileza e carinho aguentam...

⌐ O que importa mesmo é "fazer" – fazer coisas. Os americanos dividem muito os atos em positivos e negativos. Quanto mais atos positivos, mais tudo vai para a frente.

⌐ Não lhes escrevi, quer dizer, não escrevi para eles porque cada vez mais detesto escrever carta, é um esforço danado e me parece que não compensa – mas como gosto de recebê-las!

⌐ Estou lendo o livro de Guimarães Rosa, e não posso deixar de escrever a você. Nunca vi coisa assim! É a coisa mais linda dos últimos tempos. Não sei até onde vai o poder inventivo dele, ultrapassa o limite imaginável. Estou até tola.

⌐ Deixa eu explicar: quando escrevo uma coisa, vou me desgostando dela aos poucos, mas com alguma rapidez, e se não é logo publicada, minha vontade é não publicá-la mais, ou então, quando é publicada, sinto apenas mal-estar.

⌐ Parece qualidade fora de moda, essa de um livro "prender". Acho qualidade essencial, invejável. Livro realizado é livro que não se quer largar.

⌐ A ideia de ter muito dinheiro e possuir uma fazenda e me mandar buscar para passar férias nela – essa ideia é ótima. Tão ótima, que tive acordada o mesmo sonho, só que te mandava buscar.

⌒ Há um mistério em falar, e não adianta negá-lo pelo fato de não podermos explicar exatamente esse mistério. É o mistério da comunicação. Assim como, pelo fato da gente não poder explicar logicamente por que se ama uma pessoa (não são exatamente pelas qualidades dela), isso não faz a pessoa negar a existência do amor; assim é a comunicação.

⌒ O que escrevo fica sempre umas cinco etapas antes da etapa em que poderia ser chamado de romance. São mais impressões mesmo. – Mas quando penso em parar totalmente de escrever, de nunca mais tentar, me ocorre também um pensamento completamente extraliterário, um pouco doloroso: é o de que eu perderia os poucos amigos que tenho.

⌒ Fiquei contente em saber que o Hotel Inglaterra existe como eu me lembrava dele. A lembrança estava associada a uma tarde em Sevilha em que adormeci de cansaço e calor. Toda vez que eu pensava no hotel me lembrava era do sono de mormaço, e fiquei sem saber ao certo se sonhara o hotel ou o quê.

⌒ Enquanto isso, aqui está esquentando, já dá para tomar banho de sol, e disfarçar o desgosto de não ter nascido morena.

⌒ No sábado tive que ir a um chá oferecido a trezentas senhoras – trezentas senhoras deprime muito.

⌒ Misteriosa, acho que não. Ou talvez sim. Com os anos de ausência acumulam-se tantos fatos e pensamentos que não foram transmitidos que sem querer se toma um ar misterioso.

— Continuo a pintar a boca como se tivesse acabado de comer uma costeleta de porco sem guardanapo. E aquele penteado original, pessoal, anormal bestial, antinatural, continua perfeito como sempre. Quanta bobagem.

— Parece-me por Deus, que eu tenho o dom de provocar a cólera dos outros sem ao menos saber o que fiz de errado.

— Não me parece que eu seja uma pessoa assustada, sou muito vivida para me assustar à toa, só me assusta falta de amor, também me assustam e entristecem os equívocos profundos, aqueles que quase que tornam inútil qualquer explicação.

— Quanto a mim mesma, estou apaixonada e a pessoa em questão simplesmente me disse, com outras palavras é claro, que ele não me quer. Mas a dor não está sendo grande.

— Tirei um retrato para mandar pra você, mas saiu horrível.

— Bem, meu querido, não tenho nada mais a dizer. Botafogo ganhou do Flamengo 2 x 0.

— Não quero gato aqui em casa, a menos que já tenha sido treinado em pipis e em arranhar os estofos dos móveis.

— Sou uma pessoa insegura, indecisa, sem rumo na vida, sem leme para me guiar: na verdade não sei o que fazer comigo.

— A passagem da vida para a morte me assusta: é igual como nascer do ódio, que tem um objetivo e é limitado, para o amor que é ilimitado.

— Acontece que eu achava que nada mais tinha jeito. Então vi o anúncio de uma água-de-colônia da Coty, chamada Imprevisto. O perfume é barato. Mas me serviu para me lembrar que o inesperado bom também acontece. E sempre que estou desanimada, ponho em mim o Imprevisto. Me dá sorte.

- Eu tenho vontade de nunca mais escrever, é duro demais.

- A chamada "angústia existencial" despertou em mim muito cedo. E muito cedo eu descobri a morte. Mas não se preocupe: estou muito mais apaziguada e, agora, habituada com o meu sempre inesperado modo de ser. E eu rezo muito. Nem peço favores: é mais um louvor a Deus. Acontece, também, que eu não sabia que era artista e sofria com a diferença entre mim e os outros. Agora estou mais livre, tenho amigos, e também a capacidade de ficar só sem sofrimento.

- Refiro-me à afirmativa de que eu teria dito que, quando escrevo, caio em transe ou coisa semelhante. Eu não disse isto simplesmente porque não é verdade. Jamais caí em transe na minha vida. Não psicografo nem "baixa" em mim nenhum pai de santo. Sou como qualquer outro escritor.

- Na verdade, menos do que muitos escritores que conheço, quando escrevo, eu o faço sem procurar circunstâncias especiais, ambiente propício ou mesmo isolamento. Habituei-me a trabalhar sendo interrompida por telefonemas, cozinheira e crianças.

- Creio que ao escrever se entende o mundo um pouco mais que quando não se escreve. É uma lucidez meio nebulosa porque a gente não tem direito consciência dela. Assim, eu sempre começo tudo como se fosse pelo meio.

Deus me livre de começar a escrever um livro da primeira linha. Eu vou juntando as notas. E depois vejo que tem uma conexão com as outras, e aí descubro que o livro já está pelo meio...

~ Sou uma mulher que sofre, como todas as pessoas do mundo, as mesmas dores e os mesmos anseios.

~ Eu nunca pretendi assumir atitude de superintelectual. Eu nunca pretendi assumir atitude nenhuma. Levo uma vida muito corriqueira. Crio meus filhos. Cuido da casa. Gosto de ver meus amigos, o resto é mito.

~ A crítica, quase sempre, confunde as coisas, e acaba interpretando ao contrário o que, na verdade, quero dizer. Por esta razão nunca me interessei pela opinião dos críticos a meu respeito, por julgar que nem sempre ela é tão objetiva como deveria ser.

~ A gente só pode fazer bem as coisas que ama realmente. Os meus livros não se preocupam muito com os fatos em si porque, para mim, o importante não são os fatos em si, mas as repercussões dos fatos no indivíduo. Isso é que realmente importa. É o que eu faço. E penso que, sob este aspecto, eu também faço livros comprometidos com o homem e a sua realidade, porque a realidade não é um fenômeno puramente externo.

~ Antes de terminar, quero dizer que, apesar do grande respeito que tenho pela Academia, eu jamais aceitaria entrar nela.

~ Entre as qualidades do dinheiro não está a elasticidade.

~ Não fique nervosa se não puder entender a letra. Conte até 10, dê uma volta pelo jardim e volte à tarefa com o espírito de sacrifício cristão.

⁓ Viva como viveria uma princesa, isto é, sem cuidados, sem preocupações. Durma ou pelo menos se deite depois do almoço. Dê um pequeno passeio de manhã. E seja feliz e descansada. Lembre-se do "tranquilismo de Lin Yutang". "Não fazer nada" é uma das ocupações mais produtivas do homem.

⁓ Cheguei mesmo à conclusão de que escrever é a coisa que mais desejo no mundo, mesmo mais que amor.

⁓ Cuide-se como se você fosse de ouro, ponha-se você mesma de vez em quando numa redoma e poupe-se.

⁓ Procuro fazer e cumprir um programa de certa pureza; o que é difícil pelas contínuas interferências, mas não impossível. Procuro também fazer com que minha vida não seja cercada de excessos cômodos, o que me abafaria. Todas as vezes em que cedo e converso demais com as pessoas fico com uma penosa impressão de devassidão e entrega.

⁓ Num dentista encontrei uma mulher simpática que quis vir aqui e veio. Ó chateação! Dei-lhe chá, olhamo-nos, procuramos uma conversa, ela foi embora. Ela já telefonou para voltar, mas jamais estarei em casa. Ela é distinta; mas e eu com isso? Não posso abrigar todas as pessoas distintas no meu pobre seio.

⁓ Sonhei que alguém dava às pessoas o sono perdido; e que a mim perguntavam: perdeu mil ou dois mil de sono? Mas antes sonhei que estava num jantar onde estava presente... Deus. E Deus era representado por um enorme bolo todo luminoso; e porque alguém estava atrasado, o bolo se afastava zangado até que eu dava uma desculpa. Que coisa doida.

⌐ O rádio está ligado para Roma, para a Academia Santa Cecilia, onde há um concerto de música moderna contemporânea, de autores italianos. Estamos ouvindo harpa. (O autor não ouvi bem.) A música é de 1939. Disse o *speaker* lendo um comentário muito inteligente, que esse compositor usou o instrumento romântico para uma peça que não é romântica; que ele tirou o elemento decorativo da música (é bom como observação, não é?) e que usa a matéria musical como um artesão, e que já não sei que chinês dizia que a arte era o aproveitamento da matéria-prima. Realmente a música que estou ouvindo não tem por assim dizer "história". Parece um bordado de sons, um manejar puro de notas.

⌐ Não sei o que querem do Brasil: fala-se no calor e nos mosquitos de lá. A Itália cheia de civilização, fascismo, renascença, tem no verão um calor às vezes acima do carioca, e quanto a mosquitos, você vê, de todas as qualidades.

⌐ Os embaixadores me respeitam... As pessoas me acham "interessante"... Eu concordo com tudo, também, nunca discordo do que se diz, tenho muito tato e conquisto as pessoas necessárias. Como você vê, sou uma boa senhora de diplomata.

⌐ Eu infelizmente sou um espírito cansado e "blasé"; pouca coisa me entusiasma, eu bebi demais na literatura. Mas como deixar por exemplo de ler e escrever por um tempo? No caminho em que eu entrei eu tenho que aprofundar ao máximo até meus defeitos, quanto mais tempo passar mais enfronhada eu deverei estar no que eu faço – só assim conseguirei um arremedo de perfeição.

～ Não posso ver um cão na rua, nem gosto de olhar. Você não sabe que revelação foi para mim ter um cão, ver e sentir a matéria de que é feito um cão. É a coisa mais doce que eu já vi, o cão é de uma paciência para com a natureza impotente dele e para com a natureza incompreensível dos outros.

～ Se você quer fazer regime pelo amor de Deus cuide de não se enfraquecer. Vá a um médico para saber que espécie de coisas você deve deixar de lado, mas alimente-se bem, você não é um passarinho, é uma mulher linda.

～ Não ponha pó de arroz embaixo dos olhos, isso é inteiramente contra qualquer processo de maquiagem (estou rindo).

～ Temos ido como sempre ao cinema e saio meio tonta do cinema, de tal forma estou sempre disposta a perder a consciência das coisas e a me entregar à inconsciência.

～ Sou como o papagaio da anedota: não falo, mas penso muito, presto muita atenção.

～ Vocês nunca experimentaram o que é receber cartas quando se está fora, sobretudo fora como eu, inteiramente fora: pergunta-se sem esperança mas cheia de esperança e quase certeza: há cartas para mim? E se respondem: chegou, esta – então eu fico boba de surpresa e de reconhecimento.

～ Queridas, que a paz esteja convosco. Essas são palavras mágicas que dão alguma coisa. Que a paz esteja convosco, a saúde, a serenidade, a alegria. E meu amor também. Até breve, escrevam.

— Mas por que afinal eu hei de observar minha natureza como se ela fosse um pecado? Por que não ver com franqueza e sem recriminações que eu tenho a pior espécie de esnobismo, que é o de não ter prazer nas "coisas do mundo"? estou rindo.

— Na verdade eu tenho um temperamento pobre. Acontece que os dois gramas de força íntima que eu tenho eu gasto no meu trabalho e no meu desejo de trabalho – e não resta para mais nada. E já notei que, se eu não trabalho, então esses dois gramas eu também não sei dar. Não é engraçado?

— Expandir-se é a própria alegria de viver.

— Gasto muito a cabeça pensando, repensando e me preocupando e resolvendo mentalmente todos os problemas, estou sem memória. Aliás o médico disse que estou perdendo fosfato. Fomos ver ontem de tarde um filme de Carmem Miranda e de noite encontramos umas pessoas que nos falaram do filme e eu disse com a maior calma: é sim, nós vimos um dia desses esse filme. E fiquei boba quando "soube" que tinha sido nessa mesma tarde.

— Eles todos são ótimos. Só que são de outra espécie absolutamente. A senhora é o tipo da boa senhora, de família, simples, boazinha. Mas eu vivo me contendo para não abrir a boca porque tudo o que eu digo soa "original" e espanta.

— Só não tenho um cachorro aqui porque nunca mais terei cachorro, para não ter que abandonar depois.

— Ninguém tem direito de torcer e moldar demais destinos, mesmo que sejam os dos próprios filhos, suponho.

~ Quem faz arte sofre como os outros só que tem um meio de expressão.

~ Não sou muito normal, sou desadatada, [sic] tenho uma natureza difícil e sombria. Mas eu mesma, com esse temperamento e essa anormalidade de todos os instantes – se eu não trabalhasse estaria pior. Às vezes penso que devia deixar de escrever; mas vejo também que trabalhar é a minha moralidade, a minha única moralidade.

~ Se eu não trabalhasse, eu seria pior porque o que me põe num caminho é a esperança de trabalhar.

~ E eu de novo estou junto da máquina e interrompo meu trabalho rude que é tão duro como quebrar pedras.

~ Você me pergunta se eu tenho trabalhado. Não sei se tenho trabalhado: meu trabalho não tem aparecido. Acho que ele consiste na maior parte do tempo em me vencer. Em vencer meu cansaço e minha impotência.

~ É um trabalho acima de minhas forças, eu diria, se ao mesmo tempo não visse que o que eu escolho para fazer é a única coisa que posso. Se isso se chama poder. O que me atrapalha é que vivo permanentemente cansada.

~ Minha tendência seria a de pensar apenas e não trabalhar nada... Mas isso não é possível. O trabalho de compor é o pior.

~ Gasto muito de minhas forças procurando formar uma vida severa e austera, procurando me esvaziar de pequenos prazeres – só assim se consegue o tom de vida que eu gostaria de ter. Mas é exaustivo também. Eu gostaria de ter um aparelho matemático que pudesse ir marcando com absoluta justeza o momento em que eu progredi um milímetro ou regredi outro.

～ Minha impressão é a de que eu trabalho no vazio, e para não cair eu me agarro num pensamento e para não cair desse novo pensamento eu me agarro em outro.

～ Eu mesma vivo me levantando e caindo de novo e me levantando. Não sei qual é o bem disso; sei que é dessa forma confusa de vida que eu vivo.

～ Meu desejo mais obscuro era dar minha cabeça para alguém dirigir; que alguém me dissesse todos os dias: hoje faça isso, hoje corte isso, hoje aperfeiçoe isso, isto está bom, isto está ruim. Uma pessoa que quisesse "tomar minha direção" seria bem-vinda.

～ Nunca sei se quero descansar porque estou realmente cansada, ou se quero descansar para "desistir".

～ Meu amor, no meio de tudo, tua existência me abençoa.

～ Não tenho feito nada propriamente, senão levado uma vida exteriormente calma e interiormente ocupada, se é que se chama assim.

～ Estou, desde o começo da carta, procurando vestir uma roupa mais decente, ou pelo menos não contar que hoje comi bife com cenoura e salada de tomate e depois pêssego e depois café. E eis senão quando, já disse!

～ Ontem fui comprar flores para enfeitar, e achei um lugar maravilhoso: é um jardim enorme, com um corredorzinho sombrio que leva a ele. Chega-se lá, entra-se numa casinha de teto de vidro e se diz: quero comprar flores. Então a mocinha com avental e meias compridas de algodão pega numa tesourona e sai com a gente, mostra o jardim enorme e diz: quais? A gente escolhe: essas amarelas. Então ela corta da planta mesmo uma dúzia de flores amarelas, enrola no papel e dá. Não é bom?

～ Muitas histórias ela termina assim: ah, os homens, a senhora sabe... Finjo que sei, e talvez saiba mesmo.

～ Amor que os outros têm pela gente cria mais deveres do que o amor que a gente tem pelos outros.

～ Já há uns quinze dias que estou, sem interrupção, num paraíso de bom humor e de alegria de sol, de boa vontade. A boa vontade é um fator muito mais importante do que a gente pensa. A gente não muda um pouco de ponto de vista quanto às coisas porque tem medo de sair da própria pele e do próprio sistema. Mas às vezes basta resolver estar simples, e o milagre se realiza.

～ Será inútil dizer alguma mentira para mim, juro que sinto quando não é verdade. Quando não é verdade, absorvo a mentira mas fico ansiosa e sem base, sinto alguma coisa que me demonstra que não é verdade.

～ É naturalmente preciso e louvável que se queira corrigir nos filhos as próprias incorreções; mas é preciso não ultrapassar, porque se cairia em erro oposto.

～ Não somos nós que somos cruéis, a vida é que é, e nós somos os elementos vitais dessa vida, e não se chama crueldade viver a vida.

～ Junto de você, eu me sinto mais livre, e, de um modo largo e geral, perdoada. É sua própria pessoa que me perdoa, e não os seus atos.

～ Você tem rido, querida, achado graça nas coisas, tido bom humor? Tem tido tempo moral de olhar um pouco ao redor, com um olhar tranquilo? Tem tido gosto em repousar vendo uma revista? Tem se dado presentes, tem feito favores a você mesma, tem tirado folgas?

– Não sei nem como me perdoar a inconveniência de escrever. Mas já me baseei toda em escrever e, se cortar este desejo, não ficará nada.

– Por favor, querida, corte as preocupações inúteis, raciocine com clareza e veja que as coisas amolarão do mesmo modo, quer você se preocupe ou não.

– O seu primeiro dever é estar bem, querida, acredite nisso, peço-lhe por tudo.

– Como lhes disse, ele nasceu com grande cabeleira negra, fizeram chuca-chuca desde o primeiro momento. Os olhinhos são muito vivos, tem um choro muito forte, parece de um marreco chamando outros marrecos num rio.

– Escrevi no mínimo umas 3 e rasguei-as porque pretendo "rasgar" também todo e qualquer sentimentalismo e deixar os outros em paz... Tentarei, por todos os meios – e que Deus me ajude nisso porque preciso – tentarei por todos os meios exigir menos amor e atenção dos outros, e também exigir menos que as pessoas se deixem amar.

– Em geral se pode ajudar muito mais as pessoas quando não se está cega pelo amor.

– Tudo que consegui na vida foi à custa de ousadias, embora pequenas.

– O pior, no estrangeiro, é que não posso adivinhar o que as pessoas são ou sentem ou pensam ou fazem. Tenho que ficar com a figura física de cada um.

– Uma das coisas mais maravilhosas da vida é que o aprendizado é contínuo.

↶   Em vários sentidos, a prevenção atrapalha... e com isto estou descobrindo a pólvora.

↶   Não adianta se preocupar pois para cada problema existem muitas soluções.

↶   Não acho que se deva pensar que se é formidável e que não se cansa os outros; claro que isso pode acontecer, e mutuamente, e sadiamente, pois faz parte do ser amigo ter também o direito de se irritar e de se chatear às vezes: quando isso nunca acontece é porque a pessoa não está à vontade.

↶   Ter este sentimento, de cansar os outros, com muita frequência ou com muita intensidade, já é neurótico... E eu sei disso: sou mestra.

↶   Um dia desses, ao comprar roupas para as crianças com Avany, esta me induziu a comprar um vestido de noite curto. Ainda sou tão pouco madura para a minha idade, que só compro coisas quando tenho a desculpa de que "fui mandada". Mas, se Deus quiser, isso há de mudar.

↶   Quando sou mandada, me sinto mal e revoltada..., esquecendo de que sou eu mesma quem cria a situação de ser mandada. Que complicação!

↶   Paulinho está muito engraçado e sem-vergonha, com probleminhas de ir para a escola. Hoje, à porta da escola, começou a vomitar, e trouxe ele de volta. Filhos, hein!

↶   Paulinho me perguntou que é que eu faria se Deus tivesse me dado, em *vez de boys, uma árvore*... Achei que seria provavelmente mais fácil.

― A verdade é que não consigo me concentrar. E o dia se passa, partido em mil coisas vagas ou concretas, mas partido.

― Já me parece sinceramente não pertencer mais a nenhum lugar, tenho medo disso.

― Vamos deixar o futuro ao futuro.

― Então, eu, que sempre evito me colocar em situação de poder ser rejeitada, fiquei mais corajosa e, sob a sugestão de minha professora de inglês (nós só conversamos, não estudo nada...), mandei um conto para outra revista. E a revista não gostou nem aceitou. *Acho que estou ligeiramente mais forte.*

― Berna é linda e calma, vida cara e gente feia; com a falta de carne, com o peixe, queijo, leite, gente neutra, termino mesmo dando um grito e comendo o primeiro boi de alma doente que eu encontrar; falta demônio na cidade.

― Talvez estejam me achando excessiva, não faz mal, corro o risco.

― Eu quase tenho vergonha de dizer que as pirâmides são assustadoras, principalmente de noite, sem luar, e que a esfinge me impressionou. Mando a fotografia – a fotografia é muito mais nítida e mais bela que o original; com a fotografia tem-se imediatamente uma sensação que diante da esfinge é mais lenta e mais difícil.

― Como é que você me pergunta o que eu faço às três horas da tarde? Ou já falamos sobre isso? às três horas da tarde sou a mulher mais exigente do mundo. Fico às vezes reduzida ao essencial, quer dizer, só meu coração bate.

◦ Digo a mim mesma: não adianta desesperar, desesperar é mais fácil ainda que trabalhar.

◦ Dei um ar de tristeza? não, dei um ar de alegria.

◦ Tem dias que me deito às 3 da tarde e acordo às 6 para em seguida ir para o divã e fechar os olhos até as 7 que é hora de jantar. Isso tudo não é bonito. Sei que é horrível. Caí inteiramente e não vejo um começo sequer de alguma coisa nascendo.

◦ Não sei aprender ainda a desistir e tenho medo de desistir e me entregar porque não sei o que virá daí.

◦ Até agora eu mesma me ergui sempre mas é um esforço muito grande e naturalmente estou bem cansada. Esta vida íntima que chega a um ponto de não ter nenhum sinal exterior termina por me tirar a direção e o sentido das coisas. Me parece que cheguei a um ponto de onde não posso mais sair.

◦ Não quero empregar grandes palavras, mas isso é insuportável e eu tenho suportado segundo por segundo.

◦ Estou cheia de problemas e cada dia um deles entra em estado de crise, sem socorro. Interrompi mesmo o trabalho, minha impressão é de que é para sempre.

◦ Ia me fazer muito bem abrir afinal meu coração e mostrar afinal a alguém que fechasse os olhos e não ouvisse, que horror se pode guardar numa pessoa.

◦ A solidão de que sempre precisei é ao mesmo tempo inteiramente insuportável.

◦ O que importa é que fiquei como estou agora, bem na primavera.

⁓ De repente me pareceu que eu devo continuar a trabalhar, que tudo está ruim, mas que é assim mesmo, que as coisas são desconhecidas até que rebentam numa conhecida.

⁓ A pessoa está só no mundo de modo que deve tomar certas providências urgentes de silêncio e meditação.

⁓ De vez em quando a gente pode receber este presente gratuito que é a palavra amiga de um amigo.

⁓ Mando depressa este momento de felicidade para você, e espero que ele vá incendiando papéis e ervas por onde passar.

⁓ Esse estado de graça é apenas uma alegria que não devo a ninguém, nem a mim, uma coisa que sucede como se me tivessem mostrado a outra face.

⁓ Talvez seja orgulho querer escrever, você às vezes não sente que é? A gente deveria se contentar em ver, às vezes.

⁓ Digo adeus, que é rima pobre e nua, mas, ai de nós, absoluta.

⁓ Já dei vários nomes à fera, mas cada vez que dou um nome ela sacode os ombros de cobra e diz muito budista: que importa.

⁓ Penso, com muita estranheza aliás, que talvez a vida seja a morte e quando a gente morre, acorda e vive, com medo de morrer, quer dizer, de tornar a viver.

⁓ Cessei de me interrogar sobre se estou ou não contente de viver na Suíça. Cheguei à conclusão que não importa. Agora não sei lhe explicar se não importa viver aqui ou ali, ou se não importa estar ou não contente.

~ Acho que estou dispensada de falar de Washington – felizmente vocês conhecem, e assim não preciso tentar tornar concreta essa cidade vaga e inorgânica. É bonita, segundo várias leis de beleza que não são as minhas. Falta bagunça aqui, e não compreendo cidade sem esta certa confusão. Mas enfim, a cidade não é minha.

~ Como você vê, estou num dia tão pacífico que poderia estar escrevendo de um curral, com perdão pela palavra implícita.

~ E o tempo se conta mesmo em anos. Deus me livre se fosse em dias.

~ Sempre quis "jogar alto", mas parece que estou aprendendo que o jogo alto está numa vida diária pequena, em que uma pessoa se arrisca muito mais profundamente, com ameaças maiores.

~ Parece que estou perdendo um sentimento de grandeza que não veio nunca de livros nem de influência de pessoas, uma coisa muito minha e que desde pequena deu a tudo, aos meus olhos, uma verdade que não vejo mais com tanta frequência.

~ Sou tão preguiçosa que choro à ideia de estar tendo trabalho destinado à cesta.

~ Sinto falta de você que sabe dizer coisas tão boas que animam e põe a pessoa de novo no centro das coisas.

~ Não é por vaidade de rosto que não gosto que me vejam de olhos vermelhos, é por uma vaidade que, por ser menos frívola, é muito mais pecado: é por orgulho ou altivez ou seja lá o que for – enfim, vaidade mais grave.

⁓   Maury diz que eu costumo ter reações pessoais a coisas chamadas "de praxe".

⁓   Eu seria capaz de pedir sinceramente a alguém que não apanhasse minha luva caída no chão para não amolar esse alguém, sem entender que incômodo é não apanhá-la, que incômodo é não fazer o que é "de praxe". (O exemplo da luva é só pra exagerar, até que deixo apanharem minhas luvas, senão perderia todas.)

⁓   Não tenho nada o que dizer. Acho que é assim que pouco a pouco os velhos honestos terminam por não dizer nada.

⁓   Não tendo absolutamente nada o que dizer, dá uma vontade enorme de dizer. O quê? Quando não tenho o que dizer, fico com vontade de "passar a limpo" tudo ou então de "apagar tudo" e recomeçar, recomeçar a não ter o que dizer.

⁓   Então viro criança e minha vontade seria depender inteiramente de outra pessoa e esperar dela todos os ensinamentos. Ou então viro mãe e me preparo toda para dizer grave: as coisas são assim e assim, meu filho.

⁓   Por não ter absolutamente nada o que dizer, até livro já escrevi.

⁓   Aquele jogo que você certamente já brincou um dia: o jogo de "vamos ver quem pisca antes", quem aguenta mais tempo ficar com os olhos bem abertos. Quem piscar é castigado. Humildemente, informo que sempre pisquei antes, tenho longo passado a piscar.

⁓   Este é um ghost chamado Clarice escrevendo para você.

∾   Esperas que fazem mal, me atrapalham, fazem de mim uma impaciente.

∾   Minha vontade de me livrar das coisas é quase doença.

∾   Minha vontade seria mesmo viver em estado conceituoso, é tão mais calmo, dorme-se tão melhor.

∾   Meditar comigo é sempre uma coisa esporádica, além do que tenho que vencer minhas próprias teimosias.

∾   Meditação é coisa que me deixa com olheiras e com frio – e é neste estado que estou escrevendo a você agora.

∾   Cada um de nós oferece sua vida a uma impossibilidade.

∾   A impossibilidade está mais perto de nossos dedos que nós mesmos. Pois a realidade pertence a Deus.

∾   Temos um corpo e uma alma e um querer e nossos filhos – e no entanto o que verdadeiramente somos é aquilo que o impossível cria em nós.

∾   Pensamentos que mal se formam, e perdem a forma como a figura de uma nuvem. Embora essa formação e desmanchamento sejam o próprio modo tosco como avançamos.

∾   Tão inescapável é a lentidão de nosso formar e desmanchar que o próprio prazer nisso nos dá a graça.

∾   Tão lentos somos no avançar que só a impaciência do desejo nos deu a ilusão de que o tempo de uma vida é bastante.

∾   A concretização de uma pessoa é muito difícil. Mas não irrealizável.

- O avanço consiste em criar o que já existe. E em acrescentar ao que existe algo a mais: a imaterial adição de si mesmo.

- Sem servir há pouco a fazer. Nem sequer foi inventado gozo maior que esse. Só os tolos se furtam a se consumir.

- O que não existe é inteiramente diverso da impossibilidade.

- Ao sentir o agonizante arrebatamento de uma manhã que nasce ocorreu-me em agonia de amor que a impossibilidade é como se se quisesse atingir o que no entanto seria possível – se ao menos fôssemos outros. E o mais estranho – meditei olhando a enorme folha quieta no chão – é que somos os outros de nós mesmos. Só que – jamais, jamais, jamais.

- Uma coisa escrita e não publicada me dá muita frustração, sinto como moça que faz enxoval de casamento e guarda num baú. Antes casar mal que não casar, é horrível ver enxoval amarelecendo.

- Eu não queria que fosse tão assim, tão rolando para a salvação ou para a perdição, e tudo por questão de pendurar-se um segundo a mais ou a menos num minuto, tudo às vezes questão de mão recusada ou dada, tudo às vezes por causa de um passo a mais ou a menos.

- Eu queria que você tivesse sido mais poupado, que não fosse a pessoa que atravessou a rua perigosa – mesmo que tenha chegado a salvo do outro lado.

- Ainda me sinto tão longe da maturidade que nem posso falar de "adolescência", só posso dizer que parei na infância.

∽ Minha esperança ou é inexistente ou forte demais – esperança forte demais é "infantil".

∽ "Orgulho em ser humilde" é completamente diferente de "orgulho por conseguir ser humilde". Este último orgulho é uma das alegrias a que a gente tem direito, não é?

∽ Está me acontecendo uma coisa tão esquisita: com o tempo passando, me parece que não moro em nenhum lugar, e que nenhum lugar "me quer"...

∽ Olhe, com o tempo a gente melhora. Eu tenho grandes alegrias gratuitas, a troco de nada, só por viver.

ÍNDICE

Prefácio 7

Perto do coração selvagem 11

O lustre 27

A cidade sitiada 57

A maçã no escuro 73

A paixão segundo G.H. 167

Uma aprendizagem ou o livro dos prazeres 203

Água viva 221

A hora da estrela 239

Um sopro de vida 253

Laços de família 305

A legião estrangeira 341

Felicidade clandestina 353

Onde estivestes de noite 395

A bela e a fera 411

A via crucis do corpo 415

Para não esquecer   419
Outros escritos   435
Todas as crônicas   445
Todas as cartas   507

Impressão e Acabamento: GEOGRÁFICA